KNAUR

Von Jean Bagnol sind bereits folgende Titel erschienen:
Commissaire Mazan und die Erben des Marquis
Commissaire Mazan und der blinde Engel

Über den Autor:
Jean Bagnol ist das gemeinsame Pseudonym des Schriftsteller-Ehepaares Nina George und Jens »Jo« Kramer. Die *Spiegel*-Bestsellerautorin George und der Ethnologe, Ex-Pilot und Schriftsteller Kramer, seit 2006 verheiratet, leben in Berlin und der Bretagne, schreiben unter insgesamt sieben Namen und Pseudonymen und veröffentlichten bisher 29 Solowerke.
Mehr über Jean Bagnol: http://www.jeanbagnol.com
Mehr über Jens »Jo« Kramer: http://www.jensjohanneskramer.de
Mehr über Nina George: http://www.ninageorge.de

JEAN BAGNOL

Commissaire Mazan und die Spur des Korsen

Kriminalroman

Besuchen Sie uns im Internet:
www.knaur.de

Wenn Ihnen dieser Roman gefallen hat und Sie auf der Suche sind nach ähnlichen Büchern, schreiben Sie uns unter Angabe des Titels »Commissaire Mazan und die Spur des Korsen« an: frauen@droemer-knaur.de

Originalausgabe April 2017
Knaur Taschenbuch

Ein Imprint der Verlagsgruppe
Droemer Knaur GmbH & Co. KG, München

Redaktion: Gisela Klemt, lüra: Klemt & Mues GbR
Umschlaggestaltung: ZERO Werbeagentur, München
Umschlagabbildung: FinePic®, München / Shutterstock
Satz: Adobe InDesign im Verlag
Druck und Bindung: CPI books GmbH, Leck
ISBN 978-3-426-51654-6

2 4 5 3 1

»Hinter jedem großen Vermögen steht ein Verbrechen.«

Honoré de Balzac (1799–1850),
französischer Philosoph und Romanautor

I

Wie vertraut sich seine Hand in meiner anfühlt, dachte Zadira Matéo. Als hätte sie den Druck dieser Finger schon ein halbes Leben gespürt, aber erst mit Jules den Mann zu dieser Hand gefunden.

In Mazan. Ausgerechnet. Nach fünf Monaten Hin und Her, ich mag dich nicht, ich dich aber sehr, ich will dich, ich dich nicht mehr.

Zadira lächelte, während sie und Jules Hand in Hand durch das fünfhundert Jahre alte Stadtportal, die Porte de Mormoiron, aus Mazans Altstadt traten. Sie trug noch immer das rote Kleid, in dem sie mit ihm unter den Sternen getanzt hatte. Sie fühlte sich lebendig, ihre Haut war auf diese einzigartige Weise wohlig wund, wie sie sich nur nach sehr langen, sehr reuelosen Liebesspielen anfühlt.

»Was ist?«, fragte Jules Parceval auf einmal zärtlich. »Was schaust du mich so an?«

»Tue ich das?«

Er lächelte. »Ja. Könntest du bitte nie damit aufhören?«

Sie hatte Lust, ihn statt einer Antwort zu küssen. Spätestens morgen, Montag, ab acht Uhr, wäre sie wieder eine andere: Lieutenant Matéo, die Polizistin, ehemalige Drogenfahnderin, Kriminalbeamtin der Police Nationale.

Aber jetzt nicht. Jetzt noch nicht.

Sie überquerten Mazans Avenue de l'Europe, die wie ein Schutzring um die innere Altstadt lag, um zur Boulangerie

Banette in dem rot getünchten, schmalen Haus auf der anderen Straßenseite zu gelangen.

Elise, die Verkäuferin, begrüßte sie mit bedeutungsvoll fragendem Blick und warf ihrer Gehilfin aus Beaucet einen raschen Blick zu. Mazan würde heute zu den frischen Baguettes und Croissants einige saftig ausgeschmückte Neuigkeiten serviert bekommen, dachte Zadira.

Oh là là, die neue Polizistin aus Marseille ist in einem roten Kleid gekommen! Doch, wirklich, ein Kleid, statt der ewigen Hosen und Baseballcaps! Und jetzt kommt's: Sie hatte einen Mann dabei!

Nein!

Doch!

Oh!

Es war der Tierarzt, und sie haben zwei Brioches gekauft, ohne auch nur ein einziges Mal ihre Hände voneinander zu lösen!

Na, so was.

Ja – und sie ist auf dem Rücken tätowiert!

Ach?

Zadira lächelte bei dem Gedanken an diese sicher nicht allzu fiktiven Gespräche.

Als sie und Jules mit den zwei duftenden Brioches wieder in das septemberlich pudrige, goldblaue Morgenlicht traten, hörte sie das charakteristische Geräusch eines aufgetunten Scooter-Rollers. Wie ein Schwarm mechanischer Hornissen, der sich rasch näherte. Aus dem Augenwinkel nahm Zadira die beiden schlanken Gestalten wahr, die in dunkler Lederkleidung und mit Helmen auf den Köpfen hintereinander auf dem Motorroller saßen.

Jules drückte sanft ihre Finger. Wieder lächelte Zadira ihn an. Sie würde nie damit aufhören, ihn anzusehen, wenn er das tatsächlich so wünschte. Ob sie ihm das jemals sagen konnte? Dass sie für ihn alles zurücklassen würde? Alles.

Ja. Vielleicht sollte sie es tun.

Jetzt.

Sie holte Luft.

Der Scooter hielt mit laufendem Motor neben ihnen an, die getönten Visiere der Helme drehten sich ihnen zu.

»Sind Sie Zadira Matéo?«, fragte der Fahrer.

»Ja«, antwortete Zadira, ohne zu zögern. Ohne nachzudenken. Sie lächelte immer noch.

Der Mann hinter dem Fahrer richtete eine Pistole auf Zadiras Herz.

Zwei Schüsse zerfetzten die Welt.

2

Capitaine Lucien Brell hörte die Schüsse, kurz nachdem die schwere Tür der provisorischen Wache mit vernehmlichem Rumsen hinter ihm ins Schloss gefallen war. In dieses Geräusch fielen die Schüsse und hallten in dem Container nach, den die Einwohner von Mazan als »Zuckerwürfel« bezeichneten.

Schüsse? Das konnte nicht sein. Das hier war Mazan, nicht Marseille. Eine Kleinstadt im Herzen der Provence. Hier fielen keine Schüsse auf offener Straße.

Seine Fassungslosigkeit wurde dadurch verstärkt, dass Brell bis zu diesem Augenblick in seliger Erinnerung an den vorherigen Abend geschwelgt hatte. An das Weinfest im Château Pesquié, bei dem er zum ersten Mal seine neue Uniform als frisch ernannter Chef de Police getragen hatte. Wie ihm die Frauen bewundernd nachgeschaut hatten und sogar mit ihm hatten tanzen wollen! Mit ihm, dem dicken Lucien Brell! Und dann, ja, dann hatte er wirklich getanzt. Zuerst mit Natalie Le Goc, ihr zarter Körper war ihm so zerbrechlich zwischen seinen großen Händen erschienen, und anfangs fürchtete er, ihr versehentlich wehzutun. Doch die Bretonin aus Guérande hatte ihm schnell die Scheu genommen. Später hatte er mit Blandine Hoffmann getanzt, der Polizeireporterin des *Vaucluse Matin,* für die Brell schon lange eine Schwäche hegte. Und danach waren andere gekommen. Wahrscheinlich hatte Lucien an diesem

Abend mehr Frauen im Arm gehalten als in seinem ganzen Leben zuvor. Kein Wunder, dass sein Gehirn sich weigerte, von zwei dummen Schüssen aus diesem Paradies vertrieben zu werden.

Waren es wirklich Schüsse gewesen? Konnte nicht auch ein schadhafter Auspuff für das Knallen verantwortlich sein?

Nein. Er wusste genau, wie Schüsse klangen. Trockene, harte Schläge, unverwechselbar. In seiner Stadt. An einem Sonntagmorgen.

In seinem Magen knisterte es. Angst. Diffus wirbelnde Angst.

All diese sich überlagernden Gedanken und Bilder hatten kaum zwei Sekunden gedauert. Brell riss sich aus seiner Erstarrung, eilte auf den Platz vor der Mairie, der menschenleer unter den Platanen lag. Noch während er vom Rathaus Richtung Avenue de l'Europe lief, klingelte das Diensttelefon an seinem Uniformgürtel. Er meldete sich, heftig atmend, aus alter Gewohnheit mit dem Dienstgrad, den er bis vorgestern innegehabt hatte: »Sergeant Brell!«

Dabei registrierte er, wie ein heiser röhrender Scooter mit zwei Gestalten in viel zu hohem Tempo über den Kreisel an der Place de l'Europe raste und stadtauswärts in Richtung Carpentras davonjagte.

Verdammte Halbstarke.

»Lucien!« Elise Morand von der Boulangerie Banette. »Lucien, die Polizistin …!«

Er hörte ihre Worte. Aber er begriff sie nicht.

Brell rannte weiter, die Hand um das Telefon gekrallt. Er vernahm seinen eigenen keuchenden Atem, als käme der aus einer Dampfmaschine, die neben ihm lief.

Schon sah er die Menschentraube vor Elises Boulangerie. Stimmen riefen, andere Leute eilten herbei. Autos bremsten ab, jeder Dritte hatte ein Handy am Ohr. Sein eigenes klingelte wieder.

Der notärztliche Dienst der Feuerwehr.

Sie würden kommen.

So schnell sie konnten.

Brell erreichte den Pulk vor der Boulangerie und dem roten Haus, schob energisch die Neugierigen beiseite.

Dann sah er sie.

Zadira lag, an den knienden Jules gelehnt, auf dem Boden, ihr Gesicht seinem zugewandt, ihre Beine zuckten unaufhörlich, ihr rotes Kleid war dunkel vom Blut, das sich auch links und rechts von ihrem Körper ausbreitete, ihre Hände zu Fäusten zusammengekrampft. Ihr Mund stand offen, keuchend und abgehackt ging ihr Atem.

Brell ging Jules gegenüber in die Knie.

»Der Notarzt ist unterwegs«, sagte er heiser. Jules schaute nicht auf, seine Hände blieben auf Zadiras Oberkörper gedrückt, wo das Blut herausquoll, er nickte nur.

»Wird sie …?« Brell verstummte, er konnte es nicht fragen, nicht einmal denken. Jetzt hob Jules den Blick. Die Verzweiflung in seinem Gesicht machte Brell krank.

»Sie saßen auf einem Scooter«, stieß Jules gepresst hervor.

Der Scooter!

Keine Jugendlichen. Sondern Killer, die vor seiner Nase davongerast waren. Lucien Brell schmeckte bittere Galle.

»Zadira. Sieh mich an! Hörst du? Sieh mich an! Zadira, nein, bitte …« Jules' Stimme wurde lauter. Panischer.

Ihre Beine hatten aufgehört zu zucken. Ihre verkrampften Hände öffneten sich. Ihre Augenlider sanken herab.

*

Nichts hatte Commissaire Mazan vorgewarnt. Der schwarze Kater, der noch vor wenigen Monaten als namenloser Streuner durch das Land geirrt war, dessen Instinkte im täglichen Überlebenskampf geschärft worden waren und der nun über die Katzengemeinde der Stadt wachte, saß in seinem Garten und genoss den friedlichen Morgen.

Bis zu den Schüssen!

Sein Kopf zuckte hoch.

Manon, die Ingwerfarbene, die Rätselhafte, Freundin und Gefährtin, die ein paar Schritte weiter im Gras des einsamen Gartens lag, sah erschrocken zu ihm herüber.

»Was ist?«, fragte sie. »Was war das?«

Es waren zwei knallende Geräusche gewesen, wie Hiebe, laut, unendlich laut. Und das Gefühl, als würde im selben Moment etwas in ihm reißen.

»Schüsse«, erwiderte er. »Das waren Schüsse.«

Manon konnte nicht denselben Schrecken fühlen wie er. Sie wusste nicht, was dieses Wort bedeutete. Er schon.

Er kannte den Klang von Schüssen, seit damals, als er sich im Gestrüpp der Berge, der *garrigue,* versteckt hatte. Wo das erste Knallen ihn nur erschreckte. Dann aber stob neben ihm die Grasnarbe auf, und nach einem weiteren Knall zersplitterte der Ast eines nahen Busches. Später entdeckte er den Hasen mit dem zerfetzten Leib.

Jagd nannte man das. Wenn die Hiebe näher kamen und Leben auslöschten.

Manons Kleine tollten im Gras herum, die drei Kätzchen, die mit den goldenen Streifen im ingwerfarbenen Fell ihrer Mutter ähnelten, und der kleine Schwarze, der der Wildeste von ihnen war. Schwarz, so wie er.

Commissaire Mazan kannte nun das Geheimnis der Kätzinnen, die blinde weiße Katze Camille hatte es ihm verraten. Auf eine unbegreifliche Weise waren die vier Kleinen ein Teil von ihm. Ihnen jetzt dabei zuzuschauen, wie sie die ersten Abenteuer ihres Katzendaseins erlebten, hatte ihm tiefen Frieden verschafft.

Bis die Schüsse fielen.

Was ist?, fragten Manons tief glühende Augen.

Er wusste die Antwort nicht. Unruhig lief er zum Gittertor des Gartens, in den er Manon und die Kleinen jeden Tag führte. Seine Sinne suchten. Waren sie in Gefahr?

Nein. Nicht sie.

Sondern …

Zadira!

Es war, als hinge ihr sanftes rotes Licht nur noch an einem Fädchen, es trudelte, franste aus und … zerriss.

Commissaire Mazan rannte los.

*

Brell hatte etwas gesagt, aber Jules verstand ihn nicht. Ein grässliches Kreischen füllte seine Wahrnehmung. Etwas in ihm wusste, dass es die Sirene des Rettungswagens war, doch für ihn schien es Zadiras Schrei, da ihr Schmerz ins Unerträgliche wuchs.

Dann waren da andere Hände, richtige Kompressen, eine Beatmungsmaske, Adrenalin und jemand, der ihn an den Schultern nahm. Ihn fortzog von Zadira.

Aber er wollte nicht. Wenn er sie losließ …

»Jules, kommen Sie. Kommen Sie.«

Widerstrebend gab er nach. Aber er blieb an Zadiras Seite, hielt ihre Hand, als sie auf eine Trage gehoben und ins Auto geschoben wurde. Setzte sich neben sie. Immer noch ihre Hand haltend, die nur noch ganz leicht in der seinen lag, wie ein verletzter Vogel.

Dann, in einem Impuls wie mit letzter Kraft ... schob Zadira seine Hand von sich fort.

*

Der Schmerz war ein Tier, das sich in sie hineinfraß.

In die linke Achselhöhle, in die linke Brust, es zerfleischte ihre Schulter.

Nein! Geh weg! Doch ihr Mund sagte nicht das, was das Gehirn wollte.

Sie riss mit der rechten Hand an dem Tier, aber es biss noch fester zu.

»Ruhig«, bat der Mann, der sich zwischen sie und die giftige Sonne schob, grüne Augen, ein müdes Gesicht über einem weißen Kragen, »ruhig, Madame, das ist ein Pressverband, Sie dürfen nicht ...«

Quietschende Sohlen auf glattem Boden.

Ihre rechte Hand, die festgehalten wurde. Das Tier, das auf einmal langsamer fraß. Sich zurückzog.

Ihre rechte Hand, die erneut gehalten wurde, aber diesmal anders. Fragend. Sie erkannte die fragenden Finger, die sich um ihre schlossen. Sie erkannte ihre Kraft, ihre Wärme.

Jules.

Sie schob seine Finger fort.

Die Dunkelheit fiel von allen Seiten über sie her.

3

Der Mistral peitschte kalt über das Land, und die Grabsteine erhoben sich wie blank geriebene Knochensplitter unter der südlichen Sonne. Im Staubsmog flimmerten die Silhouetten der Hochhäuser im Marseiller Norden. Kastenförmige Finger, die sich einem blauen Himmel entgegenstreckten, der sich nie freiwillig für die Bewohner der berüchtigten *quartiers nord* öffnen würde.

Zadira stand auf dem Marseiller Friedhof Saint-Pierre vor dem offenen Wandloch an einem Grab ohne Priester und ohne Imam, ohne Klageweiber und ohne Totenglocken, ohne Gebet und ohne Mutter, denn die war schon vor Jahren in die Endlichkeit vorausgegangen.

Sie weinte. Es schüttelte sie wie in Krämpfen.

Sie war acht Jahre alt und nun ganz allein. Abgesehen von diesem Mann, der ihre zitternde dünne Hand hielt und dessen Chauffeur in einem großen klimatisierten Wagen am unteren Ende der Friedhofsstraße wartete.

Onkel Ariel. So nannten ihn die meisten Kinder, auch wenn sie nicht mit ihm verwandt waren. Zadira wusste, dass Onkel Ariel der Chef des Viertels war, aber nicht, wer er außerdem war oder warum er das Panierviertel als das seinige ansah. Aber dass er auch nicht bei ihr bleiben würde, das wusste sie.

Sie schloss die Augen. Hinter ihren Lidern sah sie eine Zimmerdecke, in der Mitte etwas wie ein Auge, das sie anstarrte. Leise piepende Maschinen, sie hörte das Quietschen von Turnschuhsohlen auf dem Boden.

Grüne Augen, weißer Kragen, ein Mund, der sich öffnete, etwas sagte.

Vielleicht: »Sie schaffen das.«

Vielleicht auch: »Sie ist tot.«

Zadira öffnete die Augen wieder und war zurück in Marseille.

Der Staub ihres Vaters verschwand in dem steinernen Kasten. Er hatte sie immer Saddie genannt und sie auf den Namen seiner französischen Frau in die amtlichen Register eintragen lassen, als Zadira Camille Matéo. Er hatte seiner einzigen Tochter Widerspruchsgeist und Freiheitsdrang eingepflanzt und diese wilden Blumen mit Liebe gegossen. Am Tag handelte er mit Koffern und bunten Stoffen aus Nordafrika, bei Nacht schrieb er und rauchte dunkle Zigaretten, hörte leise Tuareg-Musik und erzählte Zadira Geschichten aus seiner Heimat. Sie hatte die Wüste nie gesehen, aber es war, als könnte sie sie fühlen, in sich.

Ihr Vater war erschossen worden. Direkt hinter ihr.

Sie waren in einer der engen Gassen des Panierviertels am Hafen unterwegs, auf dem Weg zur alten Charité, wo zweimal in der Woche ein Arabermarkt stattfand, in dem schattigen Hof des einstigen Krankenhauses mit den Rundbögen. Gewürze und lebende Tiere wurden angeboten, heißer Pfefferminztee aus bunten Gläsern, Stoffe und arabische Bücher, Schallplatten und süßes, klebriges Gebäck, dessen Teig sich auf die Zähne legte.

Die Polizisten hatten beide Zugänge zum Krankenhausinnenhof geschlossen. Zadira war jedoch schnell gewesen, wie immer, schneller als alle, ein dünnes Mädchen mit langen Beinen und der Unfähigkeit, aufzugeben. Als ihr Vater zischte: »Lauf!«, rannte sie los und er ihr nach.

Sie wusste nicht, warum sie vor den Polizisten davonlaufen sollten. Das waren doch die Guten.

Vielleicht lief sie deshalb nicht so rasch wie sonst. Weil der Zweifel ihre Beine am Boden festhielt.

Tarek hatte erneut gekeucht: »Lauf doch!«, als einer der Polizisten »Stehen bleiben!« rief, und noch einmal, während sie die Treppenstufen in Richtung der alten Schule hinaufsprang.

Und dann rief ihr Vater: »Dreh dich nicht um!« Die ersten Schüsse krachten in den schmalen Gassen.

Auf einmal hatte Zadira seine Hand auf ihrer Schulter gespürt. Dass ihr Vater sie herumriss und auf den Boden schubste. So hart hatte er sie noch nie angefasst, und in den Schreck über diese plötzliche Gewalttätigkeit mischte sich grenzenlose Panik, als er neben ihr zusammenbrach. Rote Nässe quoll aus seiner Brust, aus seinem Mund, und seine Augen hefteten sich auf sie. Zadira hörte das seltsame, gurgelnde Geräusch, das seine Brust machte, wenn er einatmete.

Er griff an sein weißes Hemd, immer war er so bedacht darauf gewesen, saubere, gebügelte Hemden zu tragen, sich scharf und streng zweimal am Tag zu rasieren.

Ihr Vater sah fassungslos auf seine blutigen Hände. Diese großen Hände, die Zadira so gut kannte, deren Hügel auf der Innenfläche aussahen wie kleine Kissen aus Haut.

Wie anders war dagegen diese Hand, die sie weiterhin hielt, während das Loch in der Wand der Friedhofsmauer geschlossen wurde. Keine Kissen. Nur raue, trockene, warme Haut.

»Du weißt, was passiert ist?«, fragte der große Mann mit einem merkwürdig singenden Akzent, nicht so breit und hart wie das Marseiller Provenzalisch, sondern eher wie Italienisch.

Korsisch ist die Sprache der Freiheit, so hatte ihr Vater gesagt.

Ihr Vater.

Er würde ihr nie wieder etwas über die Welt sagen können. Und dabei wusste sie doch erst so wenig, so wenig über alles.

Wie sollte sie nur ohne ihn überleben?

Wie sollte sie jeden Abend einschlafen können, ohne ihn nebenan zu hören?

Wie sollte sie eine Sekunde atmen können, ohne an ihn zu denken?

Wieder schüttelte sie ein Weinkrampf.

Ariel Cesari kniete sich vor sie und sah ihr in die Augen. Seine waren dunkel, ringsum ein dichter schwarzer Wimpernkranz. Ein Blick wie von einem sanften Hund.

»Die Polizei wird sagen, dass sie deinen Vater versehentlich erschossen haben. Aber glaub mir: Ein BAC schießt niemals versehentlich. Verstehst du?« Versehentlich, so hatte der Polizeipräfekt es schon verbreiten lassen im Panier. Während einer Drogendurchsuchung sei Tarek in die Feuerlinie gelaufen. Nachdem er seine Tochter zu Boden geschubst hatte, ja, da seien seine Bewegungen so unvorhersehbar gewesen, und dann …

Warum wurde überhaupt geschossen? Das fragte niemand. Zu viel fragen, das war nie gut.

Zadira nickte. Und schluckte, um endlich mit dem Weinen aufzuhören.

Der Tod ihres Vaters, das war einer, der niemanden interessierte. Aber ein Tod, der vielleicht gewollt war. Das raunten jedenfalls bald die Nachbarn. Was hatte Tarek entdeckt, was hatte er getan? War er ein Gangster? Wusste er zu viel? Zu viel worüber? Niemand wurde ohne Grund erschossen, nicht wahr?

Die Paniers sahen Zadira an, und ihre zunehmend misstrauischen Blicke schlossen das Mädchen aus der Gemeinschaft aus.

Sie sah auf dem Friedhof in die Augen des Mannes mit dem Hundeblick.

»Warum musste er sterben? Wer hat ihn getötet?«

»Du wirst es nie erfahren, kleine Zadira. Die Polizisten decken einander, immer. Keiner verrät seine Familie.« Der Mann lächelte, ohne dass das Lächeln seine dunklen Hundeaugen erreichte. »Das ist eine gute Regel, hörst du? Du musst am besten alles vergessen, Zadira. Versprichst du es?«

Sie überlegte. Und schüttelte den Kopf.

»Dann wird es die Wunde deines Lebens sein. Sie schließt sich erst mit deinem Tod. Ganz gleich ob du denjenigen, der geschossen hat, findest oder nicht. Du wirst niemals aufhören zu weinen, kleine Zadira.«

Cesari strich ihr mit seiner trockenen Daumenspitze über die Wange.

Alles, was sie dabei denken konnte, war: Sie würde nie vergessen. Nie. Sie würde den Mörder suchen und dann … dann würde sie …

Sie wusste nicht weiter. Sie war acht Jahre alt.

Zadira schloss die Augen, und da war wieder dieses seltsame Zimmer, und da waren diese Gesichter, die sie betrachteten, von oben herab wie Monde. Und das Auge an der Ecke. Es zwinkerte.

Sie öffnete die Augen rasch. Das fremde Zimmer verschwand nicht ganz, es war, als legte es sich wie das Flimmern einer Fata Morgana über den Friedhof.

»Kind«, sagte der Mann erneut.

Er deutete gen Süden, in Richtung der Viertel des Prado, dessen Villen und Parks so fern waren.

»Kind, leg deine Hand an den Stein.«

Sie gehorchte. Ihre kleine Hand, in der Farbe eines Olivenkerns, dunkel und filigran, zitternd wie das Herz eines Vogels, hob sich sichtbar ab von dem weißen, knochenfarbenen Stein.

»Es gibt keine Rassen«, sagte der Mann. »Nur eine: den Menschen. Deine Hautfarbe sagt nichts über deine Intelligenz oder deinen Charakter oder deinen Wert. Doch es gibt Menschen, die sehen das anders. Du wirst nie zur weißen Welt gehören. Aber weil du anders bist und nie dazugehörst – bist du frei. Hast du das verstanden, Tareks Tochter?«

Sie nickte ernsthaft. Das hatte ihr Vater ihr bereits erklärt. Dass in diesem Land nicht gleiches Recht für alle galt. Nicht für sie, und auch nicht für Djamal, den Jungen ihrer Nachbarn im Panier. Der, der jede Tür öffnen konnte, so schnell wie Zadira lief. Weil ihre Haut anders war.

Sie begann zu begreifen.

Sie ballte die Faust.

Sie würde es nicht vergessen.

Niemals.

Bis zu ihrem Tod nicht.

»Gibst du dein Herz, zerreißen sie es« sagte der Mann mit dem Hundeblick.

Das war die erste Lektion, die sie an dem Tag lernte.

Sie merkte es sich.

Dann schloss die achtjährige Zadira fest die Augen.

Vielleicht würde all das dann verschwinden. Der Friedhof, der Tod, Ariel Cesari und sie selbst auch.

Sie schloss noch fester die Augen.

Das Zimmer kam näher.

Es umschloss sie ganz.

*

Das Zimmer manifestierte sich in seinen Einzelheiten.

Das Bettende mit den typischen Stahlstreben eines beweglichen Intensivbettes. Der Schrank auf Rollen. Die übereinandergeschichtenen Maschinen, von denen Schläuche wegführten unter die Bettdecke und unter ihr Kittelhemd.

Zadira bewegte ihre Finger; links stachen ihr brennende Schmerzen bis zum Ellbogen hoch, gleichzeitig fühlte sich ihre Schulter taub und tot an.

Immerhin hatte sie den Arm noch.

Rechts schmerzte ihr Handrücken, ihr Unterarm, wenn sie eine Faust ballte. So als ob sie gigantische blaue Flecken hätte. Auch das kannte sie, sie war schon einmal in einer Intensivstation aufgewacht. Es waren die Braunülen für das Schmerzmittel und verschiedene andere Infusionen.

Wenn sie sich konzentrierte, konnte sie auch den Pulsabnehmer an ihrem Ohrläppchen fühlen, die Sauerstoffleitungen um ihren Kopf und in ihren Nasenlöchern. Sie konnte spüren, dass sie unter dem verschwitzten Kittel keine Unterwäsche trug und dass man ihr einen Katheder gelegt hatte.

Ihre linke Seite war bis auf Finger und Unterarm taub. Die Brust, die Achsel, die Rippen, die Schulter, der Oberarm. Alles taub. Doch das nagende Tier war noch da. Irgendwo tief in ihr. Es würde dort wohnen, unter ihrer linken, tauben Achsel, unter ihrer Haut. Für immer. Und an ihr nagen.

Dann das Geräusch. War das die Tür?

Knisternde Angst.

Wenn nun jemand kam, um ihr ein Kissen über das Gesicht zu legen und fest zuzudrücken?

Es war noch nicht vorbei, das wusste Zadira, auch wenn sie ihre Gedanken nicht zwingen konnte, sich logisch aneinanderzureihen. Aber sie spürte es: Jemand hatte noch nicht genug.

Da. Das Rauschen. Ganz nah. Wasser aus einer Leitung. Da war jemand. In der Toilette neben dem roten Licht an der Tür!

Sie tastete nach einer Klingel, irgendwo musste doch eine sein! Sie war zu schwach, um den Arm zu heben. Die Finger ihrer rechten Hand zuckten umher, aber alles, was sie umschloss, war ihr fremd, sie erkannte die Konturen nicht.

Sie hielt die Luft an. Wenn sie nicht mehr atmete, wenn aus den Maschinen kein Sauerstoff mehr floss, dann würde jemand kommen.

Aber es tat weh.

Der Film sprang an. Das Geräusch des sich nähernden Scooters. Die Stimme, die dumpf unter dem Helm hervor fragte: »Zadira Matéo?«

Wieso hatte sie nur »Ja« gesagt? Wieso?

Weil ich es gerade zu ihm sagen wollte.

Ja

Zu Jules.

Sie hätten ihn erschießen können.

Sie hätten mich erschießen müssen! Wieso haben sie mich nicht erschossen?

Wieso lebe ich noch?

Jules?

Immer noch hielt sie die Luft an. Wann kam endlich jemand? Wie lange dauerte es, bis endlich irgendeinem unterbezahlten Pfleger auffiel, dass die Patientin am Ende des Flurs nicht mehr atmete?

Es ist noch nicht vorbei.

Dort war noch etwas. In den Schatten. Da lauerte es!

Wer war da, in der Toilette?

Da war doch jemand, da kam jemand, da …

Jules?

Geh!, wollte sie sagen, aber ihr Mund war zu trocken von Durst und Atemlosigkeit.

Jules!

Sie hätten mich töten können. Wenn sie mich nicht erschossen haben, war es eine Warnung. Sie kommen wieder.

Sie werden mir alles nehmen, was ich liebe.

Jules.

Sie stieß verzweifelt die angehaltene Luft aus und rang nach Atem. Es tat so weh! In einer unwillkürlichen Geste zuckte sie mit der linken Hand. Sofort schoss der Schmerz bis in den Unterarm.

Luft. Sie bekam nicht genug Luft!

Die Tür flog auf, ein Mann kam herein, weißer Kragen, grüne Augen, er schob sich zwischen sie und die Zimmerdecke, rückte ihr den Luftschlauch in der Nase zurecht. Auf seinem Schild stand Benjamin Geffroy.

Sie sah ihn an, flüsterte: »Hilfe«, und »Da ist jemand«, aber er verstand sie nicht, konnte sie wohl nicht verstehen.

Er rückte den Zugang zu ihrem Brustkorb zurecht. Da war ein Beutel, voll mit Wundflüssigkeit, es sah aus, als ernähre er sich von ihrem Herzen.

Hinter Benjamin tauchte ein sonnengebräuntes hartes Gesicht auf. Dunkle, kühle Augen, kurze dunkle Haare, durchzogen von Silber, Ringerschultern unter einem Anzug, der verbarg, dass er eine Waffe nah am Brustkorb trug.

Zadira versuchte, Benjamins Hand zu fassen, aber griff nur in leere Luft.

»Ich komm gleich noch mal«, sagte der Pfleger.

Der Mann setzte sich auf die Bettkante. Er strich Zadira über das schwarze Haar, nahm ihre freie Hand und beugte sich weit hinunter. Er küsste sie.

»Ich dachte, ich hätte dich verloren«, sagte er mit seiner dunklen, entscheidungsgewohnten Stimme.

Sie musste schlucken, bis sie ihre Stimme wiederfand.

»Hast du schon längst«, antwortete sie dann heiser.

Warum war er hier?

Wollte er sie lieben – oder töten?

4

Es ging nicht. Ich wollte … aber es ging nicht.
Waren es deine Augen?

Jetzt, da ich an diesem einsamen Punkt oben auf den Calanques stehe und auf das im Sonnenlicht türkis leuchtende Meer schaue, auf das entfernte Cassis, geht mir auf, dass es deine grünen Augen waren. Weich von der Lust, die du genossen hattest. In deinem Gesicht aus Schatten und Liebe, aus Wüstennacht und Süden.

Deinen Geliebten sollte ich hassen, aber ich kann es nicht. Ich hätte all das doch nicht in dir sehen können, wenn dein Blick hart geblieben wäre. All das!

Mich. Und auch das nicht, was mir verwehrt geblieben ist. Dir aber nicht.

Das hat wehgetan, weißt du?

Neben mir schiebt der Junge den Scooter an den Rand der höchsten Klippe Frankreichs und schaut mich fragend an. Ich nicke. Als er den Roller mit einem kräftigen Stoß in die Tiefe schickt, trete ich etwas zurück. Wie ich erwartet habe, schaut er hinterher, als der Scooter die steile Klippe hinabfällt, Hunderte Meter, und schließlich mit einem fernen Klatschen im anbrandenden Meer landet. Mich beachtet der Junge in diesen Sekunden nicht. Das gibt mir die Gelegenheit, den Schalldämpfer auf die Waffe zu setzen. Von hier oben tragen die Geräusche weit.

Es wäre natürlich einfach, ihn zu stoßen. Oder ihm in den Rücken zu schießen.

Aber so soll es nicht sein. Das bin ich ihm schuldig.

»Schau ihnen immer in die Augen«, hat Tigran mich gelehrt. Darum warte ich, bis der Junge sich zu mir umwendet.

Er hat ein freches Grinsen im Gesicht, so wie es junge Kerle haben, wenn sie etwas Verbotenes tun. Das Grinsen erlischt, als er die Waffe in meiner Hand sieht.

Dann das Staunen.

Das Begreifen.

Das Entsetzen!

Als ich ihm zwei Kugeln ins Herz schieße, schließt sich der Kreis, den er sein Leben nannte. Ein Leben, das in einem schäbigen Wohnblock in Saint-Just begann, ein Leben voller Drogen und Gewalt. Wahrscheinlich ist dieser Tod gnädiger als das, was sonst auf ihn gewartet hätte.

Ich schaue ihm nach, wie er die Klippen hinabfällt. Dem Roller folgt, den er eben selbst dort hinuntergestoßen hat. Es war notwendig, ihn als Gehilfen zu nehmen. Er hatte einen Zweck zu erfüllen. Aber hat er wirklich geglaubt, er dürfe mit dem Wissen über meine Identität weiterleben?

Es ist ruhig in mir. Ich lausche in diese Stille hinein. Suche nach dem Echo seines Todes. Aber ich finde nur dein Echo.

Unten an den Klippen schäumt das Meer. Es hat sein Opfer entgegengenommen, ohne einen Moment innezuhalten. Das Meer ist unersättlich, weißt du das?

Natürlich weißt du es. Es hat dich geformt, so wie auch diese Stadt mich und dich formte. Doch wie hast du es geschafft, dass sie deine Seele nicht zerstört hat?

Diese Stadt, Dämon und Engel. Wie konntest du darin überleben?

WIE, ZADIRA MATÉO?

Der Schrei kommt nicht über meine Lippen, dennoch hallt er in mir nach. Ja, ich weiß, dass du überlebst. Ich weiß, wann meine Küsse tödlich sind.

Aber nun muss ich dich von Neuem jagen.

5

Danke, Doktor. Das war kein Spaß, sage ich Ihnen.« Der Bauer reichte Jules einen Scheck. Fünfundzwanzig Euro für die Geburtshilfe eines Kalbes.

»*Au revoir,* Monsieur Proult.« Jules zog den überlangen dünnen Vinylhandschuh von Hand und Arm und reichte dem Bauer die Hand. Er wunderte sich, dass der ihn nur mitleidig anschaute und ihm dann kopfschüttelnd auf die Schulter klopfte.

»*Au revoir,* Monsieur le Docteur.«

Auf dem Weg zum Wagen hatte Jules bereits das Handy in der Hand. Der Anruf war gekommen, als er gerade versuchte, das unglücklich positionierte Kalb zu drehen. Ein schlechter Moment, um zu telefonieren, obwohl er tatsächlich den unbändigen Impuls verspürt hatte, das Telefon mit der freien Hand aus der hinteren Hosentasche zu ziehen.

Er schaute jetzt auf das Display, die Nummer kannte er.

»Was ist los?«, fragte er alarmiert, als Brell abnahm.

»Sie ist aufgewacht.«

»Bin unterwegs.«

Kieselsteinchen flogen unter den Reifen hoch, als er den Porsche 911 Targa vom Hof lenkte. Im Rückspiegel sah er den Bauern immer noch am selben Platz stehen und ihm hinterherschauen. Erst jetzt fiel es ihm ein: Der Bauer, dessen Kalb er zur Welt gebracht hatte, hieß nicht Proult, sondern Benoit.

Jules Parceval musste sich zwingen, den 911er nicht mit voller Geschwindigkeit über die schmale Landstraße zu jagen, so sehr trieb es ihn in das Krankenhaus von Carpentras.

Sie hat überlebt. Zadira lebt.

Schon nach der Operation hatte die Ärztin ihnen Hoffnung gemacht. Brell, Blandine, Jeffrey und ihm. Die Ärztin hieß Rose Bernard. Sie hatte noch ihren OP-Kittel an, als sie mit ernstem Gesichtsausdruck zu ihnen in die Wartezone gekommen war.

»Sind Sie mit Madame Matéo verwandt?«, war Dr. Bernards erste Frage gewesen.

Nein, es gab keine Verwandten von Madame Matéo.

»Ich bin ihr Verlobter«, erklärte Jules und erntete irritierte Blicke von Brell und Blandine. Nur sein englischer Freund Jeffrey, der ehemalige Elitesoldat, blieb wie immer cool. Er verstand den Sinn der Lüge und bestätigte: »Ja, neulich erst gefeiert.«

Jules wusste, dass die Ärztin sie beide durchschaute.

Er ärgerte sich, dass er sich nicht einfach als Zadiras behandelnder Hausarzt ausgegeben hatte. Aber Rose Bernard sah aus wie eine Frau, die schon viele Lügen gehört hatte. Nach ebenso vielen Operationen.

Die Wirbelsäule sei intakt, die Lunge gestreift, mehrere Lymphknoten verletzt, Knochensplitter des Schlüsselbeins hätten ausgetrieben. Das Unberechenbare sei der hohe Blutverlust, erklärte sie. Die nächsten vierundzwanzig Stunden seien entscheidend.

Es wurden keine vierundzwanzig Stunden.

Sondern mehr als achtundvierzig.

Zwei Tage, in denen Zadiras Körper kämpfte. Ohne Bewusstsein, zwischen Schläuchen und Maschinen, Leben und Tod.

»Stabil«, hatte Dr. Bernard schließlich Jules' drängende Fragen nüchtern beantwortet. »Jetzt muss sie nur noch aufwachen.«

Achtundvierzig Stunden.

Zweitausendachthundertachtzig Minuten.

Einhundertzweiundsiebzigtausendachthundert Sekunden.

Von denen Jules nicht eine einzige geschlafen hatte.

Im Krankenhaus hielt er sich nicht damit auf, nach Lucien Brell Ausschau zu halten, sondern eilte in Richtung Intensivstation. Sie war durch eine sich hydraulisch zur Seite rollende Stahltür vom übrigen Krankenhausbereich getrennt und nur nach einem Anruf und der Gegenkontrolle durch eine Kamera zu betreten. Gleich hinter der Tür saß im Monitorraum immer mindestens eine Schwester oder ein Pfleger, bei denen sich Besucher anzumelden hatten.

Jules war als Arzt – als Veterinär genauso wie als studierter Allgemeinarzt – den Angestellten bekannt und konnte bisher immer ohne Anmeldung durchgehen.

Diesmal aber kam er nicht weit.

Als die Tür aufrollte, sah er einen ihm unbekannten Polizeibeamten neben dem Monitorraum sitzen. Der erhob sich, als Jules die Station betrat.

»*Bonjour*. Zu wem möchten Sie bitte?«

»Zu Zadira Matéo«, antwortete Jules.

»Das ist nicht möglich.«

»Wie bitte?«

»Melden Sie sich zuerst bei der Verwaltung an. Dort bekommen Sie eine befristete Besuchserlaubnis.«

Einen Moment lang war Jules sprachlos.

»Hören Sie«, erklärte er dann verärgert, »ich bin ihr Verlobter und …«

»Monsieur«, unterbrach ihn der Polizist entschieden, »bitte besorgen Sie sich eine ordnungsgemäße Besuchserlaubnis.«

Jules unterdrückte seinen heftig aufwallenden Ärger und machte auf dem Absatz kehrt. Nur zufällig schaute er auf dem Weg zurück zur Rezeption in den Wartebereich der Chirurgischen Abteilung. Dort entdeckte er Brell und Blandine im Gespräch mit einem Mann mit scharf geschnittenem, über viele Jahre von südlicher Hitze sonnenverbranntem Gesicht.

Als Brell Jules herbeiwinkte, richteten sich die dunkel bohrenden Augen des Fremden auf ihn.

Jules spürte den Blick, während er Blandine mit raschen *bisous* und Brell mit einem Händedruck begrüßte.

»Commissaire Javier Gaspard aus Marseille«, stellte Brell den Fremden vor.

Jules versuchte, den Namen trotz seiner inzwischen brennenden Müdigkeit einzusortieren.

Gaspard?

War Gaspard nicht Zadiras ehemaliger Chef gewesen? Der, der sie nach Mazan versetzt hatte, als Zadira die korrupten Kollegen der BAC hatte auffliegen lassen?

Ja. Aber da war noch etwas anderes gewesen. Als Zadira Jules von Gaspard erzählt hatte, hatte in ihrer Stimme eine Verletztheit gelegen – eine unausgesprochene Bitte, nicht weiter nachzufragen –, die einen heftigen Impuls von Eifersucht in ihm geweckt hatte. Den gleichen Impuls, den er nun wieder empfand.

Jules musterte den Kommissar aus Marseille ebenso wie dieser ihn. Gaspard trug einen perfekt sitzenden sandfarbenen Anzug. Seine dunklen, sehr kurz geschnittenen Haare lagen wie ein Helm an seinem markanten Kopf. Sein intensiver, direkter Blick war der eines Mannes, der sich für Gnade wenig interessierte. Nicht gegen andere. Nicht gegen sich selbst.

Gaspard machte keine Anstalten, Jules die Hand zu reichen.

»Wieso kann ich nicht zu Zadira?«, fragte Jules ohne Umschweife.

»Sie können Lieutenant Matéo selbstverständlich besuchen«, gab der Commissaire ruhig zurück. »Nachdem Sie sich ausgewiesen haben.«

»Das ist lächerlich«, sagte Jules. Ein Teil von ihm wusste, dass er sich unnötig trotzig verhielt, doch die Art und Weise, wie Gaspard die Kontrolle übernommen hatte, brachte ihn auf.

»Jules«, mischte Brell sich ein, »das ist Routine.«

»So ist es, Monsieur«, ergriff Gaspard wieder das Wort. »Wie ich Capitaine Brell und Madame Hoffmann bereits erläutert habe, gehen wir davon aus, dass der Anschlag mit dem bevorstehenden Prozess zusammenhängt.«

Ein Prozess? Jules hatte keine Ahnung von einem bevorstehenden Prozess. Zwar hatte Zadira ihm einmal zögernd von korrupten Kollegen erzählt und dass sie versetzt worden war, weil sie deren dreckige Spielchen nicht mitgemacht hatte. Aber Jules war bisher nicht auf die Idee gekommen, dass dies der Grund für den Anschlag gewesen sein konnte.

Das Bild, das Gaspard ihm nun von Zadiras früherem Leben zeichnete, machte einen weitaus dramatischeren Eindruck als das, was die wenigen Bemerkungen von Zadira ihn hatten vermuten lassen.

Hatte er ihr zu wenig zugehört?

Hatte sie ihm zu wenig vertraut?

Kannte er diese Frau überhaupt, von der Gaspard jetzt in wenigen Sätzen erzählte?

»Zadira hat mit der internen Ermittlung zusammengearbeitet. Als das nach den Verhaftungen im vergangenen Dezember durchsickerte, musste ich sie rausnehmen. Also habe ich sie versetzt. Matéo hatte nicht mehr viele Freunde.«

Der Mann sprach ruhig und direkt, dennoch witterte Jules das Unausgesprochene zwischen seinen Worten.

»Inzwischen haben sich die Ermittlungen erheblich ausgeweitet«, berichtete Gaspard. »Die BAC Nord ist nahezu geschlossen verdächtig. Es könnte sich im schlechtesten Fall aber über alle Ebenen der Polizei und Justiz in Marseille erstrecken. Wir vermuten, dass von den BACs und deren radikaler Gewerkschaftsfraktion der Impuls kam, Zadiras Aussage zu verhindern.«

Tausend Fragen rasten durch Jules' müden Kopf: Hast du sie wirklich nur versetzt – oder sie aus dem Weg geschafft? Wer ist überhaupt »wir«? Du und deine Kollegen? Von denen einige korrupt sind und andere nicht?

Wer war die Frau, die er liebte? Wer war Zadira Matéo?

Und wer war Gaspard – liebte er sie, oder hasste er sie? Als Mann? Als Polizist?

Jules war unfähig, nur eine dieser Fragen laut zu stellen, geschweige denn zu entscheiden, welche klug und richtig war und welche absoluter Blödsinn.

Dafür fragte Brell das Naheliegende.

»Sie denken, ein Polizist hat die Tat begangen?«

»Wohl kaum«, gab Gaspard kühl zurück. »Ich sagte, dass der Impuls aus dem Umfeld der BACs und der Gewerkschaft kam. Der Täter selbst ist wohl eher außerhalb der Polizei zu suchen. Es kann aber auch ganz andere Hintergründe haben.«

Was stört dich denn an der Vorstellung, ein Polizist hätte geschossen?, dachte Jules. Dass Zadira fast umgebracht wurde oder dass sie überlebt hat?

Er strich sich über das Gesicht. Er reagierte zu emotional. Sah auf einmal überall Feinde. Nur weil ihm Javier Gaspard so widerlich war. In seinem gut sitzenden Anzug, mit seinem grausamen und doch attraktiven Gesicht. Und weil der Mann ihn von Zadira fernhielt.

»Wir wissen zum jetzigen Zeitpunkt nicht, wer den Anschlag verübt hat, nur dass er nach einem in Marseille bekannten Muster erfolgte. Zwei Männer, ein Moped, eine Waffe. Die Drogengangs lösen ihre Probleme sehr gern auf diese Weise. Wir haben das so nicht erwartet, falls Sie mir das übrigens vorwerfen wollten. Wir wissen nur eines: Irgendjemand wollte Matéo liquidieren, hat es aber nicht geschafft.«

»Und wird er es noch mal versuchen?«, meldete sich Blandine zu Wort.

»Natürlich«, erwiderte Gaspard schlicht.

Jules spürte, wie Übelkeit in ihm aufstieg.

»Was werden Sie dagegen unternehmen? Ebenso nichts wie vorher?«, fragte er so beißend, dass sogar Jeff die Augenbraue hochzog.

Gaspard neigte sich ihm zu, als lausche er einem fremdartigen Wesen bei dessen unverständlichem Genuschel.

»Auf sie aufpassen«, sagte er. Und traf mit diesen Worten Jules' wundesten Punkt.

Denn Jules hatte nicht auf sie aufpassen können, obwohl er direkt neben ihr gestanden hatte. Obwohl er sie an der Hand gehalten hatte.

Er hätte Zadira mit einem Ruck aus der Schusslinie ziehen können. Er hätte sich sogar vor sie werfen können! Er hätte …

Wieder und wieder waren diese entscheidenden Sekunden vor seinem inneren Auge abgelaufen? Wie oft hatte er den Moment erneut durchlebt, in dem der Hintermann die Waffe hervorzog und direkt auf Zadiras Herz schoss? Zwei Explosionen. Wie oft hatte Jules sein Versagen neu durchlitten? Nicht nur, dass er Zadira nicht gegen den Angreifer hatte schützen können, er hatte es auch nicht geschafft, sie am Leben zu halten. Sie war ihm entglitten. Erst die Notärztin hatte die entscheidenden Rettungsschritte vorgenommen.

Und Zadira hatte am Ende Jules' nutzlose Hand beiseitegestoßen.

In Gaspards Augen las Jules das Wissen um sein Versagen.

»Ach, ja? Aufpassen? Wie denn?«, fragte der Gemeindepolizist Brell scheinbar naiv.

»Wir werden Lieutenant Matéo in ein sicheres Haus überführen, sobald die medizinische Intensivüberwachung nicht mehr nötig und sie transportfähig ist. Ein öffentliches Krankenhaus ist schwierig zu sichern. Dort, wo wir sie hinbringen, kann sie bis zum Prozess geschützt werden und uns bei den Ermittlungen unterstützen.«

In ein sicheres Haus? Jules wagte nicht zu fragen, ob dieses Haus auch vor ihm sicher sein sollte.

»Ich gehe jetzt zu ihr«, sagte er mit fester Stimme. »Sagen Sie dem Beamten …«

»Das geht nicht.«

»Dann hole ich mir diesen verdammten Besucherschein.«

»Es geht *jetzt* nicht«, Gaspard hörte sich an, als spräche er zu einem trotzigen Kind, »weil sie gerade Besuch hat.«

Er betrachtete Jules. Dann lächelte er und fuhr versöhnlich fort: »Hören Sie, sie ist noch sehr angegriffen und hat Schwierigkeiten, sich zurechtzufinden.«

Erst in dem Moment begriff Jules, dass Gaspard bereits bei Zadira gewesen war. Vor ihm.

Es erstaunte ihn selbst, wie sehr ihn das kränkte.

Er hatte da sein wollen, wenn Zadira aus ihrer Bewusstlosigkeit erwachte. Den ganzen Sonntag war Jules bis tief in die Nacht im Krankenhaus geblieben. Er hatte darauf gewartet, ihr in die Augen zu schauen. Um etwas darin zu finden, was die schreckliche Geste, als sie seine Hand weggeschoben hatte, ungeschehen machte. Oder wenigstens zu einem bedeutungslosen Impuls degradierte.

Gegen vier Uhr morgens war Blandine plötzlich aufgetaucht.

»Dachte ich's mir doch«, meinte sie und schickte ihn nach Hause.

»Du musst schlafen, Jules«, sagte sie. »Halb tot nutzt du Zadira auch nichts.«

Geschlafen hatte er nicht. Aber er war auch nicht da gewesen, als Zadira erwachte. Nicht er, sondern Gaspard.

In diesem Moment betrat ein Mann den Wartebereich und kam auf sie zu. Er war sehr groß, sehr breitschultrig und sehr schwarz. Seine Augen erfassten Jules, und der fühlte sich auf eine ähnliche Weise taxiert, wie das bei Gaspard der Fall gewesen war. Bis auf das Senken der Augenlider, mit dem der große kräftige Mann Jules einen freundlichen Gruß sandte.

Kannte er ihn? Doch Jules hätte sich mit Sicherheit daran erinnert, wenn er einem Mann begegnet wäre, der aussah wie der Schauspieler Omar Sy.

Erst als Gaspard sich dem Neuankömmling zuwandte, ahnte Jules, um wen es sich handelte: Das war Djamal, genannt »Der Schlüssel von Panier«, der einzige Kollege aus Marseille, dem Zadira vertraut hatte, weil sie sich seit ihrer Kindheit kannten. Djamal arbeitete bei den Kriminaltechnikern. Er war Tatort-Analyst und Spezialist für Cybercrime. Und Zadiras ältester Freund.

»Wie geht es ihr?«, fragte Gaspard.

»Beschissen«, gab Djamal mit tiefer Stimme zurück. »Du hast sie doch selbst gesehen.«

»Sie muss zügig raus hier«, bestimmte der Kommissar.

Djamal schüttelte den Kopf, dann sagte er: »Der Flic, der da sitzt – ist das alles, was wir zu ihrem Schutz aufbieten?«

Jules spürte die Spannung, die zwischen den zwei Männern herrschte. Djamal war größer als Gaspard. Und der mochte es offenbar nicht, zu dem gelassen dastehenden Schwarzen aufsehen und Vorwürfe beantworten zu müssen.

»Und wer sollte deiner Meinung nach bei ihr bleiben?«, fragte Gaspard schließlich.

»Ich.«

»Du weißt, dass das nicht geht.«

»Klar geht das. Hängt nur von dir ab.«

»Ich brauche dich in Marseille. Wir dürfen zudem die hiesigen Kollegen nicht vor den Kopf stoßen. Ich habe Vertrauen in Minotte.«

Blandine ließ ein »Pff« hören. Gaspard ignorierte sie.

»Ich werde hierbleiben«, entschied Gaspard.

Jules unterbrach den Wortwechsel der beiden.

»Schön. Ich gehe jetzt zu ihr«, sagte er.

Djamal drehte sich zu ihm um. »Moment. Sie sind der Tierarzt? Jules Parceval, nicht?«

Jules nickte, anstatt Djamal zu korrigieren, dass er einer der seltenen Fachidioten mit zwei Examen war.

Djamal legte ihm seine Pranke auf die Schulter.

»Tja, tut mir leid, mein Freund«, sagte er. »Ich soll Ihnen etwas ausrichten. Zadira will Sie nicht sehen.«

6

Der Schmerz lebte auf in der Dunkelheit der Nacht und ließ sie nicht schlafen. Den Tag über tauchte sie immer wieder kurz in die Zone von Traum und Schlaf ab, konnte sich nicht lange wach halten.

Das Tier in ihr, das sich von ihrem Fleisch zwischen Brust, Schulter und Lunge unter der Achselhöhle ernährte, hatte sich eingerichtet.

Manchmal bekam sie am Rande ihrer Wahrnehmung mit, dass die Ärztin das Zimmer betrat.

Sie hieß wie eine Blume.

Gardénia?

Marguerite?

Nein.

Rose. Madame le Docteur Rose Bernard.

Die Rose beugte sich, nach Desinfektionsmittel und *Chanel Mademoiselle* duftend, über Zadira, untersuchte den Verband, die Wunden, sprach mit ihr. Erzählte von den Splittern, haarfein, die sich vermutlich noch in Zadira herumtrieben.

Wie Zadira der Rose heiser zuflüsterte: »Es tut so weh«, wie die Ärztin dann etwas über ihrem Kopf regelte, wie die Schmerzen sich in eine milde Kühle verwandelten, in Schläfrigkeit, in friedvolle Mattheit.

»Sie bekommen bereits zu hohe Dosen Morphin. Ich will Sie nicht zur Süchtigen machen.«

Die Ärztin sagte, die Ursache des Schmerzes sei der

Schock, den die Nerven erlitten hätten, von dem doppelten Schlag, der Zadiras Schlüsselbein zertrümmert und ihr Schulterblatt durchschlagen und dabei Nerven und Muskeln traumatisiert hatte.

Wenn Zadira das Zimmerdeckenauge sah, wusste sie, dass sie wach war. Es war kein Auge, sondern nur ein Wasserfleck mit einem dunklen Punkt in der Mitte. Doch Zadira hatte bereits begonnen, sich mit Monsieur Auge zu unterhalten.

»Wie lange bin ich schon hier? Zwei Nächte? Zwei Wochen?«

»Geschenkte Tage«, antwortete Monsieur Auge. »Es sind geschenkte Tage, denn eigentlich bist du schon tot.«

Sie überlegte, wer sie erschießen lassen wollte.

Die Kollegen, die Mafia, die Junkies. Alle, die sie schwer beleidigt, die sie verhaftet, deren Väter, Söhne, Geliebte sie in den Knast gebracht hatte.

Es kamen Dutzende infrage. Vielleicht lag der Hass gar nicht bei den BACs, sondern tiefer in ihrer Vergangenheit. Oder nur im Gestern, in Mazan, wo sie vor zwei, drei Monaten den ersten Fall gelöst hatte.

Rache war nie logisch.

Zadira schlief nur so lange, bis der Schmerz in der linken Achsel sie weckte. Er zog sie mit Gewalt aus der diffusen Traumwelt in die harte Wirklichkeit. Dann aber sank sie vor Erschöpfung über ihn wieder zurück, meist am Tag, meist dann, so vermutete sie, wenn Menschen bei ihr gewesen waren. Blandine. Brell.

Aber Jules?

O Gott. Lebt er noch?

Natürlich, ihr fiel es wieder ein. Seine Finger, die die ihren gesucht hatten. Sie hatte sie weggestoßen. War das hier passiert, in diesem Zimmer?

Wann war er nur da gewesen?

Gestern?

Vor einer Woche?

Zeit hatte kein Maß mehr.

Da war auch Gaspard. Er hatte über Jules geredet.

Auf eine Art, die sie nicht mochte.

Wer ist er? Was hatte er da zu suchen? Liebst du ihn?

Hatte Gaspard das so gesagt?

Ja.

Nein.

Djamal war da gewesen, und sie hatte ihm zugeflüstert, was sie Gaspard nicht hatte sagen können. Damit nicht ausgerechnet Gaspard Jules das Herz brach.

Dass sie Jules nicht sehen wollte.

Das war wichtig.

Aber warum? Wieso war das so wichtig – obgleich es doch nicht stimmte? Sie sehnte sich unendlich nach ihm, aber es war wichtig, dass er wegblieb.

Ariel hätte es ihr erklären können. Ariel Cesari, der alte Korse, der Patron des Panierviertels. Engel und Teufel, Liebender und Verbrecher.

Monsieur Auge reichte Zadira als Gesprächspartner, und die Ärztin, Rose Bernard, die versuchte, ihr in den Momenten der Wachheit zu erklären, was mit ihr geschah, vor allem, was *in* ihr geschah.

Wie der Schmerz Zadiras Gehirn umbaute. Der Schmerz würde ihr Gedächtnis neu ordnen wie ein destruktiver Bibliothekar, er würde ihre Sinne neu justieren, sie würde eine Zeit lang erst nichts empfinden, die Zeit würde stehen bleiben oder rasen, und dann wieder würde Zadira nur noch Extreme fühlen.

»Wut, Zorn, Glück, Sehnsucht, Verzweiflung. Ihre emotionalen Ausschläge werden für eine Weile intensiver sein. Ihre Haut wird brennen. Ihre Träume werden seltsamer. Sie verlieren vermutlich oft das Gleichgewicht oder werden unter Konzentrationsverlust leiden. Sie dürfen sich nicht davon beängstigen lassen. Das ist eine depressive Episode. Sie geht vorbei. Ich lasse Sie nicht ohne Medikamente dagegen gehen. Sie werden sich später rausschleichen können.«

»Ich bin nicht der Typ fürs Rausschleichen.«

»Dann lernen Sie es. Haben Sie Geduld mit sich. Sie werden nicht mehr dieselbe sein wie vorher. Das ist das Schwierigste. Einzusehen, dass Ihr Leben, wie sie es gewohnt waren, vorbei ist. Es gibt kein Zurück.«

Die Ärztin hatte Zadira auch erklärt, dass sie kaum noch einen Tropfen eigenes Blut in sich hatte. »Sie tragen jetzt so ziemlich alle Kulturen der Welt in sich, Madame Matéo.«

Kulturen. So wie ein verdammter linksgedrehter Joghurt, nicht, Monsieur Auge?

Rose Bernard hatte bei den Worten ihre Hand genommen.

Auch diese hatte Zadira weggeschoben.

Sie konnte es einfach nicht ertragen, angefasst zu werden An der Hand gehalten. Es stützte nicht.

Es brachte nur Leid.

Zadira musste lachen. Es tat weh.

Die Ärztin erklärte, dass Zadira die linke Brust werde behalten können, aber mit einer Narbe, und dass die Arterien geklammert worden waren. Dr. Parceval habe seine Hand auf ihr Herz gepresst, als sie auf der Straße in Mazan lag, um Zadira am Verbluten zu hindern, er habe sie gerettet.

Jules. Hat mich gerettet. Mich getötet und gerettet zugleich.

Wenn sie ihm nicht hätte sagen wollen, was sie fühlte, dann …

Das war Unsinn.

Oder nicht?

Warum war ich nur so unaufmerksam? Warum habe ich mich anschießen lassen? Verdammte Liebe. Liebe macht dumm.

Sie wünschte, sie hätte Javier Gaspards Besuch nur geträumt.

Aber er war tatsächlich da gewesen.

Er hatte Zadira über das Haar gestrichen, ihre Hand an seine Lippen gedrückt, zu ihr gesagt: »Ich hatte Angst, dass du stirbst, ohne dass ich dir noch einmal in die Augen sehen kann.«

»Bullshit.«

Javier Gaspard. Ihr ehemaliger Vorgesetzter bei der MILAD, der Marseiller Einheit gegen Drogenhandel und organisierte Rauschgiftkriminalität, inklusive allem, was da so dranhing – Prostitution, kriminelle Jugendliche, Bandenkriege.

Gaspard. Verheiratet, Workaholic, schlief nie mehr als vier Stunden. Manchmal nur zwei Stunden. Das waren die Nächte gewesen, die er mit ihr, mit Zadira verbracht hatte. Manchmal hatten sie auch nachmittags miteinander geschlafen. In einem der Hotels am Hafen, unweit des Polizeihauptquartiers in der Rue Antoine Becker. Um sie herum immer nur Baustellen. Der Baustellenlärm des sich ständig neu erfindenden Marseille hatte ihre Liebesstunden begleitet. Er hatte seinen harten Körper gegen ihren ebenso harten gepresst, und sie hatten einander verschlungen, verzweifelt, so lange, bis sie sich wieder selbst spürten.

Gaspard. Vielversprechendster Kandidat für den Posten des Polizeipräfekten von Marseille. Respektiert von den Polizeigewerkschaften genauso wie vom Justizpalast und erst recht von den Kollegen.

Nie war ein Schatten auf seinen Leumund gefallen, weder extern noch intern. Anders als bei ihr. Sie hatte es riskiert, als Verräterin der Polizeifamilie zu gelten.

Und bezahlte jetzt dafür.

Aber da war noch etwas. Er hatte sie nicht nur deswegen loswerden wollen.

Oder?

»Hast du den Schützen gesehen?«

»Nein. Nur gehört.«

»Akzent?«

»Keiner. Französisch, Provence.«

»Nicht Russisch? Korsisch?«

»Nein. Ich bin müde.«

»Du kannst lange schlafen, wenn sie noch mal kommen und erledigen, was sie diesmal nicht geschafft haben.«

»Kommen sie noch mal, Gaspard? Wer sind die? Weißt du etwas?«

»Was willst du damit sagen?«

»Will ich was damit sagen?«

Er starrte sie an. Ihr offenes Misstrauen verletzte ihn.

»Frag mich doch mal, wie es mir geht«, sagte sie.

»Das weiß ich. Deine Nervenbahnen sind zerfetzt. Es ist unklar, ob du je wieder Gefühl in deiner linken Hand haben wirst. Aber du hast überlebt. Alles andere wird sich zeigen.«

»Warum hat deine Frau dich eigentlich geheiratet? An deiner Einfühlsamkeit kann es nicht liegen.«

Sie stellte fest, dass es ihr gefiel, Gaspard zu verletzen.

War das schon die Folge ihres durch den Schmerz umsortierten Gehirns, eine zerstörte Integrität und Empathie?

Wozu eigentlich nett sein?

Sie hatte keine Lust, nett zu ihm zu sein. Oder zu irgendwem. Sie hatte auch keine Kraft dafür. Sie konnte nur daran denken, dass diese verfluchte Ärztin hoffentlich bald kam, um die Morphindosis zu erhöhen, damit das Brennen aufhörte, das Stechen, das Pochen, dieses Gefühl, in gespannter Haut zu stecken, die eitrig aufplatzen würde.

»Es liegt nahe, dass ein zweites Attentat bevorsteht«, sprach Gaspard weiter. »Aus so geringer Distanz schießt kein Profi daneben. Normalerweise. Und wenn doch, dann nicht grundlos. Ein bewusster Warnschuss wäre ins Knie gegangen. Oder hätte deinen Begleiter erwischt, wie heißt er, Docteur Parceval. Ist er dein Lebensgefährte?«

»Du magst ihn nicht?«

»Das ist irrelevant. Also ja?«

»Was geht es dich an?«

»Antworte mir wie ein Profi, Zadira.«

Leck mich!, dachte sie. Leck mich und verrecke!

Sie antwortete: »Nein. Jules Parceval ist nicht mein Lebensgefährte. Es war Zufall, dass wir zusammen unterwegs waren.«

»In einem roten Kleid.«

»Und?«

»Du hast nie Kleider getragen, Zadira.«

»Du auch nicht.«

Ein kurzes Lächeln in seinen Mundwinkeln. Der Mund, der sie genommen hatte. Der Mund, den sie jetzt schlagen wollte.

Jules Parceval ist nicht mein Lebensgefährte. Es war Zufall, dass wir unterwegs waren.

Warum hatte sie das so gesagt?

Es war nicht gelogen, und dennoch falsch.

»Du traust Gaspard nicht«, stellte Monsieur Auge fest. »Deswegen wolltest du nicht, dass er seine Aufmerksamkeit auf Jules lenkt. Korrekt?«

Korrekt. Deswegen muss Jules wegbleiben. Er muss unsichtbar bleiben. Wegen ihm. Und wegen denen, die mich erschießen wollen.

Immer noch fielen ihre Gedanken nicht in die richtige Reihenfolge. Die Schmerzmittel, der Schmerz.

Was hatte Gaspard noch gesagt? Ach, ja!

»Auf jemanden wie dich wird kein Anfänger angesetzt.«

»Jemand wie ich? Ach, ja? Wer bin ich denn? Sag's mir. Wer bin ich in deinen Augen?«

»Zadira. Bitte.«

Sie hatte die Augen geschlossen, ihn ausgeschlossen.

Sie verstand es nicht. Warum sie? Warum an diesem Tag? Diesem Ort?

Monsieur Auge antwortete nicht.

»Warum hat der Fahrer nach meinem Namen gefragt? Warum nicht nach Lieutenant Matéo? Wieso hat er überhaupt gefragt? Wieso?«

Monsieur Auge schwieg.

Sie hatte Gaspard einmal getraut. Vielleicht war das der unnötigste Fehler gewesen. Sie hatte ihm getraut, bis er sie radikal auswies, aus ihrem Leben in Marseille, aus seiner Abteilung, und sie in den Norden schickte, nach Mazan.

Um sie aus der Schusslinie zu bringen. Erklärte er.

Um ihr jenseits der Familie, die Zadira verraten hatte, eine Chance zu geben, ein neues Leben zu beginnen. Behauptete er.

Dabei hatte Javier Zadira im Herbst 2011 und 2012 noch bestärkt, gegen Kollegen der Brigade Anti-Criminalité zu ermitteln und der IGPN, der verdeckten internen Ermittlungseinheit, zuzuarbeiten. Sie war eines der Kollegenschweine, die Beweise gegen dreißig verdächtige BAC-Mitglieder der Nordquartiere gesammelt hatten, die wiederum im Verdacht standen, mit Drogen zu handeln, mit Waffen, mit Frauen. Sie sollte in zwei Monaten, im Dezember 2013, öffentlich aussagen, wenn das Disziplinarverfahren gegen die korrupten Beamten begann.

»Ich habe meine Kollegen verraten«, flüsterte Zadira.

»Es gibt keine Regel, die es nicht wert ist, infrage gestellt zu werden«, sagte das Auge.

Oder vielleicht bildete sie es sich auch nur ein.

Bevor sie wieder im Schlaf versank.

Als sie das nächste Mal aufwachte, sah sie die Umrisse des Mannes. Er saß vor dem Fenster, entspannt, die Beine übereinandergeschlagen, im Licht des nahenden Tages. Sie spürte, dass er sie beobachtete. Sie erkannte das Relief seines Kopfes.

Die Angst kroch trotzdem in ihr hoch.

»Du hast schon wieder keine Blumen mitgebracht, Gaspard«, sagte sie heiser.

»Du hast mich angelogen, was Jules Parceval angeht. Er liebt dich. Und das sicher nicht ohne Grund. Für deine Lüge gibt's keine Blumen.«

Sie schwieg.

»Er hat sich mir außerdem als dein Verlobter vorgestellt.«

Sie hütete sich, auch nur ein Wort zu erwidern.

»Du, Zadira? Du und verlobt? Du verlobst dich nicht. Nicht jemand wie du. Und nicht mit jemandem wie ihm. Ich hab ein wenig über ihn recherchiert. Wusstest du, dass sein Vater eine Berühmtheit ist, zumindest wenn man gehirnchirurgische Hilfe braucht? Wusstest du, dass Jules Millionär ist? Teuerste Schulen, teuerste Kindermädchen, teuerste Freundinnen?«

Wider Erwarten verspürte sie den Drang zu lachen. In diesem Moment liebte Zadira Jules mehr denn je.

Danke, dachte sie. Danke, dass du Gaspard wütend machst. Wenn er wütend ist, macht er Fehler.

Das absurde Gefühl verging so rasch, wie es gekommen war. Sie befeuchtete ihre spröden Lippen, um zu sprechen.

»Wie geht es Marseille?«

»Die ›Jungen Wölfe‹ machen uns Sorgen«, antwortete Gaspard nach einer Weile. Er sprach nicht weiter über Jules – vermutlich hatte er gemerkt, dass er sich wie ein alberner eifersüchtiger Teenager aufführte. Hoffte sie. Und auch nicht.

»Diese junge Generation der Mafia hat keinerlei Prinzipien mehr. Keine Ehre, wenn du so willst. In Le Clos-La Rose bilden sich Baby-Connections, die haben nicht mal Haare am Sack. Es gab Anschläge auf Elfjährige. Und im Wohnsilo von La Cayolle hat sich ein Dutzend Roma-Familien mit den Maghrebinern gekeilt. Keiner wollte dem anderen das Gesetz überlassen. Die Welt ist kein guter Ort, Kätzchen.«

Sie antwortete nicht. Er hatte jedes Recht verwirkt, ihr einen Kosenamen zu geben.

»Mazan«, flüsterte sie.

»Mazan ist auch keine heile Welt.«

Sie sagte ihm nicht, dass sie nicht den Ort meinte, sondern ihren Kater. Commissaire Mazan. Er fehlte ihr. So sehr. Ihr Freund, ihr Seelenspiegel. Der heimliche Katzenkommissar von Mazan. Der nachts über ihren Schlaf wachte, der ihr half, ihre Gedanken zu ordnen, und dessen Zuneigung bedingungslos war. Es war ausgerechnet ein Kater, den sie jetzt vermisste, ein unfreiwillig nach Mazan Gespülter wie sie, das einzige Lebewesen, dem sie traute, und dessen beruhigendes Purren ihr fehlte.

»Was willst du hier?«, fragte sie nach einer Weile.

»Ich werde dich wegbringen, sobald das möglich ist. Dann wirst du gesund. Dann sagst du aus. Und sie wollen dich immer noch als Capitaine bei der Brigade de la Protection des Mineurs.«

Den letzten Satz sagte er gepresst, so als ob es ihn störte.

Jugendschutz. Das, was sie wirklich immer machen wollte.

Bis … Bis Mazan. Und Jules.

»Wie wunderbar«, sagte sie.

Gaspard überging ihren Sarkasmus.

Was hatte er ihr einst eingeschärft? »Ich mag dich, aber trau mir deshalb nicht. Traue niemals einem Menschen mehr als unbedingt nötig.«

»Hast du Angst?«, fragte Gaspard. Zart. Fast schon liebevoll. »Hast du Angst … um Jules Parceval?«

Sie antwortete nicht. Und ob sie Angst hatte. Rasende Angst. Es gab allen Grund, das wurde ihr jetzt klar, und sie hasste Gaspard, dass er sie nicht noch einen Moment verschont hatte. Sie hörte Gaspard leise sagen: »Die Angst kommt nicht von dem, was schon verloren ist. Die Angst kommt von dem, was du noch verlieren kannst. Und ich habe Angst um dich.«

Ihr Herz brannte bei seinen Worten.

Jules.

Sie wollte ihn nicht verlieren. Sie würde ihn vergessen müssen, um ihn nicht zu verlieren. Eine Unmöglichkeit. Aber Gaspard würde sie es nicht gönnen, ihre Tränen zu sehen.

Zadira schloss die Augen.

7

Commissaire Mazan lag auf dem Bauch im Gras. Das alte, hohe Haus, das so lange leer gestanden hatte und nur einige Wochen zuvor zu so unheiligem Leben erwacht war, lag wieder still und mit verschlossenen Fensterläden hinter den hohen Bäumen. Es war in seinen Schlaf zurückgesunken. So wie der Garten, von dem die Katzen nun Besitz ergriffen hatten.

Es war sein Garten. Sein Revier. Hierher holte Mazan Manon und ihre Kleinen, die mittlerweile so unternehmungslustig waren, wie junge Katzen es nur sein konnten.

Manon hatte ihnen Namen gegeben. Die drei ingwerfarbenen Kätzinnen hießen Mia, Marilou und Margo. Und den Schwarzen, auf den er immer ein besonderes Auge hielt, weil er zum Leichtsinn neigte, hatte seine Mutter Minou genannt.

Minou.

Marilou.

Margo.

Mia.

Manchmal reihte er die Namen in seinem Kopf auf wie Steinchen, die man aneinanderklickt. Mit denen man spielt und sie durcheinanderpurzeln lässt. So wie die vier Kleinen jetzt durch das Gras tollten. Es sollte ihn freuen. Das war doch der Sinn der Jungen. Dass man sich an ihnen erfreute. An ihrer Unbeschwertheit, ihrem Übermut und ihrer Vitalität.

Und bis vor wenigen Tagen war genau das der Fall gewesen.

Aber dann fielen die Schüsse.

Mazan sprang auf, er hielt es einfach nicht mehr aus. Oscar, der verfressene Britisch Kurzhaar, der im Haus des Engländers Jeffrey wohnte, lag auf dem breiten Rücken, die Beine in die Luft gestreckt, die Zungenspitze hing ihm raus, während sein Schlafatem leise durch die Nase schnorchelte. Commissaire Mazan verpasste ihm einen Hieb auf den schlaffen Hinterlauf.

»Was?«, nuschelte Oscar und versuchte erschreckt, sich in eine aufrechte Position zu rollen.

»Du passt auf die Kleinen auf!«

»Herrgott, bist du wieder schlecht gelaunt.«

»Ich sagte: Du passt auf die Kleinen auf!«

»Ist ja gut. Ich hab's verstanden.«

Als Mazan durch die Gitter des eisernen Tores schlüpfte, hörte er hinter sich Oscar murren: »Pass auf die Kleinen auf! Kann irgendjemand auch einmal ›Bitte‹ sagen?«

Die Kleinen merkten nicht einmal, dass Mazan den Garten verließ.

Er wusste einfach nicht mehr, wo er noch suchen sollte. Es gab keinen Ort in der Stadt, an dem er oder seine Freunde nicht schon nach ihr gesucht hatten. Rocky, der große fuchsfarbene Rudelanführer, war durch sämtliche Keller und Cafés gestrichen. Die sonst so besserwisserische Siam Louise hatte mit ihrem Charme zahllose Bewohner ihre Fenster und Türen öffnen lassen – doch nirgends ein Hinweis. Sogar Jungkater TinTin und Gino, der zugezogene italienische Mischlingskater, hielten in der Kirche Wache, weil sie darauf setzten, jemanden über Zadira reden zu hören. Ja, die ganze verdammte Katzenbande hatte den beschaulichen Ort Mazan durchsucht.

Aber Lieutenant Zadira war fort!

Immer wieder tauchte das Bild des zerfetzten Hasen in Mazans unruhiger Erinnerung auf. So sahen weiche Körper aus, die von harten Schüssen getroffen worden waren. Sah auch Zadiras Körper so aus?

War sie …

Tot.

Er erinnerte sich an den Schmerz der vorletzten Nacht. Als diese Träume begonnen hatten. Von einem plötzlichen Angriff aus dem Dunkel. Ein reißendes Maul. Er konnte nichts erkennen, aber als er hochschrak, spürte er immer noch die scharfen Zähne, die sich in seine Brust fraßen. Der Schmerz verging nicht, wurde mal schwächer, bis er nur noch ein Summen unter dem Fell war, dann stach er wieder beißend zu. Der schwarze Kater konnte sich noch so oft lecken, der Schmerz ließ nie vollständig nach.

Mazan lief eilig die Gasse zum Kirchplatz hinauf, tauchte von Schatten zu Schatten. Immer wieder zog es ihn in ihre Wohnung gegenüber vom Hôtel du Siècle. Dorthin, wo er Zadira zuletzt gesehen hatte. Es war die Angst, sie zu verfehlen. Dass sie vielleicht käme, ihn nicht fand und wieder ging. Ihn vergessen würde, ihn, nach all den Nächten, in denen sie beieinandergelegen hatten, in denen sie ihm etwas erzählte, manchmal für ihn sang, manchmal einfach abwartete, dass er ihre Nähe suchte.

Sie war bisher doch immer zurückgekommen. Immer.

Er wusste, dass es diesmal so nicht sein würde.

Sie würde nicht kommen. Aber er kam nicht dagegen an.

Er konnte nicht aufhören, auf ihre Rückkehr zu hoffen. Und sie immer wieder von Neuem zu suchen.

Er sprang die Außenstufen empor. Noch bevor er durch die Katzenklappe kletterte, wusste er, dass sie nicht da war. Er schnupperte in den Raum. Schale Luft, dennoch war Zadiras Duft überall hineingewoben.

Commissaire Mazan, so hatte sie ihn getauft.

Wer war er denn ohne sie?

Hatte er überhaupt einen Namen, ohne sie?

Unruhig sprang er auf den alten Küchentisch, direkt vor dem Fenster. Hier hatten sie oft gesessen, Zadira auf dem Stuhl, er auf dem Tisch. Sie hatten den fernen Mont Ventoux angeschaut, so hatte sie die Kuppe genannt. Windberg.

Sie war keine von denen, die ihn ständig anfassen und streicheln wollten. Sie ließ ihn in Ruhe, es sei denn, er kam zu ihr. Jetzt zum Beispiel sehnte er sich nach Zadiras Berührung. Mit beiden Händen. Umschließen sollte sie ihn, ihm die Stirn bieten. Sie roch nach zu Hause. Alles war Wärme in ihr.

Er lief die ganze Wohnung ab, der Haufen getragener Wäsche, die saubere hing an einer Leine, die quer durch den Raum gespannt war. Ihre Turnschuhe, ein Stapel Bücher. Sie kam nicht oft zum Lesen. Sein Napf mit einer unangenehm riechenden Kruste alten Futters.

Wenn es eines Beweises gebraucht hätte, dass sie in der Zwischenzeit nicht hier gewesen war, dann war es der Napf. Zadira stellte Commissaire Mazan immer frisches Futter in einem sauberen Napf hin und immer frisches Wasser.

Er schleckte den letzten Rest Wasser aus der Schale neben dem Napf, dann schaute er zu ihrem Bett. Er wusste, dort war ihr Geruch am intensivsten.

Mit einem Satz war er auf dem zerwühlten Laken. Er erschnupperte sich den Platz, an dem sich der Duft ihres Körpers und ihrer Fruchtbarkeit mit dem von Jules vermischte. Sie hatten sich gepaart in der letzten Nacht, die sie hier verbracht hatten, und auch wenn er ahnte, dass dies bei den Menschen eine andere Bedeutung hatte als bei den Katzen, so war es doch ein Moment voller Glück gewesen. In diesen Ort und diesen Moment knetete er sich mit den Pfoten ein. Und zum ersten Mal seit den verhängnisvollen Schüssen setzte dies in seiner Brust und seiner Kehle das Purren in Gang, das ihm vielleicht endlich Ruhe und ein Vergessen des Schmerzes bringen würde.

Er rollte sich in Zadiras Kopfkissen zusammen und schlief ein.

*

Grelles Licht. Er konnte sich nicht bewegen. Als er weiß gekleidete Gestalten wahrnahm, durchfuhr ihn namenloses Entsetzen. Er war wieder in der weißen Hölle!

Jenem Ort, an dem Tiere gequält wurden und unter grausamen Bedingungen starben. Aber wie konnte das sein?

Mazan wollte aufspringen, aber er konnte sich nicht bewegen. Sein Körper war gelähmt. Festgebunden. Nadeln steckten in ihm, Schläuche ragten aus seinem Maul. Rasselnd ging sein Atem.

Als sich ein Gesicht über ihn beugte, geriet er in schiere Panik. Er musste fort.

Da! Ein neues Geräusch!

Ein Schlüssel knirschte in einem Schloss. Etwas näherte sich, groß und schwer. Und plötzlich zerplatzte die Lähmung, er schnellte aus seinem Traum empor.

Mazan sprang auf, sah das Tier nur einen Meter entfernt. Dahinter die hoch aufragende Gestalt eines Mannes. Er sprang das Tier mit ausgefahrenen Krallen an, wollte ihm die Augen zerfetzen. Doch es war schnell, wich mit einem Jaulen aus. Mazan raste los, raus aus der weißen Hölle. Auf den Treppenabsatz …

… vor Zadiras Wohnung.

Er hielt inne, mit rasendem Herzen. Schaute sich um, immer noch fluchtbereit, mit angelegten Ohren.

»Hey, *mon commissaire*«, sagte Jules mit sanfter Stimme. »Träumst du?«

Jules!

Und das Tier, das neben ihm stand und verwundert den großen, dummen, lieben Kopf schüttelte, war Atos, Jules' großer bretonischer Vorstehhund, herzensgut, aber nicht sehr helle. Mazans Freund. Dem er gerade einen bösen Hieb auf das ewig tropfende Riesenmaul verpasst hatte.

Jules ging in die Knie.

»Hey, Commissaire Mazan, wir sind's doch nur! Na, komm schon, mein Kleiner, wir wollten dich nicht erschrecken.«

Langsam und sehr vorsichtig tapste auch der große Hund näher und streckte dem schwarzen Kater das bretonische Vorsteherhundgesicht entgegen.

»Tut mir leid«, sagte Mazan, und obwohl Atos ihn sicher nicht verstand – außer »Komm!« und »Geh!« kapierte er nicht viel –, merkte er, dass alles wieder gut war.

»Na komm, Mazan, ich habe dir was mitgebracht.« Jules erhob sich, suchte in der Küche nach einem Teller und öffnete eine Dose. Als Mazan der Duft des saftigen Futters in die Nase stieg, merkte er, wie lange er nichts mehr gefressen hatte.

Atos sah neidisch, aber gehorsam abwartend zu, wie Mazan sich über das Futter hermachte. Himmel, tat das gut. Aus Freundschaft und weil er ihm einen Hieb verpasst hatte, ließ Mazan eine kleine Portion auf dem Teller, über die Atos sich sofort hermachte und in einem Happs verschlang.

Jules hatte sich mittlerweile eines dieser heißen Getränke zubereitet, deren dunklen, würzigen Duft Mazan mochte. Kaffee. Der Tierarzt saß am Tisch und schaute aus dem Fenster, am gleichen Platz und in der gleichen Haltung, in der Zadira dort immer gesessen hatte.

Mazan sprang auf den Tisch und setzte sich ihm gegenüber.

»Na, mein Lieber«, sagte Jules leise, und da bemerkte Mazan, wie verloren der Tierarzt aussah. Und wie erschöpft. Fast war es, als fühlte Mazan das Leid, das auch in Jules' Brust hockte.

»Unsere Freundin hat es übel erwischt, weißt du«, sagte Jules leise. Mazan ließ es zu, dass er ihn vorsichtig streichelte. Ja, tatsächlich genoss er es sogar. Gutes Futter im Bauch zu haben und die Berührung einer vertrauten Hand ließen die Schrecken der Albträume schwinden. Vor allem aber wollte er, dass Jules weitersprach. Ihm erzählte, was mit Zadira passiert war.

»Aber sie wird leben, sie wird leben.«

Jules schlug beide Hände vor die Augen. Sein Atem ging schwer.

Etwas löste sich in Mazan. Unendliche Erleichterung breitete sich in ihm aus. Er stupste Jules' Hände an, um ihn mit dieser Geste aus seiner Verzweiflung zu befreien. So wie er es oft bei Zadira gemacht hatte. Auch Atos hatte sich neben Jules niedergelassen und seinen Kopf auf dessen Schenkel gelegt.

Während Jules erzählte, von der furchtbaren Wunde, die die Schüsse in Zadiras Körper gerissen hatten, von ihrem Blut, das auf das Pflaster geflossen war, und von seinem Entsetzen, als sie ihm unter den Händen wegzusterben drohte, war Mazan klar, dass der Tierarzt dies eigentlich nicht ihm erzählte, sondern nur sein Herz erleichterte.

Menschen wussten nicht, dass die Katzen sie verstanden. Wirklich verstanden, vor allem das, was sie nicht sagten. Eine Tatsache, die ihn ebenso wie viele seiner Artgenossen immer wieder verblüffte.

Während seiner ersten Wochen in Mazan hatte er begriffen, dass dies daran lag, dass Menschen Katzen nicht verstehen konnten – und deshalb glaubten, dies sei umgekehrt genauso. Das war natürlich ein recht einfältiger Fehlschluss, aber genauso waren die Menschen nun mal. Sie dachten, sie wären die einzige Antwort der Schöpfung auf alle Fragen, dabei waren sie genauso unvollständig wie jedes Ding und jedes Lebewesen auf der Welt.

Im Großen und Ganzen kamen die Katzen ja auch gut mit den Unzulänglichkeiten ihrer zweibeinigen Lebensgefährten zurecht. Sie wurden vor allem dadurch wettgemacht, dass Menschen aufgrund ihrer Dummheit und Vergesslichkeit relativ einfach zu manipulieren waren. Nur, wenn es wirklich darauf ankam, war diese Begriffsstutzigkeit doch sehr lästig.

Auf alle Fälle gehörte Jules zu den verständigsten Exemplaren der Gattung Mensch.

»… und dann hat sie gesagt, dass sie mich nicht sehen will. Verstehst du, Mazan? Sie will mich nicht sehen! Nie wieder!«

Der Tierarzt schluckte etwas herunter, was nur Kummer sein konnte, und wischte sich mit dem Handrücken über den Mund. Seine Augen glänzten schon wieder feucht. Mazan beugte sich zu ihm und stupste mit seiner Stirn an Jules' Stirn. Jules lachte etwas gequält auf.

»Weißt du, manchmal habe ich wirklich das verrückte Gefühl, dass du mich verstehst.«

Tja. Was soll ich darauf sagen? Wenn ich etwas sagen könnte.

»Auf alle Fälle kann ich verstehen, dass du und Zadira … ach, du hast sie bestimmt schon manches Mal getröstet.«

Das stimmt.

»Ihr seid ein tolles Team.«

Das sind wir, dachte Mazan, ein tolles Team. Und jetzt, da er wusste, dass sie lebte und zu ihm zurückkehren würde, war aller Schrecken verschwunden. Doch Jules war noch nicht fertig mit seiner Geschichte.

»Aber das Schlimmste ist, dass es noch nicht vorbei ist.«

Wie meinst du das?

Jules sah ihn mit seinen traurigen Augen an.

»Ihre ehemaligen Kollegen wollen sie wegbringen, irgendwohin, wo niemand sie finden kann.«

Warum?

»Damit der, der sie töten wollte – oder sollte –, sie nicht findet. Jemand will Zadira töten.«

Mazan glaubte erneut die Schüsse zu hören.

Die beim zweiten Versuch besser trafen.

Nichts war gut.

Gar nichts.

8

Der Tag brach so leise an, wie es Jules schon lange nicht mehr erlebt hatte. Die Nacht zog sich zurück und enthüllte ein Mazan, in dem kein Mensch außer ihm wach zu sein schien. Die für Autos viel zu engen Gassen gehörten den Katzen, die ganze Altstadt auf dem Gebetshügel des ehemaligen Templerordens wurde von ihnen beherrscht. Auf den Wiesen und abgeernteten Weinfeldern verdunstete der Tau, und die frühe Oktobersonne ließ das Land so aussehen, als hätte es Jahrtausende ruhig und unberührt dagelegen.

Ein unwirklicher Traum von Frieden.

Ein trügerischer Traum.

Jules dachte an die vergangene Nacht. Er war endlich zur Ruhe gekommen, als er mit den Tieren, mit Atos und Commissaire Mazan, in Zadiras Küche gesessen und sich Gedanken über die nächsten Schritte gemacht hatte. Fast hatte er das Gefühl gehabt, verstanden zu werden; und es war vermutlich keine Illusion. Als Tierarzt war er es gewohnt, so manches Mal unvermutet in den Blicken, Bewegungen und Reaktionen eines Tieres menschenverwandte Seelen zu spüren.

Als der schwarze Kater schließlich vom Tisch sprang, um in sein rätselhaftes Katzendasein zurückzukehren, war es, als hätte auch Zadiras Wärme endgültig die Wohnung verlassen.

Jules schaute auf das zerwühlte Bett. Es schien ihm wie ein anderes Leben, in dem sie sich dort geliebt hatten. Ein Leben, das nicht nur von zwei Schüssen, sondern auch von dem Satz zerstört worden war: »Sie sagt, dass sie dich nicht sehen will!«

Sie gibt mir die Schuld. Sie vertraut mir nicht mehr.

Aber das war nicht gerecht.

Er versuchte seine Enttäuschung, seinen Zorn zu bezwingen. Konnte nicht auch der Schmerz der Grund dafür gewesen sein, dass sie ihn auf diese furchtbare Weise zurückwies? Oder die Medikamente? Jules wusste, wie sehr das Denken davon beeinflusst werden konnte.

Er ging in seine Wohnung, direkt gegenüber, um zu duschen und sich rasch umzuziehen. Er sah auf die unerledigte Post, die aufgelaufenen E-Mails, die Buchhaltung aus der Tierarztpraxis. Er dachte an die wilde Hoffnung, die er in jener Nacht empfunden hatte, als er mit Zadira eng umschlungen dagelegen hatte. Ihre Augen so weit, so tief. So unglaublich.

Ein Schmerz drückte in seiner Brust nach oben. Erst als er sich in seiner Kehle ballte und zu einem Schrei verdichten wollte, erkannte Jules die Ursache: Er liebte sie so sehr.

Er schlug derart fest auf den Tisch, dass Atos erschrocken aufsprang und bellte. Er wollte den Schmerz. Wollte sich strafen und fühlen zugleich. Denn war er nicht immer auf Distanz geblieben?

Ja, er liebte sie. Aber hatte er sich auch bemüht, sie zu begreifen? Ihr Leben, ihre Arbeit? Was wusste er denn schon von ihr?

Er hatte geglaubt, er habe den Pariser Snobismus hinter sich gelassen. Lachhaft. Er trug ihn in sich.

Komm, sei ehrlich, sagte er sich. *Hattest du etwa nicht die Vorstellung, sie mit in deine Welt zu nehmen? Sie auf die lichte Seite des Lebens zu ziehen? Hast du auch nur einen Moment daran gedacht, was sie ist? Wo sie herkommt? Was sie zu dem gemacht hat, was sie ist?*

Noch während der Schmerz in seiner Hand summte, begriff er, was er zu tun hatte.

Jules Parceval tippte rasch eine Nummer auf dem Mobiltelefon ein. Brell meldete sich schon nach dem ersten Anrufton. Seine Stimme war flach und besorgt.

»Ist etwas passiert?«

»Nein, Capitaine, aber ich wollte Sie um etwas bitten. Sofern es … sofern es Ihre Zuständigkeit nicht übersteigt.«

Dann erklärte Jules, was er sich überlegt hatte.

Der Gemeindepolizist schwieg, während Jules ihm seine Gedanken vortrug.

»Ich denke darüber nach«, sagte Brell am Ende ruhig.

Als Jules zwanzig Minuten später das Krankenhaus erreichte, klingelte sein Telefon.

Genervt starrte er auf die Nummer auf dem Display.

Nein. Der jetzt bitte nicht.

Das Telefon klingelte erneut, vorwurfsvoll fast. Und wieder. Und wieder.

Mit einem Kopfschütteln drückte Jules den Anruf weg und steckte das Handy wieder in die Tasche.

Sein Vater war nun wirklich der Letzte, mit dem er in diesem Moment reden wollte.

In der Verwaltung entschuldigte sich die zuständige Sachbearbeiterin, Marie Lupion, gefühlt hundert Mal bei Jules. Er kannte sie, er hatte ihren Papagei, der unter Polypen litt, schon dreimal behandelt. Marie Lupion stellte Jules anstandslos den Erlaubnisschein aus.

»Ehrlich, Monsieur le Docteur, das bringt uns hier alle mehr und mehr in Verlegenheit.«

Diesmal saß ein anderer Polizist an der Schleuse zur Intensivstation.

»Immer nur ein Besucher zur selben Zeit«, sagte er muffig.

»Ich werd's ausrichten«, erwiderte Jules gelassen.

In der offenen Tür des Krankenzimmers blieb er stehen. Gaspard saß auf einem Stuhl an Zadiras Bett. Er hatte sein Kinn auf eine Faust gestützt und betrachtete Zadira.

Die hatte die Augen geschlossen.

Automatisch glitten Jules' Blicke zu den Anzeigen der Maschinen. Puls, Blutdruck, Herzschlag, Sauerstoff im Blut, Durchlauftempo der Schmerzmittel, Menge der Wundflüssigkeiten.

Zadira ging es nicht gut.

Da bemerkte ihn Gaspard.

»Ach, der Herr Verlobte«, spottete er.

Jules spürte den Drang, Gaspard zu schlagen. In seine attraktive, überlegen lächelnde Visage. Stattdessen sagte er überhöflich: »Ich wäre gern mit ihr allein.«

»Bitte! Natürlich!«, erwiderte Gaspard großzügig, stand auf, rückte ihm den Stuhl zurecht. Als Jules Platz genommen hatte, beugte sich Gaspard zu ihm herunter. Jules spürte seinen Atem am Ohr, roch sein Aftershave, er meinte sogar die Wärme, die angespannte Kraft der Muskeln unter dem Anzug wahrzunehmen.

»Wenn Sie hier fertig sind, Doktor, sollten wir uns unterhalten. Darüber, was genau Sie tun können, damit die Frau, die uns allen etwas bedeutet, nicht unnötig Kummer haben muss. Richtung Zentrum ist eine Bar-Tabac.«

Ohne eine Antwort abzuwarten, verließ er das Krankenzimmer. Jules atmete langsam aus.

Der Mann kommandierte ihn herum.

Und, mehr noch, er würde sich herumkommandieren lassen. Auch wenn es ihn maßlos anwiderte. Es musste sein. Erst mal.

Als sich Jules zu Zadira zuwandte, ruhte ihr Blick unvermittelt auf ihm.

»Hey«, sagte er, erstaunt, erschrocken, glücklich.

Ihre dunkle Hand auf dem weißen Stoff des Lakens rührte sich nicht. Er griff, ohne nachzudenken, nach ihren Fingern. Aber sie lagen regungslos in seiner Hand.

Zadira sah ihn an, endlos lange, stumm, und etwas in ihrem Blick ließ Jules schweigen.

Ich liebe dich, dachte er immer und immer wieder.

Ich liebe dich.

»Geh«, sagte Zadira nach einer Weile. Heiser.

Langsam zog sie ihre Finger aus seiner Hand. »Geh weg! Ich will uns nicht.«

Sie schloss die Augen. Atmete mühsam. Ihr Pulstempo war minimal gestiegen.

Jules konnte nicht sprechen.

Nicht atmen.

Geh weg! Ich will uns nicht.

Es war wie ein Schlag in den Magen. Er zwang sich aufzustehen, sagte: »Ich verstehe«, obgleich er nichts verstand. Er verließ das Krankenzimmer, verließ Zadira, verließ ihr Leben.

Im Gang, außerhalb ihrer Sicht, blieb er stehen und versuchte, sich zu fassen. Es zog ihn zu ihr zurück mit einer Kraft, der er kaum widerstehen konnte. Jeden Schritt vorwärts musste er gegen Gewichte aus Blei erkämpfen. Zurück hätte er sich einfach nur fallen lassen müssen. Mit jedem Schritt zerriss es ihn innerlich mehr.

Er verließ das Krankenhaus und trat in den absurd schönen Oktobertag, der seine morgendliche Frische gegen sonnige, trockene Wärme getauscht hatte.

Auf dem Weg in die Bar-Tabac kamen ihm Menschen entgegen, die mit ihren Einkaufstaschen vom Markt nach Hause trotteten. Autofahrer suchten Parkplätze, und ein Kind an der Hand seiner Mutter leckte völlig hingegeben an seinem Eis. Es waren Szenen von banaler Alltäglichkeit, um die Jules jeden Einzelnen beneidete. Denn er selbst fühlte sich nicht mehr als Teil dieser Welt. Er hatte Niemandsland betreten, das Land ohne Zadira, die erste graue Stunde ohne sie. Seine schlimmsten Befürchtungen waren eingetreten.

Er stieß die Tür zu der Bar-Tabac mit deutlich mehr Schwung auf, als er es normalerweise tat. Der Barmann registrierte es mit ärgerlich zusammengezogenen Augenbrauen.

Javier Gaspard saß am Tresen, vor sich einen Kaffee. Er sah nicht auf, als Jules zu ihm trat. Doch er gab dem Mann hinter dem Tresen ein Zeichen, deutet auf den Pastis, sagte: »Zwei.«

»Ich will keinen Pastis«, sagte Jules.

»Mag sein. Aber gebrauchen können Sie ihn.«

Gaspard schob Jules das Getränk zu, goss nur wenig Wasser in den Anisbrand, sodass er sich zu einem milchigen Gemisch aufwirbelte.

Jules trank.

Ansatzlos begann Gaspard zu reden.

»Zadira war bei der Truppe, die am meisten von Polizisten gefürchtet wird: die Innenrevision, die IGPN. Sie ermittelt beim Verdacht eines Vergehens oder Verbrechens eines Polizisten. Die anderen Polizisten nennen sie *bœuf-carottes*. Oder einfach nur Kollegenschweine.«

Er trank von seinem Pastis.

»Um zu verstehen, wie groß der Hass gegen Zadira Matéo ist, muss man wissen, dass Marseille aus zwei Städten besteht. Süden und Norden. Die südlichen *quartiers* sind der saubere Teil. Reich, gesund, touristisch erschlossen. Die *quartiers nord* sind die dunkle Seite. Arm, krank, gesetzlos.«

Gaspard goss ein wenig Wasser nach, schwenkte das Glas. Die Eiswürfel klirrten. Jules ließ ihn reden, unfähig, sich zu einer Erwiderung aufzuraffen.

»Die *quartiers nord* sind der Supermarkt für Drogen, hauptsächlich Cannabis und Kokain. Und die Käufer sind nicht nur Junkies. Auch Ärzte, Schauspieler, Anwälte aus dem Süden fahren in ihren gepflegten Wagen in die *quartiers*. Sie kaufen Rauschmittel, sie kaufen sich Sex. Jede Sorte von beiden Lastern. Solange sie als treue Kunden kommen, wird niemand ihre teuren Bleche zerkratzen. Es ist ein Arrangement.«

Ein Arrangement?

Und was für ein Arrangement hatten Gaspard und Zadira gehabt? Der Mann trug einen Ehering. Hatte eine Frau, Kinder, vielleicht sogar schon Enkel.

Und eine Kollegin als Geliebte.

Jules drängte die ungewollten Bilder zurück, als sich die stechende Eifersucht in seine wunde Seele bohrte.

Gaspard betrachtete ihn mit kühlem Blick.

»Trinken Sie!«, sagte er. »Der Weg durch die Hölle wird zwar nicht kürzer, aber weniger schmerzhaft.«

»Was geht Sie das an?«

»Nichts.« Gaspard schaute eine Weile lang auf den auf tonlos geschalteten Fernseher, der ein Pferdetrabrennen zeigte. Ohne den Blick davon abzuwenden, redete er weiter. »Solange die Dealer im Norden bleiben und sich nicht im Zentrum herumtreiben, da, wo die Touristen herumlaufen, wird alles geduldet. Manchmal werden die Fahrzeuge der Kundschaft kontrolliert, wenn sie aus den *quartiers* wieder herauskommen, aber von denen landet keiner hinter Gittern. Die Justiz fällt den kleinen Polizisten von Marseille in den Rücken und macht sie zu besseren Parkwächtern.«

Gaspard lachte leise.

»Ich hasse dieses System. Ganz Marseille ist so. Es funktioniert, aber ich hasse es. Und noch mehr hasse ich es, wenn jemand wie Zadira darin zermalmt wird.«

Er gab dem Barmann ein weiteres Zeichen. Der goss Pastis nach. Jules bekam am Rande mit, dass sich die Bar zu füllen begann. Alte Männer mit der knorrigen Haltung der Provenzalen, gebeugt von Wind und feuchtem Wetter, gegerbt von südlicher Sonne, tauchten ihre Croissants in breitrandige Gläser mit dunklem Rotwein. Jules spürte schmerzhaft ein Pochen hinter den Schläfen, einen Spannungskopfschmerz. Aber der linderte zumindest das Grauen in seinem Herzen.

Gaspard taxierte ihn wieder mit seinem Polizeiblick. Jules sparte sich die Mühe, zu verbergen, wie dreckig es ihm ging.

»Nehmen Sie Drogen?«, fragte der Polizist.

Jules schüttelte den Kopf.

»Dann verstehen Sie es auch nicht. Es ist wie mit der Liebe. Und nichts geht über die Liebe der Drogen.«

»Drogen lieben nicht.«

»Aber ja! Sie sind die Einzigen, die Sie lieben und verstehen. Was glauben Sie, warum die Menschen den Rausch lieben und wir die Sucht niemals bekämpfen können?«

Gaspard schnalzte mit der Zunge, als ob er es bereute, seine Lebensweisheit ausgesprochen zu haben. Jules war es egal, er pfiff eh auf Gaspards Weisheiten.

»Erzählen Sie mir mehr über diese Arrangements«, sagte er.

»Die Wächter über diese Arrangements«, fuhr der Polizist nach einer Weile mit bitterem Unterton fort, »sind die BAC, die Brigade Anti-Criminalité. Sie passen auf, dass keiner aus dem Spiel ausbricht. Die Reichen in Marseille werden nicht belangt, und die Drogendealer dafür ignoriert. Die Polizei passt auf, dass die Mafia in Ruhe arbeiten kann, damit die Reichen weiterhin in Marseille bleiben und die Stadt nicht völlig den Bach runtergeht. Kapieren Sie das? Kapieren Sie, aus welcher Welt die Frau kommt, die Sie lieben?«

Jules schwieg.

Was sollte das hier? Auf falsche Brüderschaft mit Zadiras Ex-Geliebtem trinken? Nur weil er das jetzt auch war: ein Ex-Geliebter?

Gaspard beugte sich nah zu ihm, flüsterte jetzt fast an seinem Hals: »Dreißig Beamte, die Hälfte der BAC Nord, haben in den Vierteln La Castellane, La Busserine, Le Clos-La Rose und Saint-Michel in den letzten zehn Jahren regelmäßig Drogendealer ausgeraubt. Sie haben beschlagnahmtes Material nicht gemeldet, sondern weiterverkauft, und sich Schutzprovisionen auszahlen lassen, damit sie bei Durchsuchungen das eine oder andere Haus übersahen. Achtzehn Beamte wurden heimlich überwacht und letztes Jahr überführt. Sieben haben mit Drogenbanden zusammengearbeitet. Elf auf eigene Rechnung, fünf hatten eigene Banden organisiert. Gegen sie wird wegen Raubes, Schutzgelderpressung und Drogenhandels ermittelt, wegen Vergewaltigung, Nötigung und Mord an Marokkanern, Tunesiern, Algeriern oder Arabern. Und all das hat Zadira mit ermittelt.«

Gaspard lächelte zynisch. Als er weitersprach, konnte er seine Verachtung nicht verbergen.

»Tja, Doktor. Was weiß einer wie Sie, dessen blasser Arsch schon vor seiner Geburt gepampert wurde, über das Leben eines dunkelhäutigen Mädchens in den Gassen einer Stadt, die das Gesetz nicht anerkennt? Was weiß jemand mit Ihren Privilegien schon über das echte Leben?«

Jedes Wort kam wie ein Schlag. Jules begriff, dass Gaspard ihn hasste für das, was er war. Und mit Sicherheit auch für das, was er für Zadira war.

Gewesen war, korrigierte er sich. Und bei diesem Gedanken erwachte sein Zorn.

Was wusste dieser Kerl schon von ihm?

»Zadiras Leben«, zischte Gaspard ihn an, »hat sie fähig gemacht zu einer Härte und Überlebensfähigkeit, die Sie nicht im Mindesten erahnen, kleiner weicher Doktor aus Paris.« Er trank den Rest seines Pastis in einem Zug aus und legte Geld in die Schale mit dem Bon.

»Zadira schafft es ohne Sie. Weil sie genau weiß, dass Sie ihr nicht von Nutzen sein können, sondern eine zusätzliche Gefahr darstellen. Lassen Sie sie los, Doktor, wenn Sie wollen, dass sie überlebt.«

Gaspard wandte sich zum Gehen und fügte noch hinzu: »Kommen Sie bitte in zehn Minuten zur Zeugenaussage ins Kommissariat.« Dann verließ er die Bar-Tabac.

9

Diese Stadt ist krank.

Du weißt es, denn du hast versucht, sie zu heilen. Was für ein Wahnsinn. Sieh nur, wohin es dich gebracht hat.

Ich verachte diesen kranken Körper. Bisher ist es mir gut gelungen, dieses Gefühl nicht nur zu verbergen, sondern es auch in meinem Inneren zum Schweigen zu bringen. Es hätte mir die Kraft genommen, das zu tun, was ich tun muss. Jetzt aber sehe ich alles mit anderen Augen, mit deinen Augen. Was für ein deprimierender Blick. Wie hast du das ausgehalten?

Du bist keine von denen, die die Augen vor den faulenden Gliedern dieser Stadt verschließen. Du bist wie ich, du hast *hin*geschaut. *Es* gesehen. Und es ertragen.

Doch was mich am meisten erstaunt, ist, dass du dir trotz allem die Fähigkeit zu lieben erhalten hast. Das schmerzt mich, Saddie, denn ich habe diese Fähigkeit schon vor langer Zeit verloren. Es schmerzt mich, das zu erkennen, Saddie. Was machst du mit mir?

Aber vielleicht war auch ich ein Heiler, ohne es zu merken. Aber dann wohl eher der Chirurg, der das faule Fleisch aus dem kranken Körper schnitt, allerdings ohne große Hoffnung, dass der Patient überleben könnte.

Seit ich dir begegnet bin, denke ich daran, dass es Zeit wird, die Behandlung aufzugeben. Die Stadt ihrer Fäulnis zu überlassen. Aber ich bin noch nicht fertig mit ihr.

Und nicht mit dir.

Natürlich weiß ich, wo du steckst. Schon allein der Porsche deines Geliebten würde mich zu dir führen. Und dann die Polizisten im Krankenhaus – sie könnten auch ein Schild an die Straße stellen.

Ich bräuchte nur einen Arzt- oder Pflegerkittel, ein Namensschild, ein autoritäres Auftreten – Menschen sind so leicht zu täuschen. Aber leider nicht die Kameras.

Sie würden das verraten, was niemand wissen darf: meine Identität.

Im Übrigen kann ich dir unmöglich ein so würdeloses Ende zumuten, wie es eine luftgefüllte Spritze in die Armvene verursachen würde.

Nein, wenn wir uns wiedersehen, will ich dir in die Augen schauen können. Und ich will die Jagd genießen, denn es wird meine wichtigste Jagd sein.

Nun ja, vielleicht nicht ganz. Ich habe noch eine andere Aufgabe, weißt du. Aber das ist nicht dasselbe.

Du und ich. Es ist das erste Mal seit Langem, dass ich wieder fühle, Saddie. Schmerz, aber auch Glück. Und wie wird es diesmal werden?

Ich liebe es, dich zu jagen. Ich freue mich darauf, und ein ganz klein wenig fürchte ich es auch. Wie wird es enden?

Wer gibt, wer empfängt …

… den Kuss?

10

Noch mal von Anfang an«, bat Minotte, übertrieben höflich. »Wissen Sie, Monsieur le Docteur, wir möchten das einfach verstehen. Wirklich verstehen.«

Der leitende Kommissar der Polizeidienstelle in Carpentras, Commissaire divisionnaire Stéphane Minotte, hatte Jules bereits dreimal dasselbe erzählen lassen.

»Sie kamen also von wo?«

»Aus der Boulangerie Banette an der Avenue de l'Europe.«

»Ja, aber zuvor, da waren Sie wo?«

»Ist das von Belang?«

»Selbstverständlich ist das für unsere Ermittlungen von Belang. Also?«

Warum mochte er diesen Menschen nicht? Warum sträubte er sich, ihm zu sagen, dass Zadira und er die Nacht zusammen verbracht hatten? Weil es zu kostbar und zu einzigartig war, um es überhaupt zu erzählen? Erst recht diesem vor Eitelkeit strotzenden Polizisten? Wahrscheinlich. Vor allem, weil es wohl keine Fortsetzung dieser Nacht geben würde. Es zu erzählen würde das Kostbare zu etwas Banalem machen. Zu zwei Menschen, die miteinander Sex gehabt hatten.

Jules war nicht bereit, sich mit dieser schlichten Definition zufriedenzugeben. Aber das allein erklärte nicht seinen Unwillen, sich Minotte zu beugen.

Minotte hatte Zadira von Anfang an Schwierigkeiten gemacht. Nicht nur, dass er ihr keine Rückendeckung bei den turbulenten Ereignissen des vergangenen Sommers gegeben hatte, er hatte ihre Arbeit regelrecht sabotiert. Jules war auch klar, warum. Stéphane Minotte kam nur mit Frauen klar, die seinem Ego schmeichelten. Zu diesen Frauen gehörte Zadira ganz gewiss nicht.

Jules wandte sich zu dem Mann um, der in der Ecke des großen Büros auf einem der edlen, sichtbar teuren Benz-Sofas saß. Javier Gaspard fixierte Jules. Ob er sich fragte, was er, der blonde Pariser Arzt, ihm, dem Marseiller Elitepolizisten und Straßenkämpfer, als Mann und Liebhaber entgegenzusetzen hatte?

»Von der Porte de Mormoiron«, antwortete Jules.

»Gut, Sie wollen mir also nicht antworten, wo Lieutenant Matéo und Sie sich zuvor aufhielten. Ich vermerke das.«

»Das können Sie gern tun«, sagte Jules.

Er wandte einen Trick an, den er schon in Paris bei den arroganten Freunden seines Vaters ausprobiert hatte. Er stellte sich Minotte als einen renitenten Patienten vor, der sich trotz seiner Inkontinenz weigerte, Urineinlagen zu tragen. Das funktionierte immer. Jules beruhigte sich augenblicklich und zeigte Minotte ein spöttisches Lächeln.

»Wenn Sie mit Zadira eine sexuelle Beziehung haben«, erklärte Gaspard, »dann ist das für die Ermittlungen nur deshalb von Belang, weil wir uns fragen, ob wir Sie ebenfalls schützen müssen. Sonst kommen Sie am Ende von einem Hausbesuch nicht wieder, sondern liegen mit einem Plastiksack über dem Kopf auf der Müllhalde. Oder Sie werden entführt, um Lieutenant Matéo dazu zu bringen, ihre Aussage gegen die Kollegen der BAC zu verweigern.

So etwas halt. Alles andere, sämtliche frivolen Einzelheiten, sind Kollege Minotte völlig egal. Also: Haben Sie eine sexuelle Beziehung mit Zadira Matéo?«

Minotte bedachte seinen Marseiller Kollegen mit säuerlichem Gesichtsausdruck. Es passte ihm offensichtlich nicht, dass Gaspard sich einmischte.

»Nein«, antwortete Jules, »ich habe keine sexuelle Beziehung zu Madame Matéo.«

Minotte schien enttäuscht.

Gaspards Gesicht blieb unbewegt.

Kurz fragte sich Jules, warum Gaspard ihn jetzt nicht verriet. Taktik? Würde er es Minotte später stecken?

Stoisch wiederholte Jules den Rest. Wie sich der Scooter sehr schnell näherte – silbern, ein Peugeot, mehrere Jahre alt –, darauf zwei Männer, ob groß oder klein, konnte er nicht sagen. Jedenfalls nicht dick. Von ihren Gesichtern hatte er nichts gesehen, die Helme besaßen verspiegelte Visiere. Und der Fahrer fragte, ob sie Zadira Matéo sei.

Nicht Lieutenant? Kein Dienstgrad?

Nein, einfach nur den bürgerlichen Namen.

Kein Akzent? Jules zuckte mit den Achseln. Dann die Schüsse, zwei, vom Rücksitz aus. Aufs Herz gezielt.

Es sei eine Sig Sauer gewesen, sagte Minotte, eine Allerweltspistole. Die Spurentechniker um ihren Leiter Beaufort hatten rasch gearbeitet, es ging schließlich um eine von ihnen. Egal ob Verräterin oder nicht.

»Bis auf den Schönheitsfehler, dass die Sig ehemals die Dienstwaffe der französischen Polizei war«, kommentierte Gaspard aus seiner Ecke.

»Und bis auf die Tatsache, dass die Schüsse nicht saßen«, sagte Minotte. »Was offenbar nicht Ihrem beherzten Eingreifen zu verdanken war«, schob er nach.

Jules biss die Zähne zusammen.

Gaspard sagte ruhig: »Das ist in der Tat rätselhaft. Auf diese Entfernung? War das ein Anfängerfehler? Oder Absicht? Als Warnung wäre der Schuss traditionellerweise ins Bein gegangen.« Er schüttelte den Kopf. »So dankbar wir sind, dass sie überlebt hat, ist das die Frage, die uns zu schaffen macht. *Wieso* lebt Zadira Matéo noch?«

»Könnten wir vielleicht mit der Befragung fortfahren?«, fragte Minotte angespannt.

»Rein von der Chronologie dessen, was geschehen ist, sind wir fertig«, bemerkte Jules.

Minottes Gesicht verfinsterte sich noch mehr.

Da erhob sich Gaspard.

»Wir haben den Doktor lange genug aufgehalten. Jetzt sind wir am Zug, Kollege Minotte.«

Minotte presste die Lippen zusammen, widersprach aber nicht. Jules begriff, wer hier wirklich Koch und wer Kellner war.

Gaspard stand auf und hielt die Tür auf; Jules überlegte nicht lange und verließ den Raum zusammen mit Gaspard, ohne sich zu verabschieden.

Sie sprachen immer noch nicht miteinander, als sie wenig später den Parkplatz vor dem Kommissariat erreichten, wo Jules seinen alten Porsche Carrera Targa abgestellt hatte.

»Hören Sie, Doktor, fragen Sie sich nicht, ob Sie etwas falsch gemacht haben. Sich nicht vor sie geworfen haben oder was auch immer einem in solch einer Situation durch den Kopf geht. Sie haben Ihr Bestes getan. Jetzt sollten Sie sich aus allem raushalten. Das wissen Sie selbst, nicht?«

Gaspard warf einen Blick auf den gepflegten Oldtimer.

»Schöner Wagen. Verbringen Sie ein paar Tage mit Ihrer Familie, vielleicht in Paris. Gehen Sie aus der Schusslinie.«

Jules spielte mit seinem Schlüsselanhänger.

Dann wandte er sich zu Gaspard um.

»Sie haben recht. Das ist vermutlich tatsächlich das Beste«, sagte er leise.

»Gute Reise«, antwortete Gaspard.

Zurück in Mazan, erledigte Jules ein paar Anrufe, sagte Termine ab, übergab andere an den Tierarzt aus Bédoin, meldete seiner Vermieterin, der putzfreudigen Madame Blanche, dass er einige Zeit nicht da sein werde, und bat sie, die Post von Zeit zu Zeit bei Jeffrey vorbeizubringen.

Während er seine Reisetasche packte, sprang Atos aufgeregt um ihn herum. Jules würde ihn ebenfalls bei Jeff lassen.

Als Atos dort die Katze Manon und ihre Kleinen entdeckte, lief er freudig japsend auf sie zu. Er hatte Jules augenblicklich vergessen.

Jeff Spencer versuchte nicht, ihn aufzuhalten. Er fragte nur: »Bist du dir sicher?«

War er sich sicher? Nein. Er wusste nur, dass es keinen anderen Weg gab.

Jules warf seine Tasche in den Porsche und stieg ein.

»Weißbrot«, sagte er dann zu den hellen blauen Augen, die ihn im Rückspiegel anschauten.

»*Babtou. Casse-toi, babtou* – verpiss dich, Weißbrot.«

So hatte Zadira ihn bei ihrer allerersten Begegnung genannt. Das war, kurz nachdem sie ihm ihre Knarre vor die Nase gehalten hatte. Kein leichter Start mit ihnen beiden. Danach wurde es schwieriger.

Jules startete den Motor.

Das Weißbrot verpisste sich.

11

Die nächsten zwei Nächte und Tage waren an einer Schnur aus Schmerz und wirren Träumen entlanggeglitten. Brell hatte sie zweimal besucht und ihr einen Plan ins Ohr geflüstert. Gaspard war da gewesen, er versuchte herauszufinden, was sie in Lebensgefahr gebracht hatte. Waren es die Ermittlungen gegen die BACs? Konnten es die »Erben des Marquis« sein?

Sie war mit Gaspard die Fälle durchgegangen, an deren Ermittlungen sie in ihrer Marseiller Zeit noch beteiligt gewesen war. Hehlerei, Beschaffungsprostitution, Albanerkrieg, Schmuggel. Er hatte sogar die Frage gestellt, ob der blinde Maler Etienne Idka sich rächen wollte, dafür dass Zadira ihm seine tödlichen Geheimnisse entrissen hatte. Oder der ehemalige Nachrichtendienstler, César Alexandre, dessen Fetischperversionen im frühen Sommer zu Mord und Racheterror in Mazan geführt hatten – es war Zadiras erster Fall nach der Versetzung gewesen, und sie hatte gegen die selbst ernannten »Erben des Marquis« ermittelt, die sich als Liebesdiener des Marquis de Sade sahen. Ihre Gespielin, Julie, war nach einer der Zusammenkünfte ermordet worden.

»Wir ermitteln in jede Richtung, Zadira«, hatte Gaspard behauptet, und sie konnte sich vorstellen, dass das schwer war angesichts der dünnen Personaldecke, der Überstunden, der ewig gestressten Beamten. Die Polizei kam doch schon nicht mehr gegen das Grauen des Alltags an. Und dann noch der Touristenstrom, der angeschwollen war, seitdem das neue Designermuseum MuCEM am Hafen stand und Marseille zur Kulturhauptstadt Europas ausgerufen worden war. Die Zahl der Taschendiebstähle, Autoaufbrüche und Drogenvergehen war seither deutlich gestiegen.

Gaspard hatte einen Kollegen an jene Ermittlungsergebnisse gesetzt, für die Zadira während der vierwöchigen Überwachungsperiode der BACs verantwortlich gewesen war.

Erschöpft und nur zu wenig Konzentration fähig, entdeckte sie in allem, was sie ermittelt hatte, Gründe für oder gegen einen Anschlag.

»Verschweigst du mir etwas?«, wollte Gaspard irgendwann wissen.

Vieles, wäre die korrekte Antwort gewesen. Vieles.

Jules war nicht mehr wiedergekommen.

»Er ist nach Paris, vermutlich«, schätzte Gaspard.

Er war weg.

Gut.

Eine Sorge weniger.

Sie ballte die Faust, bis ihre Fingernägel ins Fleisch drangen.

»Antoine Bertrand. Lucas Bonnet. Gérard le Guern. Henri Zidane. Zadira Matéo.«

Sie flüsterte die Namen in der Morgendämmerung Monsieur Auge zu. Dabei knetete sie mit der linken Hand rhythmisch einen kleinen weichen Ball, den ihr der Pfleger Benjamin besorgt hatte. Es zog in der Schulter, im Arm, aber sie musste der beginnenden Schonhaltung etwas entgegensetzen.

Monsieur Auge über ihr schwieg konzentriert.

»Fünf Verräter, fünf Kollegenschweine, fünf Spitzel. Fünf Idioten.« Fünf Provokateure, die es gewagt hatten, gegen ihre Kollegen zu arbeiten, Wanzen in ihren Autos zu installieren, ihre Spinde zu durchsuchen, sie mit versteckten Kameras bis aufs Klo zu verfolgen. Ihren Müttern auf den Märkten nachzugehen und zu notieren, was sie kauften, von welchem Geld. Und ein Netz aus V-Leuten und Spitzeln um sie herum zu knüpfen, aus Drogendealern, Hebammen, Bandenchefs und minderjährigen Zuträgern, die Polizisten etwas über andere Polizisten zuflüsterten. Mal ausgedacht, mal wahr, das würden die Richter im Prozess entscheiden.

Zadira legte den Knautschball zur Seite, griff nach oben in den Haltegriff und zog sich mit dem rechten Arm hoch. Dann saß sie auf der Bettkante und sammelte Mut, um aufzustehen.

Heute war Freitag. Heute wollte Gaspard sie holen und an einen sicheren Ort bringen. Weil es nicht vorbei war.

»Vielleicht ist es nie vorbei«, murmelte sie.

Der Schmerz in ihrem Arm lachte. Die Wunde zog. Ihr Kreislauf trudelte.

Sie fünf hatten sich nur ein einziges Mal in voller Besetzung getroffen. Am 19. Mai 2012. Im Büro des Sicherheitspräfekten Alain Gardère, der als Direktor des CNAPS und der IGPN nicht nur die inneren Polizeiangelegenheiten unter seiner Aufsicht hatte, sondern auch sämtliche privaten Sicherheitsfirmen Frankreichs sowie das Überwachungssystem von Straßen und Gebäuden. In diesem klimatisierten Raum mit Blick auf Marseilles blau glitzernde Hafeneinfahrt hatte er ihnen mitgeteilt, dass das Innenministerium sie nicht schützen werde. Weder vor ihren rachsüchtigen Kollegen noch vor Disziplinarmaßnahmen wie Degradierung, Suspendierung oder Versetzung. Weil dann die gesamten Ermittlungen gefährdet seien.

»Aber wir wurden damit doch von Ihnen beauftragt!«, sagte Gérard le Guern, der Älteste von ihnen, der schon seine Pension vor Augen gehabt hatte. Die Empörung ließ seine ruhige, sonore Stimme beben.

»Tja, nun ja, es mag sein, dass Sie meine Worte so interpretieren wollten, dass Sie straffrei bleiben. Aber die Anwälte Ihrer Kollegen, deren Verhaftungen Ihre Ermittlungen erwirkten, haben Anzeige gegen Sie erstattet. Sie können jederzeit wegen Beihilfe angeklagt werden. Gleiches Recht für alle, nicht wahr? Das verteidigen Sie doch, oder? Sie, ich und alle aufrechten Polizisten? Aber machen Sie sich nicht zu viele Sorgen, wir werden für Sie sorgen, Sie erhalten die besseren Anwälte.«

»Interpretieren *wollten?*«, wiederholte Le Guern fassungslos. »Sie haben uns zu Provokateuren gemacht, Sie haben uns losgehetzt wie dumme Hunde – und sagen jetzt, wir haben uns strafbar gemacht?«

»Bitte«, sagte Alain Gardère.

»Bitte was?«

»Demütigen Sie sich nicht selbst. Sie sind nicht dumm. Sie haben Großes geleistet.«

Le Guern war sprachlos. Alain Gardère tat nicht mal so, als ob er zerknirscht sei.

»Wissen Sie, was wir für Sie riskiert haben?«, fragte der junge Bonnet aufgebracht.

»Brigadier Bonnet, Sie unterliegen der Fehlauffassung, dass Sie es für mich getan hätten. Das haben Sie sicher nicht, obgleich ich persönlich Ihnen mehr als dankbar bin für Ihren Mut und Ihre aufrechte Haltung. Doch Sie haben es für das Gesetz getan. Sie haben Ihren Job gemacht. Wollen Sie für etwas gelobt werden, was Ihr Job ist? Den Sie tagtäglich machen? Ihnen musste klar sein, was passieren würde.«

Bonnet schwieg verwirrt. Ihm war anzusehen, dass er sich zwar Gedanken gemacht hatte, was »danach« passieren würde. Aber er hatte vermutlich eher flatternde Fahnen am Hôtel de Police, eine Blaskapelle und eine Ordensverleihung zur Nationalhymne vor seinem inneren Auge gesehen.

Zadira hatte Alain Gardère anders in Erinnerung. Ganz anders. Der Mann, der jetzt vor ihnen saß, legte eine Rückwärtsrolle hin. Und er sprach so ... ja, so als ob er auf einer Bühne stand.

Er hatte nicht mit ihnen gesprochen. Sondern für jemand anderen, der nicht zu sehen war, aber vielleicht alles mithörte. Aufzeichnete.

Sie holte Luft, um sich von der Bettkante hochzustemmen. Es tat weh, zu atmen.

»Weißt du, Monsieur Auge, dieser Alain Gardère, dieser Sarkozy-Kumpel, war erst im August 2011 als Sicherheitschef eingesetzt worden. Er galt als Arbeitstier, als jemand, der nie zögerte ...«

Sie hielt inne. Ließ den Atem zischend entweichen.

Suchte noch einmal in ihrer Erinnerung nach Bestätigung: Ja, sie hatte Alain zwar nicht vertraut, aber ihm zumindest zugetraut, dass er unbeugsam war, genau der Richtige, um die Lage in den Griff zu bekommen, nach einer enervierend langen Reihe von korrupten, schwachen und beeinflussbaren Polizeipräfekten und Sicherheitschefs.

Es gab seit Jahren Bruchstellen im Polizeisystem. Zu wenig Beamte für die Weite und das Kriminalitätsspektrum der Stadt.

Aber dann Alain, groß, militärisch, intellektuell.

Er und sie hatten sich vor Aufnahme der Ermittlungen auf der Aussichtsterrasse von Notre-Dame de la Garde getroffen, wo der Mistral so heftig über die glatten, grauen Steine fegte, dass es Kinder aus ihren Buggys riss.

Gardère, in soldatisch eng geschnürtem Trenchcoat, hatte lange auf die Stadt unter ihnen geschaut, die grauen Augen hinter einer Sonnenbrille verborgen. Diese knochenbleiche Stadt, ausgehärtet von Sonne und Hitze, Bandenkriegen und großen Geschäften, von Jahrtausenden als Drehscheibe von Flucht, Drogen und Hoffnung. Im Norden wüteten noch Baumaschinen, der große Umbau des Hafens war nahezu abgeschlossen.

Sie hatten sich in die stille Krypta der »Guten Mutter«, wie die monumentale Kirche auf dem Kalkfelsen genannt wurde, gesetzt.

Dann hatte Gardère Zadira gebeten, für die IGS der Police Nationale, die IGPN, zu arbeiten.

»Aber ich bin keine BAC«, hatte sie eingewandt.

»Gerade als Drogenfahnderin haben Sie die Möglichkeit, Beweise gegen die BACs aufseiten der Choufs und Caïds zu sammeln«, erwiderte er.

»Und Sie glauben, die erzählen es mir?«

»Ich weiß es«, bemerkte er trocken. »Mir ist bekannt, dass Sie dem Gesetz treu sind, Lieutenant, und dass Sie gleichzeitig unter den meisten Bandenchefs einen guten Ruf genießen. Sie gelten als respektvoll und gerecht, und ich hörte, dass die Frauen Ihnen immer wieder ihre Kinder schicken.«

Das stimmte. Nach den ersten Jahren hatte Zadira begonnen, mehr mit dem Jugendschutz zusammenzuarbeiten und nicht mehr allein nach dem französischen Gesetz, sondern nach dem eigenen Instinkt zu handeln.

»Wegen der Kinder. Wegen der verdammten Kinder, Monsieur Auge.«

Zadira holte erneut tief Luft, machte sich auf den Schmerz gefasst – und erhob sich.

Sie schrie auf, leise, aber lange.

Dann der erste Schritt. Der zweite.

Ihr wurde schwindelig. Das Gehen tat weh, der Schmerz peitschte durch ihren Körper, schnitt in ihre Brust, ihre Achsel. Tiefe Atemzüge waren schlimm. Liegen aber war noch schlimmer.

Zadira wollte zum Fenster. Draußen: ein kühler Tag. Hinter der Silhouette von Carpentras erhob sich in der Ferne die Spitze des Mont Ventoux. Die Wolken hingen tief.

Die Kinder.

Zinédine. Wilad. Denise. Clarice. Aischa. Faruk.

Dutzende, so viele Kinder.

Sie wäre gern Capitaine beim Jugendschutz. Wobei – gern? Nicht gern. Aber dort gab es mehr Hoffnung.

Schritt für Schritt erkundete sie, ob es einen Rhythmus von Gehen und Atmen gab, der es ihr ermöglichte, die schlimmsten Schmerzstöße abzufangen.

Achtjährige arbeiteten in der gewalttätigsten Banlieue Frankreichs bereits für die Drogendealer. Mit sechs, sieben Jahren holten sie Zigaretten und durften das Wechselgeld behalten. Mit acht, neun wurden sie Späher: Choufs. Choufs hießen die Aufpasser, sie standen am Eingang eines Blocks und ließen nur rein, wen sie kannten. Sie warnten, wenn die Bullen kamen. Für einhundert Euro am Tag. Die Tagschicht dauert vierzehn Stunden.

»Keine Zeit für Schule«, flüsterte Zadira.

Sie ging hin und her, machte sich mit dem Schmerz dabei vertraut.

Keine Schule. Keine Zukunft. Jedes vierte Kind im Drogengeschäft starb, bevor es 25 wurde.

Die Choufs arbeiteten für die Charbonneurs, die Dealer, die selbst kaum fünfzehn Jahre alt waren. Die fingen die Kunden in den Eingangshallen der Wohnblöcke ab.

Mancher von ihnen jobbte für Zadira als V-Mann, dafür sah sie über den einen oder anderen Kleindeal hinweg.

Ein Charbonneur machte rund zweihundert Euro am Tag und schaffte für den Caïd an.

Der Caïd, der Clan- und Revierchef, besorgte die Ware, organisierte die Transporte, kontrollierte das Revier, beschützte die Gangs, kaufte Kalaschnikows, Panzerfäuste und Verbündete, ließ töten. Caïds verdienten an einem Tag zwanzigtausend Euro.

Mit den französischen, korsischen, maghrebinischen und arabischen Caïds hatte Zadira den Deal machen können, die Kinder in die Schule gehen zu lassen. Es war ein Geben und Nehmen zwischen ihr und den Gangs, natürlich nicht legal; es wurde nicht legaler, nur weil es irgendwie »gut« war, das wusste sie, das hatte sie immer gewusst.

Und nun wusste es auch Alain Gardère.

Er würde es gegen sie verwenden. Also sagte sie Ja. Aber nicht nur deswegen. Sie hatte auch noch private Rechnungen mit den BACs offen. Ihr Vater war eine davon. Er, Faruk, die Mädchen.

Sie hasste sich dennoch im selben Moment. Verrätersau.

Alain hatte aber damals im Laufe des Septembers nicht nur sie, sondern insgesamt fünf Drogenfahnder rekrutiert.

Bonnet, Bertrand und le Guern wurden suspendiert, Zidane degradiert, er ging jetzt Streife. Zadira wurde von Gaspard versetzt.

Wenn sie kurz die Luft anhielt, bevor sie den linken Fuß aufsetzte und dabei den linken Arm anzog, ging es. Sie sollte eine Armbinde tragen.

Und Gardère? Er fiel in Paris die Treppe nach oben, wurde weggelobt.

Zadira machte einige Schritte vom Fenster zum Schrank.

Die Erschütterung des Gehens war inzwischen so schmerzhaft, dass ihr der Schweiß ausbrach. Aber sie würde aufrecht hier rausgehen, sie würde nicht dulden, dass man sie in einen Rollstuhl setzte.

Zadira zog den Spind auf. Da lag nicht viel, nur eine Plastiktüte mit dem zerrissenen roten Kleid, dem Slip, der Kette, den Schuhen, die sie am Morgen des Anschlags getragen hatte.

Waffe, Pass und alles andere war noch bei ihr zu Hause.

Vermutlich.

Sie nahm die Plastiktüte und schob mit einer Bewegung alle Medikamente vom Rollschrank hinein. Sie würde mehr Schmerzmittel brauchen. Viel mehr. Und Schlafmittel. Sie würde Djamal bitten, Marihuana zu besorgen. Oder anderes, wenn es sein musste.

Sie sah auf die Uhr.

Gaspard wollte gegen elf Uhr kommen.

Zeit genug.

Zadira sah ein letztes Mal zu Monsieur Auge hoch, dem Wasserfleck, ihrem Vertrauten der letzten Tage.

»Wir fünf Idioten haben immer geahnt, dass einer von uns sterben würde. Oder wir alle. Oder die, die uns lieben und die wir lieben. Verstehst du, warum ich wegmuss?«

Sie dachte an Bertrand. Der hatte ihr nach dem absurden Treffen mit Gardère gesagt: »Bei der Polizei ist es besser zu schweigen und auch dem Schweigen zuzusehen.«

Bereue ich es, den Kollegen hinterhergeschnüffelt zu haben?

Und da, mitten im Schmerz, mit einem nutzlosen Arm, mit dem sie nicht mal mehr ein Messer führen konnte, wurde Zadira klar: Sie bereute nichts.

Sie richtete sich auf.

»Selbstmitleid«, flüsterte sie halb lächelnd, »verpiss dich!«

Sie wartete, aufrecht stehend. Lächelnd.

Nach einigen Minuten ging die Tür, sie hörte am Quietschen der Turnschuhe, dass es der Pfleger war.

»Heute also?«, fragte er und stellte zwei Pakete auf den Rolltisch. »Das ist eigentlich zu früh. Werden Sie medizinisch versorgt, da, wo Sie hinkommen?«

»Bestimmt«, behauptete sie.

»Hier, Sie kennen sich ja inzwischen gut aus.« Benjamin schob ihr die Pakete hin, Medikamente, Ampullen und Einwegkanülen.

»Die Spritzen gegen die Thrombose können Sie sich selbst setzen?«

»Ja.«

»Doktor Bernard hat Schmerzmittel als Zäpfchen und Tabletten genehmigt.«

»Keine Spritzen?«

»Doch.« Er deutete auf das zweite Paket. Morphin. Es würde also noch mal schlimmer werden, bevor es besser wurde.

»Darf ich Sie was fragen? Ich meine … etwas Persönliches.«

»Natürlich. Sie haben mir quasi den Hintern abgewischt, ich glaube, wir sind über falsche Zurückhaltung hinaus.«

Benjamin lächelte.

»Haben Sie … na, ja … haben Sie keine Angst? Ich meine, nach all dem? Es gibt ziemlich viele Leute, die sauer auf Sie sind, nicht wahr? Sie sind wirklich mutig.«

Er schwenkte den *Vaucluse Matin*. Blandine sorgte nach Kräften dafür, dass Zadira und die anderen als Anständige dastanden und die BACs als die letzten Kretins. Sie schrieb zusammen mit einem der Polizeireporter aus Marseille eine Serie über die Beteiligten, die Gerüchte, die Fakten und die Ermittlungen.

»Mut ist ja nicht die Abwesenheit von Angst«, antwortete Zadira schließlich auf die Frage des Pflegers. Wahrlich nicht. Sie spürte die Angst. Eine Grube, die sich in ihrem Bauch öffnete.

Als sie Benjamin die Hand gab, fiel ihr etwas ein. »Besorgen Sie mir einen Gehstock?«

Vielleicht war der Stoß des Gehens damit abzufangen. Sie musste den Schmerz austricksen. Irgendwie.

Er nickte. Wenig später kam er zurück und brachte ihr einen alten Stock aus Wurzelholz mit einer Messingspitze.

»Den hat wohl jemand stehen lassen … ich hab ihn aus der Pathologie«, erklärte er mit einem verschämten Grinsen. »Machen Sie es gut und bleiben Sie am Leben«, sagte er.

Wenig später, es war zehn Uhr, ging die Tür nach einem Klopfen erneut auf.

Der massige Körper, der jetzt den Türrahmen komplett ausfüllte, flößte Zadira augenblicklich Zärtlichkeit ein.

Erstaunlich, dabei hatten sie sich am Anfang nicht ausstehen können.

»Sollen wir, Chefin?«, fragte Brell.

Zadira nickte.

Sie würde sich nicht von der Polizei aus Marseille irgendwohin bringen lassen. Brell hatte etwas gefunden, wo sie garantiert niemand suchte. Ihre einzige Bedingung war, dass keiner wissen durfte, wo sie war.

Absolut niemand.

Niemand durfte erpressbar werden. Nicht Blandine, nicht Jeff, nicht Djamal. Gaspard sowieso nicht.

»Aber doch Docteur Parceval?«, hatte Brell zweifelnd gefragt. »Wenn er wieder da ist?«

»Der schon gar nicht.«

Brell hatte sie angeschaut, als ob er ihr noch etwas sagen wollte. Etwas Wichtiges. Und mühsam darauf verzichtete.

»Gehen wir«, sagte sie nun und pochte mit dem Gehstock auf den Boden. »Aber schön langsam.«

12

Ein Windstoß zerzauste sein Fell. Er kniff die Augen zusammen. Witterte in die Erzählung der Gerüche, die der kalte Strom der Luft ihm zuflüsterte. Sie erzählten von eisigen Höhen, von weiten Feldern, von rauschenden Bächen. Von Einsamkeit und Freiheit, von Fülle und Gefahr, von Leben und Tod. Doch den einen Duft, den er so sehnlich suchte, fand er nicht.

Das Geräusch von Katzenkrallen, die sich an dem Baum emporzogen, auf dessen Ast er saß, riss ihn aus seinen Gedanken. Im gleichen Moment drangen auch wieder die Laute der anderen Katzen unten in seinem Garten zu ihm. Er schaute hinab. Oscar lag im Gras und wehrte mit träger Lässigkeit die Angriffe ab, die Margo und Mia auf ihn verübten. Ein Stück weiter saßen Manon und Marilou friedlich nebeneinander. Es sah aus, als erzählte Manon der Kleinen Geheimnisse der Kätzinnen. Und als würde die aufmerksam lauschen.

Louise lag, ganz entgegen ihrer Gewohnheit, ähnlich träge im Gras wie Oscar. Mazan wusste, dass etwas in ihr heranwuchs. Und er wusste auch, dass der ahnungslose Verursacher dieses Wachsens Orangino war, der schwatzhafte, bunt gescheckte Neuzugang in ihrer Katzengemeinschaft.

Oranginos Temperament ließ nicht zu, dass er irgendwo herumlag. Er tollte mit TinTin und Minou im hinteren Teil des Gartens herum. TinTin versuchte immer wieder, ihnen das Totstellen beizubringen, das er so meisterhaft beherrschte. Aber weder Gino noch der kleine, schwarze Minou hatten Verständnis für diese völlig unspektakuläre Aktion. Sie sprangen so lange auf TinTin herum, bis der fauchend sein albernes Schauspiel beendete und auf die Störenfriede losging. Dann jagten sich alle drei gegenseitig, was bei dem Gehoppel des kleinen Minou natürlich reichlich komisch aussah. Es schmerzte Mazan, dass er nicht daran teilhatte.

»Hey, Alter«, sprach Rocky ihn an, als er ihn auf seinem Ast erreicht hatte. Der fuchsrote, offizielle Chef der Katzengemeinschaft und Mazan hatten sich erst prügeln müssen, um Freunde zu werden. Gemeinsam hatten sie schon einige Abenteuer durchgestanden.

Rocky ließ sich hinter seinem Freund in typischer Katzenmanier auf dem Ast nieder, sodass seine Vorder- und Hinterläufe herabhingen, wodurch er Stabilität hatte.

»Gibt es etwas Neues von Zadira?«, fragte er.

Mazan verneinte. Er hatte den Abend zuvor auf Jules gewartet, in der Hoffnung, dass der ihm vielleicht wieder von Zadira erzählen würde. Doch der Tierarzt war nicht nach Hause gekommen. Seine Wohnung fühlte sich ebenso leer an wie die von Zadira. Und am Morgen hatte er von Oscar gehört, dass »der große Sabberer«, wie er Atos nannte, jetzt bei Jeffrey eingezogen war.

»Ich habe ja nichts speziell gegen diesen Hund«, hatte Oscar genäselt, »aber das Prinzip Hund und das Prinzip Katze vertragen sich einfach nicht. Schon was die großzügige Verteilung seines Speichels angeht ...«

Immer wieder starrte Mazan nun von seinem Aussichtsplatz über die Dächer der Stadt in das weite Land. Irgendwo dort draußen versteckte sie sich, verletzt und allein. Er wusste, wie sich das anfühlte.

»Hast du es mal mit diesem ›Springen‹ versucht?«, fragte Rocky jetzt. »Ich meine, ich kapiere zwar immer noch nicht, was du da machst, und es sieht auch echt bescheuert aus. Aber es funktioniert, keine Frage.«

Tatsächlich hatte Mazan es versucht. Nachdem er erfahren hatte, dass Zadira an einen unbekannten Ort gebracht wurde, hatte er sich auf seine besondere Fähigkeit besonnen, die ihn aus seinem Körper hinaustreten ließ und es ihm erlaubte, Orte zu sehen, die seinen sonstigen Sinnen verborgen waren. Der Nachteil war, dass sein Körper in dieser Zeit völlig ungeschützt blieb. Und er, wie Rocky es formulierte, ziemlich bescheuert dabei aussah.

Auch diesmal hatte er Dinge sehen können. Menschen und Tiere hinterließen Spuren aus Wärme und Licht, die noch Stunden später erkennbar waren. Die Welt, wie er sie während des *Springens* sah, war ein Geflecht aus diesen Spuren. Doch er suchte nicht nach dem, was er schon wusste. Er suchte Zadira oder diejenigen, von denen die Gefahr ausging.

Schnell konnte er die Stadt in ihrer Gesamtheit überschauen, den Fluss, der sich an die alten Mauern schmiegte, und die pulsierende Hauptstraße. Natürlich war seit dem Überfall auf Zadira zu viel Zeit vergangen, als dass die Spuren dieses gewaltsamen Vorfalls noch wahrzunehmen wären. Dennoch glaubte er, eine Verletztheit zu spüren, als sei nicht nur die Polizistin, sondern auch die Stadt von den Schüssen getroffen worden.

Bis zu einem gewissen Grad konnte er sogar die Signaturen der Menschen in dem die Stadt umgebenden Land erkennen. Doch nirgendwo, nicht einmal als ferne Ahnung entdeckte er den vertrauten, rot glühenden Schimmer, der ihm ihre Gegenwart verriet. Frustriert war er in seinen hechelnden Körper zurückgekehrt. Seitdem hockte er auf diesem Ast und haderte mit sich selbst.

Wie stolz waren er und seine Freunde gewesen, wenn sie ihre Katzensinne einsetzen konnten, um Gefahren von der Stadt und ihren Bewohnern abzuwehren! Doch in einem waren ihnen die Menschen voraus: Sie vermochten in kurzer Zeit enorme Entfernungen zurückzulegen. Mazan fühlte sich so machtlos wie seit Langem nicht mehr.

Es brauchte nur wenige Worte, um Rocky dies zu übermitteln. Der Freund verstand ihn auch so. Gemeinsam schauten sie in die Weite, kniffen die Augen zusammen, wenn der Wind sie traf, und ließen ansonsten nur ab und zu den Schwanz ein wenig zucken.

»Wir können nichts tun«, sagte Rocky irgendwann. »Es betrifft nur Menschen, nicht uns Katzen.«

Das stimmte. In den vergangenen Monaten waren Katzen und Menschen mehrfach gleichermaßen in Gefahr gewesen. Und gemeinsam hatten sie dagegen angekämpft. War dieses *Gemeinsam* nun beendet? Wäre es besser, sich auf Katzenangelegenheiten zu konzentrieren?

Mazan schaute wieder in den Garten hinab. Auf Manon und Oscar, TinTin, Gino und Louise, auf Manon und die Kleinen. Seine Freunde, seine Artgenossen, seine Familie. Es war eine Welt, die alles enthielt, was er brauchte.

Oder?

Was suchte er in der Welt der Menschen? Warum zog es ihn dorthin? Er dachte an Camille, die blinde Katze, die einen kurzen Sommer bei ihnen zu Besuch gewesen war. Camille hatte von dem uralten Pakt gesprochen, den Menschen und Katzen einst geschlossen hatten. Und den die Menschen immer wieder brachen.

Dennoch war es ein Pakt, und sie waren alle daran gebunden.

Er hielt es nicht mehr aus und erhob sich. Rocky reckte interessiert den Kopf.

»Geht's los?«

»Ja.«

»Super.«

Es interessierte Rocky nicht, was genau losging. Hauptsache, es gab Action.

Als sie an Oscar vorbeikamen, fauchte Rocky ihn an: »Achtung! Der große Sabberer!«

Oscar war erstaunlich schnell auf den Beinen. Margo und Mia purzelten ins Gras.

»Was? Wo?«, rief er alarmiert und schaute sich hektisch um.

»Kleiner Scherz.« Rocky grinste.

»Wie witzig«, näselte Oscar und reckte den Hals, weil Mia mit ihren kleinen Tatzen unbedingt seine Nase attackieren wollte. »Es ist ja so einfach, mit Oscar seine Scherze zu machen. Weil Oscar so friedfertig ist. Aber wenn es darauf ankommt …«

»Hey, es gibt eine Rauferei!« TinTin kam über den Rasen herangelaufen, dicht gefolgt von Gino. Angriffslustig sprang er zwischen den erwachsenen Katern herum. Mia und Margo taten es ihm gleich, was die ganze Sache nicht gerade ernsthafter aussehen ließ. Mazan schaute ihnen zu. Was hätte er darum gegeben, jetzt mit ihnen herumtollen zu können.

»Hey, hört mal«, sagte er. Die anderen unterbrachen sofort ihre Streitereien und sahen zu ihm herüber.

»Ihr passt auf die Kleinen auf, okay?«

»*Sì*, Don Mazano!«, rief Orangino.

»Was meinst du mit aufpassen?«, hakte Oscar nach. »Jetzt gerade oder so allgemein?«

»Ihr müsst alle auf sie achtgeben, besonders du, Oscar. Ich verlasse mich auf dich.«

Oscar warf sich in die Brust. »Da seht ihr, wenn es darauf ankommt, wird Oscar gefragt.«

»Wieso? Was hast du vor?«, fragte Rocky.

Mazans Blick traf Manon, die ein paar Schritte weiter auf der Seite lag und ihn aufmerksam beobachtete. Die schlanke, ingwerfarbene Katze war vermutlich die einzige, die ahnte, was ihn umtrieb.

Pass auf dich auf!, sagte ihr Blick.

»Ich gehe Zadira suchen«, gab er ruhig zurück.

Es war natürlich Wahnsinn. Wenn er auch nur einen Moment über seine Chancen, sie zu finden, nachdächte, hätte ihn die Ausweglosigkeit auf der Stelle gelähmt. Also dachte er nicht weiter nach.

Ebenso wenig, wie er sich darüber Gedanken machte, was er denn für sie tun wollte, falls er sie tatsächlich fand.

Er lief die Gasse seitlich des leeren Hauses hinauf, sprang auf eine Mauer und von dort aus auf ein Dach. Mit jedem Schritt wurde ihm leichter zumute, mit jedem Schritt gewann er die Sicherheit des Handelns zurück. Er wusste, wie die Welt außerhalb der Stadtmauern aussah. Er hatte lange genug dort gelebt und vor allem: überlebt. Trotzdem brachte es natürlich nichts, jetzt einfach aufs Geratewohl hinauszulaufen. Er brauchte zumindest einen Anhaltspunkt, eine Richtung.

»Hey, Mazan!«

Er wandte sich um, Rocky war ihm gefolgt.

»Meintest du das ernst?«, fragte ihn der fuchsrote Kater.

»Ja.«

Mazan wartete auf weitere Fragen. Wie willst du das schaffen? Was willst du für sie tun, selbst wenn du sie findest? Dich vor sie werfen, wenn wieder auf sie geschossen wird?

Auf keine dieser Fragen hätte er eine Antwort gehabt. Doch Rocky sagte nur: »Okay, ich bin dabei.«

»Hör zu, das ist nicht deine Angelegenheit, außerdem musst du hier …«

»Wollen wir quatschen oder etwas unternehmen?«

Verdammt, Rocky hatte keine Ahnung, worauf er sich einließ. Aber es tat richtig gut, einen Freund an der Seite zu haben.

»Wir brauchen einen Anhaltspunkt«, sagte er, »in welche Richtung wir suchen sollen.«

»Ist klar. Und weiter?«

»Jules, der Tierarzt, ist fort. Er hat Atos bei Jeffrey abgegeben. Vielleicht erfahren wir dort etwas.«

»Dann los.«

Gemeinsam liefen sie durch die Gassen der Stadt, sprangen Stufen hinab oder suchten Abkürzungen über Dächer oder durch Gärten. Immer wieder begegneten sie anderen Katzen, die aus Fenstern lugten oder ebenfalls durch die Gassen streunten. Es war eine Stadt der Katzen. Jede gehörte zu einem Menschen, einem Haus, einem Garten. Manchmal war nicht sicher, ob die Katze zum Menschen gehörte oder ob es nicht eher umgekehrt war.

Sie erreichten Jeffreys Haus, das auch Oscars Zuhause war und seit Kurzem auch das von Manon und ihren Kleinen. Und manchmal auch das von Atos. Jeffrey war ein durch und durch tierliebender Mensch.

»… ihn ganz schön hart an«, vernahm Mazan eine vertraute Frauenstimme, als er sich durch die Katzenklappe zwängte. Es war Blandine, die Frau, mit der Jeffrey sich immer wieder paarte.

»Natürlich, schließlich hat er ihnen ihre Zeugin geklaut.« Jeffrey saß in einem Sessel. Zu seinen Füßen lag Atos, der, als er Mazan bemerkte, sofort erfreut auf ihn zukam.

»Da ist ja Commissaire Mazan«, bemerkte Jeffrey.

»Der arme Kerl versteht nicht, warum Zadira fort ist. Kümmert sich jemand um ihn?«

Atos japste aufgeregt, als auch Rocky durch die Katzenklappe kam. Zwei Spielkameraden!

»Monsieur le Commissaire weiß sich zu helfen«, meinte Jeffrey. »Außerdem bekommt er hier immer einen vollen Fressnapf.«

Gut zu wissen, dachte Mazan.

»Anscheinend gilt das auch für andere Katzen.«

»Ja«, seufzte Jeffrey. »Neuerdings ist mein Haus Treffpunkt der Cat-Society von Mazan.«

Blandine lachte. »Ich wusste nicht, dass es hier eine Katzengesellschaft gibt.«

»*My dear,* nicht einmal unser oberkluger Tierarzt, Docteur Jules Parceval, akzeptiert, dass wir es mit einer organisierten und planmäßig vorgehenden Spezies zu tun haben.«

Gar nicht mal so dumm, dieser Jeffrey, dachte Mazan.

»Am Ende wirst du mir noch erzählen, dass sie uns verstehen und lenken.«

»Natürlich verstehen sie uns. Aber ich schätze, sie lassen uns in Ruhe, solange wir sie nicht stören.«

»Und das Internet haben sie auch erfunden.«

»Really?«, sagte Jeff erstaunt. »Das würde einiges erklären. Katzenvideos und so.«

Blandine lachte wieder. »Was bist du für ein liebenswerter Spinner.«

Jeffrey schüttelte leicht den Kopf. »Es ist hoffnungslos, du willst das Offensichtliche nicht sehen. Aber erzähl weiter von Brell. Wissen seine Kollegen, dass er Zadira aus dem Krankenhaus abgeholt hat?«

Mazan spitzte die Ohren. Jetzt wurde es spannend. Würden die beiden ihm einen Hinweis geben, wo Zadira sich aufhielt? Aber ausgerechnet jetzt fing Atos an, vor ihm hin und her zu springen. Der Hund wollte spielen.

»Kannst du dich um Atos kümmern?«, wandte er sich an Rocky, »ich muss hören, was die beiden reden.«

»Kein Problem«, meinte Rocky und verpasste dem Hund einen Hieb über die Schnauze. Atos sprang erschrocken zurück, warf sich dann aber gleich vor Rocky auf den Bauch und japste ihn erfreut an. Fürs Erste hatte Mazan Ruhe.

»... nicht sicher. Ich glaube, sie verdächtigen Jules, weil der auch verschwunden ist. Minotte ist stinksauer.«

»Was ist mit den Flics aus Marseille?«

»Javier Gaspard hat Brell wohl mehrfach angerufen. Lucien meinte, dass er ein wenig amüsiert klang. So als ob er etwas in dieser Art erwartet hätte. Natürlich hat Lucien sich nichts anmerken lassen, aber er glaubt nicht, dass er Gaspard groß täuschen konnte.«

»Was denkst du von ihm? Du hast ihn doch kennengelernt.«

»Ja, er ist einer von den ganz Harten, ein Zyniker, aber ich glaube, er hat Zadira gern. Ich hoffe, nicht zu gern.«

Jeffrey schüttelte ratlos den Kopf. »Ich bin mir da weniger sicher. Ich traue ihm nicht. Wer weiß, wie der wirklich in den Skandal involviert ist. Die ganze Sache ist furchtbar undurchsichtig. Hat sich Jules übrigens gemeldet?«

Atos bettelte weiterhin um Schläge. Rocky tat ihm den Gefallen. Daraufhin wollte der Hund ihm mit seiner riesigen Zunge die Ohren ablecken. Rocky fauchte ihn an.

Blandine schüttelte den Kopf. »Ich mache mir Sorgen. Jules ist so … verletzbar. In jeglicher Hinsicht.«

Mazan verfolgte aufmerksam den Wortwechsel.

Gebt mir einen Hinweis!, dachte er. *Los jetzt!*

Blandine hob in einer ratlosen Geste die Arme und legte sie um Jeff. »Ich habe keine Ahnung, was wir tun sollen.« Jeffrey begann, ihren Rücken zu streicheln.

»Bleib ganz ruhig. Niemand findet sie dort oben.«

Dort oben? Wo, dort oben?

»Und wenn doch?«

Rocky fand das ständige Japsen und Hüpfen von Atos wohl uninspirierend. Er sprang auf den Tisch. Atos setzte nach, beließ es aber dabei, die Vorderpfoten auf den Tisch zu legen, und versuchte, den roten Kater mit dem Maul anzustupsen. Der aber blieb mühelos außer Reichweite. Es machte Atos zunehmend kirre.

Jeffrey beobachtete das Geschehen mit abwesendem Blick. Seine Hände kneteten inzwischen Blandines Hüften.

»Sie bräuchte Gesellschaft. Jemanden, der wachsam ist und loyal«, sagte er dann.

»Ach ja, wen denn? Dich? Ein Engländer dort in den Bergen würde ziemlich auffallen.«

In den Bergen! Welche, herrje!

Atos drehte langsam durch, vor allem, als Rocky ihm einen weiteren Hieb auf die Schnauze verpasste. Der Hund versuchte, auf den Tisch zu springen. Eine Vase mit frischen Blumen fiel um und zerbrach mit dumpfem Krachen.

Rocky brachte sich mit einem Satz vor dem Wasserschwall in Sicherheit und landete auf der Kommode. Atos versuchte, um den Tisch herumzuspringen und das gleiche Spiel an der Kommode zu wiederholen. Die aber war deutlich höher. Rocky feixte über die Bemühungen des Hundes.

Blandine stöhnte genervt auf, Jeff ließ sie nur ungern los und versuchte, Atos am Halsband zu packen.

Blandine betrachtete augenverdrehend die Bescherung.

»Ich hatte aber gar nicht an mich gedacht«, sagte Jeffrey, hob ihr Kinn mit einem Finger an und küsste schmunzelnd erst den einen, dann den anderen Mundwinkel. »Ich werde bekanntlich hier gebraucht.«

Seine Hände fuhren an ihrer Blusenknopfleiste höher.

Blandine runzelte die Stirn, sah Jeff an, sah den Hund an.

»Ach. Ich glaube, ich verstehe«, verkündete sie lächelnd.

Was? Was verstehst du?

Blandine nahm Jeffs Hand von dem ersten Knopf ihrer Bluse, gab ihm einen Klaps, sagte: »Tja, dann« und machte sich daran, die Blumen aufzusammeln. »Doch, mir gefällt die Idee«, fügte sie hinzu.

Sie legte Jeff die Blumen in den Arm.

»Einverstanden«, sagte sie leise. »Aber erst bring mich ins Bett, und danach überlegen wir uns, wie wir ihn zu den Trüffeln schaffen. Du darfst natürlich nicht mit, es reicht, wenn es zwei Geheimnisträger gibt.«

Ihn? Wen meinten sie? Und was sind Trüffel?

»Zeig mir doch mal deine Geheimnisse …«, sagte Jeffrey.

Mazan wendete sich dem Fenster zu, als Jeff und Blandine mit ihrer Paarung begannen.

Zadira ist in den Bergen, bei den Trüffeln – und sie wollen jemanden zu ihr schicken. Aber wen?

13

Das Sonnenlicht glitzerte auf dem unwirklich tiefblauen Wasser des Hafenbeckens. Ein Licht von einer beißenden, glasharten Klarheit, wie Jules es nie zuvor gesehen hatte. Aber vielleicht hatte er auch nur nie richtig hingeschaut. Vielleicht hatte er diese Seite der Welt nie sehen wollen.

Aber seit einer Woche sah er alles. In schonungsloser Deutlichkeit. Die andere Realität, die immer da gewesen war: die Welt der Gewalt, der Reuelosigkeit, die Welt jenseits der Gesetze.

Der Mistral war aufgezogen und hatte die gestern noch so milde Luft blank geputzt. Die eisige, trockene Kälte des Nordwinds stach Jules in die Lungen, als er mit gleichmäßigen Schritten um das Hafenbecken herumtrabte und in die Rue Fort Notre-Dame einbog.

Seit er am Mittwochabend, vor drei Tagen, im Grand Hôtel Beauvau direkt am Kopfende des Vieux Port, des alten Hafens, abgestiegen war, hatte er wieder begonnen zu laufen. Es tat ihm gut, sich auf seinen Körper zu konzentrieren, der diese Anstrengung seit Langem nicht mehr gewohnt war. Die Beine begannen zu schmerzen, es stach in Jules' Rippen, und die Lungen pumpten mit aller Kraft, um Sauerstoff in die Blutbahnen zu jagen.

Am Donnerstag hatte Jules noch über eine Dreiviertelstunde gebraucht, um zu der Kathedrale über der Stadt hinaufzulaufen. Sein Knie hatten gezittert, und ihm war vor Anstrengung schlecht gewesen. Keuchend hatte er sich auf die bleiche Brüstung der Aussichtsplattform gestützt, hinter ihm die Kathedrale Notre-Dame de la Garde mit der Madonnenfigur hoch oben auf dem Turm. Sie war die Hüterin von Marseille.

Von hier aus hatte Jules freie Sicht über die Stadt und die schroffen Felsberge des Umlandes, über den alten Hafen mit den Masten der Segelschiffe bis zum Quartier du Panier, der antiken Geburtsstätte Marseilles auf zwei windigen Hügeln, die Gassen nach griechischem Städtevorbild angelegt, manche Häuser dreihundert Jahre alt, erbaut auf Ruinen tausendjähriger Hütten. Danach ein verrufenes Seemanns- und Hurenviertel, Hort der Resistance, von den Deutschen gesprengt, auferstanden als Schmelztiegel der armen Fremden am Rand der Gesellschaft. Und heute, geputzt und renoviert, Bohemeviertel und Touristenattraktion.

Und dort war Zadira geboren, aufgewachsen, hatte sich geprügelt, verliebt und ihren Vater bei einer Schießerei zwischen BACs und Mafia verloren.

Auf der anderen Seite, zum Landesinneren hin, lagen die berüchtigten *quartiers nord,* erkennbar an den gesichtslosen Hochhäusern und verschachtelten Betonbauten. Waren dort die Mörder rekrutiert worden, die Zadira in Mazan erwischt hatten? Wenn ja, wie sollte er sie bloß finden?

An diesem ersten Morgen hatte ihn der Mut verlassen.

Er war ins Innere der Kathedrale gegangen. Schon als er aus dem Wind hinaustrat, der hier oben seine volle Kraft entwickeln konnte, war Jules zur Ruhe gekommen. So hatte er, der Pariser Agnostiker, der bisher für die Riten der katholischen Kirche höchstes spöttisches Interesse gezeigt hatte, in der Kathedrale unter Aberhunderten in der Luft schwebenden Schiffsmodellen neue Kraft geschöpft.

Am gleichen Nachmittag, nach einem guten Essen am Quai, machte er sich an die Arbeit.

Während Jules Parceval sich nun zum dritten Mal den Boulevard André Aune hinaufkämpfte, ließ er sich die Informationen über den Polizeiskandal durch den Kopf gehen, die Blandine ihm gemailt hatte. Daher wusste er, dass Zadira nicht die einzige Verräterin war.

Er nahm, ohne innezuhalten, die steile hohe Treppe in Angriff, die vom Besucherparkplatz zur Basilika führte. Auch diesmal war er am Ende seiner Kraft, aber wenigstens war ihm nicht mehr übel. Knochenstadt, dachte er, als er, um Atem ringend, über die vom Wind blank geriebenen und von der Sonne gebleichten Dächer und Fassaden schaute. Eigenartigerweise gefiel Jules dieser Anblick. Es war eine ehrliche Stadt.

Wie absurd, so etwas ausgerechnet von Marseille zu sagen. *Chicago français.* Marseille hatte den Ruf, die kriminellste Großstadt Frankreichs zu sein. Was nicht mal zutreffend war. Aber so war das nun einmal mit schlechter Reputation, sie klebte an den Schuhsohlen wie Hundekot.

Jules umkreiste die Basilika. Einmal, zweimal. Dreimal. Die Böen des Mistrals pfiffen, Raï-Musik brandete aus den Fjorden der Häuserschluchten empor. Da die Sonnenseite Marseilles, da die Cité, die dunkle Seite der Stadt.

Und dazwischen:

Zadira.

Warum Zadira? Das war die entscheidende Frage.

Als sich Jules' Atem beruhigt hatte, betrat er die Kathedrale. Er ging hinunter zu der kleinen Kapelle der Krypta, in der der Toten gedacht werden konnte. Er spendete ein

Teelicht für Julie, das Hotelmädchen, das in Mazan brutal ermordet worden war. Ein zweites widmete er Solange, der bedauernswerten Frau, die erst kurz vor ihrem Tod aus dem Schatten ihres tyrannischen Gefährten, des blinden Malers Idka, hatte heraustreten können.

Jules schwor sich, alles zu tun, damit er nicht irgendwann eine dritte Kerze anzünden musste.

Er war Zadira mindestens ein Leben schuldig, auch wenn sie ihn nicht mehr an ihrer Seite haben wollte.

»Weißt du«, sagte er leise, ohne eine bestimmte Vorstellung zu haben, an wen er sich damit in der kühlen, milden Stille der Totenkapelle wandte, »ohne Zadira hat ein Leben in Mazan für mich keinen Sinn. Was soll ich dort? Immer wieder von Neuem all die Orte passieren, an denen wir glückliche, unglückliche oder gefährliche Momente erlebt haben? Wenn alles gut geht, wird sie aussagen und zurückkehren. Wenn es gut geht! Aber auch das könnte ich nicht ertragen.«

Er schaute sich um. Ihm wurde klar, dass er gerade dabei war, eine Beichte abzulegen. Wenigstens war niemand in der Nähe, der ihn dabei störte.

Jules zuckte zusammen, als das Telefon in seiner Tasche vibrierte. Er zog es hervor, schaute auf das Display und verdrehte die Augen, bevor er den Anrufer wegdrückte.

»Daddy«, sagte er, wohl wissend, dass sein Vater Hector sich diesen vulgären Anglizismus mit kaltem Zorn verbeten hätte, »du hast wirklich kein Gefühl für den passenden Moment.«

Obwohl er sich nicht vorstellen konnte, wann je ein passender Moment für ein Gespräch zwischen ihm und seinem Vater hätte sein können.

Leichter als am ersten Tag legte Jules die Strecke zu seinem Hotel zurück. Er duschte, frühstückte ausgiebig in seinem Zimmer und nahm sich die kurze Liste vor, die er gestern mit Blandines Archivakten angelegt hatte.

Vier Namen. Antoine Bertrand. Lucas Bonnet. Gérard le Guern. Henri Zidane.

Die vier suspendierten BAC-Bullen. Und zu jedem Namen hatte er inzwischen auch eine Nummer.

»Sie reden mit niemandem, glaub mir«, hatte Blandine gesagt. Sie selbst war bisher an ihnen gescheitert.

Jules beschloss, mit Zidane anzufangen. Den Fußballer gleichen Namens, geboren in La Castellane, Marseille, hatte er verehrt, wie alle anderen Franzosen auch.

»Woher haben Sie diese Nummer?«, herrschte ihn die raue Stimme an, kaum dass er *Bonjour* sagen konnte. Jules zögerte, mit dieser Frage hätte er rechnen sollen. Blandines Namen wagte er nicht zu erwähnen, schließlich hatte die ihn gewarnt, dass die vier jeglichen Kontakt mit Journalisten mieden. Ehe ihm eine einigermaßen plausible Antwort einfiel, knurrte Henri Zidane ihn an: »Ruf hier nie wieder an, du Arschloch!«

Jules schaute auf seine Liste und strich den Namen Zidane durch. Der erste Schuss war danebengegangen. Er überlegte sich eine Strategie, dann wählte er die nächste Nummer.

»*Bonjour,* mein Name ist Jules Parceval. Ich bin kein Journalist.«

»Wie schön für Sie.« Ätzend. Misstrauisch.

»Ich bin Arzt. Und ein Freund. Von Zadira Matéo.«

»Der angeschossenen MILAD-Frau?«, fragte Lucas Bonnet jetzt in etwas normalerem Tonfall. »Ach. Und was wollen Sie von mir? Mich untersuchen?«

»Mit Ihnen reden.«

»Ich wüsste nicht, worüber.«

»Bitte. Ich will Zadira nicht verlieren. Ich liebe sie. Ich habe Angst um sie.«

Jules war überzeugt, dass die Wahrheit seine einzige Waffe war. Vielleicht war sie für Bonnet Grund genug, zu reden.

»Sie haben Angst? Das kann ich verstehen«, sagte dieser jetzt leise. Nach weiteren wortlosen Sekunden nannte Bonnet ihm eine Bushaltestelle in der Nähe des Hotels und eine Uhrzeit.

»Kaufen Sie sich eine RTM-Tageskarte. Steigen Sie in den 83er-Bus und fahren Sie bis zur Endstation.«

»Und dann?«

»Das werden Sie schon sehen. Steigen Sie erst mal einfach in den Bus.«

»Wie erkenne ich Sie?«

»Gar nicht.«

Eine Stunde später stand Jules an der Canebière, nahe den Galeries Lafayette. Es war ein ungemütlicher Platz, weil der kalte Wind hier besonders bissig die Straßenschlucht entlangfegte.

Aber Jules blieb stehen, statt sich eine geschützte Stelle zu suchen. Er wollte gesehen werden. Er betrachtete unter gesenkten Lidern die anderen Wartenden, eine junge, mürrisch dreinblickende Frau mit Carrefour-Plastiktasche, einen nervösen Jugendlichen. Drei Männer, von denen jeder Bonnet hätte sein können.

Als der Bus hielt und die Tür sich zischend öffnete, kam rasch ein vierter Mann mit einer tief in die Stirn gezogenen Baseballmütze von Olympique Marseille herbei, berührte Jules kurz am Arm und stieg vor ihm ein. Er wies mit dem

Kinn auf einen Fensterplatz und setzte sich dann eine Reihe weiter in einen Vierersitz, sodass die beiden Männer Rücken an Rücken saßen. Als sich Jules umdrehen wollte, zischte der Mann: »Schauen Sie aus dem Fenster. So kann Ihnen die CC nicht auf den Mund schauen.«

»Die CC?«

»Öffentliche Videoüberwachung.«

Jules dachte, dass Bonnet wohl ein bisschen paranoid war.

»Glauben Sie ernsthaft, man überwacht Sie?«, fragte er leise mit gehorsam zum Fenster gewandtem Kopf.

»Was glauben Sie denn«, knurrte Bonnet ebenso leise zurück. »Seit dem Anschlag auf die MILAD-Frau spielen alle verrückt.«

Bonnet klopfte mit dem Fingernagel ans Fenster. »Marseille hat Augen«, flüsterte er. »Überall.«

Und jetzt fiel es auch Jules auf: Kameras, die hoch über der Kreuzung an einem Stahlpfahl angebracht waren. Das gewölbte Auge im Bus, dem sich Bonnet mit seiner Kappe zu entziehen wusste. Kameras am Hafen.

Jules erinnerte sich daran, was Brell erzählt hatte: Der Sicherheitspräfekt von Marseille, Alain Gardère, der damals auch die interne Polizeiermittlung geleitet hatte, war außerdem für die Sicherheitssysteme der Stadt zuständig. Kameras an Kreuzungen, in Tunneln, an Bahnhöfen, in Fußballstadien, am Hafen. Und dazu kam noch die Leitung der privaten Securitysysteme. Banken, Kioske, Supermärkte. Versteckte Kamerasysteme in Universitäten, in Kantinen, in Büros. Nicht registrierte Webcams, Wettercams, Drohnen. Tausende Augen, die alles und jeden sahen.

Oder entsprechend wegsehen konnten.

Je nachdem.

Sie umkreisten weiter das Hafenbecken und nahmen Kurs auf Fort Nicolas. Jules wartete, dass Bonnet endlich sprach.

»Was wollen Sie, Doktor?«, fragte dieser schließlich, als der Bus die Corniche entlangfuhr und Jules einen Blick auf das im Sonnenlicht grell glitzernde Meer lieferte.

»Ich will wissen, wer es auf Zadira abgesehen hat.«

»Und Sie denken, ich weiß es?«

»Haben Sie keine Angst, dass es Sie auch erwischen kann?«

Bonnet lachte bitter auf. »Wozu? Es gibt unauffälligere und vor allem bessere Methoden, um mich und die anderen kaltzustellen. Wir sind längst verkauft worden.«

Er erzählte von der Polizeigewerkschaft, die sich hinter die beschuldigten BACs gestellt und dagegen ihn, Bonnet, von allem ausgeschlossen hatte. Keinerlei Unterstützung, null.

»Ich hätte es wissen müssen«, sagte Lucas Bonnet. »Ich hätte vorher wissen müssen, dass wir nicht die Helden sein würden. Sondern nur die nützlichen Idioten. Mich braucht niemand über den Haufen zu schießen. Ich bin längst tot.«

»Und warum dann diese Heimlichtuerei?« Jules machte eine Geste mit dem Kopf, die ihre Busfahrt umfasste. Bonnet bewegte sich unruhig auf seinem Sitz. Neben ihn hatte sich eine Frau mit Schleier und gewaltigem Umfang gesetzt, einen unruhigen, blasierten Fünfjährigen an der Hand, der laut nach Süßigkeiten quengelte. Sie roch nach Putzmittel. Mutter und Sohn verließen erst acht Stationen später den Bus, an der Plage Roucas Blanc. Amerikanisch sprechende Touristen stiegen zu.

Leise sprach Bonnet weiter, seinen Blick auf die Kitesurfer jenseits des Strands geheftet.

»Da war noch … ich habe nichts darüber rausgekriegt, aber es passte nicht zusammen.«

»Was? Ich verstehe nicht?«

Bonnets Nervosität war jetzt überdeutlich spürbar.

»Ich meine: Wieso konnten die das so lange machen?«

Mit *die* meinte er offenbar seine korrupten, ehemaligen Kollegen. »Die haben sich so verdammt sicher gefühlt. Wieso?«

»Ich weiß nicht. Wurden sie gedeckt? Reicht das weiter nach oben?«

Jules dachte an Javier Gaspard. Was der ihm über die Arrangements erzählt hatte. Alles in Marseille war ein Deal, und manchmal machten dann auch Gut und Böse gemeinsame Sache.

»Wieso?«, erwiderte Bonnet scharf. »Hat Matéo irgendetwas gesagt? Irgendeine Andeutung gemacht? Hatte sie einen Verdacht?«

»Verdammt, nein.« Während der Bus von der Corniche abbog und Richtung Prado und Fußballstadion fuhr, ging Jules auf, warum Lucas Bonnet sich mit ihm getroffen hatte. Nicht, um ihm weiterzuhelfen, sondern, um ihn auszufragen. Aus Angst. Dass er der Nächste sein könnte.

Aber Jules konnte ihm nichts bieten. Er fürchtete, dass sein Kontakt ihm entgleiten würde.

»Hören Sie, wo kam der Killer Ihrer Meinung nach her? Wer hat ihn beauftragt? Sie mit Ihrer Erfahrung – können Sie mir nicht irgendetwas sagen, was mir …«

Bonnet erhob sich von seinem Sitz und drückte den Knopf, was den Bus an der nächsten Haltestelle stoppen lassen würde. Sie waren schon fast am Prado-Kreisel, links das Quartier Saint-Giniez mit den Konsulaten, rechts lauter kleine Gassen.

Bonnet stieg aus. Jules sah von seinem Fensterplatz aus, wie er hinter einem gigantischen, blau überdachten Stand mit Hummern, Austern und gekochten, rot glänzenden Gambas verschwand.

Der Bus fuhr an, und Jules ließ sich im Sitz zurückfallen.

Er holte sein Handy hervor und las erneut die Nachricht, die Brell ihm tags zuvor geschickt hatte.

Der Vogel ist im Nest.

Jules spürte immer noch die Erleichterung.

Zadira war in Sicherheit. Erst mal. Solange niemand Brell oder Blandine gefolgt war.

Jules hoffte, dass Zadira Trüffel mochte.

14

Heiße Zwiebelsuppe. Mit kräftigem Käse überbacken. Comté oder Banon. Und mit sonnengetrockneten Kräutern. Thymian vielleicht, der sich in die Ritzen der Felsen an den Passstraßen klammerte.

Der intensive Duft drang unter der Türritze der schweren Eichentür hindurch.

Zadira hielt es für eine Geruchshalluzination.

Eine von diesen seltsam verqueren Empfindungen, mit denen sie schon auf der endlosen, mehrere Stunden dauernden Fahrt gekämpft hatte. Sie hatte alles Mögliche wahrgenommen, im Halbschlaf, wenn der Schmerz sie für einige Minuten in Ruhe ließ. Sie hatte aus der Ferne Musik gehört, Melody Gardot, die von den Sternen sang. Die Lieder schienen aus dem Wasserhahn in der Wand über dem steinernen Becken zu kommen.

Später der Geruch eines Hundes, trockenes Fell. Winseln.

Ein leises »Pellerine! Aus. Komm her, Mädchen.«

Noch etwas später das innige, grausame Gefühl, wie Jules ihre geschlossenen Augenlider küsste. Ihre Lider, ihre Wange, ihren Mundwinkel. Sie hatte nicht gewagt, die Augen zu öffnen und diese schlimmste aller Einbildungen zu unterbrechen.

Sie würde lange um ihn weinen, das wusste sie.

Aber sie durfte nicht weinen. Es tat zu weh. Jede Erschütterung ihres Körpers tat zu weh.

Der Schmerz im Arm und in der linken Achsel war in Wellen gekommen, sie waren heftiger geworden, so heftig, dass Zadira sich aus dem Bett auf die glatten Terrakottafliesen gelegt hatte. Die Kühle der Naturfliesen hatte den brennenden Schmerz in ihrem linken Arm gemildert.

Sie hatte die feste Wolldecke, über die ein frisches, altprovenzalisches Leinenlaken gelegt war, von der Matratze gezogen, und auch eines der Gänsedaunenkissen.

Auf den kalten Fliesen hatte sie durch die Fensterkreuze den seltsam hart funkelnden, klaren Sternenhimmel betrachtet. Sie hatte offenbar den ganzen Tag verschlafen. Hier am oberen Ende der Welt war die Nacht so ruhig wie die Stille am Grund des Meeres.

Sie waren von Carpentras erst auf einsamen Feldwegen quer übers Land und durch abgeerntete Weinfelder nach Mazan gefahren, ohne dort anzuhalten. Brell war schon vorher in ihrer Wohnung gewesen, hatte Kleidung und Bücher für sie eingepackt und ihre Dienstwaffe an sich genommen.

Von Mazan ging es über Weinfelder weiter nach Saint-Didier, und dann hatte Brells betagter blauer Kastenrenault keuchend die verschlungenen Serpentinen nach Beaucet erklommen. Mazans Chef de Police war so behutsam gefahren, wie er konnte; doch auch das hatte nicht verhindern können, dass Zadira sich die Lippe blutig biss vor Schmerz, den jede Erschütterung, jedes allzu feste Bremsen in ihr auslöste.

Sie musste mit den Schmerzmitteln haushalten, sie schlugen nicht mehr an, wenn sie statt alle vier Stunden alle zwei Stunden etwas einwarf. Sie begann, die Minuten zu zählen, die Sekunden, bis sie wieder etwas nehmen durfte.

In Beaucet hielten sie unterhalb der Schlossruine an. Unter ihnen breitete sich das herbstliche Land aus. Zwischen die letzten wärmenden Sonnenstrahlen mischten sich bereits die kühlen, schneidenden Brisen der kommenden Herbstwinde. Und obgleich sie nur wenige Hunderte Meter aufgestiegen waren, war es bereits merklich kühler als in Carpentras. Der Mont Ventoux besaß schon eine zarte Schneespitze, sie war von einem klareren Weiß als jenes des sonst vom Mistral blank gepusteten Kalksteins, der dem »Windberg« auch übers Jahr eine helle Kappe aufsetzte.

Eine schwarze Katze kreuzte die Straße, die sich weiter aufwärts den Berg hinanschlängelte. Für einen Moment dachte Zadira, es sei Commissaire Mazan.

Er fehlte ihr. Aber er hatte jetzt eine Familie. Und überhaupt sollte man Katzen nicht aus ihrer gewohnten Umgebung reißen.

Sie dachte daran, was ihr Vater einmal gesagt hatte: »Das Schnurren einer Katze bringt sogar Knochen in einem Blecheimer dazu, wieder zusammenzuwachsen.«

Sie beobachtete den fremden schwarzen Kater, der sich in einen der letzten Sonnenflecken legte. Dann schaute sie die Straße hinauf, die weiter oben zum Holperweg wurde. Beim Anblick der Schlaglöcher in den erdigen Spurrinnen sank ihr das Herz.

»Tut mir leid«, sagte Brell, der ihrem Blick gefolgt war.

Es war nicht einmal sicher, ob der Schmerz sie eines Tages verlassen würde. Manche Verletzungen ließen die Nerven für immer nachschwingen und schufen so ein Gedächtnis, in dem die Pein nie mehr nachließ.

Barbarenque.

Das war das letzte Schild, das Zadira hatte entziffern können, und danach war Brell noch für eine weitere halbe Stunde auf verschlungenen Pfaden durch ein Naturschutzgebiet gefahren und tiefer hinein in die Hügel und Täler, durch duftende einsame Wälder und raschelnde Eichenhaine.

Aber sie hatten es geschafft, weiterzufahren, bis sie am Ende auf einen Hof rumpelten und Brell sie in Stille, Duft, Weite und Einsamkeit entließ. Sie hatte ein Gebäude aus graugelbem Sandstein wahrgenommen, blaue Fensterläden, eine Scheune, einen Anbau, knorrige Weinreben über einer Terrasse.

Ihr »Hausherr« – Tardieu, wie Brell ihn nannte – hatte sich nicht blicken lassen. Aber Brell schien sich auszukennen. Er hatte Zadira in einen Raum am Ende eines Flurs hinter der Küche geführt. In der Küche befand sich ein riesiger Kamin, in dem sie ohne Probleme hätte aufrecht stehen können und Brell sicher zweimal nebeneinander liegen. In dem Kamin brannten Scheite und kleine Äste. Das Feuer roch, als hätte jemand noch eine Handvoll Mandelzweige, Kräuter und Lorbeerblätter geworfen. Die Hitze war wie ein Schlag, als sie an dem Kamin vorbeiging.

Zadira sehnte sich nur danach, ihre vor Schmerz singenden Knochen abzulegen, den Verband zu kontrollieren, sich eine Spritze gegen die Thrombose zu setzen und sich eine Extraportion Novalgin, Tramal oder Morphin zu gönnen. Nur am Rande ihrer Wahrnehmung registrierte sie die sichtbar oft benutzten Kupfertöpfe, den langen, alten Holztisch mit den beiden Sitzbänken links und rechts, die getrockneten Kräuter. In einer Ecke neben dem Kamin stand ein großer Hundekorb.

Sie hielt Tardieu für einen alten knorrigen Provenzalen, der noch so kochte, wie seine Großmutter es ihn gelehrt hatte, und der sicher ein breites Rodano sprach, Altprovenzalisch, das sich einem Gesang gleich aus Italienisch und Französisch bildete.

Sie hatte sich hingelegt.

Brell würde sie immer nur nachts besuchen und diese Besuche tarnen.

»Die Trüffelerntezeit beginnt leider erst im November richtig«, hatte er erklärt, »und rund um den Mont Ventoux fährt die Gendarmerie dann auch vermehrt Trüffelstreife.«

»Trüffelstreife?«

»Aber ja! Mit der Saison kommen die Diebe. Für ein Kilo Trüffel sind leicht tausend Euro oder mehr drin. Drei Viertel aller Trüffel in Frankreich stammen hier aus der Gegend. Na ja, und bevor die Bauern selbst zur Schrotflinte greifen, fahren wir Präsenzstreife. Ob das was nutzt, weiß ich nicht. Jetzt im Oktober werde ich mir was einfallen lassen, auf die Weise kann ich in der Nähe sein, ohne dass es auffällt.«

Sie starrte ihn an. Drei Viertel aller Trüffel?

»Ich weiß nicht mal, ob ich je Trüffel gegessen habe«, sagte sie. »Das heißt, hier lebt auch irgendwo ein geniales Schwein?«

»Trüffel werden mit Hunden gesucht. Oder mit Mücken.«

»Mücken. Ja, klar.«

Vermutlich begannen die Halluzinationen wieder. Wie war das: Ihr Gehirn wurde umgebaut, da konnte es schon mal zu Ausfällen kommen.

Tardieu, so erklärte Brell, sei ein Trüffelbauer, und das hier seine *truffière,* eine Trüffelfarm inmitten eines halb natürlichen, halb vor sechzig Jahren angelegten Trüffelhains aus Eichen, Haselnuss- und Mandelbäumen.

Zadira hatte nur noch halb zuhören können. Sie knöpfte ihr Hemd auf. Das Ausziehen fiel ihr schwer, und sie war dankbar, dass Brell ihr, ohne ein Wort zu verlieren, rasch half. Ihr die Jeans auszuziehen, ersparte sie ihm allerdings.

In Unterhemd und Jeans hatte sie sich in die Leinendecke eingerollt. In ihrem Zimmer hing seltsamerweise das Bild eines kleinen Strandes. Das Meer war so unendlich türkisblau wie am Strand von Cassis.

Vielleicht war es sogar Cassis? Waren das im Hintergrund nicht die Calanques, die höchste Klippe Frankreichs, von der so viele Idioten ihre Autos hinabstießen und so mancher auch gleich Leichen entsorgte?

Und wieso konnte sie nicht mal ein nettes Bild anschauen, ohne gleich an den Tod zu denken, an den Tod und an Gewalt?

Brell hatte ihre Sachen in den alten, soliden Holzschrank geräumt, in dem einige Zedernholzspatel lagen. Dann hatte er ein Glas Wasser auf den schlichten, niedrigen Tisch neben ihrem Bett gestellt.

Alles in diesem Raum war von schlichter Robustheit.

Brell hatte seinen voluminösen Körper neben ihr zusammengefaltet, neben dem Bett, in dem sie versuchte, sich so zu legen, dass Arm, Achsel und Schulter am wenigsten schmerzten.

»Hier sind Sie sicher, Chefin«, sagte er bekümmert.

»Ich glaube, vor einer Woche haben wir uns das Du angeboten, Lucien«, murmelte sie.

»Wenn ich Du sage, fange ich gleich an zu weinen«, murmelte der große Mann beklommen.

»Heulsuse«, sagte sie, lächelte über das gerührte Brennen in ihrem Herzen hinweg, ihr dummes, liebendes, immer noch schlagendes Herz. Liebe machte dumm, und deswegen würde sie sich zwingen, damit aufzuhören.

So würde er überleben, Jules, und sie auch.

Mit Blick auf das Bild an der Wand war sie eingeschlafen.

Jetzt pellte sie sich aus der Decke. Ihr Rücken war steif, und sie stützte sich mit dem rechten Arm ab, während sie sich auf die Seite und die Knie rollte. Die Fliesen waren unter den Knien viel härter. Der linke Arm war nutzlos, und sie presste ihn an ihren Körper. Zadira hatte das Gefühl, ihr gesamtes Gleichgewicht sei verschoben, und dankbar stützte sie sich auf den alten Gehstock. Die Metallspitze kratzte leise über die Fliesen.

Es roch immer noch nach Zwiebelsuppe.

Sie warf einige Schmerzmittel ein. In Strümpfen, Jeans und Männerunterhemd tappte sie dann durch die schwere Eichentür.

Zwei große braune, freundliche Kulleraugen schauten sie neugierig aus dem Hundekorb an. Ein nussbrauner Irish Setter erhob sich halb, als Zadira vorbeiging. Sie sah leichtes Schattengrau in seinem Ohrfell.

Im Ofenloch standen tatsächlich zwei Löwenkopf-Suppenschalen.

Zwei?

Der Käse warf blubbernd Blasen, die langsam bräunten.

Im Kamin brannte das Feuer jetzt niedriger und produzierte dann und wann violette und grüne Stichflämmchen.

Der Irish Setter legte sich beruhigt wieder hin.

Der Mann am Tisch legte das Buch nieder, in dem er gelesen hatte, und eine dunkle Feder als Lesezeichen hinein. Er sah Zadira an, mit einer leichten Zornesfalte zwischen den Augenbrauen.

Tardieu war alles andere als ein alter Provenzale, sondern kaum zehn Jahre älter als sie. Vielleicht Mitte vierzig, nur sein Gesicht wirkte älter, gegerbt von den kalten Winden und der herben, sengenden Sonne hier im Bergland. Seine Augen waren dunkler als die seines Hundes, sein Bartschatten fast schwarz. Er lächelte nicht, sondern sah sie weiterhin mit diesem Blick aus verhaltenem Ärger und schweigender Intensität an. Er trug eine grüne Lederweste über einem festen, weiß-braun gestreiften Hemd mit dem in der Provence üblichen Stehkragen.

Er lächelte auch nicht, als er Zadira zunickte und auf den Platz gegenüber an dem langen, hellen Holztisch wies. Dort warteten eine zusammengefaltete verwaschene Leinenserviette, ein leicht angelaufener Silberlöffel, ein kleines Klappmesser mit hölzernem Griff und zwei Gläser neben einem Holzbrett.

Sie schwieg ebenfalls, während sie sich auf die Bank schob, langsam, und den Stock neben sich legte.

Er hatte das Besteck auf die rechte Seite geräumt. Die gute Seite.

Tardieu stand auf, nahm ein blau kariertes Grubenhandtuch und holte die beiden dampfenden Schüsseln aus dem Ofen. Während er sich bückte und wieder erhob, sah Zadira die festen Muskeln unter seinem Hemd. Er sah aus wie jemand, der draußen arbeitete, viel und ausdauernd.

Während er ihr noch den Rücken zuwandte, schielte sie auf den Einband des Buches.

Camus. *Der Fremde*.

Er stellte ihnen jeweils eine Suppentasse hin, nahm wieder Platz, goss sich etwas Rotwein vom Mont Ventoux ein – ein Cascavel aus Villes-sur-Auzon –, betrachtete sie kurz. Sie nickte, und er goss ihr ein. Dann Wasser.

Schließlich nahm er aus einem Körbchen, das mit einem roten, verwaschenen Geschirrtuch bedeckt war, einen schwarzen Klumpen, nahm einen hölzernen Spatel, in dessen Mitte ein matter, sichtlich viel benutzter Stahlhobel integriert war, und hobelte erst sich, dann ihr schwarze, hauchfeine Scheiben auf den Käse.

Augenblicklich erfüllte der Duft von herbem Kakao, Pilz und etwas Drittem, Vertrautem, die Luft.

Es roch …

Dieser schwarze Trüffel, er roch nach …

Der Wärme des Bettes. Nach Jules.

Ja. Ein Duft nach körperlicher Liebe.

Das musste auch eine Halluzination sein. Bestimmt.

Am Ende, als ihr Gastgeber gehobelt hatte, nahm er das Buch wieder auf und begann lesend zu löffeln.

»Danke«, flüsterte sie.

Er antwortete ihr nicht. Es war, als lebe Tardieu einfach sein Leben weiter, wie er es auch tun würde, wenn er allein in der Küche wäre.

Das Knistern der brennenden Scheite. Das gelegentliche wohlige Gähnen des Hundes. Das dämmrige Licht. Und die Wärme der Zwiebelsuppe mit dem Duft nach Kakao und warmer, geliebter Haut.

Zadira war, als atme sie das erste Mal seit den Schüssen aus.

Vorsichtig sog sie die Luft wieder ein, nicht zu sehr; die Lungenspitzen links oben schrien dann vor Schmerz, sie hatte sich eine flache Atmung angewöhnt.

Aber jetzt ging es leichter. Nur einen Hauch. Einen Federhauch.

Sie löffelten schweigend.

Er las. Ab und an blätterte er um. Manchmal warf er einen Blick über den Rand des Buches in ihr Gesicht. Immer noch, ohne zu lächeln, aber die Zornesfalte zwischen den dunklen Augenbrauen hatte sich geglättet.

Als sie mit dem Essen fertig war, hatten sowohl der volle Magen als auch die Anstrengung Zadira bereits wieder müde gemacht. Sie wusste, dass sie bald wieder schlafen und träumen würde. Das Schweigen, in das Tardieu sie einhüllte, gefiel ihr, dennoch musste sie ihm eine Frage stellen, sonst würde sie keine Ruhe finden.

»Sie wissen, dass Sie sich in Lebensgefahr begeben, weil Sie mich bei sich verstecken.«

Unwilliges Lösen des Blickes von den Zeilen, Zornesfalte. Dann: ein knappes Nicken.

»Wieso? Wieso tun Sie das?«, fragte sie.

Er legte das Buch beiseite. Sah ihr in die Augen.

»Vielleicht aus Neugier«, antwortete er. Dann nahm er das Buch wieder hoch.

Im Korb drehte sich Pellerine einmal um sich selbst und schlief weiter.

15

Jules trat aus der Eckbar an der Rue des Trois Mages ins Freie und schob missmutig die Hände in seine Jackentaschen. Verdammter Le Guern!

Okay. Durchatmen. Der Duft von Tabak, gemischt mit dem süßlichen Duft von schwerem, öligem Hasch wehte ihn an. Er kam irgendwo aus einer der engen Seitenstraßen, die vom Cours Julien abgingen und in denen sich zahllose Restaurants, Clubs, Malerateliers und winzige hippe Läden verbargen. Jules atmete tief ein, sog dabei den verbotenen Duft ein und versuchte, seinen Ärger abzuschütteln.

Der Mistral trieb ein Rudel silbergrauer Herbstblätter im Kreis herum, fegte immer wieder neue Brisen vom herb-süßen Marihuanageruch heran und blies den Jungs, die auf ihren Skateboards über die Platten des leeren Platzes und über die glatten Betonbrücken der Wasserbecken bretterten, die Hoodiekapuzen nach hinten.

Le Guern war der Dritte auf Jules' Liste gewesen.

»Ich bin der Verlobte von Zadira Matéo«, so hatte Jules wieder seine Ansprache am Telefon gehalten.

»Schön für Sie«, hatte der suspendierte BAC-Polizist geantwortet und auf die Fortsetzung gewartet.

Le Guern hatte Jules für den nächsten Abend, den Sonntag, in die billigste Kneipe in Marseilles ehemals zwielichtigem Rotlichtviertel in der Innenstadt bestellt, La Plaine, das man vom Hafen her über eine steile, lange Treppe erreichte und dann unter einem blau blinkenden Schild mit der Aufschrift »Le quartier des créateurs« – Künstlerviertel – betrat. Vorbei an zahllosen Street-Art-Graffitis und trendigen Cafés, war Jules in die hinteren, tristen Gassen eingetaucht, dorthin, wo sich das hippe Volk selten verlief. An einer Ecke dann die Bar, zwei Eingänge, Pferderennen im Fernseher über dem klebrigen Tresen, Stella-Artois-Bier, billiger Chivas-Regal-Whisky.

Jules brauchte nicht lange zu rätseln, wer von dem halben Dutzend Gästen, ausnahmslos Männer, Le Guern war. Der Mann am Tresen in der Nähe des Zapfhahns, graues, kurz geschorenes Haar, leicht aufgedunsenes Soldatengesicht, erkannte ihn augenblicklich und winkte ihn zu sich, ein Glas Bier in der Hand. Jules fragte sich, ob er irgendeine Markierung trug, die ihn sofort auswies als blöden Parigot, treibt sich rum, wo er nicht hingehört. Marseille war dafür bekannt, dass alles, was aus dem verhassten Paris kam, rundheraus abgelehnt wurde.

Le Guern stellte das halb volle Bier vor sich. Als sich Jules auf den Hocker neben ihn hob, leerte er es und signalisierte dem Barmann, zwei neue zu bringen.

»Wie geht's Matéo?«, fragte Le Guern ohne weitere Begrüßung.

»Wie es einem so geht, wenn man zwei Kugeln in die Brust gekriegt hat. Kannten Sie sich gut?«

»Wie man sich so kennt, wenn man gemeinsam Kollegen verpfeift.«

Le Guerns Defätismus stieß Jules so sauer auf wie schlechter Essig. Darunter nahm er aber noch etwas anderes wahr, eine latente Aggressivität, die jederzeit hervorbrechen konnte. Wäre der suspendierte Polizist ein Hund gewesen, hätte Jules sich jetzt Handschuhe angezogen. Stahlhandschuhe.

Als das Bier kam, orderte Le Guern einen Whisky dazu. Dabei sah er Jules fragend an: *Sie auch?* Jules schüttelte den Kopf. Der Barmann schenkte Le Guern direkt am Tresen ein.

»Aber warum ausgerechnet sie?«, murmelte Le Guern in seinen Chivas. »Oder war sie nur die Erste?«

»Einer Ihrer Kollegen meinte, dass Zadira Matéo irgendetwas mitbekommen hat, was jemandem oberhalb der BAC gefährlich wird, der …«

»Einer meiner Kollegen? Wer? Etwa Bonnet?«, unterbrach ihn Le Guern. »Mit dem haben Sie gesprochen?«

Jules sah Le Guern in die Augen, schwieg aber. Brachte er Bonnet jetzt in Schwierigkeiten, weil er ihn zitiert hatte? Er versuchte, nicht direkt auf Le Guerns Frage zu antworten.

»Kann es sein, dass die BACs gedeckt wurden, von jemandem, der weiter oben sitzt?«

Le Guern schnaubte verächtlich.

»Also Bonnet. Der quatscht viel, wenn der Tag lang ist. Damit hat er uns doch alle aufgehetzt! ›Das ist wie die Mafia‹, hat er schwadroniert. ›Staatlich geförderte Mafia.‹ Bonnet hat überall eine Verschwörung gewittert, sogar wenn der Kaffee kalt war. Der dachte, jeder hängt mit drin, Richter, Staatspräsident, Gérard Depardieu. Und wenn's so wäre: Was ist daran neu?«

Le Guerns ätzende Aggression reichte Jules langsam, aber er beherrschte sich. Er sprach leise, freundlich. Wie er auf einen schwierigen Hund einreden würde.

»Es war richtig, was Sie getan haben, Le Guern. Kommen Sie! Sie dürfen die Mistkerle nicht gewinnen lassen. Nicht nach all dem, was Sie gewagt haben! Sie sind doch keiner, der aufgibt.«

Le Guern verweigerte eine Antwort. Trank den Whisky. Kippte das Bier runter. Machte dem Barmann unter dem roten, abgestoßenen »Picon«-Werbeschild ein Zeichen für das nächste.

Jules fühlte sich für einen Augenblick so hilflos wie damals, als er als Jungmediziner vor einem Patienten stand, der ihm partout nicht sagen wollte, wie es ihm ging und wo ihm etwas wehtat. Und ihn, den Arzt, damit ausschloss, mit der trotzigen Überlegenheit der Verweigerung. Erst später hatte Jules gelernt, dass dieser Trotz zur individuellen Melodie von Krankheiten gehörte. Krankheiten waren an die Persönlichkeit des Betroffenen gekoppelt und besaßen deswegen je nach Person eine eigene Melodie des Ausbruchs und der Heilung. Manchmal war der Auftakt eben ein »Nein! Ich will das nicht!«.

Also wartete er ab. Fragte sich kurz, ob er das Warten mit einem Chivas untermalen sollte. Verzichtete. Dachte an Zadira. Schluckte den Schmerz.

Endlich atmete Le Guern ein. Begann zu sprechen, ließ die Worte aus dem Mund, als müsse er sie aus sich hinauspressen, wie Blut aus einer Wunde, deren Schorf er abgekratzt hatte.

»Meine eigene Heimat ist mir fremd geworden, mehr noch: Jetzt bin ich der Fremde, und die Fremden haben meine Heimat zerstört.«

Ein Schluck Stella Artois. »Wissen Sie, wo Sie zu Hause sind?«

Jules schüttelte den Kopf.

»Nein.«

Da erst schien Le Guern aus seinem routinierten Suff zu erwachen, fixierte Jules. »Sagen Sie mir, wie es Matéo geht.« Lauernd.

Jules hielt sich strikt an das, was er mit Sicherheit wusste: »Sie hat überlebt. Sie ist an einem sicheren Ort. Sie wird aussagen.«

Le Guern nickte bei jedem Satz.

»Und Sie doch auch, oder? Le Guern?«

»Vielleicht. Wenn ich bis dahin noch lebe«, murmelte er, so leise, dass Jules es kaum verstand.

»Haben Sie Angst? Vor wem?«

Schulterzucken, Knibbeln am matten, goldenen Bierglasrand. Le Guerns rot umrandete Augen zuckten, dem Schwanz einer nervösen Ratte gleich, im Raum umher.

Für einen vagen Moment glaubte Jules, Le Guern sorge sich nicht vor äußerer Gewalt. Vielleicht war er krank?

»Angst vor Ihren Kollegen?«

Le Guern schüttelte den Kopf. Beäugte wieder jeden der Anwesenden.

»Ist doch keine gute Idee, sich getroffen zu haben«, murmelte der alt gewordene Polizeisoldat.

»Doch, das ist es. Kommen Sie, wir gehen in mein Hotel und sprechen in Ruhe über alles. Dort gibt es frisches Bier, guten Whisky, und Sie helfen mir und …«

»Ich kann keinem mehr helfen, verstehen Sie das denn immer noch nicht? Verstehen Sie das nicht?« Jetzt sprach er laut. Sehr laut.

Die Gespräche an den drei Tischen verstummten, nur der Moderator des Pferderennens im Fernseher rechts oben in der Ecke plapperte weiter. Wenig später setzten auch die anderen Stimmen wieder ein.

Le Guern trank. »Ist das alles nicht wert.« Das war am Ende mehr gezischt als wirklich ausgesprochen.

»Was, ›das alles‹?«

Keine Antwort.

»Gérard? Bitte. Helfen Sie Zadira, Sie haben doch sicher eine Ahnung, ein Gespür, Sie sind Polizist …«

»ICH. BIN. KEIN. POLIZIST. MEHR!«

Die ganze Not in einem Satz.

Aufruhr, Rauswurf, vorher noch die Zeche zahlen, na, *merci*.

Langsam ging Jules durch Marseilles Ausgehviertel. Der Cours Julien und seine Seitenstraßen bis zur Place Jean Jaurès verwandelten sich im Frühling und Sommer nach Einbruch der Dämmerung in ein Szene- und Amüsierviertel. Street-Art an den Hauswänden, gut gelaunte Drogenhändler in den Parkhauseingängen, Bohemiens, Touristen, Araber, Türken und Marseiller, jede mildwarme Nacht ein Fest aus Süden und Sehnsucht. Jetzt aber, in dem aufziehenden Herbst und an einem tristen Sonntagabend, wirkte das Viertel verlebt wie eine Bühne nach dem Gig, auf der Zigarettenstummel, verklebte Pastispfützen und Müdigkeit übrig geblieben waren.

Bonnet hatte Angst.

Le Guern hatte Angst.

Vielleicht aus denselben, vielleicht aus eigenen Gründen. Der eine sah die ganze Welt gegen sich, der andere wusste, dass es so war.

Jules sah auf die Uhr. Er würde es leicht zu Fuß ins Panierviertel schaffen, er war früh genug dran, um seine letzte Hoffnung zu treffen. Nummer vier auf der kurzen Liste: Antoine Bertrand.

Bertrand hatte ihn in Zadiras Heimatquartier bestellt und dort in ein korsisches Restaurant namens A Strega in der Rue des Mauvestis.

Jules drehte sich nicht um, als er die große Treppe am Cours Julien zum Hafenviertel und zur Canebière hinunterstieg.

Er ging nicht davon aus, dass er verfolgt wurde; und wenn doch, würde er es vermutlich eh nicht merken.

Jules dachte an Le Guern.

ICH. BIN. KEIN. POLIZIST. MEHR!

Die ganze Not in einem Satz mit fünf Wörtern. Niemand mehr sein, der man mal gewesen war, der man für immer zu sein glaubte. Le Guern verzieh es sich selbst nicht, dass er seine Vergangenheit, seine Gegenwart, seine Zukunft und einzige intakte Familie verraten und sich damit selbst aus seinem Dasein eliminiert hatte.

Jules war an der Oper angelangt. Dort fuhren Kinder Skateboard, und er fragte sich zum wiederholten Male, warum Zehnjährige um zehn Uhr abends noch draußen waren.

Als er Richtung Rathaus und weiter Richtung Le Panier ging, stieg ihm vom Restaurant Miramar aus ein überraschend würziger und anziehender Duft in die Nase. Das Restaurant mit der roten Markise und den vermutlich arrogantesten Kellnern der Küste machte gleichzeitig die vermutlich beste Bouillabaisse der Stadt, aber nur vermutlich; die beste, das wusste Jules, war in L'Estaque zu finden, im Bistro Camors. Sie kostete weit über siebzig Euro, und das musste sie, um gut zu sein.

Gute Bouillabaisse ist niemals günstig, und günstige Bouillabaisse ist niemals gut, so lautete die einfache Regel. Zwiebel, Tomate, Kartoffel und Fenchel mussten hinein, Safran, Knoblauch, etwas Pastis, die *soupe de roche* natürlich. Erst die Suppe löffeln, dann die Fische essen.

Er wäre mit Zadira gern dorthin ausgegangen. In dem roten Kleid. Er würde mit ihr essen, trinken. Sie berühren. Sie ansehen. Ihr erzählen, wer er war. Ihr zuhören, wer sie war. Mit ihr leben.

Es erwischte ihn härter, als er je geahnt hätte.

Für einen Moment musste er sich von den Passanten der Straße wegdrehen und starrte, ohne wirklich etwas zu sehen, in die Auslagen einer Buchhandlung, die gleichzeitig ein Teesalon war, mit einer Terrasse unter Weinreben. Salz brannte in seinen Augen.

Er sah sich selbst in dem Schaufenster.

Der blonde Pariser. Teure Schuhe, teure Jacke, teure Erziehung. Er hatte keine Ahnung, was jemanden dazu trieb, Drogen zu verkaufen. Drogen zu nehmen. Drogenpolizistin zu werden.

Was wollte er hier? Was konnte er schon tun?

Er dachte an Gaspards Worte: Gehen Sie nach Paris!

Dachte an Zadira.

Jules wandte sich vom Fenster der Buchhandlung ab und ging weiter über den Platz der Mühlen und an der alten Mädchenschule vorbei, über Treppchen, vorbei an schmalen, bunten Hausfassaden und an Graffitis, bis zur Rue des Mauvestis und zum korsischen Lokal A Strega.

Antoine Bertrand erwartete ihn im Halbdunkel des engen kleinen Raumes mit den rostfarbenen Korbsesseln. Als sich Jules ihm gegenüber niederließ, knirschte die hohe, steife Lehne. Bertrand sah über Jules' Schulter. Seine Augen waren nicht so dumpf wie Le Guerns Augen, nicht halb irre wie die von Bonnet. Jules hatte den Eindruck, er saß einem Mann gegenüber, der zwar extrem wachsam, aber auch extrem klar, zäh und entschlossen war.

Bertrand schob Jules ein Tonschälchen mit Fetzen von rohem Schinken herüber. Daneben ein Schälchen Oliven, ein weiteres mit Pistazien.

»Prisutu«, sagte Bertrand und deutete auf den Schinken. »Kennen Sie die korsische Küche, wie sie in Marseille gepflegt wird?«

Das war eine erstaunlich harmlose Gesprächseröffnung, fand Jules. Er suchte in Bertrand Gesicht nach Spott, aber da war keiner.

»Ich bin in ziemlich vielem, was Marseille angeht, ein Nichtkenner«, gab er zu.

Bertrand grinste. »Das ist gut. Das hält einen davon ab, das Wesentliche zu übersehen.«

Sie stießen an, Bertrand mit Wasser, Jules mit dem Rotwein, der ihm ohne Umschweife eingegossen worden war.

»Und was ist das Wesentliche?«

»Lassen Sie uns erst das Essen bestellen. Glauben Sie mir, in meiner aktuellen Lage bekommen die schönen Dinge immer einen kleinen Vorsprung.«

Sie bestellten, und währenddessen verdichtete sich bei Jules das absurde Gefühl, seinem unbekannten älteren Bruder gegenüberzusitzen.

Es hatte in den internen Berichten, die ihm Brell gegeben hatte, geheißen, Antoine Bertrand habe den Anfang gemacht. Er war derjenige, der sich als Erster bereit erklärte, gegen die korrupten Kollegen zu ermitteln.

»Welches Marseille kennen Sie?«, begann Bertrand und legte seine dicht behaarten, kräftigen Unterarme auf den Tisch.

»*Welches* Marseille?«

»Ja. Es gibt nicht nur eine Stadt. Marseille verändert sich ständig. Wer das nicht ertragen kann, der ist hier falsch. Marseille ist nichts für Leute, die ankommen wollen.«

Bertrand riss sich ein Stück Schinken ab, kostete, schwieg scheinbar beglückt, mit geschlossenen Augen. Als er sie wieder öffnete, färbte Traurigkeit seinen Blick.

»Dutzende Marseilles sind bereits gestorben. Ihre Kadaver liegen unter den Pflastern der Straßen. Der Sandstrand am Fort Saint-Jean war einmal ein Treffpunkt für Kinder, zum Baden, zum Spielen, Grillen, Musikmachen. Es war ein Ort für Familien. Heute liegt der Sand unter Asphalt, darüber ein Museum, das aussieht wie ein an den Strand geworfener Würfel. Überall ist das Leben verschwunden. Wir haben einen Yachthafen, eine neue Kunstschickeria, die Euromed-Skyline mit überteuertem Büroraum, aber wir haben kein Leben mehr. Das wahre Leben ist in den *quartiers nord,* das ist eines der Dinge in Marseille, die bleiben werden.«

Jetzt nahm Antoine einen großen Schluck Wasser, als ob er ein inneres Brennen lindern müsste. Jules unterbrach ihn nicht.

»Der politische Filz, der bleibt ebenfalls. Die Mafia, die Korruption, das bleibt, der Rassismus, der Extremismus, ob bei Franzosen, Muslimen, Christen, Bullen … all das bleibt. Das Schöne, mein Freund, das Schöne geht.«

Bertrand lehnte sich zurück. Der korsische Kellner brachte ihre Vorspeisen, Wildschweinterrine und einen Teller mit Mangold in Blätterteig, Zucchini mit scharfer korsischer Wurst und Linsen mit Vuletta, dem traditionellen Schinkenspeck.

Bertrand trank weiterhin nur wenig von dem kräftigen korsischen Roten und hielt sich an das Wasser.

»Was hätten Sie gern als Hauptgang?«, fragte der Kellner.

»Wenn Sie Fleisch bestellen, sagen Sie medium, wenn Sie es blutig wollen. Bestellen Sie es blutig, sieht es den Herd höchstens von Weitem«, riet Bertrand. Er selbst diskutierte eine Weile hingebungsvoll darüber, wie die Meerbarbe zubereitet wurde, die der Fang des Tages war, und entschied sich dann für Gambas, flambiert mit Pastis und den Kräutern der Macchia, des kargen provenzalischen Berglands, unter anderem wilder Thymian.

Jules bestellte ein Entrecôte mit typisch korsischer Polenta aus Kastanienmehl und sagte gehorsam »Medium, bitte«.

»Politischer Filz«, nahm er den Faden danach wieder auf. »Wenn wir in Paris von politischem Filz reden, meinen wir Wählerlistenfälschung oder Schmiergeldsysteme bei der Vergabe öffentlicher Aufträge. Aber Marseiller Filz scheint von anderer Qualität?«

»Allerdings.«

Bertrand sammelte sich einen Moment, probierte seine Terrine. Dann legte er die Gabel beiseite.

»In Marseille lebten schon immer die mondäne Welt und die Halbwelt in inniger Symbiose. Manchmal gehen die Kinder sogar in dieselben Schulen, und man trifft sich auf denselben Partys. In Marseille sind es nicht die Algerier, die Araber, die Korsen, die für den schlechten Ruf der Stadt sorgen: Es sind die Bürgermeister, die Banker, die Ärzte, die Immobilienspekulanten, die Manager der Fußballclubs.«

»Polizei und Justiz?«

Bertrand zuckte mit den Schultern, sagte »Natürlich«, aß erneut von der Terrine, genoss sie, redete weiter: »Das Panier wurde bis Anfang der Zweitausender von der korsischen Mafia beherrscht, der *brise de mer*. Damals hieß es, Ariel Cesari sei einer der Patrone. Er garantierte seinen Leuten Schulbildung und Schutz vor rassistischen Flics und BACs, und er ermöglichte Integration. Nordafrikaner lebten an der Seite von Italienern und armen Franzosen. Das aber passte den damaligen Stadtvorderen nicht. Sie machten das Viertel platt, schoben die Zugewanderten in die Elendsquartiere ab, rissen Schulen ein und bauten sich von Schmiergeldern Swimmingpools. Da fragt man sich schon: Wer ist gut? Wer ist böse?«

»In Marseille ist offenbar jeder beides.«

»So langsam verstehen Sie die Stadt. Schmeckt es Ihnen?«

»Es ist unglaublich gut.«

Sie aßen, tranken, und Jules erschloss sich immer mehr die Dimension, um die es hier ging. Der Polizeiskandal war nur ein Symptom. Die Patientin Marseille krankte daran, dass ihre Ärzte die Giftmischer waren: die Justiz, die Regierung, die hohe Gesellschaft. Sie alle einte, dass sie »Arrangements« schufen.

»Und weshalb haben Sie sich entschlossen, gegen Ihre Kollegen zu ermitteln?«

Bertrand betrachtete nachdenklich das Glas Wasser, trank es aus, goss sich aus der Karaffe nach.

»Das ist eine leider gute Frage. Es fing Anfang 2006 an«, sagte er. »Ich hatte in den *quartiers nord* meine Informanten. Jeder einigermaßen gute Polizist hat die. Und tja, einer von ihnen, Faruk, ein junger Bursche, der erzählte mir etwas. Er hatte eine Kleinigkeit transportiert, so zweihundert Schachteln Zigaretten. Die wurden beschlagnahmt, er war damals erst dreizehn, aber das Komische ist …« Bertrand machte eine Pause, um die neuen Gäste prüfend zu betrachten, die soeben das Lokal betraten.

»Das Komische ist«, fuhr er schließlich fort, »die Zigaretten kamen nie in der Asservatenkammer an. Zuerst dachte ich, der Kleine erfindet eine Notlüge, wer weiß, um sich den Ärger mit seinem Chouf und dem Caïd zu sparen. Aber das war offenbar nicht das einzige Mal, dass auf dem Weg zwischen hier und da so einiges abhandenkam.«

Bertrand lächelte, ohne wirklich zu lächeln.

»Zigaretten. Hasch, Kokain irgendwann auch. Dazu kamen Beschwerden von den Charbonneurs oder den Choufs, dass sie grundlos auf der Straße angehalten und von den BACs um ›Schutzprovision‹ erleichtert wurden. Es häuften sich auch Gerüchte von Frauen, die Stoff, Geld oder Gesuchte bei sich versteckten und die von BACs oder anderen Polizisten vergewaltigt wurden. Können Sie sich das vorstellen? Von Polizisten!«

Er nahm die Serviette, drehte sie so fest zu einem Strang, dass die Sehnen seines Handrückens hervortraten. Es dauerte eine Minute, dann faltete Bertrand sie wieder auf, tupfte sich den Mund ab.

»Aber Beweise? Keine. Also schrieb ich es auf. Alles, was mir meine Bekannten so erzählten. Bis ins kleinste Detail.«

Jetzt fixierten seine Augen Jules' Gesicht.

»Das ist meine Lebensversicherung, wissen Sie. Meine Aufzeichnungen. Wer. Wann. Wo. Was. Sie können zwar nicht vor Gericht verwendet werden, wären aber ein hervorragender Ausgangspunkt für allerlei weitere unangenehme Ermittlungen. Ich habe darin so ziemlich alles dokumentiert, was die BACs in den *quartiers* getrieben haben.«

Bertrand bedachte Jules mit einem nachdenklichen Blick. Dieser war versucht zu erklären, dass von ihm nun wirklich nichts zu befürchten war, aber Bertrand redete schon weiter.

»Tja, und dann war ich der erste Idiot, der die Klappe nicht halten konnte und die IGPN informierte. Die suchte sich noch vier andere Idioten. Eine davon: Ihre Freundin.«

»Und warum? Warum haben Sie das gemacht?«

»Was glauben Sie?«

Jules dachte nur kurz nach. Dann antwortete er langsam: »Wegen der Frauen.«

Bertrand nickte knapp.

»Genau. Die Drogen und die Scheißkohle sind mir egal. Wer meint, dass er glücklich wird, weil er sich das Gehirn zuballert oder sich vom verschissenen Drogengeld einen Pool baut und allen seinen Töchtern neue Wagen kauft … na ja. Aber Minderjährige vergewaltigen… Aus Spaß. Oder weil es so geil ist, dass sie Angst haben. Oder aus perversem Rassismus. Das ist Verrat an der Menschlichkeit. Verstehen Sie? Verstehen Sie das?«

Jules nickte. Ja, das konnte er verstehen.

»Was denken Sie, wer hat es auf Zadira abgesehen? Wohl kaum die Polizisten selbst, oder? Deren Schuld ist unbestritten, es geht doch jetzt vielmehr darum, wem es außerdem geschadet hätte, wenn sie aussagt.«

»Das sehen Sie ein wenig naiv, mein lieber Doktor.« Bertrand lachte kurz auf. »Unterschätzen Sie die BACs nicht. Von dreißig Leuten wurden nur achtzehn angeklagt, und vermutlich werden es sieben in den Knast schaffen. Glauben Sie, der Rest wartet ab, bis Lieutenant Matéo erneut vorbeikommt? Oder andere Matéos?«

»Lucas Bonnet hat Andeutungen gemacht, dass vielleicht jemand Wichtiges in den Fall involviert ist.«

Bertrand zuckte mit den Schultern. »Natürlich, was denken Sie denn? Aber das bringt Sie trotzdem nicht weiter.« Bertrand nippte an seinem Rotwein.

»Eigentlich erstaunlich«, sagte er, »dass es die Matéo getroffen hat.«

»Warum?«

»Alles, was sie weiß, wissen wir auch.«

Jules legte sein Besteck beiseite.

»Monsieur Bertrand …«

»Antoine.«

»Gut. Antoine, ich weiß, es gibt keinen Grund, warum Sie mir trauen sollten, aber ich traue Ihnen. Zadira Matéo ist die Frau, die ich liebe. Sie ist an meiner Seite zusammengeschossen worden, aber sie hat überlebt. Und ich werde alles tun, damit das so bleibt. Und wenn ich mich mit der ganzen verdammten korrupten Polizei von Marseille anlegen muss und mit sämtlichen hohen Tieren dieser Stadt. Meinetwegen können die ihre dekadenten Spielchen weiterführen. Ich will den Killer. Können Sie mir helfen?«

Wieder bedachte ihn Bertrand mit diesem Blick, als wolle er bis in den Grund seiner Seele schauen.

»Sie sollten vielleicht noch etwas wissen, Jules«, sagte er leise. Er beugte sich vor, und Jules tat dasselbe.

»Es gibt drei Sorten von Auftragsarbeitern. Die ersten machen es aus Not, drogensüchtige Stümper, für fünfhundert bis fünftausend Euro zu haben. Sie werden von Kleindealern angeheuert, die meinen, sie könnten sich ihren Weg nach oben freiballern lassen. Die Erfahrenen nehmen um fünfzigtausend und arbeiten im Privatbereich. Ehefrauen oder Rivalen töten, einen drittrangigen Politiker. Tja, und dann sind da die drei oder vier, auf die man sich verlassen kann. Die man auf Politiker ansetzen kann. Auf Stars. Sogar auf Warlords oder Mafiagrößen. Oder auf Polizisten. Kostenfaktor: eine halbe Million. Minimum. Man kennt sie nur unter Decknamen.«

»Das heißt, der Mordversuch an Zadira, das war ein Profi?«

Bertrand senkte kurz die Lider zur Bestätigung.

»Aber ein Profi, der danebenschießt? Warum? Aus welchem Grund?«

Bertrand dachte nach.

»Zwei Schüsse«, sagte er dann. »Aufs Herz gezielt. Das ist eine Signatur. Ich habe früher öfter von der Methode gehört.«

Bertrand bedachte Jules mit dem Blick, mit dem Ärzte den Patienten die Krebsdiagnose mitteilten.

»Zwei Schüsse ins Herz. Das ist die Handschrift des Korsen.«

»Der Korse?«

»So wird er genannt. Weil er sein Handwerk auf Korsika erlernt hat. Anfangs hat er für die korsische Mafia in Marseille gearbeitet, aber mittlerweile ist er unabhängig. Er arbeitet für jeden, der seinen Preis akzeptiert. Seine Identität ist uns unbekannt.« Bertrand legte die Finger zusammen. »Ich werde Erkundigungen einholen. Mit ein paar Leuten sprechen. Ob irgendjemand, der ein großer Freund der BACs ist, sein Sparschwein geplündert hat. Oder ob kollektiv zusammengelegt wurde. Mehr kann ich nicht für Sie tun, als aufs Wasser zu schlagen und zu schauen, welche BAC-Ratte als erste zuckt.«

16

Da oben. In den Bergen. Trüffel.*
Was bedeutete das?

Zumindest was den letzten Punkt anging, hatte Oscar ihnen weiterhelfen können.

»Hm«, er schnalzte mit der Zunge, »Trüffel! Am besten in einem Omelett. Mit Schinken oder Thunfisch.«

Thunfisch!

Oscar besaß nun Mazans volle Aufmerksamkeit.

»Aber wo findet man diese Trüffel?«, fragte er nach.

»In der Erde.«

»In der Erde?«

»Ja.«

»Und wo genau in der Erde?«

»Keine Ahnung, sehe ich aus wie ein Maulwurf?«

»Was ist ein Maulwurf?«, fragte Rocky.

»Der Maulwurf oder Talpidae …«, begann Oscar zu dozieren, doch Mazan unterbrach ihn:

»Wo findet man Trüffel? Überall?«

»Nein, sie wachsen im Wurzelwerk bestimmter Bäume, meist Eichen, und sie sind sehr kostbar. Menschen begehen Verbrechen für Trüffel.«

»Woher weißt'n das alles?«

»Blandine hat es Jeffrey neulich erklärt, als sie zusammen ein Trüffelomelett gemacht haben, und wisst ihr was? Jeffrey hat genauso dämliche Fragen gestellt wie Rocky.«

Rocky wandte sich an Mazan. »Manchmal möchte ich dem Wanst einfach eine reinhauen.«

Mazan ignorierte den nachvollziehbaren, aber nicht zielführenden Einwurf.

»Wir müssen den Ort finden, wo es Trüffel gibt«, erklärte er.

»Tja, also genau das ist das Geheimnis der Trüffel. Man weiß einfach nicht, wo sie sind.«

Na toll.

Frustriert ließ Mazan sich nach dieser unergiebigen Recherche durch die Stadt treiben.

Rocky zog eine Weile mit, bevor er seine eigenen Wege einschlug.

»Aber du haust nicht ohne mich ab«, hatte der rote Kater Mazan noch ermahnt.

»Versprochen.«

Immer wieder ging Mazan die verschiedenen Tore der Altstadt ab. An der Porte de Mormoiron schien noch Zadiras Duft zu schweben. Das war natürlich Unsinn, aber er konnte nicht anders, die Unruhe trieb ihn weiter und weiter.

Er besuchte Manon und die Kleinen, ließ zu, dass die Jungen auf ihm herumkletterten.

Aber er war nicht bei der Sache. Manon spürte das. Doch sie sagte nichts, schaute ihn immer nur aus ihren irisierenden Augen an. Wartete.

Abends kehrte er in Zadiras Wohnung zurück, in der die Spuren ihrer Anwesenheit immer mehr erkalteten. Er suchte sich einen Platz auf ihrem Bett und schlief ein. Erschöpft, nicht vor Anstrengung, sondern wegen der Aussichtslosigkeit seiner Bemühungen.

Dann kamen die Träume. Er träumte Schmerzen, die er nie erfahren hatte. Ein dumpfes Schmerzpochen in der

Brust, nahe seinem Vorderlauf, das sich manchmal in ein feuriges Stechen verwandelte. Er träumte Verzweiflung und Einsamkeit, Verlorenheit und Bitterkeit. Das waren Gefühle, die er kannte. Doch sie hatten längst keine Bedeutung mehr in seinem Leben.

In der Nacht erwachte er nach einem dieser Träume mit einem Gedanken, so vage und unbestimmt, dass er ihn nicht richtig fassen konnte.

Er sprang aus dem Bett, es drängte ihn nach draußen.

Keine Seele auf der Straße. Der Kirchplatz atmete Erinnerung. Hier hatte er mit Rocky gekämpft. Dort, unter den Baum, hatte er sich geschleppt, verwundet, hungrig, schwach. Und da hatte ihn Zadira gefunden und in ihr Hemd gehüllt. Er lief weiter.

Wie von selbst fand er den Weg zu der Mauer, die das Château umgab. Der Ort, an dem er das erste Mal um das Schicksal der Stadt hatte kämpfen müssen. Wie oft hatte er seitdem hier gehockt und mit brennenden Augen in die Weite gestarrt. Hatte sich nach der Freiheit gesehnt, obwohl er um die Einsamkeit und die Kälte wusste, die ihn außerhalb der schützenden Stadtmauern erwarteten. Es war eine Welt, die ständige Wachsamkeit erforderte. Dennoch wusste er um den Sog, den dieses Leben auf ihn ausübte. Auch jetzt spürte er ihn. War er deswegen bereit, sich auf die Suche nach Zadira zu machen? Als Vorwand, um ein Leben frei von allen Zwängen zu führen?

Nein!

Mit einem rieselnden Schauer kam das Erkennen.

Die Träume! Sie waren seine Verbindung zu Zadira! Er spürte darin, was sie fühlte. Über weite Distanzen hinweg.

Konnte das sein?

Aber auch wenn er sich nicht sicher war, hieß er diese Idee willkommen, denn sie gab ihm das Gefühl der Verbundenheit mit seiner menschlichen Freundin.

In seinem Geist knüpfte sich ein Netz aus Möglichkeiten, die sein klarer Verstand nicht akzeptieren wollte. Er würde trotzdem versuchen erneut zu *springen*. Und dann würde er der Spur der Träume folgen.

Eilig lief er über die Mauer zurück und sprang in die Gasse hinab. Er brauchte einen sicheren Platz. Sollte er in den Garten gehen? Es war noch früh. Unwahrscheinlich, dass andere Katzen dort auftauchten. Und selbst wenn, von ihnen hatte er nichts zu befürchten. Und Menschen würden dort erst recht nicht hinkommen. Trotzdem entschied er sich dagegen. Um Zadira zu finden, musste er ihr so nahe wie möglich sein. Also kehrte er in ihre Wohnung zurück.

Noch bevor er sich durch die Katzenklappe zwängte, witterte er die Umgebung ab: feine Spuren von Jules aus der Nachbarwohnung, etwas kräftiger die von Atos, dann Zadira, kaum noch wahrnehmbar, aber für ihn dennoch deutlich zu spüren.

Wie zuvor suchte er seinen Platz auf dem Bett. Er atmete tief ein, dann machte er seinen Hals lang und begann zu flehmen. Mit geschlossenen Augen leckte er Luft im hinteren Teil seines Gaumens, wo winzige Rezeptoren Informationen erkennen konnten, die selbst seinem Geruchssinn verborgen blieben. In seinem Geist formte sich ein neues, tieferes Bild der Wirklichkeit. Von hier aus war es nur noch ein Schritt.

Er verstand es selbst nicht. Er konnte es nicht erzwingen, sondern nur geschehen lassen. Dann war es wie ein Sprung durch eine unsichtbare Tür und …

… er saß nicht mehr auf Zadiras Bett. Er sah die Stadt in ihrer Gesamtheit, ihre Bewohner, deren Spuren. Doch das war es nicht, was er diesmal suchen wollte. Diesmal musste er den Träumen folgen.

Er erinnerte sich an das, was die Träume ihm mitgeteilt hatten, den Schmerz, mal stechend, mal dumpf-pulsierend. Die Einsamkeit und Verzweiflung, das Verlorensein. Und war überrascht vor der Intensität, mit der diese Gefühle ihn in seinem jetzigen Zustand erfassten. Er spürte ihre Last, wie sie ihn herabzogen, wie sie die Farben erlöschen ließen, wie sie dem Leben Kraft entzogen.

So würde er sie niemals finden. Die Träume sollten ihn doch zu ihr führen, nicht ihm die Kraft zur Suche rauben! Unendlich verwirrt taumelte er durch eine Welt, die ihm keinen Halt mehr geben konnte, bis auf einmal diese Gefühle ein Echo fanden, kaum vernehmbar, wie über einen weiten Abgrund hinweg. War das Zadira? Aber so fern? Wenn er dieser Spur folgte, wie sollte er den Weg zurück finden? Zurück zu seinem Körper?

Mit einem Mal erschrak er. Sein Körper! Irgendetwas stimmte nicht. Etwas näherte sich seinem wehrlosen Körper. Eine Bedrohung? Verzweifelt lauschte er erneut in die Ferne. Schon war das Echo kaum noch zu vernehmen. Wenn er jetzt zurückkehrte, wäre er vielleicht nie wieder imstande, Zadira zu spüren. Er musste …

Ein Reflex katapultierte ihn zurück. Schon fand er sich hechelnd auf Zadiras Bett wieder. Sein Geist versuchte sich zurechtzufinden.

Die Tür! Es musste das Knirschen des Schlosses gewesen sein, das ihn zurückgerufen hatte.

Sein Fell sträubte sich, das Herz raste. Er presste den Bauch auf die Matratze, alle Muskeln angespannt und zum

Sprung bereit. Reglos beobachtete er, wie sich die Tür langsam öffnete. Mit der noch hellwachen Wahrnehmung, die ihn Sekunden zuvor durch eine andere Welt navigiert hatte, registrierte er, dass die Hand, die die Tür bewegte, keine vertraute Hand war. Und die kräftige Gestalt, die sich als kompakter Schatten gegen das Frühlicht abzeichnete, war mit Sicherheit kein Freund. Mazan nahm an dem Fremden eine kalte Entschlossenheit wahr.

Sein erster Impuls war: *Flucht.*

Sein zweiter: *Ich will wissen, warum er hier ist.*

War dies der Mann, der versucht hat, Zadira zu töten? Was suchte er?

Mit einem Mal verstand er die Logik, die den Eindringling antrieb. Sie war ihm vertraut, es war die Logik des Jägers. Er hatte sein Opfer verfehlt, es war ihm entkommen. Darum nahm er die Spur dort auf, wo es das letzte Mal gewesen war.

Hass stieg in ihm auf. Auf den Jäger, der ihm so ähnelte. Gleichzeitig machte ihn seine Ohnmacht rasend. Natürlich konnte er als Kater nichts tun, um diesen Menschen aufzuhalten.

Doch halt!

Wann immer er gegen die körperlich überlegenen Menschen keine Chance zu haben geglaubt hatte, war ihm im letzten Moment noch etwas eingefallen, mit dem er das Blatt hatte wenden können.

Denk nach!, befahl er sich, während er zusah, wie der Fremde systematisch die Wohnung durchsuchte. Wie konnte er diese Situation zu seinem Vorteil nutzen? Gab es eine Möglichkeit, dem Jäger zu folgen? Und würde der ihn vielleicht zu Zadira bringen?

Keine gute Idee. Wenn er sie fand, wäre es schon zu spät zum Eingreifen. Mazan hatte so verzweifelt über alle Optionen nachgedacht, dass ihm gar nicht aufgefallen war, wie der Fremde in seinen Tätigkeiten innegehalten hatte und sich nun langsam zu ihm umwandte.

»Hallo«, sagte er mit leiser Belustigung. »Da hält ja jemand Wache.«

Der Fremde rührte sich nicht vom Fleck. Mazan hatte längst die Entfernung zur Tür, den Abstand des Eindringlings und dessen möglichen Bewegungsradius abgezirkelt. Er würde sehr schnell sein müssen.

Der Fremde griff betont langsam nach einem der Wäschestücke, die Zadira auf den Stuhl zu legen oder zu hängen pflegte.

»Wie schade, dass du kein Hund bist. Dann würde ich dir das unter die Nase halten, und du würdest losrennen und mich zu ihr führen. Aber so?«

Er warf das Wäschestück achtlos auf den Stuhl zurück.

»Macht nichts«, sagte er dann mehr zu sich selbst. »Ich finde sie. Ich finde sie alle, immer.«

Mazan machte sich bereit. Zwar sprach der Fremde mit freundlicher Stimme, und auch, was er sagte, klang nicht feindselig. Dennoch versetzte ihn etwas an dem Mann in höchste Alarmbereitschaft.

Und er hatte eine Idee!

Als er lossprang, bewegte sich der Fremde. Das ließ Mazan noch schneller werden. Der kritische Punkt war die Katzenklappe. Auch wenn sie leichtgängig war, stellte sie ein Hindernis dar, das ihn zumindest für einen Moment aufhalten würde. Wenn der Mann so schnell war, wie er es als Jäger sein sollte, konnte er Mazan zu fassen bekommen.

Schon hatte Mazan die Klappe erreicht. Jetzt nur nicht erwischen lassen. Er war schon halb draußen, als er realisierte, dass der Fremde nicht die geringsten Anstalten gemacht hatte, ihn zu fangen. Stattdessen hörte er ein leises, spöttisches Lachen.

Mazan ließ sich nicht irritieren, sprang die Treppe hinab und jagte über den Kirchplatz. Jetzt musste er sich beeilen. Allzu lange würde der Eindringling nicht mehr in Zadiras Wohnung sein. Und er hatte noch keine Vorstellung davon, wie er Jeffrey dazu bringen konnte, sofort zu Zadiras Wohnung zu laufen.

Der Gedanke an Jeffrey lag nahe. Er schien der Einzige zu sein, der den Katzen zumindest zum Teil die Fähigkeiten zutraute, über die sie tatsächlich verfügten. Wenn er sich klug anstellte, würde Jeffrey sein Gebaren nicht als Aufforderung ansehen, den Futternapf aufzufüllen, sondern es als das erkennen, was es war: ein Alarmruf! Im Übrigen war Jeffrey der Einzige, von dem Mazan wusste, dass er es mit der Gefährlichkeit des Eindringlings aufnehmen konnte. Der Engländer hatte bewiesen, dass er kämpfen konnte.

Dort war das Haus. Er erreichte die Tür, stieß mit dem Kopf die Katzenklappe auf, zwängte sich durch. Doch noch ehe er überhaupt realisieren konnte, ob Jeffrey, Blandine oder eine der anderen Katzen anwesend war, fiel etwas Schweres auf ihn herab und raubte ihm jede Chance, sich zu rühren. Und er konnte nichts mehr sehen!

17

Kannst du Schach spielen, Saddie?

Es gibt in diesem Spiel eine Situation, in der man gezwungen ist, etwas zu tun, was man vielleicht nicht will. Diese Situation hat einen deutschen Namen: *Zugzwang*.

Sie ist sehr gefährlich.

Davor hat mich Tigran immer gewarnt.

»Bleib immer Herr des Geschehens«, hat er gesagt. Diese Regel habe ich stets befolgt. Bis ich an jenem Sonntagmorgen vor einer Woche in deine meeresgrünen Augen schaute.

Nun muss ich Risiken eingehen.

Meine Auftraggeber waren natürlich nicht zufrieden. Das haben sie mir nicht durch Vorwürfe zu verstehen gegeben, sondern durch ihr Schweigen.

Doch als nun kurzfristig dieser zweite Auftrag kam, wusste ich, dass ich nicht ablehnen konnte.

Aber warum so schnell?, wollte ich wissen.

Der Kerl stellt gefährliche Fragen, war die Antwort.

Das tut mir sogar ein wenig leid. Er ist mir sympathisch. Aber ich lehne Aufträge nie ab.

Nicht von ihnen. Das Geschäft ist zu gut. Und ich mag es, wenn sie mir auch etwas schulden.

Die Schuld der anderen ist immer die eigene Versicherung, nicht wahr?

Es ist ein schwieriger Ort hier. Die Häuser stehen zu dicht, hinter jedem Fenster kann ein potenzieller Zeuge sitzen. Andererseits ist diese Gegend nicht gerade dafür berühmt, dass die Bewohner sich danach drängen, vor der Polizei auszusagen.

Ich falle nicht auf in meinem Kapuzenpulli, der Jogginghose und den Laufschuhen. Ich trete ein wenig nervös auf der Stelle wie jemand, der auf seinen Dealer wartet.

Gestern erst war ich im Panier.

Es hat mir Spaß gemacht, durch diese Gassen zu streifen, in denen du gespielt hast. In denen du dir die Knie blutig gestoßen und deine ersten Kämpfe ausgefochten hast.

Damals sah es dort natürlich noch anders aus, schmutziger, wilder, gefährlicher. Ich stelle mir vor, wie du als dünnes, hochgeschossenes Mädchen mit den schwarzen Haaren des Maghreb und den grünen Augen des Meeres in dieser Welt deinen Platz gesucht hast. Es war auf einem Friedhof, nicht wahr, als du begriffen hast, dass es diesen Platz für dich nicht gibt?

Aber anscheinend hast du es vergessen. Als ich dich traf, hattest du gerade zu glauben begonnen, dass es doch einen Platz für dich gibt, voller Liebe und Vertrauen. Ich sah dir an, welche Frau du bald werden würdest. Schön und anders und nicht lieblich, sondern kraftvoll und brennend.

Ich will, dass du es begreifst, wenn wir uns wiedersehen. Dass die Realität dir keine Gnade einräumen wird.

Und darum bin ich bereit, auch diesen Auftrag zu übernehmen. Selbst wenn mir dieser – nennen wir ihn mal: »Patient« –, wenn mir dieser Patient sympathisch ist.

Dort kommt er die Straße hoch. Ich verberge mich nicht. Auf die Entfernung sieht er in mir nur einen nervösen Typen. Vor dem Haus bleibt er stehen, sucht etwas auf seinem Smartphone. Nun mach schon!

Kurz nach ihm betrete ich das Haus. Noch im schäbigen Treppenhaus entsichere ich die Waffe.

Es ist eine Botschaft an dich, Saddie. Ich will, dass du sie verstehst.

18

Der Schuss riss sie aus dem Schlaf.

Das Erste, was sie dachte, war: Hat er mich jetzt erwischt?

Doch es war niemand zu sehen im grauen Licht. Nur ihr eigenes Keuchen erfüllte die einsame Kammer.

Sie zwang sich zur Ruhe. Ein Schuss, ja. Oder ein Traum? Nein, Zadira war sich sicher, dass es ein Schuss gewesen war. Ihr Herzschlag jagte. Der Puls drückte schmerzhaft pumpend an ihre Schläfen, presste sich von innen an die feinen Nähte, die sich über ihren Operationsschnitten gerade erst schlossen, klopfte hart in ihren Ohren.

Ein Schuss.

Gänsehaut überzog sie, steil aufgerichteter Haarflaum, ein Flor aus Angst. Zadira tastete nach ihrer Dienstwaffe, die Brell ihr mitgegeben hatte und die sie rechts unter den eisernen Bettrahmen geklemmt hatte.

Ihr Körper handelte für sie. Aus dem Bett rollen, barfuß über die kalten Fliesen in die dunkle Küche schleichen, in der nur der Kühlschrank leise summte. Keine Pellerine im Korb, glühende Asche im Kamin.

Wo war Tardieu?

Kühle Morgendämmerung jenseits der Fenster. In Slip und Männerunterhemd mühte sie sich raus auf den Hof. Suchte Deckung hinter dem steinernen Brunnen.

Wo war Tardieu?

Ein Körper, der sich seitlich von hinten schnell näherte, der durch das Gestrüpp brach, diese Deckung aus Ginster, Rosmarin und Haselnuss. Zu schnell, zu nah, als dass die Zeit reichen würde, sich unter Schmerzen ganz herumzudrehen, mit einer Hand anzulegen und …

»Pellerine! *Arrête! Fini!*«

Dunkelbraune, freundliche Augen, die sich vergnügt zu dem noch unsichtbaren Rufenden umwandten, um sich dann wieder treuherzig auf Zadira zu konzentrieren. Die Irish-Setter-Hündin trabte schwanzwedelnd auf sie zu. Zadira presste sich mit dem Rücken an den harten Stein des Brunnens, die Waffe in der rechten Hand, und atmete stoßweise aus.

Es tat so weh. Das Atmen. Das Leben.

»Pellerine, jetzt ist aber gut, *à pied,* sofort!«

Die Hündin kümmerte sich nicht um die Befehle ihres Herren, setzte sich vor Zadira auf den Boden und sah sie erwartungsvoll an. Es war Zadira bisher nicht aufgefallen, aber Pellerine war auf einem Auge blind. Die Pupille war milchig blau überzogen.

Tardieu kam auf Zadira zu. Sein Blick fiel auf die Waffe. Langsam senkte sie den Lauf. Ihre Hand zitterte.

Zadira biss sich von innen auf die Wange. Sie würde nicht weinen, nicht vor diesem Mann.

Er trug ein Gewehr im Arm, den Lauf gesenkt.

»Was … was ist passiert?«, fragte Zadira, ihre Stimme heiser und fremd. So fremd, wie sie sich selbst war. Sie werden jemand anderer, hatte die Ärztin gesagt. Sie mochte die andere Zadira nicht.

»Trüffeldiebe«, sagte Tardieu ruhig.

»Und? Haben Sie sie erwischt?«

Er sah sie aus Augen an, die wie schwarze Kiesel in einem Bach wirkten, glänzend, hart. Sie sah das Verstehen, dass in ihrer Frage etwas anderes lauerte.

Er schüttelte den Kopf. »Nein. Ich habe einen Warnschuss abgegeben, damit sie wissen, dass sie hier erwartet werden. Sie kommen jedes Jahr. Aber ich will niemanden umbringen.«

»Glauben Sie, das hat geholfen?«

Er zuckte die Achseln. »Noch taugen die Trüffel nicht viel. Dafür riskiert keiner sein Leben. Im Januar, Februar, wenn sie richtig groß sind und die Preise in die Höhe gehen...« Er wiegte den Kopf. »Dann kommen sie wieder.«

Zadira fragte einfach weiter. Weil es ihr ein Gefühl von Normalität gab.

»Wie hoch gehen die Preise denn?«

Wieder zuckte er die Achseln. »Je nachdem. Dieses Jahr wird es ein gutes Jahr sein, der Sommer war feucht, die Ernte wird reichlich. Ein Kilo kostet dann vielleicht ... kaum fünfhundert Euro. Haben Sie Schmerzen?«

»Fünfhundert Euro?«, wiederholte sie statt einer Antwort. Die Herbstkälte kroch in ihre Knochen. Sägte an ihnen.

»Und in schlechten Jahren?«, fragte sie durch die Zähne. »Wie viel kostet das Kilo dann?«

»Zwischen achthundert und eintausenddreihundert.«

Tardieu reichte Zadira nicht die Hand, als sie sich aufrichtete.

Sie wartete vornübergebeugt ab, dass der Schmerz nachließ.

»Und wer entscheidet das?«, fragte sie. Damit das Gespräch nicht aufhörte und sie nicht an Schüsse denken musste. Nicht daran, nicht an Jules, nicht an die Ausweglosigkeit ihrer Situation.

»Der Marktaufseher in Carpentras. Jeden Freitag aufs Neue.«

»Ein mächtiger Mann. Lohnt es sich, nett zu ihm zu sein?«

»Überhaupt nicht.«

Tardieu passte sich ihrem Tempo an, als sie zurück zum Haus gingen. Sie hatte den Stock nicht, mit dem sie die Erschütterungen abmildern konnte. Sie konzentrierte sich auf den Rhythmus des Atmens.

Pellerine lief dicht neben Zadira und schaute immer wieder zu ihr empor. Seltsam, der besorgte Hundeblick gab ihr Ruhe.

In der Küche schob sich Zadira auf die Bank.

In kürzester Zeit hatte Tardieu den Hund versorgt, Feuer gemacht, Kaffee aufgesetzt, einige Eier aus dem Hühnerstall geholt. Jetzt rührte er mit einer Gabel Eigelb, Milch und geriebenen Käse in einer tönernen Rührschüssel an.

Das Feuer brachte Zadira Wärme, aber die Wärme brachte erneuten Schmerz. In ihrem Arm, ihrer Schulter, ihrer Brust. Aber es widerte sie an, die wenigen Meter in ihr Zimmer zu gehen, um sich die 800er-Ibuprofen zu holen oder Tramadol oder Novamin. Sie wollte keine Süchtige werden. Sie wollte den Schmerz besiegen. In der Wärme, mit dem Hund an ihrer Seite.

Pellerine drückte die Schnauze gegen Zadiras nackte Beine.

Wenn sie gegen den Schmerz gewann, gewann sie auch gegen die Angst. So einfach.

»Würden Sie die Pistole einen Moment zur Seite legen und uns einen Trüffel aussuchen?«, fragte Tardieu und schob ihr ein Körbchen voller schwarzer Knubbel zu. Manche klein wie Murmeln, andere groß wie Golfbälle.

Erst jetzt bemerkte sie, dass sie die Waffe noch fest umkrampft hielt. Sie sicherte sie und legte sie auf die Bank.

Ratlos musterte Zadira dann die Trüffel.

Wie suchte man denn einen aus?

Tardieu stellte eine gusseiserne Pfanne auf den Herd, schnitt eine Scheibe kalte Butter vom Block ab und ließ sie auf das sich langsam erwärmende Eisen gleiten.

Zadira wurde klar, dass es völlig gleichgültig war, welchen Trüffel sie aussuchte. Tardieu verwendete die gleichen Tricks, die sie als Polizistin bei einem Selbstmörder anwenden würde. Oder bei einem Amokläufer.

Er lenkte sie ab. Beschäftigte sie.

»Erzählen Sie mir von den Trüffeln«, bat sie.

»Im November beginnt die Hochzeit des Trüffels«, sagte Tardieu. »Sie dauert je nach Witterung bis Anfang März.«

Während Zadira an den Knubbeln schnüffelte, schmorte Tardieu einige Zwiebeln an.

»Hier im Vaucluse liegt Frankreichs Trüffelzentrum. Hier werden drei Viertel des französischen Trüffelaufkommens geerntet. Der schwarze *mélanos*.«

Er drehte sich um und wies sie an: »Kratzen Sie mal mit dem Fingernagel an der Haut.«

Sie gehorchte. Ihr Fingernagel färbte sich. Darunter war der Trüffel erdig dunkel.

»Wenn die zweite Schicht unter der obersten Hautschicht braun ist, dann handelt es sich um einen *mélanos*.«

Er fasste in eine Blechdose über dem Herd, legte ihr einen anderen braunen Knubbel hin. Ein unangenehmer Geruch stieg von ihm empor.

»Lässt sich die Haut von einem *rabasse*, einem Trüffel, abziehen wie bei einer Kartoffel, und ist es darunter hell, dann handelt es sich um einen *brumale*. Kaum ein Drittel so viel wert, und man muss das Biest kochen, damit es nicht so riecht. Das ist der Trüffel, den so manche Gastronomen über Nudeln hobeln und diesen kulinarischen Unfall Trüffelpasta nennen.«

Da war sie wieder, Tardieus Zornesfalte.

Zadira kratzte an der Haut, darunter schimmerte es hell.

»Lassen Sie sich nie Trüffel verkaufen, die nicht genau *so* aussehen!« Er deutete auf die Klümpchen vor ihr.

»Ich versprech's«, murmelte sie. »Ehrenwort.«

Als sie das sagte, geschah etwas Unerwartetes.

Tardieu lächelte sie an. Sein Lächeln war, wie nach Hause zu kommen.

»Gut«, sagte er. »Das ist gut.« Er lächelte weiter, und sein Gesicht war völlig verändert.

Noch immer sang der Schmerz in ihr. Aber seine Melodie war weniger schrill.

Sie gab Tardieu einen golfballgroßen Trüffel aus dem Korb. Tardieu schnitt mit einem Klappmesser einige dünne Scheiben davon ab und reichte ihr eine.

»Erst riechen, dann probieren«, befahl er.

Gehorsam schnupperte sie, kostete, während er die restlichen Scheiben mit Olivenöl und grobem Camargue-Salz beträufelte.

»Nuss?«, fragte sie. »Oder … ein bisschen Kaffee.«

Und Jules. Da war sie wieder, dieselbe intensive Empfindung wie beim ersten Mal, als sie Trüffel gerochen und gekostet hatte. Der Geruch von Jules' warmer Haut, wenn er sie geküsst und umarmt hatte.

Jules.

Mit brutaler Plötzlichkeit kam die Sehnsucht nach dem Geliebten. Nach den Wärmeinseln seiner Hand, der endlosen Geborgenheit seiner kräftigen Arme, wenn er sie an sich zog.

Tardieu betrachtete sie stumm.

»Ich hole die Medikamente«, sagte er leise. Ehe sie ihn zurückhalten konnte, war er in ihr Zimmer gegangen und kam mit Schmerzmitteln wieder, Tabletten, Tropfen, Zäpfchen, und mit ihrem Stock.

»Bei denen werde ich Ihnen nicht helfen«, sagte er ernsthaft und wies auf die Zäpfchen.

»Hurra«, erwiderte sie.

Diesmal nur die Andeutung eines Lächelns.

Sie nahm Novamin, weil das am schnellsten wirkte.

Tardieu wandte ihr den breiten Rücken zu, gab ihr Zeit, sich zu fangen.

Kurz darauf servierte er das Trüffelrührei, gab über den schaumig gelben Berg auf dem Steingutteller weitere mit dem Taschenmesser dünn abgeschnittene frische *rabasses*.

Der Duft des Gerichts, die Wärme des Feuers, das zufriedene Seufzen des Hundes, alles verwob sich zu einem Kokon aus Geborgenheit, in den Zadira sich fallen ließ. Jeder Bissen war Leben, und sie war dankbar für Tardieus Schweigen.

Dann, mitten im Knistern des Feuers …

Da!

Pellerine merkte es zuerst. Sie hob den Kopf, gab ein leises, warnendes »Wuff« von sich. Tardieu lauschte wachsam. Zadira vernahm den Motor eines Wagens, das Knirschen von Reifen auf Kies. Ihre Hand glitt zur Waffe.

Tardieu erhob sich rasch, löschte das Licht und trat geräuschlos an die Tür. Als er sie öffnete, blieb seine Hand wie zufällig in der Nähe des Gewehres, das neben der Tür an der Wand lehnte.

Doch gleich darauf wandte er sich um.

»Besuch«, sagte er beruhigend. Seine Mimik wandelte sich von besorgt zu amüsiert.

Pellerine drängte sich an ihm vorbei und galoppierte nach draußen, bellend.

»Pellerine! *Viens-là!*«, verlangte Tardieu scharf, aber die Hündin gehorchte nicht.

Zadira, die sich ebenfalls von ihrer Bank erhoben hatte, sah, wie Pellerine auf einen roten Sportwagen zulief, der ihr sehr bekannt vorkam. Noch ehe die Hündin den Wagen erreichte, sprang ein riesiger bretonischer Vorstehhund von dessen Rücksitz.

Bellend stürzten die beiden Hunde aufeinander zu. Nur um sich einen Augenblick später, rutenwedelnd und freundlich winselnd, zu umkreisen.

Zadira trat neben Tardieu vor das Haus.

»Freunde von Ihnen?«, fragte er.

»Die besten«, flüsterte sie.

Blandine balancierte auf ihren roten High Heels über den Kies und hob winkend die Hand mit der obligatorischen Zigarette zwischen den Fingern. Sie hielt eine Hundeleine hoch und zuckte entschuldigend mit einer unter der Bluse appetitlich freigelegten Schulter. Brell hob einen schicken Picknickkorb vom Rücksitz.

Der Korb schien sich irgendwie … zu bewegen. Er schwankte hin und her, als ob ein wütender Kobold aus dem provenzalischen Bergland darin saß und empört über die Gefangenschaft seine schlechte Laune an dem geflochtenen Weidenkorb ausließ.

»Bonjour!«, rief Tardieu.

»Bonjour«, antwortete Blandine, mit einem Unterton, den Zadira als Balzschnurren identifizierte. Sie wurde von

einem absurden Gefühl der zärtlichen Zuneigung zu der Reporterin der *La Provence* geflutet. Blandine! Die so mitten im Leben stand, so unverwüstlich, so beherzt.

Ein bodenlos erzürntes Fauchen kam aus dem Inneren des Korbes, den Brell jetzt auf Tardieus einfach gezimmertem Holztisch abstellte, vorsichtig, als befände sich explosives Porzellan darin.

»Lebendpicknick?«, fragte Tardieu.

»Nicht ganz«, antwortete Brell. »Ein Mitbringsel aus Mazan. Für die Chefin.«

Brell öffnete die Lederschlaufen. Kaum hatte er den Deckel nur ein wenig angehoben, schaute ein zutiefst missgelaunter Kater über den Rand und schoss im nächsten Moment mit angelegten Ohren aus dem Korb, sprang auf den Tisch, mit einem weiten Satz auf den Hof, raste auf eine krumme Platane zu und kletterte so rasch den Stamm hinauf, dass Zadira sich nicht mal sicher sein konnte, ob er es wirklich war.

Commissaire Mazan!

»Wir dachten, er kratzt dir sonst die Tapete von der Wand«, sagte Blandine.

»Außerdem ist die therapeutische Wirkung von Haustieren bei Wundverletzungen mehrfach bewiesen«, ergänzte Brell und rieb sich die zerkratzte Hand.

Atos, Jules' bretonischer Riesenhund mit der Intelligenz einer Erbse und dem Herz einer Florence Nightingale, trabte inzwischen schon frohgemut mit Pellerine über den Hof, Seite an Seite.

Zadira legte ihren gesunden Arm um Blandine und drückte die Freundin, so fest es ging, an sich.

»Weinst du etwa, Schatz?«, flüsterte Blandine leise in Zadiras Haar. »Und wieso trägst du nur Unterwäsche?«

»Anziehen tut weh«, antwortete Zadira leise.

»Lucien?«, rief Blandine. »Könnten Sie beide vielleicht einen langen Spaziergang machen? Tut mir leid, dass wir hier so reinplatzen.«

Tardieu sah Blandine an. Dann wandte er sich an Brell.

»Haben Sie schon mal mit Mücken Trüffel gesucht?«

»Ich befürchte, nicht.«

Die Männer verließen mit den Hunden den Hof.

Zadira warf einen Blick zu der Platane. Irgendwo da oben saß ein zutiefst beleidigter Kater. Ihr Freund. Ihr verdammter bester Freund.

»Wir sind in der Küche!«, rief sie ihm halblaut zu.

Dann humpelte sie, auf ihren Stock gestützt, mit Blandine ins Haus.

»Schatz, entschuldige, dass ich das anmerken muss, aber du duftest wie Joséphine, Napoleons Geliebte, nach vier Wochen Schlachtfeld. Wie wäre es, wenn wir das beheben?«

»Du willst mich waschen?«

»Ich muss, Liebes.«

»Ich habe keine Ahnung, ob Tardieu fließend warmes Wasser hat.«

Blandine sah sich in Tardieus altprovenzalischer Küche um. Dann krempelte sie die Ärmel ihrer Bluse hoch.

»Ich bin auf einem Hof aufgewachsen, wo wir das Wasser aus dem Brunnen holen und im Kamin erwärmen mussten. Wenn samstags gebadet wurde, waren meine Mutter und ich als Letzte dran, nach meinem Vater und meinen beiden Brüdern und dem Knecht.«

Blandine half Zadira im Bad beim Ausziehen. Sorgfältig achtete die Reporterin darauf, Zadiras Operationswunden nicht zu berühren. Sie reinigte Zadiras Haar mit warmem

Wasser, und unter Blandines Bewegungen entspannte sich die Polizistin.

Als Blandine und sie sich später mit je einer Tasse Tee auf die Bank vor Tardieus Küche in die Sonne setzten, kam der schwarze Kater aus einem nahen Rosmarinbusch. Er sprang auf die Bank und von da auf den Tisch. Vorsichtig näherte er sich Zadira. Die stützte sich mit dem gesunden Arm auf den Tisch und reckte ihm den Kopf entgegen. Commissaire Mazan schnupperte an ihrem Haaransatz, dann rieb er seinen Kopf an ihrer Stirn.

Behutsam fuhr Zadira mit den Fingern durch Mazans schwarzes, dichtes, weiches Fell. Sie liebkoste seinen Kopf, seinen Nacken, seinen Rücken, langsam und voller Genuss.

Dass ihr die Tränen die Wangen hinabliefen, bemerkte sie erst, als der schwarze Kater Anstalten machte, auf ihren Schoß zu klettern. Sie lehnte sich zurück, damit er Platz hatte.

Vorsichtig, als fühle er ihren Schmerz, setzte er sich auf ihren Beinen zurecht, mit dem Bauch an ihren Bauch. Er schaute sie an, seine Pupillen waren groß und rund.

»Ach, Mazan«, flüsterte Zadira und legte erneut ihre Hand an seinen Kopf. Augenblicklich spürte sie das Purren des Tieres. Es pflanzte sich in ihrem Körper fort, und zum ersten Mal erfuhr sie Linderung des Schmerzes ohne Drogen.

Die beiden Frauen tauschten einen Blick. Zadira erkannte Blandines Mitgefühl. Sie versuchte, den Kloß der Rührung herunterzuschlucken.

Hoffentlich hörte das irgendwann auf. Ihr neues Ich war voller Gefühl, viel zu viel Gefühl. Sie musste mehrfach ansetzen, bevor sie ihre Stimme dazu bringen konnte, die Frage zu stellen, die ihr auf dem Herzen lag.

»Und …«, versuchte sie es. Ihre Stimme war so brüchig wie Glas. »Und … wie geht es Jules?«

Ihr entging nicht, dass Blandine den Blick senkte.

Ihr Kater knetete in langsamem Rhythmus seine Krallen in die Haut zwischen ihren Brüsten. Sie begrüßte den Schmerz.

»Ich nehme an, er ist nach Paris zurückgekehrt?« Sie versuchte, einen leichten Tonfall anzuschlagen, doch es misslang. Sie wandte sich von der Freundin ab.

»Nun ja«, begann Blandine, »nicht direkt«, doch dann wurde sie von einem leisen Pling unterbrochen.

Blandine griff in ihre Handtasche und zog das Handy hervor. Während sie las, versuchte Zadira, ihre Fassung wiederzugewinnen. Sie hielt sich an Mazan fest, der sie mit seinem sphinxhaften Blick fixierte.

Hab keine Angst, schien er zu sagen.

»Ach, Scheiße!«, rief Blandine.

»Was ist?«

Blandine schaute immer noch fassungslos auf ihr Handy. »Eine Nachricht von einem Kollegen aus Marseille«, antwortete sie dann, »einem Polizeireporter. Ich arbeite mit ihm zusammen. Es gab einen Mord in den *quartiers nord.*«

»Das ist leider nichts Ungewöhnliches«, merkte Zadira bitter an.

»Mag sein.« Blandine schaute ihr ins Gesicht. »Aber das Opfer ist ein Polizist. Und es waren zwei Schüsse. Ins Herz.«

Zadiras Kopf ruckte herum. Eine Ahnung beschlich sie.

19

Da oben ist es«, sagte der Taxifahrer und wies auf einen Weg, bei dem der Asphalt an mehreren Stellen aufgeplatzt war. »Der dritte Wohnblock.«

Jules bezahlte den Mann. Der reichte ihm seine Karte, mit einer Handynummer und dem Vornamen, Khaled.

»Ruf mich an, wenn du ein Problem hast.«

Jules nickte und schaute dem Taxi hinterher. Er befand sich mitten in den berüchtigten *quartiers nord,* dem schmutzigen Zwillingsbruder des helleren, saubereren Marseille.

»Kommen Sie morgen Vormittag nach La Rose, Groupe Lagarde 24«, hatte Bertrand ihm am Abend zuvor noch telefonisch mitgeteilt. »Ich möchte, dass Sie jemanden kennenlernen. Aber sie ist sehr misstrauisch.«

»Sie?«

»Ja, sie war eine *nourrice.* Sie hatte auch mit den BACs zu tun, aber sie traut Bullen nicht, auch mir nicht, nur einer: Lieutenant Matéo. Und damit vielleicht auch Ihnen. Möglicherweise erfahren Sie da, warum Ihre Freundin auf der Abschussliste steht. Es ist zumindest ein Anfang, dann sehen wir weiter. Sagen Sie dem bescheuerten Chouf, dass Sie zu Rabea wollen, Appartement 1604.«

Nourrice. Chouf. Während Jules den Weg hochging, tanzten die Vokabeln durch seinen Kopf. Eine *nourrice* bunkerte die Drogen, und der Chouf war so eine Art Türsteher.

Leider stand kein bescheuerter Chouf vor dem schäbigen Hochhaus, Lagarde 24. Dafür jede Menge Polizeiwagen mit eingeschaltetem Blaulicht sowie ein Rettungswagen, dessen Hecktüren offen standen. Direkt daneben eine Gruppe uniformierter Polizisten, die sogleich ihre Blicke auf ihn richteten.

Jules verspürte den Reflex aller vermeintlich rechtschaffenen Bürger: Er fragte sich, ob er etwas verbrochen hatte. Dann sagte er sich, dass es bestimmt keine gute Idee war, jetzt kehrtzumachen. Er zwang sich, ruhig weiterzugehen, und überlegte, was er tun sollte. Natürlich fiel er hier auf. Kein Mensch würde ihn für einen Bewohner dieses Viertels halten, die Polizisten schon gar nicht. Und nach allem, was der Taxifahrer ihm erzählt hatte, gab es für die Bewohner der Südstadt nur einen Grund, in diese Gegend zu kommen: Drogen.

Er war verdächtig, ganz einfach weil er hier war.

Aber da er sich nichts hatte zuschulden kommen lassen, hatte er auch nichts zu befürchten. Dachte er.

Mit der ruhigen Entschlossenheit eines gesetzestreuen Mannes ging er an den Polizeiwagen vorbei zum Eingang. Die vier Polizisten musterten ihn ausdruckslos. Keiner reagierte, als Jules sie mit einem Nicken grüßte.

Die Doppeltür des Eingangs bestand aus mit Drahtgeflecht verstärktem Glas. Es hatte schon einige Schläge abbekommen und war mehrfach gesplittert, aber nicht zerbrochen. Jules stieß die Tür auf. Zuerst sah er den abgesperrten Bereich, in dem sich Männer in weißen Overalls bewegten. Der Fahrstuhl war in dieser Absperrung eingeschlossen, seine Tür stand auf. Außerhalb der rot-weißen Bänder standen Männer in Zivil, in denen er ebenfalls Polizisten vermutete, und weitere Uniformierte. Die meisten von ihnen richteten ihren Blick auf ihn. Im nächsten Moment hörte er, wie sich hinter ihm die Tür öffnete und wieder schloss. Er brauchte sich nicht umzudrehen, um zu wissen, dass einer der Beamten von draußen hinter ihm stand und ihn ganz sicher aufhalten würde, falls er auf die Idee käme, sich wortlos wieder davonzumachen.

Einer der zivil Gekleideten, ein Mann von gedrungener Gestalt mit einem etwas zerknautschten Gesicht, kam auf ihn zu. Seine blassblauen Augen ließen keinerlei Regung erkennen. Kurz bevor er ihn erreichte, verzogen sich die Falten in dem Knautschgesicht zu einem Lächeln, das irgendwie kauzig wirkte.

»*Bonjour,* Monsieur«, begrüßte er Jules höflich. »Wären Sie so freundlich, mir zu sagen, wer Sie sind und was Sie hier tun?«

Okay. Jetzt habe ich ein Problem.

Das Polizeirevier sah nicht so aus, wie Jules es aus Filmen kannte. Keine Irren, die nur von den Handschellen gebändigt wurden. Keine Nutten mit verschmiertem Lippenstift, die Zigaretten schnorrten. Keine harten Bullen im unbarmherzigen Verhör mit nicht ganz so harten Jungs. Eigentlich ging es eher so zu wie in einer Zulassungsstelle.

Ein sehr schweigsamer Kollege von Capitaine Knautschgesicht hatte ihn ins Polizeipräsidium in der Avenue Robert Schuman, gebracht, ihn zu diesem Schreibtisch geführt und ihn angewiesen, zu warten.

Jules fragte sich, ob das wohl zur Polizeitaktik gehörte: den Verdächtigen im eigenen Saft schmoren zu lassen, um ihn mürbezumachen. Gleich darauf fragte er sich, ob er jetzt schon völlig paranoid war.

Immerhin gab es ihm Zeit, darüber nachzudenken, was er sagen sollte. Natürlich hatte er dem Capitaine – sein

Name war Gallont – nichts von Bertrand erzählt, wohl wissend, dass das seinen Kontaktmann in Schwierigkeiten gebracht hätte. Und natürlich hatte er Rabea und das Appartement 1604 mit keinem Wort erwähnt. Genau genommen hatte er gar nichts gesagt, weil ihm nichts eingefallen war. Und offensichtlich war Gallont deshalb zu dem Schluss gelangt, den Jules befürchtet hatte: dass er zum Drogenkauf gekommen war.

Jules schickte eine Nachricht an Bertrand, dass er sich später melden würde. Dann wartete er, während er mit mäßigem Interesse die anderen Beamten in dem Großraumbüro beobachtete, die ihn wiederum völlig ignorierten. Wegen des möglichen Verdachts des Drogenbesitzes machte er sich keine Sorgen. Er besaß keine und nahm auch keine. Er hoffte nur, dass das hier nicht allzu lange dauern würde.

»Monsieur Parceval!«

Jules hatte den Capitaine nicht kommen sehen. Gallont ließ sich ihm gegenüber auf seinem Drehstuhl nieder und erweckte den Computer zum Leben. Während er sich durch ein für Jules nicht einsehbares Menü klickte, fragte er munter: »Was führt Sie nach Marseille?«

»Das Licht, das Meer, der Zauber des Südens«, antwortete Jules, ohne zu zögern, und beschloss, gleich in die Offensive zu gehen. »Monsieur le Capitaine, ich kann mir denken, was Sie vermuten, und …«

»So? Was vermute ich denn?« Gallonts Mund lächelte weiter, aber nicht seine Augen.

»Ich hatte nicht die Absicht, Drogen zu kaufen. Ich bin bereit, mich jedwedem medizinischen Test zu unterziehen.«

»Es interessiert mich nicht, ob Sie Drogen nehmen oder nicht.«

»Dann weiß ich nicht, was ich hier soll.«

»Nun, Sie könnten mir sagen, was Sie zu diesem Zeitpunkt nach La Rose geführt hat.«

»Das ist privater Natur. Ich versichere Ihnen, dass es nicht das Geringste mit dem Vorfall zu tun hat, der *Sie* nach La Rose geführt hat.«

»Sie behaupten also, es gäbe keine Verbindung zwischen Ihnen und dem Mordopfer?«

»Da ich bisher nicht einmal wusste, dass es ein Mordopfer gibt, kann ich diese Frage nicht eindeutig beantworten. Aber ich bin mir sicher, dass es genauso ist.«

Jules schaute diskret auf sein Handy, Bertrand hatte noch nicht auf seine Nachricht reagiert. Ihn beschlich mit einem Mal ein verdammt mieses Gefühl.

Capitaine Gallont ließ ihm keine Zeit zum Nachdenken. Er lächelte nicht mehr, als er den Bildschirm studierte.

»Doktor Jules Parceval«, las er vor, »ein Abschluss an der Sorbonne in Human- und einen in Tiermedizin, letzterer sogar mit Auszeichnung.« Er wandte sich Jules zu. »War das der Grund, warum Sie es vorgezogen haben, als Veterinär zu arbeiten?«

Jules zuckte die Achseln. »Tiere reden weniger.«

»Wohl wahr«, stimmte Gallont ihm zu und widmete sich wieder dem Bildschirm. »Vor Kurzem sind Sie dann in das kleine beschauliche Städtchen Mazan umgezogen. Dort haben Sie sich mit einer jungen strafversetzten Polizistin verlobt«, wieder richtete sich der neugierige Blick auf Jules, »oder auch nicht. Die Aktenlage ist da nicht eindeutig. Eindeutig aber ist, dass Sie sich in der Gesellschaft von Lieutenant Matéo befanden, als auf sie ein Mordanschlag verübt wurde.«

Gallont schwieg einen Moment, beobachtete Jules nur.

»Und nun tauchen Sie an dem Ort auf, an dem kurz zuvor ein weiterer Zeuge dieses Prozesses ermordet wurde. Und Sie wollen immer noch behaupten, dass es keine Verbindung zwischen Ihnen und dem Mordopfer gibt?«

Jules stieg die Hitze ins Gesicht, seine Kopfhaut begann zu kribbeln. Er hatte es geahnt, und konnte es dennoch nicht glauben. Bertrand!

»Heißt das …«

Er unterbrach sich selbst. Wenn er jetzt nach Bertrand fragte, säße er in der Falle.

»Ja?«, fragte Gallont lauernd.

Jules wurde schlecht. Hatte er etwa Bertrands Tod verschuldet? Mit seinen Fragen, seiner Unerfahrenheit? Er sah den suspendierten Polizisten noch vor sich sitzen, das melancholisch-humorvolle Gesicht, die wachen Augen. Die Plötzlichkeit seines Todes, die Tatsache, dass ein guter Mann ermordet worden war, wahrscheinlich weil er für Jules Erkundigungen eingezogen hatte, schockierte ihn.

»Monsieur Parceval, ich glaube …«

Das Klingeln des Telefons auf Gallonts Schreibtisch unterbrach den Capitaine. Er bedachte es mit einem unwilligen Blick, hob dann aber ab. Während er ziemlich einsilbig telefonierte, versuchte Jules verzweifelt, sich eine Strategie zu überlegen.

»*Oui,* Monsieur le Juge.«

Gallont konnte doch nicht wirklich glauben, dass er einen Mord begangen hatte oder daran beteiligt gewesen war. Nein, Gallont wollte wissen, was Jules mit Bertrand zu tun hatte, um so dem Täter auf die Spur zu kommen.

»Jetzt gleich?«

Das deckte sich mit Jules' Interesse. Dennoch würde er vorsichtig bleiben. Von Rabea und dem Appartement 1604 würde er weiterhin nichts sagen.

»Wie Sie wünschen.«

Gallont legte auf.

»Monsieur Parceval, bitte folgen Sie mir.«

Der Capitaine erhob sich. Sein Verhalten hatte sich geändert. Er wirkte distanzierter, gleichgültiger.

Sie verließen das Großraumbüro und gingen zu den Fahrstühlen.

»Was kommt jetzt?«, fragte Jules und versuchte es mit einem Scherz: »Die peinliche Befragung?«

Doch Gallont stieg nicht darauf ein. Er sagte kein Wort mehr, bis sie drei Stockwerke höher durch eine Tür traten, neben der Jules auf einem Schild las, dass es sich um das Büro des Untersuchungsrichters de Viliers handelte. Zwei Sekretärinnen arbeiteten im Vorzimmer, von denen die ältere aufstand und zu ihnen trat.

»Danke, Monsieur le Capitaine«, beschied sie Gallont kühl, woraufhin der sich mit einem Nicken verabschiedete. Die Madame mit dem eisgrauen Haar führte Jules zur gegenüberliegenden Tür und hielt sie ihm auf.

»Er ist jetzt da, Monsieur le Juge«, sagte sie in den Raum.

Es war ein modern eingerichtetes Büro, das einen fantastischen Ausblick über die Bucht bot. Hinter dem Designerschreibtisch mit einer Bronzebüste von Brahms saß ein attraktiver Mittfünfziger in aufrechter Haltung und in einem – wie Jules mit einem Blick erkannte – maßgeschneiderten Anzug.

»Monsieur Parceval«, begrüßte ihn der Richter de Viliers, »bitte setzen Sie sich doch. Einen Kaffee?«

Auch wenn es ein wenig ungewöhnlich war, wegen einer Zeugenaussage von einem Untersuchungsrichter vernommen zu werden, fühlte Jules sich bei de Viliers besser aufgehoben als bei dem Capitaine. War es etwa, weil sie beide derselben Gesellschaftsschicht entstammten? Jules stellte fest, dass es sich bei den Bildern an den Wänden um Originale handelte. Da erkannte er eines der Bilder: ein Idka! Der Mann hatte einen erlesenen Kunstgeschmack.

»Monsieur Parceval«, sagte de Viliers nun, »wir haben ein Problem.«

»Ich weiß«, gab Jules zurück. Er hatte Zeit zum Nachdenken gehabt und war zu dem Schluss gekommen, dass er die Verbindung zu Bertrand nicht leugnen konnte. Es wäre nur eine Frage der Zeit, bis die Polizei davon erführe, sei es über die Telefondaten, sei es durch einen Zeugen. Dann aber säße er richtig in der Klemme. Es half nichts, er musste die Wahrheit sagen, bis auf ein Detail. »Mein Auftauchen in La Rose war kein Zufall.«

Er erzählte, dass er herausfinden wollte, wer hinter Zadira her war. Berichtete von dem Treffen mit Bertrand tags zuvor und dass der ihn nach La Rose bestellt hatte, um ihn mit jemandem bekannt zu machen, der ihm vielleicht weiterhelfen könnte. De Viliers ließ sich nicht anmerken, was er davon hielt. Er hörte ruhig zu, die Hände neben der Tastatur des Computers.

»Hat Monsieur Bertrand gesagt, um wen es sich dabei handelt?«

»Nein.«

De Viliers nickte, schwieg und betrachtete Jules. Der fühlte sich zunehmend unwohl.

»Monsieur le Juge«, sagte er, »ich mache mir Vorwürfe, dass ich Monsieur Bertrand möglicherweise in Gefahr gebracht habe. Ich wollte …«

»Was hat Sie veranlasst, aus Paris zu fortzugehen?«, unterbrach ihn der Untersuchungsrichter. Die Frage verblüffte Jules.

»Ich …« Was sollte er darauf sagen? Dass er es leid gewesen war, den Erwartungen seiner Familie zu entsprechen? Aus Angst, in eine lieblose Ehe mit seiner damaligen Verlobten zu geraten – aus reiner Bequemlichkeit? Dass er ein neues Leben gesucht hatte? Freiheit?

»Ich habe eine neue Aufgabe gesucht«, gab er stattdessen zur Antwort.

»Unterstützt Ihre Familie Sie bei dieser Suche?«

Jules begann seine Meinung über de Viliers zu ändern. Dessen Fragen waren noch unangenehmer als die von Gallont.

»Nein, aber ich weiß auch nicht, was Sie das angeht.«

De Viliers nickte.

»Sie sind also mit den vergleichsweise bescheidenen Lebensverhältnissen in Mazan zufrieden?«

Jules hatte seine Lebensverhältnisse nie unter diesem Aspekt gesehen. Worauf wollte der Mann hinaus?

»Ich fürchte, ich verstehe nicht, worauf Ihre Fragen abzielen. Sprechen wir noch über den Mord an Bertrand?«

»Zu dem Sie Kontakt aufgenommen haben, um den Anschlag auf Lieutenant Matéo aufzuklären. Glauben Sie wirklich, Monsieur Parceval, dass Sie bessere Arbeit leisten als die Polizei von Marseille?«

»Selbstverständlich nicht. Aber wenn ich zur Aufklärung dieses Falles beitragen kann, will ich das gern tun.«

»Sie könnten mir zum Beispiel verraten, wo Sie Lieutenant Matéo versteckt haben.«

»Tut mir leid, aber ich habe keine Ahnung, wo…«

»Monsieur Parceval, ich respektiere selbstverständlich, dass es Sie drängt, alles zum Schutz Ihrer …«, er machte eine kurze Pause, »… von Lieutenant Matéo zu unternehmen. Auch wenn dies bisher die Ermittlungen nicht nur behindert, sondern bereits einen Beamten das Leben gekostet hat.«

Wieder machte er eine Pause, ehe er leise hinzufügte: »Wenn das denn so ist.«

Er musterte Jules, studierte ihn wie ein Forscher sein Studienobjekt: kühl, sachlich, voll konzentriert.

»Sehen Sie«, fuhr er ebenso leise fort, »dass Sie Matéo dem Polizeischutz entzogen haben, kann ja auch durchaus weniger edle Motive haben als die, die Sie hier nennen.«

»Ich verstehe nicht, was Sie meinen.«

De Viliers richtete seinen Blick auf den Bildschirm.

»Es ist offensichtlich, dass Ihre Mittel nicht ausreichen, Ihren gewohnten Lebensstil zu finanzieren. Und nun verfügen Sie über die alleinige Information über Lieutenant Matéos Aufenthaltsort. Sie wissen, dass diese Information für einige Menschen einen großen Wert haben dürfte.«

Jules konnte nicht fassen, was der Untersuchungsrichter ihm da unterstellen wollte.

»Das ist …« Ihm fehlten die Worte. Wie sollte er sich eines solch absurden Verdachts erwehren?

Ein kleines Lämpchen blinkte auf dem Telefon des Untersuchungsrichters. Er drückte auf den Lautsprecherknopf und wischte dabei abwesend ein imaginäres Staubfädchen von Brahms' Ohr.

»Ja, Élise?«

»Ihre Verabredung zum Mittagessen.«

»Natürlich. Bitte schicken Sie mir einen Beamten.« Er lächelte Jules zu und erhob sich von seinem Stuhl. Hinter Jules öffnete sich die Tür. Ein uniformierter Polizeibeamter betrat das Büro.

De Viliers' Stimme war völlig emotionslos, als er sagte:

»Monsieur Parceval, ich lasse Sie vorläufig festnehmen. Sie haben selbstverständlich das Recht, einen Anwalt anzurufen.«

Einen Anwalt? Jules hätte am liebsten laut aufgelacht.

Der Raum, in dem er wenig später saß, glich in gewisser Weise dem Großraumbüro, in dem Capitaine Gallont seinen Teil der Vernehmung mit ihm geführt hatte. Nur gab es hier keine Schreibtische, sondern Holzbänke, die teils an der Wand, teils quer im Raum standen. Wenn das Großraumbüro die Zulassungsstelle war, so war das hier der Wartebereich. Der allerdings mit einem Gitter abgesperrt war.

Mit ihm warteten ein gutes Dutzend anderer Männer. Sie saßen in stoischer Ruhe im Raum verteilt. Einer, ein junger, dürrer Junge, hatte sich ausgestreckt und schlief. Seine Füße und Hände zuckten im Schlaf.

Jules schaute auf seine Uhr. Seit über zwei Stunden hockte er jetzt hier. Die Polizisten hatten ihm das Handy abgenommen. Er könne aber jederzeit Bescheid sagen, wenn er einen Anruf tätigen wolle. Schön und gut, nur wen sollte er anrufen?

Die einzigen Anwälte, die er kannte, waren in Paris und mit medizinischen Kunstfehlern oder Erbschaftsangelegenheiten beschäftigt. Und allesamt kannten sie seinen Vater. Zwei Minuten nach seinem Telefonat wäre seine Familie informiert. Das wollte er auf jeden Fall vermeiden.

Er könnte Blandine anrufen. Sie wüsste sicher jemanden. Dennoch zögerte er. Es widerstrebte ihm, sie gleich bei der ersten Schwierigkeit um Hilfe zu bitten.

Eigentlich gab es jetzt nur einen Menschen, dessen Rat ihm teuer wäre und den er lieber als alle anderen angerufen hätte. Aber ausgerechnet dieser Mensch hatte ihn verstoßen.

Für einen kurzen Moment gab Jules sich der Fantasie hin, wie er Zadira von seinem Dilemma erzählte. Wie sie daraufhin in ihr dunkel-kehliges Lachen ausbrach, nur um dann prustend zu sagen: »Warte, ich rufe eben Djamal an.«

Jules dachte an Zadiras Kollegen, den er im Krankenhaus von Carpentras kennengelernt hatte, Djamal, der »Schlüssel von Panier«. Er war der Einzige, zu dem sie Vertrauen hatte. Djamal würde diesen Unsinn, den de Viliers sich ausgedacht hatte, bestimmt nicht glauben.

Doch wie sollte Jules ihn kontaktieren? Seine Nummer hatte er nicht, aber er ging davon aus, dass der Polizist in ebendiesem Haus, dem Polizeipräsidium, arbeitete. Dummerweise kannte er nicht mal Djamals Nachnamen.

Noch während Jules überlegte, kam ein Beamter, schloss die Gittertür auf und rief: »Jules Parceval?«

Jules erhob sich.

»Kommen Sie.«

Jules nahm an, dass de Viliers sein Mittagessen mit wem auch immer beendet hatte und nun die Vernehmung fortsetzen wollte. Umso überraschter war er, als der Beamte ihm im Vorraum sein Handy zurückgab, mit der lapidaren Bemerkung: »Sie können gehen.«

»*Mon cher* Jules!«, sagte eine ihm völlig unbekannte Stimme.

Jules, der seine plötzliche Freilassung noch nicht ganz realisiert hatte, schaute verdutzt auf den Mann, der mit einem strahlenden Lächeln und ausgebreiteten Armen auf ihn zukam. Nicht nur, weil er ihn noch nie gesehen hatte, sondern auch, weil er in diesem Ambiente noch unwirklicher erschien als Jules.

Der Fremde trug einen blauen Blazer von allerbester Qualität, eine weiße Leinenhose mit messerscharfer Bügelfalte und cognacbraune, sichtbar teure Ledersegelschuhe. Ein sorgfältig um den Hals gebundenes Seidentuch von Hermès vervollständigte das Bild eines affektierten Dandys.

Der Mann ergriff mit beiden Händen Jules' Rechte und zog ihn mit sich.

»Entschuldigen Sie, dass ich so spät komme, aber der Verkehr ...«

Während er munter weiterplapperte, verließen sie das Gebäude. Jules, der immer noch nicht begriff, was eigentlich los war, nahm einen vertrauten Duft an dem Fremden wahr: *Égoïste*, von Chanel.

Als wäre all das noch nicht seltsam genug, steuerte der Fremde nun auf ein Auto zu, das an dieser Stelle noch unpassender wirkte als ein Seidenschal im Polizeipräsidium. Die Türen des anthrazitgrauen Lamborghini Centenario schwangen lautlos nach oben, als sie sich dem Fahrzeug näherten.

»Bitte steigen Sie ein«, sagte der Fremde gut gelaunt.

Jules ließ sich ins kühle Innere gleiten, während sein seltsamer Befreier hinter dem Steuer Platz nahm. Der Motor startete mit sattem Brummen, und sie verließen mit elegantem Schwung den Hof der Polizei. Der Fremde schwieg. Seine Lippen umspielte ein spöttisches Lächeln.

»Wer, zum Teufel, sind Sie?«, fragte Jules.

»Verzeihen Sie, ich hatte mich noch nicht vorgestellt. Mein Name ist Aristide Monet.«

»Und?«

»Ich bin Ihr Anwalt«, verkündete Monet, als sei dies das Selbstverständlichste der Welt.

20

Wie sehr Commissaire Mazan es genoss, wieder bei Zadira zu sein! Natürlich war er zornig darüber gewesen, dass Blandine und Jeffrey ihn in einen Korb gesperrt hatten. Sie hätten es ihm doch einfach sagen können! Schließlich war es genau das, was er gewollt hatte. Warum waren Menschen nur mitunter so … so … kompliziert?

Doch als er von dem Baum aus, auf den er wütend geflohen war, sah, wie verletzt und schwach Zadira war, hatte es ihn tief in seiner Brust geschmerzt. Als sie ihn berührte, wurde sein Zorn dünn wie eine Rauchsäule und verwehte dann ganz. Bei ihr zu sein und ihre Nähe zu spüren tat ihm genauso gut wie ihr. So war es von Anfang an zwischen ihnen gewesen.

Und was ihn ebenfalls ruhiger werden ließ, war die Tatsache, dass die Zeit der Ungewissheit vorbei war. Endlich war er wieder am Geschehen beteiligt.

Aufmerksam lauschte er den beiden Frauen, wie sie über die Ereignisse der vergangenen Tage sprachen und was sie zu Zadiras Schutz unternehmen wollten. Dann sprachen sie über Jules, und Mazan wunderte sich, wie aufgebracht Zadira wurde.

»Natürlich ist er nicht nach Paris gefahren«, sagte Blandine. »Was dachtest du? Dass er keine Eier hat?«

»Bitte, Blandine.«

»Pardon. Ja, er ist in Marseille, und ja, ich habe ihm die Namen der anderen vier Polizisten gegeben, die Nummern und alles, was ich über den Polizeiskandal aus dem Archiv holen konnte.«

»Aber was soll er denn da erreichen? Er ist Tierarzt, kein Polizist! Außerdem kommt er aus Paris, das hassen die Leute aus Marseille. Wenn er an die falschen Typen gerät, fressen die ihn auf, ehe er mit seinem feinen Akzent auch nur einen Satz herausgebracht hat!«

Mazan zog den Kopf ein. Die letzten Worte hatte Zadira fast geschrien. Jetzt hielt sie den Kopf gesenkt.

»Er sollte da nicht sein, Blandine.«

»Weder Jeff noch ich konnten es ihm ausreden. Er wäre auf jeden Fall gefahren. Wegen dir. Also habe ich ihm geholfen.«

Mazan fiel auf, wie laut die Zikaden hier draußen herumsägten. Er konnte sie nicht sehen, aber überall im Gras mussten welche sein. Er bekam Lust auf einen Erkundungsgang.

»Dann habe ich ihm also ganz umsonst wehgetan«, sagte Zadira leise, resigniert.

»Was meinst du?«, fragte Blandine.

Zadira erzählte, dass sie Jules fortgeschickt hatte.

»Menschen, die ich liebe, sterben, Blandine. Menschen, die mich lieben, sterben. Ich will das nicht mehr.«

Mazan spürte ihr Leid, und er war versucht, sich an sie zu schmiegen, doch er ließ es. Sie wollte jetzt nicht berührt werden. Das verstand er, ihm ging es auch oft so.

»Blandine, du glaubst an die Liebe, aber nicht an die Treue. Ich glaube an die Liebe, aber nicht daran, dass sie glücklich macht. Ich glaube nicht einmal mehr daran, dass ich sie zum Leben brauche.«

Blandine senkte den Kopf. »Das ist nicht fair«, sagte sie leise.

»Fair? Was ist schon fair?« Zadira holte Luft. »Nichts ist fair! So ist das Leben. Genau so. Gute Menschen bekommen Krebs. Kinder werden erschossen. Verräterpolizisten kommen mit dem Verrat durch. Fair? Blandine, das Einzige, was ich diesem Mann an Fairness und an Liebe geben kann, ist, ihn verdammt noch mal aus der Scheiße herauszuhalten, in der ich schwimme!«

Zadira brach in Tränen aus, sie schlug die rechte Hand vors Gesicht. In ihre trockenen Schluchzer mischten sich Schmerzkrämpfe, als sie verzweifelt versuchte, sich zu fangen.

»Ich hasse es, wie ich jetzt bin. Ich *will* nicht so sein!«

Blandines Gesicht war anzusehen, dass die Heftigkeit von Zadiras Gefühlen sie verunsicherte. Aber nur für wenige Momente, dann stand die Reporterin auf, ging um den Tisch herum, setzte sich neben Zadira und nahm sie vorsichtig in den Arm.

»Es tut mir leid«, flüsterte sie, ihr Mund nah an Zadiras Ohr. »Es tut mir leid, das wusste ich nicht. Ich wusste nicht, dass es so ist.«

Mazan hatte gelernt, manchen Verhaltensweisen der Menschen mit Geduld und Gelassenheit zu begegnen.

Er spürte den Widerspruch zwischen Zadiras Worten und ihrem Gefühl.

Da war Angst. Um sich. Um den Tierarzt.

Aber da war auch Wut, Wut darauf, dass sie sich immer noch mit ihm paaren wollte. Und auf etwas, das Commissaire Mazan noch weniger verstand: auf die Welt!

Das war nun wirklich die unnötigste Wut überhaupt.

Mazan fand, dass es an der Zeit war, das zu tun, worauf er sich freute, seit er mit geübtem Schwung auf den Baum geklettert war: Er wollte unbedingt diese neue Umgebung erkunden.

Er sprang von der Bank, glitt unter dem Tisch durch und machte sich gerade daran, die verschiedenen wilden und aufregenden Gerüche zu erwittern, die aus dem Wald und von den steinigen Hängen auf ihn einströmten, als mit einem Mal die beiden Männer mit den Hunden zurückkehrten.

Atos schien einen Mordsspaß zu haben. Er sprintete auf Blandine und Zadira zu, um sie mit einer Begeisterung zu begrüßen, als hätte er sie seit seiner Welpenzeit nicht mehr gesehen.

Der andere Hund hingegen, oder vielmehr: die Hündin, hielt direkt auf ihn, Mazan, zu!

Seine Instinkte griffen sofort. Das Verhältnis zwischen Hund und Katze war von Natur aus problematisch, und er wusste sofort, dass diese Hündin nicht so leicht zu dirigieren war wie Atos. Er zwang sich, seine eigenen Reflexe – fortrennen oder eine Angriffshaltung einnehmen – zu beherrschen, und konzentrierte sich vollkommen darauf, in den Bewegungen, der Mimik und der Aufgeregtheit des fremden Tiers zu lesen.

Diese Hündin besaß ein weitaus komplexeres Innenleben als der schlichte Atos. Mazan erkannte eine disziplinierte Aggressivität in ihr. Den Drang, Kontrolle über dieses Revier auszuüben, aber auch die Bereitschaft, sich dafür aufzuopfern.

Er sah Freundlichkeit, Herzensgüte und Treue.

Und er sah leicht gefletschte Zähne, Verteidigungslust und darunter die Jagdlust des Raubtieres, das die Hündin trotz aller Dressur immer noch war.

Seine Nackenhaare sträubten sich, etwas in seinem Unterbauch begann zu zucken, seine Flanken wollten, dass er sich aufrichtete, einen Buckel machte, sich groß und fauchend aufblies – oder schnell wieder den alten Baum hochjagte.

Die Hündin hatte ihn offensichtlich als Eindringling identifiziert, als jemand, den es im Zweifel zu vertreiben galt. Ein leises Grollen kam aus ihrem Hals, das ihn wiederum fast unwiderstehlich dazu brachte, ebenso aggressiv zu reagieren. Aber er beherrschte sich.

»Pellerine!«

Die Stimme des Mannes, Tardieu, war ruhig, doch der Befehl eindeutig. Die Hündin hielt inne. Nicht überzeugt. Nur überstimmt. Er musste handeln. Jetzt.

Mazan tat ein paar ruhige Schritte mit normal aufgestellten Ohren auf Pellerine zu, blieb aber außerhalb ihrer Angriffsdistanz, setzte sich, ließ den Blick über den Hof schweifen, richtete den Blick nur kurz auf die Hündin, blinzelte und begann dann, in aller Ruhe seine Pfote zu putzen.

Die Stimmen der Frauen waren verstummt, auch die beiden Männer standen nur da und beobachteten das kleine Schauspiel. Selbst Atos mischte sich ausnahmsweise mal nicht ein. Pellerines Ohren zuckten, Mazans ungewohntes Verhalten stellte sie offenbar vor ein Rätsel.

Mazan ließ sich auf die Seite fallen und rekelte sich im Gras. Er signalisierte Friedfertigkeit und Wohlbefinden. Zeigte seinen Bauch. Pellerine legte den Kopf schief. Schnüffelte. Ihre Ohren spielten. Ihr Schwanz zuckte.

Mazan legte sich auf den Bauch, fast in Sprunghaltung. Sie reagierte, indem sie ebenfalls in Sprunghaltung ging, jetzt aber verspielt, mit hechelnder Zunge. Er schlich sich an, sprang plötzlich zur Seite. Sie stieg japsend auf das Spiel ein. Sie umkreisten sich, er sprang vor. Sie bellte, er riss aus, sie hinterher. Als sie ihn erreichte, warf er sich erneut auf den Rücken. Sie stupste ihn an, legte sich auf den Bauch, bellte erneut. Pellerine wollte weiterspielen.

In ihm hatte sie einen Spielkameraden erkannt.

Keinen Feind.

Er hatte sie!

Eine Weile später – Brell und Blandine waren wieder abgefahren, und Zadira hatte sich in die feurig gewärmte Geborgenheit des Hauses zurückgezogen – zog es Mazan nach draußen. Es duftete unwiderstehlich nach Herbst und Freiheit. Wind raschelte im trockenen Laub, Schatten tanzten über den Boden, kleine Eidechsen huschten über noch sonnenwarme Steine. Überall war Leben, im Gras, in den Bäumen, in der Luft. Und selbst unter der Erde spürte Mazan das Wirken kleinster Lebewesen.

Er empfand eine wilde Lust auf diese Welt, doch er hatte die Freunde aus der Stadt nicht vergessen. Er wünschte sich Rocky an seine Seite, um auch ihn all das erfahren zu lassen. Oder die Kleinen, den angriffslustigen Minou und die tapsige Mia, die energische Marilou und die neugierige Margo. Anders als in der Zeit seines einsamen Wanderns liebte er nun auf einmal, unverhofft, beides: die Wildnis und das Zuhause.

Er lauschte, witterte, fühlte und lief immer weiter. Den Weg zurück zu dem Hof, wo Zadira war, würde er mit Leichtigkeit finden. Er musste nur den farbigen Spuren folgen, die er hinterließ und die Tiere sehen konnten. Menschen nicht.

Mazan sprang auf einen Felsen, der von der Sonne angenehm aufgeheizt war, ihm einen guten Rundblick bot und gleichzeitig Schutz vor dem Wind, der in dieser Höhe viel direkter ins Fell und unter die Haut fahren konnte. Er legte die Pfoten unter die Brust und schloss die Augen, um die Welt nur noch über ihre Gerüche und ihre Geräusche wahrzunehmen, über die Spitzen seines Fells und seine bebenden Schnurrhaare.

Frieden zog in ihn ein. Endlich waren die zwei Naturen in seiner Brust miteinander versöhnt.

Doch Frieden war eine kostbare Ausnahme im Leben.

Er bemerkte es erst, als es zu spät war. Ein Geräusch, so leise, dass er nicht sicher war, ob es ein lebendes Wesen oder der Wind verursacht hatte. Dann eine Witterung, herb und unbezwingbar, die ihm zuvor entgangen war.

Er duckte sich, hellwach nun, suchte die Umgebung ab. Schlagartig wurden ihm die Gefahren wieder bewusst, die hier draußen lauerten. Füchse, die nicht so leicht zu bezwingen waren wie eine abgerichtete Hündin. Weil sie Hunger hatten und Katzen eine Mahlzeit waren. Er dachte an die Greifvögel.

Welcher Jäger hatte ihn ausfindig gemacht?

Mazan spähte in die bewegte Welt aus Licht und Schatten, aus Hitze und kühlem Wind.

Da! War da eine Bewegung gewesen?

Er begriff, dass die Wahl seines Ruheplatzes ein Fehler gewesen war. Zwar konnte er, bis auf die Seite der Felsen, die ihm Windschutz boten, einen Großteil des Geländes einsehen. Doch dafür war er extrem exponiert. Um diesen Platz zu verlassen, musste er freies Gelände überqueren. Er verfluchte seinen Leichtsinn. Die Zeit in der Stadt hatte ihn vergessen lassen, dass das Leben hier draußen gefährlich war. Dass ein einziger Moment der Unaufmerksamkeit den Tod bringen konnte.

Mazan kämpfte seine Furcht nieder, all seine Sinne in greller Wachheit. Was war dort draußen?

Es war hart und gefährlich. Wild und unbezwungen. Es war … ihm ähnlich!

Und es war direkt über ihm!

21

Jules schaute über den gepflegten Garten. Hohe Mauern umgaben das Grundstück von drei Seiten, die vierte öffnete sich hinter dem leicht abfallenden Gelände zum Meer und bot einen Ausblick, der den aus dem Büro von de Viliers noch übertraf. Jules versuchte, das Stimmengewirr und die Gegenwart der Menschen um ihn herum auszublenden und nur noch das weite glitzernde Meer zu sehen. Seit dem Moment, als er in La Rose von dem knautschgesichtigen Capitaine Gallont angesprochen worden war, schien ihm die Kontrolle über sein Leben zu entgleiten. Das durfte er nicht zulassen.

Eine junge Serviererin in weißer Bluse und kurzem Rock tauchte neben ihm auf und bot ihm mit einem Lächeln eines der Champagnergläser auf ihrem Tablett an. Jules schüttelte den Kopf und schaute der jungen Frau hinterher, wie sie den in kleinen Gruppen zusammenstehenden Gästen volle Gläser reichte und leere mitnahm. Jules musterte die Leute. Elegante Kleider, kunstvolle Frisuren, gepflegte Körper – sie ähnelten den Menschen, die er von Pariser Empfängen und Partys kannte. Dennoch gab es einen Unterschied. Sonne und Wind hatten die Haut der Menschen gebräunt, ihren Augen eine andere Kraft gegeben und ihrem Wesen eine Härte, die kein Seidenkleid verbergen konnte.

Unwillkürlich suchte Jules nach dem einzigen Menschen, den er kannte. Er entdeckte ihn inmitten einer

Gruppe von Frauen, die seinem Charme sichtlich erlagen. Und Monet genoss diese Rolle. Es war seine Party, sein Garten, seine Villa, und er bewegte sich zwischen den Besuchern, um die Gespräche überall mit seiner munteren Gegenwart in Schwung zu bringen.

Jules hatte auf der Fahrt hierher auch die weniger muntere Seite seines Gastgebers und neuen Anwalts kennengelernt.

»Wer hat Sie beauftragt, mich zu vertreten?«, hatte er ihn gefragt.

»Ein Freund«, hatte Monet geantwortet, während er den Sportwagen mit überhöhter Geschwindigkeit durch die engen Straßen lenkte, ohne auf Fußgänger oder andere Verkehrsteilnehmer Rücksicht zu nehmen. »Ein großzügiger Mensch, der es unerträglich fand, Sie in dieser unerfreulichen Situation zu belassen.« Sie hatten den alten Hafen erreicht und fuhren Richtung Corniche, die gleiche Strecke, die Jules mit dem Bus gefahren war, als er sich mit Bonnet getroffen hatte.

Jules presste sich in den Sitz, weil er jeden Moment mit einem Unfall rechnete. Aber alle Hindernisse schienen sich vor dem Lamborghini zu teilen wie einst das Meer vor Moses' ausgestreckter Hand.

»Einen gebildeten und zivilisierten Menschen wie Sie inmitten dieses Packs aus buckelnden Staatssklaven zu wissen ist ein unerträglicher Gedanke. Im Übrigen sollte man einen Mann mit einer Mission niemals aufhalten.«

Der letzte Satz ließ Jules aufhorchen. Er wandte sich dem Anwalt zu, der nun schweigend, mit sichtlichem Vergnügen, den Wagen über die Corniche brausen ließ. Jules hatte den absurden Gedanken, dass Monet ihn nur deswegen aus dem Gefängnis geholt hatte, um sein Auto spazieren fahren zu können.

»Was wissen Sie von meiner Mission?«, fragte er.

Monet stach mit dem Zeigefinger in die Luft.

»Ah! Das ist nicht die entscheidende Frage«, bemerkte er in juristischer Spitzfindigkeit, »sondern: Wer weiß noch *nicht* davon?«

Was Jules auch versucht hatte, Monet ließ sich keine Informationen entlocken. Während der Anwalt in eine kleine Straße abgebogen war, die in engen Kurven den Hang hinauf in ein Villenviertel führte, grübelte Jules über die unangenehme Erkenntnis, dass anscheinend alle möglichen Leute nicht nur wussten, was er tat, sondern auch, welche Motive ihn leiteten.

Monet hatte ihn am Arm genommen und ins Haus geführt. »Nur ein kleiner Apéro, ein paar Freunde, die zu Besuch sind«, hatte er gemurmelt. »Entspannen Sie sich, mein lieber Jules, Sie hatten einen harten Tag.«

Das stimmte allerdings, und auch wenn Monet ihm mit seiner Geheimnistuerei auf die Nerven ging, hatte er allen Grund, ihm dankbar zu sein.

Deshalb stand Jules immer noch auf dieser Party herum, obwohl die Gäste ihn nicht im Mindesten interessierten. Aber jetzt hatte er die Nase voll von diesen Menschen, davon, von anderen herumgeschoben zu werden. Er hatte genug davon, eine Figur auf einem Schachbrett zu sein.

Jules schaute sich nach Monet um, um sich zu verabschieden, doch er konnte ihn nirgendwo entdecken. Vielleicht war er im Haus, vermutete Jules und wandte sich der geschwungenen Marmortreppe zu, die auf die obere Terrasse und in die Villa führte. Von dort kam ihm jemand entgegen, der ihn innehalten ließ.

Die Frau trug ein helles, ärmelloses Kleid, ihre Haut war von einem zarten Braun, ihr kastanienbraunes Haar asymmetrisch kurz geschnitten, so dass eine freche Strähne über die linke Seite ihrer Stirn fiel. Ihre Augen wirkten wie tiefblaue Seen. In den Händen hielt sie zwei Gläser mit goldbrauner Flüssigkeit.

»Sie sahen aus, als ob Sie jemanden umbringen wollten«, sagte sie, sobald sie vor ihm stand. »Das Gefühl kenne ich. Ich trinke dann immer einen Talisker.«

Sie reichte ihm eines der Gläser. Jules war zu verblüfft, um abzulehnen.

Sie stießen an, und Jules nahm einen Schluck. Sofort breitete sich wohlige Wärme in ihm aus.

Die Frau musterte ihn amüsiert.

»Ich heiße übrigens Jules Parceval«, stellte er sich vor.

»Jade«, sagte sie. Ihre Hand war kühl und fest.

»Nur Jade?«

Sie nickte. In diesem Moment kam Monet freudestrahlend auf sie zu.

»Ah, wie ich sehe, haben Sie bereits Bekanntschaft geschlossen.«

Er begrüßte Jade mit zwei gehauchten *bisous*.

»Ich muss Sie warnen, mein lieber Jules«, sagte er augenzwinkernd. »Jade ist eine gefürchtete Geschäftsfrau, sie kann einem Eskimo Kühlschränke verkaufen.«

»Sehen Sie«, stieg sie sofort auf das kleine Wortgefecht ein, »wegen Aristide brauche ich manchmal einen Whisky.« Während Monet sich wieder den anderen Gästen zuwandte, erklärte Jade Jules, was sie beruflich machte.

»Schiffsmaklerin«, sagte sie, während sie einen Weg in den weiten Garten der Villa entlangschlenderten, der sie ein wenig von den anderen Gästen entfernte.

»Mit was für Schiffen handeln Sie?«, fragte er.

»Yachten. Und bevor Sie fragen: ja, mit den großen. Ich liebe Schiffe, und ich liebe edle Materialien. Es macht mir

Spaß, durch die Welt zu reisen auf der Suche nach dem einen Boot, das genau zu meinem Kunden passt.«

Jade erzählte von extravaganten Bootsbesitzern, die verlangten, dass sie Filzpantoffel und Stoffhandschuhe anzog, bevor sie deren schwimmendes Heiligtum betrat. Von Betten, die wie ein Schiffskompass in einer kardanischen Lagerung ruhten, sodass sie immer in der Waagerechten blieben, egal wie sehr sich das Boot bewegte. Von Gold, Marmor und Alabaster und der Kunst, ein Boot so auszuwuchten, dass es vor lauter Luxus nicht einfach umkippte und absoff.

Jules merkte, dass sie all diese Anekdoten erzählte, damit er sich entspannte. Und es funktionierte. Es tat ihm gut, für eine Weile nicht an seine Probleme denken zu müssen. Nicht an Zadira und nicht an sein Unglück.

Jade wandte sich ihm zu, lächelte und strich sich die Strähne aus der Stirn. Zum ersten Mal kam ihm der Gedanke, dass sie vielleicht einen Flirt suchte. Doch diesen Eindruck machte sie nicht. Sie war auf eine Weise charmant, die nichts von Koketterie hatte.

»Kennen Sie Monsieur Monet schon lange?«, versuchte er etwas über ihren Gastgeber in Erfahrung zu bringen.

»Schon ewig«, sagte sie. »Man könnte sagen, dass unsere Kundschaft sich überschneidet. Seien Sie nachsichtig mit ihm. Aristide hört sich gern selbst reden, aber er ist ein guter Freund. Und kein schlechter Kerl.«

»Das will ich Ihnen glauben. Bevor ich ihn kennenlernte – das war vor etwas mehr als einer Stunde –, befand ich mich in einer sehr viel unangenehmeren Situation.«

Ihr Lächeln wandelte sich in ein dunkles Lachen.

»Waren Sie im Gefängnis?«

Jules bejahte.

»Aristide liebt es, Leute aus dem Gefängnis zu holen.«
»Unabhängig davon, ob sie schuldig oder unschuldig sind?«

Jade richtete ihren Blick auf ihn.

»Sind Sie denn unschuldig?«

»In diesem Fall mit Sicherheit.«

»Das beruhigt mich. Über die anderen Fälle will ich am besten nichts hören.«

Jades vergnügter Spott brachte Jules zum Lächeln. Er hatte lange nicht mehr gelächelt. Es tat gut und weh zugleich.

Und es erinnerte ihn daran, weswegen er hier in Marseille war. Er entschied, dass er auf höfliche Weise seinen Aufbruch einleiten würde.

»Ich danke Ihnen für diese wunderbare Unterhaltung, Jade. Jetzt sehne ich mich nach ein wenig Ruhe. Nehmen Sie es mir bitte nicht übel, aber ich würde gern ins Hotel zurückkehren.«

»Natürlich, das kann ich verstehen. Ich bringe Sie hin.«

Jules protestierte, doch Jade sagte leise:

»Jules, ich bin hier, weil Aristide mich darum gebeten hat. Es ist ein gesellschaftlicher Termin, kein Vergnügen. Sie ins Hotel zu fahren ist die beste Ausrede, um endlich zu verschwinden.«

Jules staunte nicht schlecht, als sie ihn zu einem alten Jaguar XJ 6 führte. Auf der Fahrt zurück über die Corniche schwieg Jade. Jules war ihr dankbar dafür, denn er dachte an Zadira und daran, wie sehr er sie vermisste.

Vor seinem Hotel angekommen, zückte Jade eine Visitenkarte und schrieb etwas darauf. »Meine Privatnummer«, sagte sie, als sie ihm die Karte reichte. »Rufen Sie an, wenn Sie etwas brauchen.«

Jules schaute ihr nach, als der Jaguar um die Ecke glitt. Er hatte bereits auf der Party einen Entschluss gefasst. Nun rief er den Taxifahrer an, der ihn nach La Rose gebracht hatte. Danach packte er seine Sachen und checkte aus. Khaled brachte ihn in ein kleines Hotel in Notre-Dame-du-Mont, dem Kneipenviertel oberhalb des Hafens. Als der Portier, Stéphane, nach seinem Ausweis fragte, legte Jules, wie von Khaled vorgeschlagen, einen Fünfzigeuroschein auf den Tresen und trug sich mit falschem Namen ein. Am nächsten Morgen ging er zu einer Filiale seiner Bank und hob genug Bargeld für die nächsten zwei Wochen ab. In einem kleinen Laden, den Khaled ihm genannt hatte, kaufte er drei gebrauchte Handys und anschließend auf der Canebière in drei verschiedenen Läden, wo man seinen Ausweis nicht sehen wollte, jeweils eine Prepaidkarte. Danach deckte er sich in den kleinen Boutiquen an der Rue de Rome mit billigen Kleidungsstücken ein, zog sich im Hotel um und brachte die Tasche mit seiner teuren Markenkleidung zu seinem Porsche, den er im unterirdischen, weit verzweigtem Parkhaus am Bahnhof Saint-Charles abgestellt hatte.

Als er aus dem Parkhaus kam, schaute er über den Bahnhofsvorplatz den abschüssigen Boulevard d'Athènes hinunter. Er atmete den Geruch der Stadt einmal tief ein.

»Marseille, ich bin bereit«, sagte er, ging den Boulevard herab und verschwand vom Radar.

22

Mittwochnachmittag. Fünf Tage nach ihrem Verschwinden aus dem Krankenhaus.

Zadira atmete konzentriert und flach an den Schmerzen in der Brust vorbei und trug das kleine rote Radio mit der kurzen, ausfahrbaren Antenne durch Tardieus geräumige Küche. Sie hielt es ans Fenster mit den alten blauen Holzkreuzen, kippte die Antenne mal in die eine, mal in die andere Richtung, stieg mit einem Schmerzenslaut auf einen blank gesessenen Stuhl, hob mit dem rechten Arm das Radio an – und riss dabei das Steckdosenkabel aus der geweißelten Wand.

»*Merde!*«

Falls irgendjemand sie eines Tages fragen sollte, wo der Arsch der Welt lag, würde sie ganz genau wissen, was sie antworten musste.

Hier.

Wo es keinen Fernseher gab, keinen Radioempfang, kein Internet und wo die Zeitungen, die Tardieu am Nachmittag aus seinem Briefkasten mitbrachte, der ungefähr drei Kilometer entfernt an der Straße stand, bereits von den Ereignissen überholt worden waren.

»Wie können Sie nur ohne die Welt leben?«, hatte Zadira den Trüffelbauern am Morgen angefaucht.

»Wie können Sie es nur in ihr aushalten?«, hatte er ruhig erwidert.

Commissaire Mazan beobachtete Zadira von seinem neuen Lieblingsplatz auf dem Kaminsims aus. Auch die beiden Hunde, Pellerine und Atos, seit Neuestem unzertrennlich, verfolgten mit großen Augen ihre absonderlichen Aktivitäten.

Sie bückte sich, was in Brust und Rippen zog, aber nicht mehr so sehr wie noch vor drei Tagen, steckte das Kabel wieder ein; beim Aufrichten wurde ihr schwindelig.

Zadira drehte den Senderknopf. Es nutzte nichts, sie hörte nur Fetzen der Nachrichtensendung.

»Verdammte Scheiße!«

Diese Unruhe. Diese entsetzliche Unruhe.

Und wo steckte Tardieu? Er war seit der Frühe aus dem Haus. Kein normaler Mensch brauchte so lange zum Einkaufen!

Sie hatte ihn gebeten, ihr in Carpentras oder besser noch in Avignon ein Billighandy zu besorgen und fünf Prepaid-SIM-Karten. Ihr eigenes Smartphone war tabu. Sie traute ihren Kollegen zu, sie und ihr Smartphone per GPS zu orten, sobald sie es wagte, es mit der alten SIM-Karte zu benutzen. Und sie wusste, sie war auch mit neuer SIM-Karte im alten Telefon zu orten, über die Gerätenummer, die ihr Handy schon sendete, wenn sie es überhaupt nur anstellte. Zadira hoffte, Tardieu würde auf sie hören und die fünf Karten in fünf verschiedenen Läden kaufen. Sie hoffte, dass die Angst, die zwischen dem Ticken des Sekundenzeigers der Küchenuhr hervorquoll, sie nicht vollends in den Wahnsinn trieb.

Ja. Sie hatte Angst.

Eine neue, fremde Angst. Ihr wurde schlecht davon.

Brell hatte ihr am Wochenende mit angespanntem Gesichtsausdruck von den Anrufen in der Wache erzählt. Das

Telefon hatte seit ihrem Verschwinden dauernd geklingelt. Die Ermittler aus Carpentras. Minotte. Gaspard und die MILAD aus Marseille. Sogar der Untersuchungsrichter de Viliers hatte ihn unter Druck gesetzt. Alle suchten sie. Sie brauchten sie.

»Ich bringe dich in Schwierigkeiten, Lucien«, hatte sie gesagt.

»Ich bin Kummer gewohnt«, behauptete er. Doch er hörte sich erschöpft an. »Ich liebe unser schönes Frankreich für sein überaus kompliziertes Polizeisystem«, ergänzte er. »Niemand ist mir gegenüber weisungsbefugt, außer Monsieur le Maire, der Bürgermeister.«

Als sie ihn fragte, ob er von Jules gehört hätte, schüttelte Brell den Kopf. »Jules weiß, was er tut«, sagte er nur.

Bilder seines zerschmetterten Körpers irgendwo in der auflaufenden Brandung im Marseiller Hafen waren in ihr aufgestiegen. Angst überflutete sie.

Als Brell erzählte, der tote Polizist in Marseille sei Bertrand, wurden ihre Gefühle zu einem schwarzen Knäuel aus Trauer und Unruhe.

Das Bild eines aufwendigen Feuerwerks kam ihr in den Sinn, in dessen tiefen Schatten etwas ganz anderes geschah. Das Feuerwerk waren der BAC-Prozess und die Anschläge auf Bertrand und auf sie. Und im Schatten? Ihr von Schmerz und Medikamenten umgestaltetes Gehirn machte so etwas seit Neuestem ständig. Traktierte sie mit Bildern und Vermutungen, die sie nicht verstand.

Jetzt war Mittwoch, und sie hielt es nicht mehr aus. Sie musste Djamal sprechen. Sie musste ihr Netz aktivieren, ihr ganzes verdammtes Marseiller Halbweltnetz.

Da. Endlich! Das Geräusch von Autoreifen auf dem Kies. Als Tardieu auf sie zukam, im Gegenlicht, schienen alle Farben aus dem Land, den Bäumen, den Umrissen der Tür auszubluten, es war, als öffne sich ein Korridor, ein Spalt in der Zeit.

Die Kugel, die ihren Vater traf, war für sie gedacht gewesen, hatte sie aber nicht getroffen.

Die beiden Kugeln in Mazan hatten sie fast getötet.

Es war dieses »fast«, das Zadira jetzt in der schwarzen Angsthöhle spüren konnte. Dieses »fast« tot.

Sie war nur noch aus Versehen am Leben.

Tardieu legte eine Tüte auf den Tisch draußen.

»Sie sehen wütend aus«, sagte er.

Zadira zog die knisternde Tüte zu sich, fischte das Handy hervor, die Karten, riss die nächstbeste Papphalterung auf und öffnete das Kartenfach des Handys. Tardieu stellte ihr ein Glas Wasser hin.

Das Handy funktionierte nicht.

»Es muss geladen werden«, sagte Tardieu und kümmerte sich um das Ladekabel und eine Verlängerungsschnur. Wie zufällig lag auf einmal eine Decke neben Zadira, wenig später stand ein Teller mit aufgeschnittenen Früchten vor ihr. Sie zog die Decke über sich. Aß. Trank.

Die Grube aus Angst in ihren Eingeweiden schloss sich nicht, aber sie war jetzt weniger dunkel und tief. Ihre Wut ließ nach. Tardieu schaffte es, dass sie wieder sie selbst wurde.

Dann der Moment, an dem Tardieu eine Zeitung vor sie legte und noch eine zweite, eine dritte. Alle mit einem Foto von ihr auf der Titelseite. Ihr Foto aus Marseiller Zeiten, auf dem sie noch eine Uniform trug, das Haar streng nach hinten gebunden hatte. Und doch so unverkennbar sie.

»Vermisst« lautete die Headline.

Sie zogen das Netz enger. Verständlich. Mit einer Vermisstenanzeige machten sie die Öffentlichkeit zu einem einzigen Auge. Bilder von ihr würden in Bar-Tabacs zu sehen sein, in den Überwachungszentralen der Autobahnmautstellen. Ein einsamer Wanderer würde sie erkennen, wenn sie durch den Wald hinkte.

Zadira stellte den Teller mit den Fruchtschnitzen auf ihr Bild.

»Ihre Kollegen vermissen Sie offensichtlich«, sagte Tardieu. Er lächelte, dieses halbe Tardieu-Lächeln, das nur einen Mundwinkel nach oben zog.

»Haben Sie mit den Konsequenzen ein Problem?«, fragte sie.

»Interessante Frage. Ich habe über Sie nachgedacht«, antwortete er. »Und wissen Sie was? Sie haben mich daran erinnert, dass es eine Welt jenseits dieses alten Hofes, jenseits des Eichenwalds und der alten Bürgermeisterei in Carpentras gibt, wo ich meine Trüffel verkaufe. Ich hatte es ... einfach vergessen. Dass es diese Welt gibt.« Sein Blick entfernte sich für einen Moment.

Dann schien er zurückzukehren und hob das Handy hoch.

»Acht Prozent Ladung. Reicht Ihnen das?«

Sie schüttelte den Kopf.

»Hier ist eh kein Empfang«, sagte er.

Natürlich nicht.

»Nur da oben.« Er zeigte in die Richtung, wo der Waldrand mit dem Himmel verschmolz.

Also warten.

Tardieu kam wieder, eine Flasche Wein in der Hand, zwei Gläser. Dann brachte er ein Holzbrett, darauf große Scheiben frischen Brotes, bestrichen mit Rillettes.

»Wer nicht isst, kann nicht denken«, sagte er.

Während Zadira aß, redete er. Die Hände ineinander verschränkt vor sich auf dem Holztisch, das Glas Wein unberührt. Pellerine drückte sich an seine Oberschenkel, Atos lag auf Zadiras Füßen. Mazan war verschwunden.

»Ich bin hier geboren, in diesem Haus. Mein Vater war Winzer, mein Großvater und dessen Vater ebenfalls. Ich war auch einmal Winzer. Und einmal verheiratet.«

Ein Schluck Wein, ein großer.

War verheiratet. Eine wunde Stelle.

»Wir hatten früher Pfirsiche und Kirschen. Eine Jagd. Es gab nichts, was wir kaufen mussten. Wir hatten Milch, Roggen, Fleisch, Wein, Früchte und Gemüse. Wir brauchten die Welt nicht.«

Sie schüttelte ungläubig den Kopf.

»Mein Vater hat die Steineichen gegen die Erosion gepflanzt. Dann, als er Trüffel fand, wandelte er in den 1950er-Jahren unsere dreizehn Hektar Land in einen Trüffelgarten um, impfte die Bäume, bildete Hunde aus – und als ich zur Schule kam, fünfzehn Jahre später, kamen die Trüffel.«

Ihm zuzuhören beruhigte Zadira.

»Es kann sein, dass ein Baum fünf Jahre lang Trüffel hervorbringt. Oder fünfundzwanzig Jahre. Manchmal produziert er fünf Kilo, manchmal nur hundert Gramm. Es bleibt letztlich ein Rätsel, warum. Alles ist ein Mysterium, es gibt keinen Plan. Man kann alles im Leben richtig machen und bekommt dennoch nichts. Oder man kann alles falsch machen und wird glücklich.«

Er kraulte Pellerine, die alte, müde Trüffelhündin, hinter den Ohren. Dann sah er Zadira direkt in die Augen. Ein anderer Blick als sonst, als ob eine Blende hinter der Pupille aufgegangen sei.

»Haben Sie schon einmal gejagt?«

»Nein.«

»Beutewesen haben Angst. Sie leuchten; wenn man ein Raubtier ist, ist das Leuchten unwiderstehlich.«

Die schwarze Grube in ihrem Bauch öffnete sich wieder.

»Beutetiere zeigen zwei typische Reaktionen, wenn sie gestellt werden. Flucht oder Angriff.«

»Und zu welcher Kategorie gehören Sie?«

Er lächelte kurz.

»Verharren«, sagte er. »Untypisch. Und Sie?«

Sie antwortete nicht. Denn sie wollte fliehen. Das wollte sie früher nie. Früher griff sie an.

Tardieu nickte langsam, als verstehe er ihr Schweigen.

»Angst hilft beim Überleben«, sagte er. »Manche Tiere leben nur deshalb, weil die Angst sie klug macht.«

»Ist das so etwas wie ein Rat?«

»Brauchen Sie denn einen?«

Sie sahen sich an, und in Tardieus Gesichtsausdruck lag so viel intensive Aufmerksamkeit, so viel Zugewandtheit.

Zadira antwortete nicht, sondern fragte: »Sie waren verheiratet? Und was dann?«

Sein Blick schloss sich. »Ein andermal«, murmelte er. »Ein andermal.« Er schob ihr das Handy rüber.

»Einunddreißig Prozent. Oben am Waldrand steht eine Bank.«

Zu gehen war schmerzhaft, aber nicht anstrengend. Ruhige Schritte, auf den Stock gestützt. Und Zeit genug, um über Angriff, Flucht und Verharren nachzudenken.

Zadira schaltete das Gerät ein, nachdem sie die Bank erreichte und Platz genommen hatte, und steckte die erste der fünf Karten ein. Von hier aus sah man den Mont Ventoux. Wolken umschwebten die Spitze des Windbergs. Darüber glitzerten Sterne.

Djamal ging nach dem fünften Klingeln an sein Handy.

»Hallo?«

»Ich bin's«, sagte Zadira.

»Du hast dir Zeit gelassen. Warte mal einen Moment, ich bin gerade …«

Sie hörte Musik, vermutlich war er auf dem Weg nach Hause, hatte haltgemacht in einer seiner Lieblingsbars, wo es Raï-Musik gab, wo sich die Leute nicht nach ihm umdrehten, nur weil er fast zwei Meter groß und durchtrainiert war mit einer Hautfarbe, die Klavierlack ähnelte. Die Musik ebbte ab, Zadira hörte Kleidungsrascheln, Verkehr.

»Jetzt«, sagte er. »Wird die Nummer länger in Gebrauch sein?«

»Nein«, sagte sie.

»Gut. Was brauchst du?«

Er fragte nicht: Wo bist du?

Er sagte nicht: Du hast Scheiße gebaut.

»Ich brauche jemanden, der weiß, wo Jules Parceval ist.«

»Da bist du nicht die Einzige.«

»Wieso?«

»Ich weiß nicht, wie viel du weißt, aber dir ist klar, dass er sich mit Bertrand und den anderen aus deiner Gang getroffen hat? Bonnet, Le Guern, Zidane?«

»Das lag nahe.«

»Und du weißt, dass Bertrand tot ist.«

»Ja.«

»Weißt du auch, dass Jules am Tatort war? In der Cité? Offenbar wollte sich Bertrand dort mit ihm treffen.«

Sie konnte die Antwort nur flüstern: »Nein!«

»Doch. Gallont hat Jules festgenommen, und de Viliers hat ihn verhaften lassen.«

»Was? Etwa wegen Mordverdachts?«

»Nein, Camille.«

Djamal nannte sie bei ihrem zweiten, streng bürgerlichen französischen Namen, den bis Ende der 1980er-Jahre nach dem Gesetz jedes Kind, erst recht alle Kinder von Einwanderern, zusätzlich tragen musste.

»Weil de Viliers glaubt, Jules hätte dich vorsätzlich vor der Polizei versteckt.«

»Das ist doch völlig absurd.«

»Man wirft ihm Behinderung der Ermittlungen vor, dazu kommt der Verdacht, ein prominentes Fast-Opfer sowie ein tatsächliches Mordopfer zu kennen …«

»Das können die nicht mit ihm machen! Er hat doch keine Ahnung, was los ist! Er ist nicht mal fähig, einem Hund Benehmen beizubringen!«

Djamal lachte leise.

»Camille, darf ich dich was fragen?«

»Nein!«

»Okay. Ich tu's trotzdem: Was läuft zwischen dir und dem Kerl?«

»Zu viel für nichts.«

»Okay. Okay. Ich weiß nur das, was ich indirekt mitkriege. Gaspard ist nicht gerade gesprächig. Ich muss ziemlich um ihn herumrecherchieren.«

»Und?«

»Jules wurde kurz festgehalten, aber dann … nun ja. Jemand meinte es wohl gut mit ihm.«

»Jemand?«

»Jemand, der sich Aristide Monet leisten kann.«

Zadira ließ sich gegen die Banklehne zurücksinken.

Djamal sprach weiter, aber es hörte sich an, als ob Eiswürfel durch die Leitung klackerten, nur jedes dritte Wort kam hallend und unverständlich an.

Sie beugte sich wieder vor, der Empfang verbesserte sich.

»Warte«, bat sie. »Warte. Funkloch.«

Knistern in der Stille.

Aristide Monet.

Ein Anwalt, der einen Hang zu durchaus speziellen Mandanten hatte. Baulöwen. Immobilienspekulanten, Reedern. Oder, um es mit anderen Worten zu sagen: Mafia-Paten, die es in den letzten zwei, drei Jahrzehnten vorgezogen hatten, sich aus den allerschmutzigsten Geschäften in die Politik zurückzuziehen, ehrbar zu werden, für wohltätige Zwecke zu spenden und dabei die linken Intellektuellen einzuwickeln mit ihrem Verständnis für Kunst, für digitale Evolution, für ein Frankreich ohne Millionärsklassen.

»Kennt Jules ihn?«

»Keine Ahnung. Willst du, dass ich Parceval scanne?«

Sie überlegte kurz. Scannen hieß, dass Djamal Jules digital durchleuchten würde. E-Mails, Schulnoten, Telefonate, Kontostand.

Wollte sie das?

»Nein.«

Aber Monet. Das war nicht gut. Das war gar nicht gut.

Hilfe zu haben, mächtige Hilfe, war nicht immer die beste Hilfe.

»Kannst du dich um ihn kümmern?«, fragte sie.

Djamal blies Luft aus. »Klar. Ja. Kann ich. Würde allerdings helfen, zu wissen, wo er ist«, antwortete er trocken. »Dein Pariser Freund hat es geschafft, die Kollegen ziemlich blöd dastehen zu lassen. Hat aus dem Hotel am Hafen ausgecheckt, seinen wenig unauffälligen Wagen – schönes Teil übrigens – von der Bildfläche verschwinden lassen und die Handyortung umgangen. *Chapeau,* muss ich sagen. Die checken jetzt die üblichen Wege, schätze ich, Taxis, Kameras, Leute, die Leute kennen.«

»Ist er …«

Sie wollte es nicht sagen.

»Tot? Nein, davon gehe ich nicht aus. Niemand hat ernsthaft einen Grund, ihn umzubringen. Tot nutzt er niemanden mehr etwas.«

»Zum Beispiel, um mich einzuschüchtern.«

»Tut mir leid, Camille. Ich hätte es anders …«

»Schon gut. Ist schon gut. Und, weißt du: Keine Ahnung, was das mit ihm und mir ist. Es ist …«

Frieden. Zuhause. Jenseits von allem.

Zadira holte Luft. Djamal ließ sie nicht zu Wort kommen.

»Lass, Camille, lass es.«

»Danke«, erwiderte sie. »Djamal, du bist für mich …«

»Und du bist sentimental. Wir haben noch zwei, drei dienstliche Sachen zu besprechen, da kann ich nicht gebrauchen, das wir hier Mimimi machen.«

»Mimimi? Okay. *Bon.*«

»Also, Punkt eins: Du musst irgendwann eine sichere Leitung zu Gaspard aufbauen.«

»Ausgerechnet.«

»Es nutzt nichts. Sie brauchen dich bei den Ermittlungen, und das weißt du.«

»Warum hat sich de Viliers eingemischt?«

»Weiß ich nicht. Finde ich raus. Punkt zwei: Jules war in der Cité, La Rose, Groupe Lagarde 24. Bertrand hat ihn dort hinbestellt. Warum?«

Eine Gänsehaut kroch über ihren Rücken. Sie kannte die Adresse.

»Und Punkt drei?«, fragte sie mit belegter Stimme.

»Nichts Wichtiges. Bleib am Leben!«

Dann lag das Handy leblos wie ein toter Vogel zwischen ihren Fingern, während sie runter und über den Hof schaute. Sie tauschte die Prepaidkarte gegen eine neue.

Zurzeit war es nicht möglich, ihren Kollegen bedingungslos zu vertrauen. Auch nicht Gaspard oder de Viliers. Es gab zu viele, die in einer Behörde mithörten, mitlasen, die andere belogen, benutzten. Sie konnte nicht wissen, ob Gaspard nicht längst unter Druck gesetzt wurde.

Nein. Sie musste Hilfe von der anderen Seite ihres Lebens einholen.

Langsam wählte Zadira eine Nummer, die sie seit ihrer Kindheit auswendig wusste. Er hatte sie ihr direkt ins Ohr diktiert, mit den Worten: »Ruf mich an, wenn du etwas von mir brauchst.«

Sie sah ihn vor sich, die Augen des traurigen, sanften Hundes. Er ging nach dem zehnten Mal dran.

»Ich bin's«, sagte Zadira. »Tareks Tochter.«

Da antwortete Ariel Cesari weich: »Kind. Ich habe auf deinen Anruf gewartet.«

23

Mazan stahl sich im Morgengrauen von Zadiras Seite. Sie hatte einen unruhigen Schlaf, stöhnte oft, wenn sie sich bewegte, weil ihre Wunde schmerzte. Doch das war nicht der Grund, weswegen es ihn nicht an ihrer Seite hielt. Der Grund war GriGri.

Im Haus war es ruhig, aus Tardieus Kammer kam kein Laut. Auch von den beiden Hunden, die in der Küche schliefen – Pellerine in ihrem Korb, Atos auf einer Decke –, war nichts zu hören. Mazan streckte sich ausgiebig und sprang dann auf das Fensterbrett. Er zwängte sich durch den Spalt, den Zadira extra für ihn offen gelassen hatte. Vom äußeren Fensterbrett aus studierte er erst einmal ausgiebig die Umgebung, filterte das überwältigende Kaleidoskop von Gerüchen und Geräuschen. Zwar achtete er dabei genauestens auf mögliche Gefahren, schließlich wollte er nicht noch einmal so überrascht werden wie am ersten Tag. Doch in erster Linie genoss er diese Stunde, wenn die Nacht ihre Herrschaft nach und nach aufgab, der Tag die seine noch nicht angetreten hatte und die Welt sich selbst gehörte.

Schließlich sprang er in den kleinen Gemüsegarten hinab, den Tardieu hinter dem Haus angelegt hatte. Durch die Kohlpflanzen nahm er den Weg, der ihn in den Wald führte. So blieb er in jedem Fall ungesehen, ungehört. Denn von dem, was er im Wald zu erledigen hatte, brauchte keiner seiner Freunde etwas zu wissen.

Vorsichtig und aufmerksam witternd bewegte Mazan sich in Richtung Felsen. Jeder Schritt trug ihn weiter in das Reich von GriGri.

Das Tier, das lautlos wie ein Schatten den Felsen über ihm erklommen hatte, war eine Katze gewesen, und doch keine Katze.

Mazan hatte die bedingungslose Wildheit dieses Wesens wahrgenommen. Seine Kraft wuchs aus den Felsen, der Erde, dem Wald. Und wie die Natur, in der es sich bewegte, kannte sein Wille keinen Zweifel. Es hatte ein graues Fell, war deutlich größer als Mazan, und sein Körper verfügte über eine Muskulatur, der Commissaire Mazan nicht das Geringste entgegenzusetzen hatte. Noch nie war er einer solchen Katze begegnet, und während er sich reflexartig in eine geduckte Verteidigungsstellung begeben hatte, war der Gedanke durch seinen Kopf gezuckt, dass er diese Begegnung nicht überleben würde.

Das Tier hatte auf ihn herabgeblickt, kalt, hart, unerbittlich. Es wusste mit Sicherheit, dass sein Opfer ihm nicht entkommen konnte.

Mazan konnte seinen Blick nicht von dem des Wildlings lösen. In seinen Augen sah er unendliche Freiheit, aber er nahm auch eine Einsamkeit wahr, die nicht wusste, dass es einen Namen für sie gab. Er sah Schmerz, Lust, Hunger, Jagd. Er erkannte die Unbedingheit eines Lebens, an dem er selbst einmal teilgenommen hatte. Aber nie in dieser Absolutheit.

Er sah ein Leben, in dem es keine Ruhe, keine Vertrautheit, keine Kissen gab. Er sah seine Träume auf eine grausame Art materialisiert.

War dies nicht die Welt, die er immer ersehnt hatte?

Wie oft hatte er sein bequemes Leben bei den Menschen verflucht? Und von einem Leben in Freiheit geträumt?

Nun, hier war es, dieses Leben. Und für diese Erkenntnis würde er sterben.

Mazan hatte sich bereitgemacht, um sein Leben zu kämpfen.

Da war etwas geschehen, was ihn über alle Maßen verblüffte.

Der Wildling reckte den Hals und fauchte heiser: »Gri! Gri!«

Mazan erreichte den Felsen ihrer ersten Begegnung, als an einem fernen Horizont erste Sonnenstrahlen das Grau der Dämmerung durchschnitten. Er sprang auf seinen Platz, der Felsen war kalt von der Nacht. Aber er duftete nach Katze. GriGri war hier gewesen.

Mazan witterte in alle Richtungen. Dann fand er ihn. Die Ohren mit den Haarbüscheln ragten hinter einem kleinen Strauch hervor. Mazan sprang vom Felsen. Sofort jagte GriGri los, in einer Geschwindigkeit, in der Mazan kaum folgen konnte. Mit einem Mal hielt er inne, duckte sich ins Laub. Mazan kopierte sein Verhalten in einigen Längen Entfernung.

GriGris Ohren zuckten, er hatte etwas erspäht. Eine kleine Feldmaus, die sich zu früh aus ihrem Loch gewagt hatte. GriGri spannte sich, etwas, was Mazan mehr fühlen als sehen konnte. Dann entlud sich die Spannung in einem einzigen, kraftvollen Satz. Die Maus hatte keine Chance.

GriGri leckte sich das Maul und bedachte Mazan mit diesem Blick grenzenloser Offenheit, der Frage und Aufforderung in einem war: *Jetzt du!*

Mazan brauchte wesentlich länger als GriGri. Doch dann geriet auch er in den Jagdmodus, in dem alle Sinne nur noch darauf ausgerichtet waren, Beute zu fangen. Bei ihm war es eine Amsel.

Mazan konzentrierte sich. Sah den Vogel, wie er pickte und aufschaute, pickte und aufschaute. Und die beiden Räuber im Gras nicht entdeckte. Mazan unterdrückte den Impuls, mit den Hinterläufen Kraft zu sammeln, indem er sich weichtrat. Er blieb so, wie er es bei GriGri gesehen hatte. Versetzte seinen Körper in Sprungspannung. Lud sich auf. Sah nur noch den Vogel.

Nein, nicht den Vogel.

Die Beute!

Dann, ohne dass er es bewusst entschied, schoss er vor, war reine Bewegung, war Jäger.

Seine Krallen fuhren in das Federkleid. Seine Reißer bohrten sich in ein noch schlagendes Herz.

Er spürte den Tod und den Triumph.

Als sein Rausch endete, lagen Federn vor ihm im Laub verstreut.

GriGri saß aufrecht einige Längen weiter und beobachtete ihn.

Was willst du von mir?, dachte Mazan.

Warum hast du mich nicht getötet?

GriGri traute sich nicht in die Nähe des Hauses. Das lag sicher auch an den Hunden, deren empfindliche Nasen den Wildling mühelos aufspüren würden. Der besaß zwar Fähigkeiten, die Commissaire Mazan zutiefst bewunderte, doch das geschickte Manipulieren von Hunden gehörte bestimmt nicht dazu. Und dass zumindest Atos mit Katzen nur spielen wollte, sah man ihm wirklich nicht an. Im Übrigen war GriGri keine Katze zum Spielen.

Und natürlich hatten Menschen Gewehre. Gewehre konnten auf große Distanz töten. Diese Erfahrung hatte Mazan auch gemacht. Dennoch schien es den Wildling immer wieder zum Hof von Tardieu zu ziehen. Mazan erwischte ihn dabei, wie er mit hochgerecktem Hals in die Richtung spähte, in der das Haus lag. Dann wurde er unruhig, schaute Mazan mit diesem wilden Blick an und fauchte mit schmerzlicher Dringlichkeit: »Gri! Gri!«

Was wollte er nur?

Um das herauszufinden, musste Mazan versuchen, ihm ein paar mehr Worte beizubringen. Die Gelegenheit ergab sich, als sie kurz darauf von einem Hang aus Zadira über eine Wiese gehen sahen. GriGris Ohren zuckten aufgeregt, er schien zwischen Neugier und Fluchtimpuls zu schwanken.

»Mensch«, sagte Mazan.

GriGri sah ihn an.

»Mensch«, wiederholte er.

GriGri mühte sich, fauchte, schüttelte den Kopf, schaute wieder zu Zadira, die sich langsam entfernte. Das machte ihn noch unruhiger. Was sah er in ihr? Unablässig wiederholte Mazan das Wort »Mensch«.

GriGri schaffte es, kurz bevor Zadira zwischen den Bäumen verschwand, den Ausdruck zu wiederholen. Leidlich.

»Chensch«, fauchte er.

Es war ein Anfang. Von da an versuchte Mazan GriGri ein paar einfache Begriffe zu lehren: *gut* und *schlecht, Gefahr, Hunger.* Es fiel dem Wildling nicht leicht, doch er schien daran sehr interessiert zu sein. Er beobachtete Mazan so intensiv, als wolle er die Laute von seinem Mund saugen.

Sie hockten voreinander, in einem Abstand von gut zwei Körperlängen. GriGri wurde nervös, wenn Mazan diese Distanz unterschritt. Mazan respektierte das.

Er freute sich, dass GriGri so lernfreudig war, doch er hatte das dringende Gefühl, dass er sich wieder um Zadira kümmern sollte. Ihre Verlorenheit, als sie über die Wiese ging, war selbst auf diese Distanz spürbar gewesen.

»Ich muss zurück«, erklärte er, wohl wissend, dass GriGri die Worte nicht verstand, aber die Geste und den Ton von nun an mit Abschied verbinden würde.

GriGri rührte sich nicht vom Fleck, sah ihm aber nach, als er den Hang hinablief. Gerade tauchte Zadira wieder zwischen den Bäumen auf, anscheinend wollte sie zum Haus zurückkehren. Als sie ihn erblickte, erhellte sich ihr düsterer Blick sofort. Das wiederum freute Mazan.

»Hey, du Rumtreiber, ich habe mir Sorgen um dich gemacht.«

Er strich ihr purrend um die Beine, während sie sich herabbeugte, um seinen Rücken zu kraulen. Etwas mühsam ließ sie sich im Gras nieder und verschränkte die Beine im Schneidersitz, sodass er auf ihren Schoß klettern konnte. Er hatte einen unwiderstehlichen Drang nach Nähe, und ihr schien es ebenso zu gehen.

»Ach, mein Commissaire«, sagte sie so weich, wie er es lange nicht von ihr gehört hatte. »Ich bin müde. Lass uns einen Moment ausruhen, ja?«

Natürlich, solange du willst.

Sie atmete heftig, als käme sie von einem dieser langen Läufe zurück, die sie sonst immer unternommen hatte. Doch diesmal war sie nur das Stück über die Wiese zum Wald gegangen.

»Es ist alles kaputtgegangen, all das Schöne, an das ich mich gewöhnen wollte.«

Unablässig strich ihre Hand über sein Fell, er wusste, dass es ihr mehr half als ihm.

»Die Liebe … mein Gott, ich hatte gerade angefangen, daran zu glauben. Ich habe sogar ein rotes Kleid angezogen, weißt du.«

Sie schaute auf ihn herab, ihr Blick ganz zart und unendlich traurig, und strich ihm über die Stirn. Ihre Worte und ihre Bewegungen woben einen Kokon aus Liebe und Trost.

»Es war mein erstes selbst gekauftes Kleid«, fuhr sie fort. Die Worte fielen einfach aus ihr heraus. »Und es ist zerrissen. So wie meine Träume.«

Sie schwieg, und er knetete ihren Bauch. Dass seine Krallen sie dabei ein wenig pikten, schien sie nicht zu stören.

»Manchmal wünschte ich, dass er einfach aus meinem Leben verschwinden würde«, sagte sie. Mazan wusste, dass sie von Jules sprach. »Und dann wieder sehne ich mich entsetzlich nach ihm. Es tut so weh, alles, alles tut weh.«

Ein sehr kleiner, sehr leiser Schluchzer entfuhr ihr. Er wusste, dass sie jetzt Zeit brauchte, um sich zu fangen. Und dass das Land und die Luft sie heilen würden. So blieben sie einfach im Gras sitzen.

»Wir können hier nicht ewig bleiben, *mon commissaire*«, sagte sie schließlich. »Bald müssen wir wieder zurück. Und ich weiß nicht, wie es dann weitergehen soll. Manchmal träume ich davon, mich für den Rest meines Lebens hier oben zu verstecken.«

Für den Rest ihres Lebens?

Mazan ließ diesen Gedanken durch seinen Kopf wandern. Würde er gern hier oben bleiben wollen?

Er hatte immer von der Freiheit geträumt oder, besser, von ihrer Verheißung. Mit der Zeit waren die Erinnerungen an die Entbehrungen kleiner geworden und die an die Abenteuer größer. Jetzt war er da, wo er immer hatte sein wollen. Und er war nicht mehr allein. Zadira war hier, und selbst wenn sie ging, gäbe es noch Tardieu und Pellerine. Würde er das wollen?

Schon während er sich diese Frage stellte, formte sich in ihm die Antwort: Nein!

Er würde Manon vermissen und Rocky und Oscar und all die anderen. Er würde die Kleinen vermissen. Vor allem aber würde er Zadira vermissen.

Und da dachte er mit einem Mal an GriGri.

Sein Blick wanderte zu dem Hang, wo er ihn zurückgelassen hatte. Auch diese Freundschaft würde enden, so wie die zu Camille, der blinden Katze, die ihm die Augen geöffnet hatte. Was sie wohl zu GriGri gesagt hätte?

Bei diesem Bild, die kluge, sanfte Camille und der wilde GriGri, kam ihm ein Gedanke.

Er spähte in das Dickicht am Hang, aber natürlich konnte er ihn nicht entdecken. Doch er war sicher, nein, er *wusste,* dass GriGri dort war. Dass er sie beobachtete, mit brennenden Augen. Er auf dem Schoß von Zadira, die sanft streichelnde Hand. Und er dachte an das, was Camille ihnen erzählt hatte. Von dem heiligen Pakt, den die Katzen einst mit den Menschen geschlossen hatten. Den die Menschen seither immer wieder brachen. Der aber immer noch gültig war.

Und da ahnte er, was GriGri von ihm wollte.

24

Es war so einfach, das Morphium zu lieben. Es war so einfach, wie Handschuhe anzuziehen, wenn im Luberon der erste Schnee fiel, so einfach, wie das Fenster zu öffnen, wenn der Frühling mildblau über die Scheibe streichelte.

Zadira liebte die Sanftheit des Gifts, das warm in ihren Adern pulste und ihren Körper weich, träge und frei machte. Frei von Schmerz. Frei von Bewegungslosigkeit. Es nahm auch die Angst, schloss die schwarze Grube im Bauch und entspannte die Atmung.

Die Abwesenheit von Angst war bei dem Mann, den sie gleich treffen würde, nicht klug. Aber man konnte nicht alles haben. Sie musste schmerzfrei sein, sonst hätte sie es nicht mal von Tardieus Berg hinuntergeschafft.

Die Schlaglöcher in dem Waldweg waren dank des Morphins keine Knochenbrecher mehr, und Zadira genoss sogar den Herbst, durch den Tardieu, die beiden Hunde und sie fuhren. Immer wieder eröffneten sich auf einmal unvermutete Ausblicke auf das Land unter ihnen, denen sich Tardieus Geländewagen entgegenschraubte. Weinfelder, abgeerntete Felder, in der Sonne wie helle Buttermilch aufleuchtende Dorfflecken. Ihre Gedanken ertränkten sich in der Weite.

Wäre sie ein glücklicherer Mensch, wenn sie hier aufgewachsen wäre? Dienst auf einem Hof, in einer Bäckerei, in der Stadtverwaltung beim Service Technique?

»Grünschnitt bitte dort, Baugenehmigungen bei Isabelle. *Bonjour*, Françoise, kann der Kleine schon laufen?«

Bis auf ein gelegentliches Ziehen, eine unbestimmte Sehnsucht nach mehr, nach Abenteuer würde sie nichts fühlen, nur Übersichtlichkeit. Schutz. Frieden. Wüsste sie den Frieden zu schätzen? Oder wäre sie frustriert von diesem übersichtlichen Dasein?

Als sie sich der Stadtgrenze von Carpentras näherten, jagte ihr Puls unvermittelt hoch. Auslöser war ein Polizeiwagen. Nur ein einfacher Polizeiwagen, der an einer Bäckerei stand, vermutlich kauften sich die Beamten zwei Baguettes mit Emmentaler und Kochschinken.

Genauso rasch kam die Wut. Wut, auf alle.

Auf Jules – wäre er nicht in Marseille, wäre sie jetzt nicht hier.

Auf Alain Gardère, der sie alle erst in diesen Schlamassel gebracht hatte, um sich dann, als es brenzlig wurde, nach Paris versetzen zu lassen.

Auf sich, dass ihr nicht einfiel, was an ihr so bedrohlich sein könnte, dass sich jemand einen Auftragskiller leistete.

Sie zog die alte Lederkappe tiefer ins Gesicht.

Tardieu hatte Zadira im Morgengrauen geholfen, ihren Arm mit einer Schlinge am Leib festzubinden, in jener leicht angeknickten Haltung, in der sie am meisten Erleichterung verspürte. Dann hatten sie gemeinsam den alten Bauernschrank auf dem staubigen, trockenen Dachboden unter dem Strohdach inspiziert, in dem Tardieu noch die Hemden und Hosen seines bei einem Steinschlag verstorbenen Winzervaters aufbewahrte. In dem blinden Spiegel einer Schminkkommode auf dem Dachboden sah Zadira mit dieser Kleidung und den hochgesteckten Haaren unter der alten Lederkappe wie ein italienischer Bauernjunge aus.

Seltsamerweise hatte Tardieu kein einziges Mal etwas gesagt wie: »Das ist eine dumme Idee«, oder: »Ich weiß nicht, was das bringen soll«, geschweige denn: »Da mache ich nicht mit.«

Sie hatte ihm, nachdem sie am Mittwochabend wieder von dem Berg heruntergekommen war, erklärt, sie wolle sich mit einem Mann treffen, der ihre Kindheit beherrscht hatte.

»Und was beherrscht er heute?«

»Halb Marseille.«

»Und wo wollen Sie sich treffen?«

»Hier nicht. Und ich sollte möglichst nicht aussehen wie ich.« Sie hatte auf die Zeitung mit ihrem Bild gezeigt.

Tardieu hatte kurz überlegt.

»Leider ist der Trüffelmarkt im Hôtel-Dieu in Carpentras erst ab Mitte November offiziell geöffnet. Da kommen Sie nur rein, wenn Sie eine Konzession der Bruderschaft haben, also registrierter Rabassier der Association Ventoux Truffes sind. Oder Gastronom, Hotelier oder Großhändler.«

Als Zadira fragend eine Augenbraue hob, erwiderte er: »Barzahlung. Niemals Quittungen. Was glauben Sie, wie entzückend das Finanzamt das findet?«

Er tätigte einen Anruf und gab Zadira dann die Adresse.

Jetzt waren sie da, an der Place Aristide Briand in Carpentras. Es war Freitag, regulärer Markttag. In den warmen Oktobertagen waren noch einige Touristen und Gourmands unterwegs.

Zadira schob die von Tardieu geliehene Sonnenbrille höher, als sie sich der Bar Le Club näherten. Sie befand sich direkt gegenüber dem Hôtel-Dieu, in dem die Bruderschaft der Trüffelbauern im November offiziell und mit großer Geste und Trüffelpredigt den Beginn der Saison und des Markts anpfeifen würde. Ja, pfeifen – mit einer Trillerpfeife des Bürgermeisters und einem pastoralen Grußwort auf Rodano, *»Buon mercato a tutti«*.

Le Club war das inoffizielle Hauptquartier der Vaucluser Trufficulteurs. Hier wurden von der Bruderschaft und dem Marktmeister an jedem Freitagmorgen die Richtpreise für die Trüffel festgelegt.

»Diskret, aber nicht geheim«, hatte Tardieu ihr erklärt. Winzige Zahlen auf blassen, gefalteten Zetteln, Wispern in ein Ohr. Jeder, den die Stammgäste nicht kannten, wurde argwöhnisch betrachtet, und es wurde in seiner Gegenwart möglichst kein Gespräch geführt.

»Gepflegte provenzalische Paranoia eben«, sagte Tardieu.

Aber es kamen selten Fremde in die Bar. Genau richtig für das Treffen. Die anderen Gäste würden sie in Ruhe lassen, und sollte Ariel eigene Leute dort haben, wären sie auf den ersten Blick zu identifizieren. Nein, die Bar selbst war kein Risiko. Das Risiko bestand darin, überhaupt in Carpentras aufzutauchen. Die meisten Polizisten dort kannten sie, und einem zweiten, genaueren Blick würde ihre Verkleidung nicht standhalten. Aber ohne Risiko ging es nicht, und es tat Zadira gut, wieder zu handeln.

Tardieu parkte ein Stück von der Bar entfernt.

»Ich warte hier«, sagte er.

Sie hatte ihm nicht lange erklären müssen, dass er nicht mitkommen durfte. Mit ihm an ihrer Seite wäre ihr Versteck für einen Verfolger leicht zu identifizieren. Jeder hier kannte Tardieu und wusste, wo er wohnte.

Auf dem Weg zur Bar achtete sie auf Männer, die auffällig unauffällig in Schaufenster starrten und gelangweilt in Autos saßen. Sie glaubte eigentlich nicht, dass Ariel sie reinlegen würde, aber sie konnte sich keinen Leichtsinn erlauben.

Einige der Gäste schauten auf, als sie die Bar betrat, widmeten sich aber sogleich wieder ihren leisen Gesprächen.

Neben dem dunklen Tresen mit den roten Ziervertäfelungen und der Front aus blank glänzenden Zapfhähnen, verglasten Kühlschränken und einer bulligen, breiten Kaffeemaschine stand eine Frau in schwarzer Servierschürze und ordnete polierend Besteck in eine Kirschholzkommode. Sie erwiderte Zadiras gemurmeltes *»bonjour«*.

Die Wand an der Längsseite war mit hellbraunem Chippendale-Leder versehen, davor Sitzbänke an Holztischen, die bereits für das Mittagsgeschäft eingedeckt waren. An einem Tisch im hinteren Teil, uneinsehbar von der Straße und ohne Gedeck, saß nur ein einziger Mann, über eine Zeitung gebeugt. Ein angebissenes Schokoladencroissant neben sich, ein kleines Glas Rotwein, ein verlängerter Kaffee.

Sein Haar war nicht mehr dunkel, sondern milchweiß, durchzogen von Edelstahlsträhnen. Er trug eine abgewetzte Joppe, eine Cordhose, ein fadenscheiniges, gestreiftes Hemd; er sah aus wie ein Mann vom Land, zufrieden alt geworden über seinem Tagwerk.

Als hätte er sie gespürt, sah er von seiner Lektüre auf.

Die Falten waren vom Messer der Zeit vertieft. Aber der dunkle, sanfte Hundeblick war immer noch da.

Ariel Cesari.

Zadira durchquerte langsam den Raum, und es war, als ginge sie auf der Straße der Zeit zurück.

Sie ließ sich ihm gegenüber nieder, darauf achtend, mit dem linken Arm nirgends anzustoßen.

Er nickte zum Gruß, sprach nicht, stippte das Croissant in den Rotwein, biss ab.

Sie hatte Zeit gehabt, nachzudenken. Ariel Cesari legte Wert auf Loyalität gegenüber seinen Freunden und seiner Familie. Irgendwo zwischen diesen beiden Gruppen stand sie. Aber er besaß auch einen ausgeprägten Geschäftssinn und Machtwillen. Sie wusste noch nicht, welche dieser beiden Seiten ihn zu diesem Treffen veranlasst hatte.

Cesari war im Laufe der vergangenen zwei Jahrzehnte in den Hintergrund und in eine mehr oder weniger legale Position gerückt. Er war so klug gewesen, den jungen Wölfen freiwillig Platz zu machen. So hatte er vermieden, dass diese das für ihn erledigten.

Zadira hatte diesen Ablöseprozess aufmerksam verfolgt. Es war nicht unbedingt eine Änderung zum Besseren gewesen.

Empathie und Menschlichkeit, so paradox diese Werte im Zusammenhang mit der Mafia klangen, waren bei den jungen Gangleadern quasi nicht mehr vorhanden.

Cesari war anders. Er besaß noch das antiquierte Ehrgefühl der Alten.

Er war andererseits immer noch ein Mann, dessen Aktivitäten und Kontakte Marseille prägten. Er wirkte in unsichtbaren Bahnen, so wenig sichtbar und präsent, wie man den Sauerstoff in der eigenen Blutbahn wahrnahm, und gleichzeitig genauso existenziell.

Zadira war sich bewusst, dass sie in der Welt des Übergangs zweier Epochen lebte. Noch waren es Paralleluniversen, doch bald würde die gerade gewesene Vergangenheit keinerlei Bedeutung mehr haben.

Ariel lehnte sich zurück und brach das Schweigen als Erster. Sie wertete es als kleinen Sieg. Albern, aber er war so jemand.

»Manchmal werde ich sentimental in solchen Dörfern«, begann er. »Dann wird mir klar, dass ich für etwas kämpfe und nie genau weiß, für was. Oder ist das romantisch? Haben die Männer der Scholle auch keine Ahnung?«

»Nicht die geringste«, sagte Zadira. Holte Luft.

»Ich muss dich um etwas bitten, Ariel.«

»Natürlich. Du kannst mich um alles bitten, Tareks Tochter.«

»Jetzt muss ich dich schon um zwei Dinge bitten.«

Er lächelte fein, nahm einen Schluck Kaffee.

»Und das wäre?«

»Nenn mich Zadira.«

»Nicht Tareks Tochter?«

»Ich bin nicht mehr das kleine Mädchen.«

»Aber mit wem rede ich jetzt – mit Tareks Tochter oder Lieutenant Matéo?«, sagte er leise.

»Du redest mit mir. Zadira.«

Die Serviererin kam an ihren Tisch, Zadira bestellte einen Kaffee. Als die Frau fort war, sprach Ariel weiter.

»Diese Bitte kann ich dir leicht erfüllen. Es tut mir leid, was dir geschehen ist, Zadira. Und was ist die zweite Bitte?«

Sie beobachtete ihn genau.

»Weißt du, wer dahintersteckt?«

Er schüttelte den Kopf.

»Ich habe meine Vermutungen, aber es ist zurzeit unklug, in dieser Sache Fragen zu stellen. Zumindest für mich.«

Das war bereits eine Antwort. Sie bedeutete zweierlei: dass sowohl die alte als auch die neue Mafia darin verstrickt war und nicht allein die BACs. Vielleicht hatten sie nicht mal direkt etwas damit zu tun!

Zadiras Herz schlug schneller. Auf eine verquere Weise war sie erleichtert, dass es nicht zwingend ihre Kollegen waren.

Aber … wer dann? Und mit welchem Zweck?

Ariel beugte sich vor. »Ich wusste nichts davon, du hast mein Wort. Sonst hätte ich es verhindert.«

»Hättest du es denn verhindern können?«

»Wer weiß«, sagte er. »Geld kann vieles bewirken. Es geht immer um Geld.«

Auch das sprach dafür, dass der lange Arm der Mafia sich bis nach Mazan gestreckt hatte.

Aber warum? Warum nur?

»Auch du gehst gerade ein Risiko ein, Ariel. Warum?«

»Um dir zu helfen, Zadira. Sag mir, was ich für dich tun kann. Was ist deine zweite Bitte? Kann ich sie ebenso leicht erfüllen wie die erste?«

»Vermutlich nicht.«

Ariel würde niemals selbstlos helfen. Aber sie musste es riskieren.

»Jules Parceval«, begann Zadira. »Wieso hast du ihm Monet geschickt?«

Es war ein Schuss ins Blaue. Und er traf.

Ariel Cesari wiegte den Kopf. »Es war mir nützlich.« Dann kniff er die Augen zusammen. »Moment. Du wusstest gar nicht, dass ich Monet …«

Sie zuckte mit der rechten Achsel, spürte trotzdem den Schmerz in der linken. Lichtete sich der Nebel des Morphins etwa schon?

»Bis eben nicht. Jetzt ja.«

Er lächelte. »Du hast viel gelernt …«

»… in nur knapp vierundzwanzig Jahren. Ja. Das ließ sich nicht vermeiden.«

Sein Lächeln erwärmte sich. »Ich hätte dich gern bei mir gehabt, das weißt du«, sagte er. »Du hättest viel erreichen können.«

»Nimm's mir nicht übel, aber ein Leben in Freiheit ist mir lieber.«

»Freiheit? Du meinst das hier? Fast erschossen zu werden, heimliche Treffen in Provinzkneipen?«

Die Serviererin brachte den Kaffee, Zadira nippte.

»Jules Parceval«, sagte sie leise, um Ariel zum Thema zurückzuführen. »Warum hast du ihm Monet geschickt?«

»Sagen wir es mal so, Zadira: Ich habe großes Vergnügen daran, unsere Justiz hier und da zu behindern. Um sie daran zu erinnern, dass sie nicht die einzigen Herren der Stadt sind. Außerdem wusste ich, dass Monsieur le Docteur dir etwas bedeutet.«

»Du wusstest das? Woher?«

»Ich habe dich nie ganz aus den Augen verloren, Kleines. Das war in diesem Sommer auch nicht schwierig. Du hast einigen Dreck aufgerührt in dem kleinen beschaulichen Mazan. Und auf einmal taucht da ein gut aussehender Kerl auf, der ziemlich unangenehme Fragen stellt. Ich nehme eine leichte Unruhe in meinen Kreisen wahr, ich erkundige mich – und stelle fest, dass er Tierarzt in Mazan ist! Ein verliebter Tierarzt aus Mazan, der an deiner Seite war an jenem Morgen.«

Sie ging darauf nicht ein. Es tat weh, daran zu denken.

An den Anfang, der nur wenige Stunden gedauert hatte.

Ariels Andeutungen zufolge war ein Teil der Mafia beteiligt. Aber welcher? Und warum? Die konnten alle möglichen Gründe haben. Sie konnten sogar jemandem einen Gefallen tun wollen. So war das in Marseille; viele Verbrechen wurden über die Bande gespielt. Tun wir dir heute einen Gefallen und töten eine Polizistin, denkst du in ein, zwei Jahren an uns und hilfst uns bei einer anderen Sache. Kausale Zusammenhänge waren selten direkt herzustellen.

Ariel betrachtete sie nachdenklich. Er schien einen Entschluss zu fassen.

»Kind, pardon: Zadira, was glaubst du, was dich zu einer Zielperson gemacht hat?«

»Ich hatte gehofft, du könntest mir das sagen.«

Ariel schien enttäuscht. Hatte er sich deswegen mit ihr treffen wollen? Um herauszufinden, was sie wusste?

Was hatte er gerade gesagt?

Es geht immer um Geld.

Lag es am nachlassenden Morphin, dass sie auf einmal unendlich frustriert war? Sie lehnte sich in ihrem Stuhl zurück – und schrak zusammen. Die Bewegung neben ihr war zu plötzlich, sie wollte zurückweichen, aber war zu langsam. Der Mann touchierte mit dem Oberschenkel die Spitze ihres Ellbogens. Der Schmerz schoss in ihr Gehirn.

»Entschuldigung«, murmelte der Fremde und ging weiter.

Es war ein normaler Gast, die Berührung ein Versehen.

Zadira klammerte sich mit der rechten Hand an die Tischkante, um nicht aufzustöhnen. Atmete ganz flach. In ihrem Kopf sang es. Sie spürte Ariels besorgten Blick und wusste, dass er ihre Not erkannte.

Als sie wieder atmen konnte, griff sie nach der Kaffeetasse. Ihre Hand zitterte. Sie begegnete Ariels Blick, sah Mitgefühl darin.

»Irgendwann werden sie dich finden«, sagte er sehr leise. »Der Mann, den sie auf dich angesetzt haben, man kann ihn nicht aufhalten.«

»Warum nicht?«

»Er ist Korse.«

Es klang beinah stolz, aber Zadira wusste, was er meinte. Ein Korse stand immer zu seinem Wort. Dann fiel ihr etwas ein.

»Moment. *Der* Korse?« Wollte Ariel ihr etwa sagen, dass diese Sagengestalt tatsächlich existent war? Vielleicht verbarg sich ein Syndikat dahinter, vielleicht eine einzelne Person, vielleicht nur ein Schattenriese.

»Wer ist er?«

Ariel sah auf seine Hände hinab. Schwarze Flecken auf den Fingern.

»Niemand weiß es. Vor ein paar Jahren zog er sich zurück. Nutzt heute die Möglichkeiten des Internets. Aber es gibt auch jenseits davon jemanden, den bestimmte Leute kontaktieren können, wenn sie dem Korsen Nachrichten übermitteln wollen.«

»Bestimmte Leute? Wer?«

»Solche, die Vertrauen genießen, Zadira. Der Name der Kontaktperson wird nur an die gegeben, denen man absolut vertraut – oder vertrauen muss. Nicht mal Monet kennt die Person.«

»Bitte, Ariel. Vertraust du mir? Wenn nicht, brauchen wir nicht weiterzureden. Nie mehr.«

»Zadira, ich kann dir den Namen nicht sagen, ohne dass es mich in Gefahr bringt!«

Sie nickte knapp. Wartete.

»Es ist … eine Frau.«

»Seine Geliebte?«

»Nein. Sie arbeitet schon seit zwanzig Jahren für ihn, und sie steht unter seinem Schutz. Ich werde sehen, was ich tun kann. Vielleicht hört ein Korse auf den anderen. Vielleicht kann ich ihm auch etwas anbieten.«

Etwas anbieten? Wollte Ariel sie auslösen?

Danach stünde sie in seiner Schuld. Tief. Sehr, sehr tief.

Ein Angebot, das sie unter normalen Umständen abgelehnt hätte. Jetzt erhöhte sie den Preis.

»Jules Parceval. Ihm darf auch nichts passieren.«

Sie sagte es so klar und deutlich wie möglich, dabei schaute sie Ariel fest in die Augen.

»Ich werde mein Möglichstes tun, Zadira, aber ich habe natürlich keinerlei Einfluss auf die BACs oder …«

Die kleine Pause signalisierte ihr, dass er jetzt den Preis nennen würde. Sie lehnte sich zurück, achtete darauf, nicht wieder angerempelt zu werden.

»… oder auf meine Nachfolger, die sich meine Rente schneller herbeiwünschen als ich. Meine Möglichkeiten sind begrenzt. Wenn ich aber wüsste, warum du wem so unangenehm bist, könnte ich mehr erreichen.«

Sie verstand.

»Und wenn es mir einfällt …«

»… sag es mir. Nur mir. Für eine gewisse Zeit.«

Als sie zehn Minuten später, langsam und mit einigen Umwegen, durch die Gassen Carpentras' zu Tardieu zurückging, dachte Zadira daran, in welch verrückter Situation sie war.

Die einen wollten sie umbringen wegen ihres Wissens.

Die anderen schützten genau deswegen ihr Leben.

Und sie wusste nicht einmal, worum es ging.

Es war beinah zum Lachen.

25

Ich habe den Tod kennengelernt, als ich zwölf war.

Er hatte einen Schnurrbart und darunter ein grimmiges Lächeln. Als ich ihn sah, wusste ich noch nicht, dass er der Tod war. Das begriff ich erst eine Stunde später, als die kleine Werkstatt meines Vaters, aus der ich den Tod hatte kommen sehen, explodierte.

Kurz nachdem mein Vater sie betreten hatte.

Du denkst, dein Vater wurde ermordet, Zadira. Du hast seinen gewaltsamen Tod nie vergessen und suchst seitdem nach den Schuldigen.

Du suchst vergeblich.

Niemand wollte deinen Vater töten. Er war einfach zur falschen Zeit am falschen Ort. So etwas passiert jeden Tag, man nennt es Zufall. Oder Pech.

Dass mein Vater starb, war kein Pech.

Und ich wusste, wo ich nach dem Schuldigen suchen musste.

Mein Vater hat für die Freiheit Korsikas gekämpft. Und natürlich war er deswegen in der FLNC, der korsischen Freiheitsbewegung. Als die Franzosen ihm auf die Spur kamen, floh er mit uns nach Marseille. Dass längst ein Kopfgeld auf ihn ausgesetzt war, wusste er nicht.

Niemand verdächtigte mich, als ich mich auf die Suche nach dem Mann mit dem Schnurrbart machte. Als ich ihn schließlich tötete, war ich neunzehn. Er selbst hatte mich das Handwerk des Tötens gelehrt.

Seinen staunenden Blick, als ich die Waffe auf sein Herz richtete, sehe ich noch heute.

»Warum?«, fragte er.

»Für Armand«, sagte ich, »dessen Herz Korsika gehörte.«

Er starb, ohne zu begreifen.

Ich dachte, dass ich danach Frieden finden würde. Aber Frieden ist eine Lüge, mit der die dummen Menschen getäuscht werden. Es gibt keinen Frieden, nicht für mich und nicht für dich.

Meine Mission ist noch nicht beendet. Was wirst du für mich sein, Zadira? Hilfe oder Hindernis?

Der Moment wird kommen, wo ich dich vor die Wahl stelle. Wir können dieses ganze vergiftete System zerschlagen. Wir tragen den gleichen Hass im Herzen. Der Tod deines Vaters war eine verirrte Kugel. Aber die Waffe lag in der Hand eines korrupten Polizisten.

Ich kenne den fauligen Sumpf, der sich Marseille nennt. Ich weiß, wo ich hineinstechen muss, um alles wie eine Eiterbeule aufplatzen zu lassen. Lass uns gemeinsam diese Pest ausrotten.

Doch wenn nicht …

Stelle dich mir nicht in den Weg, Zadira! Sonst müsste ich dir endgültig den Todeskuss geben.

Ich bin dir so nah. Fühlst du mich schon?

Ach übrigens, dein Geliebter ist in der Stadt. Er sucht mich. Ich will ihn nicht töten, Zadira. Aber er darf mir nicht zu nahe kommen.

Es ist gefährlich, den Korsen zu suchen.

26

Das Problem waren die Hunde. Mazan musste aufpassen, dass sie ihm nicht folgten, wenn er in den Wald lief, um sich mit GriGri zu treffen. Vor allem Atos rannte ihm begeistert hinterher, stets bereit für ein Abenteuer. Pellerine folgte, wenn sie nicht von Tardieu zurückgepfiffen wurde. Aber schon *ein* Hund, vor allem so ein großer Tölpel wie Atos, reichte aus, dass GriGri nicht aus seiner Deckung kam. Darum versuchte Mazan, immer möglichst ungesehen vom Hof zu kommen. Das war diesmal problemlos möglich.

Zadira war mit Tardieu und den Hunden fortgefahren. Vorher hatte sie Commissaire Mazan versichert, dass sie bald wiederkommen würde. Das beruhigte ihn, außerdem hatte sie ihm Thunfischpastete versprochen. Dafür würde er fast alles tun. Auf alle Fälle hatte ihn ihr Ausflug auf eine Idee gebracht.

Während er den Weg zu den Felsen hochlief, dachte er daran, wie sehr es GriGri immer zum Haus zog, wie er dann aber stets wieder davor zurückzuckte. Jedes Mal, wenn Mazan sich von ihm verabschiedete, hatte der Wildling ihn ein Stück weiter begleitet, bis ihn ein fernes Bellen vertrieb. Diesmal aber würde es kein Bellen geben.

GriGri erwartete ihn bereits auf dem Weg. Unruhig und ungeduldig wie immer.

»Gri Gri!«, machte er.

»Freund«, sagte Mazan, setzte sich ihm gegenüber und blinzelte freundlich.

»Frrreund«, wiederholte GriGri.

Eine Zeit lang saßen sie nur da, verständigten sich mit Gesten der Friedfertigkeit und den wenigen Worten, die GriGri gelernt hatte. Dann erhob sich Mazan.

»Haus«, sagte er und schaute in die Richtung, in der der Hof lag.

GriGri hatte die Ohren gespitzt.

»Chaus«, wiederholte er etwas unbeholfen.

Mazan lief ein paar Schritte, wiederholte das Wort: »Haus« und wartete, bis der Wildling ihm folgte. So bewegten sie sich Stück für Stück vorwärts. GriGri wurde immer unruhiger und immer wachsamer. Unablässig witterte er in die Luft, suchte argwöhnisch nach den Geräuschen und Gerüchen der Gefahr. Und jedes Mal trieb Mazan ihn mit einem »Haus« weiter.

Mazan wusste nicht, was genau GriGri wollte. Aber als er bei Zadira auf der Wiese gewesen war und mit einem Mal wusste, dass GriGri sie vom Hang aus beobachtete, da hatte er sich in seine Vergangenheit versetzt gefühlt.

Auch er hatte einmal mit brennender Sehnsucht von einem Versteck aus etwas beobachtet, was ihm als die Erfüllung aller Wünsche erschienen war: eine Stadt mit goldenen Dächern, mit freundlichen Menschen und voller Katzen.

Es war dann nicht ganz so gelaufen, wie er sich das erträumt hatte. Aber am Ende hatte er ein Zuhause gefunden. Wenn GriGri, so wie er einst, ein Zuhause suchte, dann würde er ihm dabei helfen.

Dennoch blieben Zweifel. Mazan hatte schon als junge Katze bei den Menschen gelebt. Er kannte sowohl ihre

Freundlichkeit als auch ihre Grausamkeit. GriGri hingegen war nie eine Hauskatze gewesen. Und er würde es nie werden.

Aber sie konnten es wenigstens versuchen. Tardieu war jedenfalls kein böser Mensch.

Mazan stellte sich vor, wie es wäre, hier in den Bergen mit Zadira bei Tardieu zu leben. Ein Leben zwischen der Wildnis und der Geborgenheit eines Zuhauses. Für ihn wäre es ideal. Er musste allerdings noch irgendwie Manon und die Kleinen hierherschaffen. Und Rocky. Und Oscar. Und Louise natürlich und selbst den dauerquasselnden Orangino. Und …

Er sah ein, dass das unmöglich war, beides zu haben, beide Welten gleichzeitig, das ging einfach nicht.

Es war am besten, wenn er die Zeit hier oben in vollen Zügen genoss. Und wenn Zadira wieder gesund und die Gefahr, in der sie schwebte, vorbei war, sollten sie wieder in die Stadt zurückgehen. Vielleicht konnten sie ja ab und zu mal einen Ausflug machen.

Als sie schließlich zwischen den Bäumen das Haus von Tardieu auftauchen sahen, war GriGri in einem Zustand höchster Erregung. Seine Ohren zuckten unablässig, sein Schwanz peitschte über das Gras.

Mazan gab sich alle Mühe, ihn mit seiner entspannten Haltung zu beruhigen. Er wusste, dass sie das Auto rechtzeitig hören würden und genug Zeit hätten, wieder im Wald zu verschwinden. GriGri hingegen musste gegen alle seine Instinkte ankämpfen.

Wieder ging Mazan ein paar Schritte vor, bis auf den Hof. Dort setzte er sich hin und begann, sich in aller Ruhe zu putzen, damit sein neuer Freund Zeit hatte, die Szenerie zu inspizieren. Als er sich aber nach einer Weile nach Gri-

Gri umschaute, war der verschwunden. Schon wollte Mazan enttäuscht in den Wald zurücklaufen, um ihn zu suchen, als er eine Bewegung bemerkte.

Von Mazan ungesehen, hatte GriGri sich seitlich im Schutz der Büsche, dann entlang des länglichen Holzkastens, aus dem üppige Blumen wucherten, bis fast an den Tisch vor dem Eingang des Hauses herangeschlichen.

Mazan näherte sich ihm gemächlich. GriGri schnupperte an der Bank, auf der Zadira oft saß, manchmal mit Tardieu. Selbst Mazan konnte die Spuren der beiden Menschen noch erkennen, ein sanftes rotes Glühen und eine kräftig erdbraune Spur. GriGris Sinne waren mit Sicherheit noch feiner.

Jetzt wünschte Mazan sich Camille herbei, die blinde Katze. Sie hätte GriGri alles lehren können, was er brauchte. Mazan beschloss, so wie sie zu denken.

GriGri entdeckte gerade die kleine Schale neben der Tür, in der Zadira oder auch Tardieu Mazan sein Futter servierten. Sie war natürlich sauber leer geschleckt, denn was er nicht fraß, verputzten die Hunde. Dennoch gab es an diesem Napf sicherlich reichlich zu lesen für GriGris feine Sinne.

»Futter«, sagte Mazan, um auch diesen Eindrücken ein Wort zu geben.

GriGri versuchte es, aber diesmal misslang es komplett.

Mazan ließ dem Wildling Zeit, sich weiter vorzutasten. Eine Schaufel, ein Besen konnte ihn minutenlang bannen. Doch bei alldem entging Mazan nicht, dass er immer wieder um die offene Tür des Hauses herumschlich. Würde er es schaffen, die Schwelle zu übertreten?

Mazan beschloss, ihm die Entscheidung zu erleichtern. Er spazierte ins Haus, wartete dort einen Moment und spazierte ebenso ruhig wieder hinaus. GriGri beobachtete ihn mit großen Augen. Mazan wiederholte seine Übung, wartete aber diesmal im Eingang, damit GriGri ihm folgte. Der wilde Kater näherte sich vorsichtig.

Er schnupperte an den Türpfosten, sah Mazan an, spähte ins Haus, setzte vorsichtig ein paar Tatzenschritte ins Innere und erstarrte.

Mazan spürte seinen Schrecken und versuchte herauszufinden, was ihn davon abhielt, weiterzugehen. War es der geschlossene Raum? Bestimmt. Aber zugleich – und das fiel ihm erst jetzt auf – roch das Haus durchdringend nach Hund!

Natürlich, Pellerines Korb, Atos' Decke, er selbst hatte sich längst daran gewöhnt. Doch GriGri wich zurück. Es war eine Instinktreaktion, gegen die der Kater nicht ankam.

Okay, dachte Mazan, die Hunde sind ein echtes Problem.

Er folgte GriGri nach draußen, um seine Anspannung zu mindern. Und um ihn abzulenken. Vielleicht wäre es eine Hilfe, wenn sie das Haus umrundeten.

Gemeinsam erkundeten sie den kleinen Stall, die offene Remise. Sie kamen an dem Hühnerkäfig vorbei, was einige Aufregung verursachte, sowohl bei den Hühnern als auch bei GriGri. Nur widerstrebend ließ er sich weiterführen.

Schließlich landeten sie auf der hinteren Seite des Hauses, beim Gemüsegarten. Mazan hatte eine Idee. Er führte GriGri zu dem Fenster, das zu Zadiras Schlafzimmer gehörte. Es stand wie immer einen Spaltbreit offen. Mit einem Satz sprang er auf die Fensterbank. GriGri blieb unten sitzen und peitschte mit dem Schwanz.

Na komm, dachte Mazan, trau dich!

Der Sprung, der den Wildling an Mazans Seite brachte, war so kraftvoll wie ein Angriff. Zum ersten Mal saßen sie einander auf so kurzer Distanz gegenüber. Mazan durchzuckte der Gedanke, dass ein einziger Hieb ihn von der Fensterbank fegen würde.

Doch GriGri sah ihn nur ruhig an.

Kein Blinzeln, keine Ausweichgesten. Kein verlegenes Putzen, kein scheinbar abgewandtes Desinteresse. Ohne den Schutz dieser zwischen Katzen üblichen Mechanismen fühlte Mazan sich nackt.

GriGri ertrug diesen quälenden Moment stoisch. Es schien, als sei dieser Platz auf einer Fensterbank am hintersten Teil des Hauses genau der Ort, an den er hatte gelangen wollen. Er beugte sich zu dem Spalt, schnupperte hinein. Wich zurück, aber nicht aus Furcht, sondern so, als ob er eine Entscheidung zu treffen hätte.

Und er traf sie.

Mit einer geschmeidigen Bewegung sprang GriGri in den Raum. Mazan folgte ihm.

Er beobachtete, wie GriGri sich durch das Zimmer schnupperte. Zadiras Tasche, der alte Schrank, der kleine Tisch, an dem sie manchmal saß und aus dem Fenster schaute. Schließlich ihr Bett.

Hatte GriGri schon mal ein Bett gesehen?

Mazan bezweifelte es. Der Wildling umschlich es vorsichtig, als sei es etwas Gefährliches. Inspizierte die Bettwäsche, schaute darunter. Es dauerte, bevor er es wagte, draufzuspringen. Schließlich aber drückte er seine den Wald und den harten Fels gewohnten Tatzen zum ersten Mal in den weichen Stoff einer Bettdecke.

So muss ich ausgesehen haben, als ich das erste Mal Thunfischpastete gekostet habe, dachte Mazan fasziniert.

GriGri knetete sich wie ein verliebter Kater in die Bettwäsche von Zadira.

»Frrreund«, purrte er mit Blick auf Mazan.

Es war keine Frage. Trotzdem sagte Mazan: »Ja. Freund!«

Sie verließen das Haus und den Hof von Tardieu, noch bevor das Geräusch eines herannahenden Autos sie vertreiben konnte. Sie verließen es gemächlich, durch die Stauden der Kohlpflanzen, die auf ihre Ernte warteten.

Nie zuvor hatte Mazan GriGri so entspannt erlebt. Der Wildling wirkte zufrieden, aber auch in sich gekehrt. Mazan ließ ihn in Ruhe, ihm war klar, dass GriGri über einiges nachdenken musste. Vielleicht entging ihnen deswegen beiden die Gefahr.

Trotzdem war es natürlich zuerst GriGri, der die Veränderung wahrnahm.

Sie hatten gerade den Wald erreicht. Mazan wollte mit seinem neuen Kumpel noch ein wenig die Gegend durchstreifen oder vielleicht einfach nur die Zeit verstreichen lassen. Da hielt GriGri mit einem Mal inne. Die Ohren zuckten, die Schnurrhaare vibrierten. Mazan begriff sofort. Im Wald war etwas, was dort nicht hingehörte.

GriGri machte Anstalten, der unbekannten Gefahr auszuweichen. Doch Mazan bewegte sich wachsam in die Richtung, aus der der Wildling etwas wahrgenommen hatte. Zögernd folgte ihm GriGri.

Kurz darauf vernahm er ebenfalls Geräusche, ein leises Klicken, jemand atmete tief ein. Jetzt blieb GriGri zurück. Mazan tastete sich vorsichtig weiter. Er nahm den Geruch von Rauch wahr, ähnlich jenem, den Blandine mit ihren weißen Qualmstäbchen zu verbreiten pflegte. Dann entdeckte er den Mann.

Er lehnte an einem Baum und schaute durch eine Lücke im Wald zum Haus hinunter.

Mazan begriff, was das zu bedeuten hatte.

Sie werden es wieder versuchen, hatte Jules gesagt und damit die Leute gemeint, die versucht hatten, Zadira zu töten.

Sie hatten sie gefunden!

27

Das Taxi hielt an derselben Stelle wie beim letzten Mal. Jules schaute den Weg hoch, der zu dem Hochhaus führte, in dessen Eingangshalle Bertrand ermordet worden war.

Zwei Schüsse ins Herz.

Der Korse. Das hatte Bertrand ihm gesagt.

Der Korse sei eine Legende, hatte Khaled gemeint, als Jules ihn danach fragte. Er sei so etwas wie der schwarze Mann. Man sagt, der schwarze Mann kommt, und die Kinder gehorchen. So mache die Mafia das mit dem Korsen.

»Ich glaube, es gibt gar keinen Korsen. Das sind ihre verdammten Killer. Die erledigen ihre Jobs, und hinterher raunt es in der Presse: der Korse.«

»Und die zwei Schüsse ins Herz?«

»Wenn ich dir zweimal ins Herz schieße, bin ich dann der Korse?«

Khaled erklärte ihm alles. Seine Sicht auf Marseille war so klar und hart wie der Mistral.

»Vor ein paar Wochen wurde in den *quartiers nord* ein Dealer erschossen. Das war am selben Abend in den Nachrichten und am nächsten Tag in allen Zeitungen. Ebenfalls an dem Tag hat in Chalon-sur-Saône ein Typ seine Frau und die drei Kinder umgebracht. Darüber wurde nichts berichtet. Verstehst du, Mann? Passiert etwas in

Marseille, fällt sofort der Hammer: Verbrecherhauptstadt.«

Jules öffnete die Tür und wollte gerade aussteigen, da legte Khaled ihm eine Hand auf den Arm.

»Soll ich schauen, ob die Luft rein ist?«

Jules schüttelte den Kopf, er wollte nicht, dass Khaled sich für ihn exponierte. Der gebürtige Algerier mit französischem Pass tat schon genug für ihn.

Nachdem Khaled fortgefahren war, schlenderte Jules gemächlich den Weg hoch. Dabei beobachtete er sorgfältig seine Umgebung. Zwar war es unwahrscheinlich, dass Polizisten vor dem Haus postiert waren. Doch er konnte sich keine Unvorsichtigkeit erlauben. Wenn die Polizei ihn erneut am Tatort vorfand, würde ihn vermutlich auch Monet nicht mehr rausholen können.

Tatsächlich war niemand vor dem Haus zu sehen, nicht einmal ein Chouf. Das hatte Khaled schon vermutet: »Das Haus ist verbrannt. Aber nur für eine Woche. Dann gehen die Geschäfte weiter.«

Darum hatte Jules sich entschieden, am Freitagnachmittag hierherzukommen.

Der Halle hinter der Eingangstür war nicht mehr anzusehen, dass hier ein Mensch erschossen worden war. Kein Blutfleck, kein Absperrband. Dennoch berührte es Jules, an dem Platz zu stehen, an dem Bertrand seinem Mörder begegnet war.

Er nahm trotz einiger Zweifel den Fahrstuhl, sechzehn Stockwerke waren ihm dann doch ein zu ambitioniertes Sportprogramm.

Schließlich stand er vor der Tür.

Appartement 1604.

Jules drückte auf den Klingelknopf. Als sich nichts tat,

klopfte er. Kurz darauf meinte er, ein Geräusch zu hören, und eine Bewegung hinter dem Türspion verriet ihm, dass ihn jemand inspizierte.

»Was wollen Sie?«, rief eine Frau durch die geschlossene Tür.

»Mein Name ist Jules Parceval. Bertrand hat vorgeschlagen, dass wir miteinander reden.«

Schweigen. Dann: »Bertrand ist tot.«

»Ich weiß«, sagte Jules, leiser als zuvor, aber noch so laut, dass sie ihn hören konnte.

Einige Sekunden verstrichen. Bis sich ein Schloss drehte, danach ein zweites. Die Tür öffnete sich einen Spalt, die Kette, mit der sie versperrt war, machte einen sehr robusten Eindruck. Ein dunkles Auge betrachtete ihn, darüber schwarze, kurze Haare.

»Warum sollte ich mit Ihnen sprechen?«, fragte die Frau leise.

»Ich weiß es nicht. Ich bin in Marseille wegen der Frau, die ich liebe. Sie heißt Zadira. Zadira Matéo.«

Die Frau musterte ihn misstrauisch.

Jules hatte lange darüber nachgedacht, was es mit ihr auf sich haben könnte. War sie Bertrand vielleicht in irgendeiner Weise verpflichtet gewesen? In dem Fall wäre sie jetzt davon entbunden, und die Tür würde vermutlich wieder zufallen.

Die Tür fiel zu.

Dann rutschte die Kette aus der Halterung, und die Frau öffnete.

»Kommen Sie herein. Ich bin Rabea.«

Sie war schlank, Jules schätzte sie auf vierzig, aber sie machte den Eindruck, früh gealtert zu sein. Ihre Mundwinkel waren nach unten gezogen und ihre Augen von dunklen Schatten umrandet. Sie zeigte Jules die Richtung durch den kleinen Flur. Er betrat ein Wohnzimmer mit braunen Polstermöbeln und Flachbildschirm. Rabea folgte ihm, immer noch mit misstrauischem Blick, bot ihm Platz an und fragte, ob er einen Mokka wolle.

»Gern.«

Während sie sich in der durch einen Durchgang einsehbaren Küche zu schaffen machte, schaute Jules sich um. Die Einrichtung war sehr schlicht, die Möbel waren alt und die Polster durchgesessen. Aber es wirkte nicht verwahrlost. Es war der Haushalt einer Frau, die sorgfältig mit den Dingen umging. In einer kleinen Vase auf einem Seitentisch steckten sogar ein paar weiße Rosen. Dann erst fielen ihm die Fotos auf.

Eines stand neben der Vase, die anderen hingen an der Wand über dem Tisch. Sie zeigten einen Jungen, als Kind und als Teenager. Auf einem war eine jüngere Rabea zu sehen, der mittlerweile etwa Sechzehnjährige hatte einen Arm um sie gelegt. Er war attraktiv, sogar hübsch, mit einem schlanken, fast zarten Körper. Rabea hatte ein trauriges Lächeln, dennoch schien sie stolz auf den Jungen, der nur ihr Sohn sein konnte.

Jules stellte fest, dass es kein Bild gab, auf dem er älter war als auf dem mit seiner Mutter.

Rabea servierte den Kaffee in hübschen, kleinen Tassen mit arabischen Mustern. Jules nahm einen Schluck, heiß, schwarz, stark, süß. Dann wies er auf die Wand mit den Fotos.

»Ihr Sohn?«

Ein Schatten glitt über ihr Gesicht. Schmerz, Trauer. Zorn?

»Das ist Faruk«, flüsterte sie.

Faruk.

Es dauerte einen Moment, bis Jules einfiel, wo er den Namen gehört hatte. Bertrand hatte ihn kurz erwähnt. Faruk war der Junge, dessen von den BACs beschlagnahmte

Zigaretten nie in der Asservatenkammer angekommen waren. Im Prinzip hatte diese kleine Information dafür gesorgt, dass erst Bertrand und dann der IGPN sich um die BACs des Nordens kümmerten.

Rabeas Reaktion ließ Jules Schlimmes vermuten.

»Ist er …?«

Sie nickte, schluckte und presste die Lippen zusammen.

Sie stand auf, holte aus der Schublade des Tisches einen Zeitungsartikel und reichte ihn Jules. Er war von 2008, das Foto zeigte ein ausgebranntes Auto. In dem Artikel stand, dass das Fahrzeug in den Bergen von Niolon gefunden worden war. Die Leiche darin wurde als der sechzehnjährige Faruk N. identifiziert.

»Das ist furchtbar«, flüsterte Jules.

Rabeas Augen wirkten unendlich verletzt.

»Wie geht es Lieutenant Matéo?«, fragte sie nach einer Weile.

»Sie wird überleben«, antwortete Jules. »Aber sie hat sich versteckt.«

»Daran tut sie gut«, bemerkte Rabea bitter.

»Kennen Sie sie gut?«

»Ja, aber erst richtig, nachdem …«, sie unterbrach sich, nahm Anlauf, knetete die Hände, »… nachdem er gestorben war.«

Jules blieb ganz still. Ließ ihr Zeit.

Rabea fasste sich und fuhr fort: »Faruk hatte vorher oft von ihr gesprochen. Die Matéo, die ist in Ordnung, hat er gesagt. Eine von uns, die es geschafft hat. Die aber nicht vergessen hat, wo sie herkommt. Sie verurteilt mich nicht für das, was ich bin oder tue.«

Rabea sah auf. »Seltsam, nicht? Wünschen wir uns nicht alle jemanden, der uns nimmt, wie wir sind?«

»Ja«, antwortete er leise. Er konnte sich genau vorstellen, wie es war, von Zadira erkannt zu werden. Wenn sie miteinander geschlafen hatten – o Gott, er vermisste sie so, selbst jetzt –, dann hatte er sich verstanden und gesehen gefühlt. Als Mann. Als Mensch. Als Suchender.

Rabea erzählte, dass sie von Zadira schon vorher einiges gehört hatte. Von den anderen Frauen und Müttern des Viertels. Und dann von den Mädchen.

»Die meisten haben doch kein richtiges Zuhause, und wenn sie hübsch sind, geraten sie schnell an die falschen Kerle, die ihnen die großen Träume verkaufen. Doch die Träume sterben auf Autorücksitzen und in schäbigen Zimmern. Irgendwann sitzen die Mädchen da, mit einem dicken Bauch und einer Nadel im Arm. Das Kind stillen sie zwischen zwei Freiern, während unter dem Kinderbett die Drogen gebunkert sind. Und nirgends jemand, der ihnen hilft. Aber die Matéo, so sagten die anderen Frauen, die war anders. Die urteilte nicht, sondern klärte auf. Es heißt, sie habe auch dafür gesorgt, dass die Mädchen nicht mehr solche Angst haben mussten. Dass sie nicht mehr nur für das eine gut genug waren. Das und die Drogen.«

Jules begriff, dass sie auch von sich sprach. Dass dies ihr Leben gewesen war. Rabea war eine *nourrice* gewesen. Halb Hure, halb Drogen-Safe. Womöglich auch für die BACs? Hatte Bertrand deshalb gewollt, dass Rabea mit Jules sprach?

»Wie haben Sie es geschafft, da rauszukommen?«, fragte er vorsichtig.

Ihr düster verhangener Blick hellte sich auf. Ihre Stimme wurde zärtlich.

»Das Baby«, sagte sie. »Er war ein kleiner Engel, mein Faruk. Er war *mein* Engel. Und danach weigerte ich mich einfach.«

Sie war aus der Cité raus und putzen gegangen, in den Häusern der Reichen in der Südstadt. Das Baby hatte sie oft dabei. Auch als kleiner Junge begleitete Faruk Rabea häufig.

»Er war niedlich, die Weißen waren ganz entzückt. Eines Tages aber geschah etwas Seltsames.«

Faruk war sechs und konnte ihr bereits ein wenig bei der Arbeit helfen. Sie hatte ihn im Salon zurückgelassen, weil er dort das Silber putzen sollte. Und zählen lernen.

»Zuerst fiel es mir gar nicht auf, weil immer mal jemand auf dem Flügel spielte, und wenn es die Kinder waren, hörte sich das oft noch ungelenk an. Ich dachte, es sei eines der Kinder, das Fortschritte machte. Da stand mit einem Mal die Hausherrin vor mir und sagte: ›Rabea, kommen Sie bitte mal.‹«

Erschrocken folgte sie ihrer Arbeitgeberin, weil sie dachte, es sei etwas kaputtgegangen. Oder, noch schlimmer: Sie habe Faruk beim Stehlen erwischt.

Im Eingang zum Salon blieb die Frau stehen und zeigte lächelnd auf Faruk. Er saß auf dem Klavierhocker, die Füße baumelten in der Luft.

Und er spielte!

Natürlich waren es keine richtigen Lieder, aber aus irgendeinem Grund schienen die Töne zusammenzupassen. Faruk spielte mit der selbstvergessenen Unbeschwertheit eines Jungen, der nicht im Mindesten ahnte, dass er gerade etwas Besonderes vollbrachte.

Rabea war unglaublich stolz, aber gleichzeitig auch aufgebracht, weil der Junge sich einfach an das teure Klavier gesetzt hatte. Doch die Hausherrin beruhigte sie und bot Rabea sogar an, dem Jungen Klavierstunden geben zu lassen.

»Sie schickte ihn zu demselben Klavierlehrer, der auch ihre Kinder unterrichtete.« Rabea seufzte schwer und senkte den Blick auf ihre Hände.

»Aber so ist das Leben nicht zu uns«, sagte sie leise.

Faruk sei so glücklich gewesen, dass er Klavier spielen durfte, aber schon von der ersten Stunde sei er bedrückt zurückgekommen. Doch er erzählte nicht, warum. Es wurde mit jedem Mal schlimmer, oft kam der inzwischen Siebenjährige weinend nach Hause, und bald traute er sich kaum noch hinzugehen. Schließlich stellte Rabea Faruk zur Rede.

»Es war der Lehrer«, sagte sie jetzt zu Jules. »Er wollte keinen schmutzigen Araber unterrichten, musste sich aber den Wünschen seiner Kundin fügen. Doch er ließ es Faruk spüren. Dass er Dreck war. Dass er die Musik besudelte. Damals verlor Faruk seine Unschuld. Seine Hoffnung. Es war ... als habe jemand die Helligkeit in ihm ausgeknipst.«

Rabea wusste, dass es nutzlos war, sich bei ihrer Gönnerin zu beschweren. Sie hatte gelernt, dass die Großzügigkeit der Reichen Grenzen hatte. Wem würde ihre Dienstherrin wohl eher glauben, dem Lehrer ihrer Kinder oder einer algerischen Putzfrau? Als Rabea Faruk nicht mehr zum Unterricht gehen ließ, warf die Frau ihr Undankbarkeit vor – und kündigte ihr.

Faruk begann sich zu verändern. Er geriet mehr und mehr in den Sog des Viertels; Rabea war klar, dass sie den Weg, den er dort einschlagen würde, nicht verhindern konnte.

Doch sie hatte ihren Jungen unterschätzt.

»Eines Tages kam er mit einer gebrauchten Gitarre nach Hause. Er kaufte neue Saiten – ich weiß nicht, woher er das Geld hatte. Später habe ich erfahren, dass er Zigaretten verkaufte. Er zog die Saiten auf und begann zu üben. Anfangs war es schwierig, aber er lernte schnell. Und dann sang er dazu. Habe ich schon gesagt, was für eine schöne Stimme er hatte?«

Jules schüttelte stumm den Kopf.

Er schämte sich. Für jene Klavierstunden, die er geschwänzt hatte. Für die Hochnäsigkeit, mit der er seinen Möglichkeiten als weißer Junge in Paris begegnet war.

Rabea begann wieder zu hoffen. Natürlich wuchs Faruk mit den anderen Jungen auf, die sich ihre ersten Sporen verdienten – als Kuriere, Späher, Boten. Und sicher war auch Faruk nicht unschuldig durch diese Kindheit gekommen.

Aber er hatte seine Musik, seinen Gesang, er war weniger auf der Straße als in der kleinen Wohnung, und irgendwann fing er an, sich eigene Texte auszudenken.

»Das veränderte ihn. Er war auch kein Typ, der sich prügelte. Ich glaube, die Gangs nahmen ihn nicht ernst. Das war sein Glück. Zu dieser Zeit tauchte Lieutenant Matéo auf. Sie hätte ihn wegen seiner kleinen Geschäfte auf dem Flohmarkt drankriegen können. Sie tat es aber nicht. Manchmal denke ich, sie erkannte das in ihm, was außer mir keiner sehen konnte.«

Zadira erarbeitete sich Respekt. Besonders wichtig war ihr, dass die Kinder zur Schule gingen.

»Sie redete mit den Choufs und den Caïds, dass sie die Kinder unter vierzehn Jahren in Ruhe ließen. Dafür drückte Zadira bei den kleineren Sachen mal ein Auge zu.«

»Sie machte einen Deal mit den Dealern?«

»Ja, aber nicht so wie die anderen. Die nahmen Geld oder kassierten gleich den Stoff.«

»Mit den anderen meinen Sie die BAC-Polizisten?«

Rabea verzog angewidert das Gesicht.

»Das sind Teufel«, flüsterte sie. Ihre Finger hatten sich ineinander verkrampft.

»Sie wollen nicht darüber reden«, stellte Jules fest.

»Doch!«, stieß sie hervor. »Aber es ist, als ob ich keine Stimme habe. Verstehen Sie? Ich versuche, daran zu denken, wie es war. Die Jahre. All die Jahre. Wenn diese Tür ...«, sie sah den Flur hinunter, »wenn sich diese Tür öffnete und nie klar war, wer reinkommen würde. Polizist? Gut? Böse? Dealer? Oder nur mein Faruk?«

Sie schloss die Augen.

»Immer, wenn ich es versuche, kommt kein Ton. Aber ich will es. Ich will nicht, dass Zadira etwas geschieht. Nicht ihr.«

Jules beschloss, ihr Zeit zu geben.

»Erzählen Sie mir mehr von Faruk und Zadira«, versuchte er sie abzulenken.

Rabea schaute aus dem Fenster, in die Leere zwischen zwei Hochhäusern.

»Anfangs machte es mich eifersüchtig. Er war richtig vernarrt in sie. Da war er vierzehn. Es war eine schwierige Zeit, er kam in die Pubertät und reagierte oft schlecht gelaunt. Mir erzählte er kaum noch etwas, und wenn ich mit ihm schimpfte, hieß es immer nur ›Lieutenant Matéo‹ hier, ›Lieutenant Matéo‹ da. Vielleicht habe ich deswegen nicht gemerkt, dass irgendetwas schiefging.«

»Was meinen Sie?«

»Er blieb lange weg, oft tagelang. Und auch die Nächte. Er rauchte, bestimmt auch Drogen. Ich konnte das Hasch an ihm riechen. Aber er schien keine harten Sachen zu nehmen. Vielleicht war es die Musik, die ihn davon abhielt. Trotzdem, er hatte auf einmal Geld in den Taschen, war oft erschöpft und verschlossen. Er hörte auf zu singen. Dabei hatte ich für ihn angefangen, all das zu hören, was er auch mochte, auch die komplizierten Sachen. Bach. Brahms. Tcheckosky oder so ähnlich. Aber ich konnte nicht mehr zu ihm durchdringen.«

»Wusste Lieutenant Matéo mehr?«

Sie schüttelte den Kopf.

»Ich habe zu spät begriffen, dass sie ihm helfen wollte. Sie wollte ihn rausholen aus dem Dreck. Sie hat an ihn geglaubt. Wir haben zusammen um ihn geweint. Sie sagte, dass sie keine Ruhe geben wird, bis sie herausgefunden hat, wer ihn umgebracht hat.«

Jules schaute wieder auf die Fotos an der Wand. Faruk, der Junge mit der großen Begabung, dem das Leben keine Chance gegeben hatte. Er sah auf den Zeitungsartikel.

»Was haben die Ermittlungen ergeben?«, fragte er.

»Ermittlungen?« Rabea gab ein verächtliches Geräusch von sich. »Es gab keine Ermittlungen. Irgendwann hieß es, dass es sich um ein Opfer in einem Bandenkrieg handelte.«

Sie schaute Jules wütend an.

»Was für Banden sollen das denn gewesen sein? Ich kenne jedenfalls keine Banden, denen Faruk in die Quere gekommen ist. Außer einer, und die heißt: BAC.«

Aber du weißt auch nicht, wo er auf einmal das Geld herhatte, dachte Jules. Er beschloss, sich diesem Punkt vorsichtig zu nähern.

»Was geschah, bevor er starb? Hatte er Ärger mit den BACs?«

Jules dachte daran, dass Faruk derjenige gewesen war, dessen Informationen Antoine Bertrand erst darauf gebracht hatten, dass sich Polizisten an Schmuggelware bedienten und sie selbst verkauften.

Rabea hatte die Hand vor den Mund gelegt, sie kämpfte mit den Tränen. Dann atmete sie einmal tief durch.

»Ich weiß es nicht genau. Kann sein. Er war jedenfalls oft sehr nervös. Oft saß er stundenlang mit der Gitarre auf seinem Bett, spielte, übte. Und er hat Gedichte geschrieben, wissen Sie. Ich habe sie alle behalten. Wollen Sie sie sehen?«

»Gern«, antwortete Jules, als er merkte, wie sehr sie sich das wünschte.

Sie holte einen Karton aus einem Regal und suchte zwischen den losen Zetteln und kleinen Heftchen. Dann reichte sie ihm ein paar Seiten.

Jules überflog die Zeilen.

Männer mit harten Augen baden in Strömen aus Gold,
in ihren Händen zerbersten Träume
die alte Lady vom Berg weint steinerne Tränen
ich bringe ihr ein Tuch, in das sie sich hüllen kann

Andere Zeilen handelten auf eine rührende Art von der Liebe, aber auch sie waren von Schmerz durchzogen.

Wie heißt es, das Gefühl?
Es brennt wie Feuer,
reißt wie Hunger,
ist nie zu stillen.
Wächst im Dunkeln,
schmilzt im Licht.
Hört dennoch nie auf.
Wie heißt du, dunkle Patronin?
Liebe wie Sucht.
Dreckige Liebe.

»Ich wusste, dass ihn etwas quälte, etwas, das schlimmer war als das Leben, das er ohnehin schon führte. Er brachte mir Geld, aber ich wollte es nicht und habe es in einen Karton gelegt. Er hatte auch neue Turnschuhe, Markenschuhe, keine aus den billigen Läden. Teure Jeans und eine Lederjacke. ›Was tust du nur, Junge?‹, habe ich ihn gefragt.

›Mach dir keine Sorgen, Mama‹, sagte er. ›Ich hole uns hier raus.‹«

Sie stockte kurz, die Hände im Schoß verkrampft.

»Dann eines Tages«, fuhr sie fort, »kam er furchtbar aufgeregt nach Hause. Er nahm mich in den Arm, lachte, tanzte mit mir herum. ›Bald Mama‹, rief er, ›bald haben wir es geschafft.‹ Ich lachte mit ihm, ließ mich anstecken von seiner Begeisterung. Drei Tage später stand Lieutenant Matéo vor der Tür. Ich las es in ihren Augen. Faruk war tot.«

Sie schluchzte auf, jetzt konnte sie die Tränen nicht mehr zurückhalten. Jules ließ sie weinen.

Nach einer Weile wischte Rabea sich energisch über die Augen. Ihre Schultern strafften sich, sie hob das Kinn.

»Es ist mir egal, wenn die Schweine mich umbringen. Lieutenant Matéo war die Einzige, die etwas für Faruk getan hat. Wenn ich etwas für sie tun kann, sagen Sie es mir.«

Jules war ratlos. Gab es etwa einen Zusammenhang zwischen Faruks Tod und dem Anschlag auf Zadira?

Genau diese Frage stellte er Rabea. Die schaute ihn ungläubig an.

»Haben Sie denn immer noch nicht verstanden? Warum wurde nicht gegen die Mörder von Faruk ermittelt? Weil es die BACs waren, die meinen Jungen umgebracht haben. Ich bin mir sicher. Die gleichen Leute, die Lieutenant Matéo zur Strecke bringen wollen.«

Jules dachte daran, was Gaspard gesagt hatte. Dass es auf keinen Fall die BACs waren, die den Mord begangen oder in Auftrag gegeben hatten. Und wenn tatsächlich der Korse der Killer war, dann hätten die Polizisten sich den Preis für diesen Auftrag niemals leisten können.

Vielleicht war Rabea inzwischen so sehr eingemauert in ihrem Hass, dass sie keine andere Antwort mehr zuließ.

Allerdings wäre es schlüssig: eine Araberin, die den Tod an einem anderen Araberjungen aufklärt und dadurch die weißen Ärsche angeblich ehrbarer Polizisten blankzieht. Doch wenn Zadira Beweise für einen solchen Mord hätte, wäre sie doch längst tätig geworden. Es passte einfach nicht zusammen. Jules dachte an Bertrand, der den Kontakt zu Rabea hergestellt hatte. Seine Einschätzung, sein Wissen wären jetzt wichtig gewesen.

Wahrscheinlich war er genau deswegen umgebracht worden.

Mit einem Mal hatte Jules eine Idee.

»Sagen Sie, hat Bertrand Ihnen vielleicht mal irgendetwas gegeben? Etwas, das Sie für ihn aufbewahren sollen?«

Er dachte an die Aufzeichnungen, die der Polizist über die Jahre gemacht hatte.

Leider enttäuschte ihn Rabea.

»Nein, warum sollte er?«

Es gab noch eine Sache, die Jules nicht klar war. Und die nicht in das Bild passte, das Rabea von ihrem Sohn zeichnete.

»Faruks Geld … Wissen Sie wirklich nicht, womit er es verdient hat?«

Sofort verschloss sich Rabeas Gesicht.

»Nein, er wollte einen Deal machen, das sagte ich doch.«

»Aber er hatte Ihnen doch auch vorher schon Geld gebracht. Was hat er dafür gemacht?«

In Rabeas Augen blitzte bitterer Hass auf. Sie schüttelte den Kopf, verschränkte die Arme vor der Brust.

»Faruk war ein guter Junge, er hat nichts Böses getan.« Sie wiegte sich vor und zurück. »Matéo wusste das. Sie wollte ihm helfen.«

Jules begriff, dass er sie verloren hatte, sie würde ihm nichts mehr sagen.

Als er sich verabschiedete, sagte sie mit dumpfer Stimme: »Wenn Sie den Teufel suchen, gehen Sie da hin, wo die Hölle am heißesten ist.«

Dort bin ich gerade, dachte Jules.

Unten auf der Straße rief Jules Khaled an, der versprach, binnen zehn Minuten da zu sein. Er ging ihm entgegen und überlegte, wie er jetzt weitermachen sollte.

Doch bevor er zu einer Entscheidung kam, las Khaled Jules auf.

»Wir haben ein Problem«, platzte der Taxifahrer heraus. »Im Hotel warten zwei Herren auf dich.«

»BACs?«, fragte Jules alarmiert.

»Eine Marke haben sie nicht gezeigt. Hat mir Stéphane jedenfalls gesagt.« Stéphane war der Concierge, ein Freund von Khaled. »Sie sitzen einfach in der Lobby und warten.«

Jules überlegte. Woher wussten sie, dass er dort wohnte?

»Stéphane?«, fragte er. Khaled zuckte mit den Achseln.

»Es gibt Leute, bei denen man besser nicht lügt«, gab er vorsichtig zurück.

Wenn sie Jules ans Leder wollten, würden sie aber kaum offen in der Lobby herumsitzen.

»Fahr mich zum Hotel«, sagte Jules. »Und ich glaube, ich brauche ein neues Versteck.«

Khaled setzte ihn hundert Meter vor dem Gebäude ab, Jules wollte nicht, dass sie zusammen gesehen wurden.

Die beiden Männer saßen in den ausgebeulten Sesseln in der Lobby. Sie wirkten vollkommen fehl am Platz, weil ihre Anzüge teurer aussahen als das gesamte Mobiliar. Beide hatten ihre Smartphones in der Hand, beide schauten auf, als Jules eintrat.

Sie erhoben sich und traten mit ruhiger, lässiger Geste auf ihn zu. Jules registrierte, dass in den teuren Anzügen durchtrainierte Körper steckten.

»Monsieur Parceval?«, fragte der ältere höflich.

»Mit wem habe ich das Vergnügen?«

»Mit den Überbringern einer Einladung. Monsieur Ariel Cesari würde Sie gern morgen zu einem Brunch auf seinem Schiff sehen.«

Der Mann reichte ihm ein kleines Kuvert.

»Seien Sie bitte um elf Uhr am Alten Hafen. Das Schiff heißt *Auréliane*.«

Jules starrte einigermaßen verdutzt auf das Kuvert, auf dem in sauberer Handschrift sein Name stand.

Der Mann musterte ihn von Kopf bis Fuß. Die billigen Sneakers, das Shirt, die Jacke aus den Läden am Bahnhof.

»Sportlich-elegante Kleidung wäre passend«, bemerkte er in leicht arrogantem Tadel.

Ohne einen Abschiedsgruß wandten sich die beiden Männer zum Gehen. Jules schaute ihnen noch hinterher, als sie schon längst verschwunden waren. Halb verwundert, halb amüsiert schüttelte er den Kopf.

Wer, zum Teufel, war Ariel Cesari?

Er trat an die Rezeption.

»Die Rechnung, bitte, Stéphane. Ich muss leider Ihr schönes Etablissement verlassen.«

Als er die Scheine aus dem Portemonnaie zog, fiel sein Blick auf Jades Karte.

Sie würde ihm Auskunft geben können.

28

Der Albtraum des Lebens endet erst mit dem eigenen Tod. Notärzte wussten das, Soldaten wussten das, Bullen wussten das.

Zadira wusste es auch. Sie bewegte sich seit den Schüssen durch die schwarzen Wogen eines endlosen Wachtraumes, unfähig, davonzulaufen. Daran konnte auch die Frühsonne nichts ändern, die den Nachttau auf dem Berghang trocknete und einen intensiven Herbstduft aus Blättern, Pilzen und aus der Erde sog. Auch nicht Atos, Jules' Hund, der sie begleitete. Und auch Mazan nicht, der ein Stück weiter am Waldrand saß und sie aufmerksam beobachtete.

Zadira lief. Auf und ab, von Tardieus Küchentür bis zu der Bank, auf der sie telefoniert hatte. Sie stützte sich auf den Gehstock, wenn sie eine Steigung nehmen musste.

Sie würde nicht ewig hier oben sein, bei Tardieu, im blinden Frieden und in trügerischer Sicherheitsdistanz zur Welt.

Zadira lief, atmete an dem Schmerz vorbei.

Viel Geld, Macht, Einfluss, Arrangements. Das konnten nicht allein nur Drogengeschäfte sein. Es hatte Zeiten gegeben, in denen sich Korsen, Italiener und die Polizei Marseilles zu einer Kooperation zusammentaten, um zu verhindern, dass die Latinos in das Drogengeschäft einstiegen. Auch das bestehende Arrangement der Stadt – die Dealer blieben im Norden, dafür wurden ihre reichen Kunden aus dem Süden nicht belästigt – war keine Goldgrube, sondern ein Stadtfriede aus unheiligen Mitteln.

Zadira hatte die Sitzbank erreicht. Sie sah sich um, in die Weite des Tals. Das Schmerztier kaute an ihr. Sie hatte große Lust, sich für immer und ewig dem Morphin auszuliefern.

Atos nahm zu ihren Füßen Platz.

Was war in Marseille richtig viel Geld wert?

Sie setzte sich auf die Bank, streichelte Atos' großen Kopf, schloss die Augen und ging Marseilles Gesellschaftsschichten in Gedanken durch.

Schifffahrt, Yachten, Handelsschiffe, Containerwerften.

Das Hoteliergeschäft, Tourismus.

So mancher politische Posten, aber nur die, die mit dem Gesicht schon wieder Richtung Élysée schauten.

Grundstücke. Bauprojekte.

Bauprojekte!

Die Euromed-Projekte an der Hafenlinie gen Nordwesten hatten die Staatskasse einiges gekostet. Zadira erinnerte sich, dass sie damals von Freunden aus dem Panier gehört hatte, es handele sich um ein Projekt von einer Milliarde Dollar.

Die Investoren und neuen Grundbesitzer, unter ihnen eine amerikanische Pensionskasse, hatten sich der eingesessenen Mieterschaft entledigt. Die Gentrifizierung in Vierteln wie La Joliette oder den ehemaligen Werften war dennoch gescheitert: Zwar wurde ein Großteil der renovierten Wohnungen von vermögenden Parisern erworben. Doch sie nutzten sie nicht selbst, sondern vermieteten sie. Auch die reiche Bourgeoisie Marseilles zog mitnichten zurück in die Innenstadt oder hinter den Hafen und die A7-Trasse. Und so wohnten im Luxusprojekt jetzt wieder kleinbürgerliche Mittelschicht und viel Prekariat.

Bald würde das Euromed-2-Projekt kommen, hatten Zadiras Aktivistenfreunde gewusst.

Wieder viel Geld. Viel Platz, um Geld zu waschen. Immobilienbesitz hieß immer auch Macht.

Sie stand auf und streckte sich. Das tägliche Training, mindestens fünfzehn Kilometer zu rennen, fehlte ihr.

Zadira war im Begriff, wieder abwärts zu gehen. Doch als Mazan im Wald verschwand, wurde Atos unruhig. Er wollte dem Kater hinterher. Zadira beschloss, den Tieren ihren Willen zu lassen, und folgte ihnen, mit dem Stock als Halt, auf dem schmalen Pfad in den Wald, während ihre Gedanken nach Marseille zurückkehrten.

An welchem Fädchen hatte sie gezupft? Woran hatte sie gerührt? Wer hatte, aufgeschreckt durch sie, an einer wunden Stelle gezuckt?

Ja, sie hatte privat ermittelt. Um herauszufinden, wer ihren Vater erschossen hatte. So als setze sie ein Drei-D-Puzzle aus Perspektiven und Erinnerungen zusammen.

Aber das war nicht alles.

Der Tod von Faruk hatte sie über vier Jahre beschäftigt. Weniger oft, als sie es sich gewünscht hatte. Am Ende ihrer Arbeitstage und -nächte war oft zu wenig Kraft übrig geblieben. Dennoch hatte sie zumindest herausgefunden, dass Faruk für die BACs gelegentlich als V-Mann arbeitete. Genauso unfreiwillig wie die meisten, die für die BACs die Ohren und Augen offen hielten. Arbeitest du nicht für uns, wirst du deines Lebens nicht mehr froh. Dann hatte Faruk, so erzählte es damals Bertrand in den ersten Protokollen fürs Gericht, als Doppelspion gearbeitet. Den BACs hatte er Infos aus dem Viertel geliefert – und Bertrand Infos über die BACs! Allein das wäre ein Grund gewesen, um Faruk aus dem Weg zu schaffen.

Immer wieder hatte Zadira versucht, Faruks letzte Tage nachzuvollziehen. Aber Rabea war distanziert gewesen. Zadira konnte es jedes Mal spüren, wenn sie bei Faruks Mutter war. Sie hielt etwas zurück. Fixierte sich auf die BACs. Aus Angst? Wurde sie erpresst?

Zadira hatte zumindest erfahren, dass Faruk sich am Tag seines Verschwindens, drei Tage vor seinem Tod, mit BACs hatte treffen wollen. Zusammen mit der Information, dass er »einen Deal« gemacht hätte.

Ach, Faruk. Gewitzter, naiver, kluger Faruk.

Das Lächeln tat weh.

Zadira hatte Faruk einst am *marché aux puces* kennengelernt. Die heutige Markthalle der *quartiers nord*, direkt am hafennahsten Zipfel des fünfzehnten Arrondissements, bot seit fast dreißig Jahren täglich in sechshundert Außen- und Innenständen Lebensmittel, Kleidung und alles andere an, was sich verkaufen ließ, stets zu niedrigen Preisen. Dieser Markt in einem leer stehenden Hangar erinnerte an einen Souk, war Marseilles Basar der Armen, unweit der Autobahntrasse und der ehemaligen Docks. Teestuben, Kaffeehäuser. Moschee, Antiquitätenhändler, neben denen sonntags die Bewohner der *quartiers nord* alles feilboten, was sich zu Scheinen machen ließ. Unter der Woche liefen kleinere Drogengeschäfte, natürlich.

Für Zadira war es der wichtigste Tauschhandelsmarkt geworden. Information gegen Hilfe.

Wer hatte wo welchen Job übrig, wem war der Boden zu heiß geworden, was hörte man aus den Gangs, Sozialzentren und von der Straße? Es hatte zu Zadiras Ritualen gehört, sich dreimal die Woche auf dem Flohmarkt auf den neuesten Stand bringen zu lassen. Hier einen Tee, dort eine Information, da ein Netz Orangen. Oft gab sie einen Rat. *Quid pro quo.* Sagst du mir was, sag ich dir was. Auf dem Markt hatten ihr vor allem die Frauen und Mädchen der *quartiers nord* unauffällig Nachrichten übermittelt, und hier hatte Zadira auch ihre Abmachungen mit den Caïds und Choufs getroffen.

Auf dem Parkplatz vor dem *puces* hatte Faruk damals mit verblüffendem Erfolg unverzollte Camel-Zigaretten verkauft. Meist an Touristen, die es aufregend fanden, auf diese Weise einen Kontakt mit Marseilles berüchtigter Drogenkriminalität zu bekommen.

Faruk war damals, 2006, kurz vor seinem vierzehnten Geburtstag, ein schlanker Junge mit einem schelmischen Lachen in einem auffallend hübschen, androgynen Gesicht. Er hatte sich bei Zadira entschuldigt für sein Verhalten und ihr danach eine Freischachtel angeboten.

So waren sie Freunde geworden.

Faruk. Unendlich begabt. Musikalisch. Poetisch. Scheu. Gerissen. Gerecht. Albern.

Tot.

Der ausgebrannte Wagen. Keine ernsthaften Ermittlungen. Auch deshalb hatte sie damals Gardère nicht abgewiesen. Sie hatte gehofft, während der BAC-Überwachungen eine Spur auflesen zu können, die zu Faruk führte.

Aber offenbar hatte sie dabei eine andere wunde Stelle touchiert.

Verflucht noch mal! So kam sie nicht weiter!

Faruk. Der Markt und seine Gerüchte, seine Halbwahrheiten, Andeutungen. Rabeas Angst. Das Schweigen einer Mutter.– Was war da noch?

Sie lenkte ihre Schritte vorsichtig durch den Wald, Mazan immer ein Stück voran, auf sie wartend. Atos rannte freudig zwischen ihnen hin und her. Der Wind strich sanft durch die Baumkronen, sie malten bewegte Schatten auf den Boden.

Zadira war immer allein auf dem Markt gewesen. Sie benutzte Drohungen, mitunter Gewalt und ganz selten Vertrauen, um die Gangleader, Aufpasser, Dealer und Straßenkönige dazu zu bringen, dass sie die Kinder aus dem Geschäft raushielten. Sie drohte, das Viertel sei in einer halben Stunde voller Narcs, wenn sie auch nur einen einzigen Zwölfjährigen als Kurier, als Schmieresteher oder als Späher erwischen würde.

Klar konnte das den BACs nicht gefallen haben. Schon damals nicht.

Und wem noch nicht?

Geld. Denk an das Geld.

Nach und nach hatte Zadira ihren Wirkungsradius ausgedehnt, nach einer Weile kamen die Mütter auf dem *puces* zu ihr, um sich Rat oder Hilfe zu holen und ihre Kinder zu ihr zu schicken. So hatte es angefangen, dass Zadira mit dem Jugendschutz zusammenarbeitete, mit der Brigade de la Protection des Mineurs, im Argot oft »Polisse« genannt.

Sie hätte dort vergangenen Sommer Capitaine werden können. Die Versetzung war aufgehoben.

Sie hatte es ausgeschlagen.

Wegen …

Jules.

Mazan.

Dem Leben hier.

Hatte sie falsch entschieden?

Sie würde es korrigieren können, Gaspard hatte ihr gesagt, das Angebot gelte immer noch.

Lag da eine Wurzel?

Zadira, die weiter herumstochern würde. Bei den Kids?

Sie rieb sich über das Gesicht.

Die Bäume des Waldes waren geformt von der Windschere des Mistrals, schief und fliehend. Der Boden war trocken und hart, duftend und zäh.

Da entdeckte Zadira ein Feld voller winziger Blüten.

Was mochte das sein?

Sie kniete sich langsam nieder, nahm die filigranen gelben Blumen zwischen die Finger.

So war Faruk gewesen. Inmitten der Kargheit eine unverhoffte Blüte. Es hatte gedauert, bis er ihr seine Leidenschaften offenbarte. Musik, Raï natürlich. Rap, Hip-Hop. Chansons. Aber auch Poesie, Gedichte, die er selbst schrieb, Lyrik, die er sang.

Sie konnte sich nicht mehr an viele Gedichte erinnern, aber an eines, das jetzt, fünf Jahre nach seinem rätselhaften, gewaltsamen Tod, beschrieb, was in ihr vorging.

Jeden Abend
Wenn die Nacht kommt
Decke ich mich zu
Mit Gedanken an dich.

Auf Nägeln schlafen.

Faruk hatte Marseille damit gemeint, so sagte er, aber für Zadira hatte es sich immer angefühlt wie ein Gedicht auf eine verlorene Liebe oder auch ein Hassgedicht.

Liebe. Hass. Abhängigkeit. Drogen. Die geschundene Stadt. Es passte auf alles.

Zadira hatte versucht, für Faruk – wie für so viele Kinder aus den *quartiers* – Auswege zu finden, Sportprojekte, Musikprojekte. Faruk hatte alles lachend ausgeschlagen, aber Zadira merkte, dass der Junge ihr, der Flic, dennoch gern gefallen wollte.

Und eines Tages hatte er ihr gesagt, dass er aussteigen werde. Aus allem. Er habe einen Deal gemacht, der ihm einen Neuanfang ermöglichen würde.

»Ich will es ohne dich schaffen, verstehst du, Saddie? Du musst mich respektieren, nicht nur bemitleiden.«

Sie hatte es verstanden. Natürlich. Fürsorge war wie Gift für den Stolz junger Männer.

Sie hatte nicht insistiert. Hatte nicht nachgefragt. Was für ein Ausstieg? Mit wem hatte er einen Deal? Mit den BACs? Was hätten die ihm bieten können? Wohl kaum Geld und eine Zukunft. Es musste jemand anderer sein, der fähig war, so ein Versprechen glaubhaft zu geben.

Geld. Macht.

Was hatte Faruk als As ausgespielt? Was hatte er neben den Zigaretten, dem Gras, der Arbeit als Doppelspion bieten können?

Seine Mutter verheimlichte Zadira etwas, sie hatte es so deutlich gespürt wie ein elektrisches Feld.

»Sie sind seine Freundin«, hatte Rabea zu ihr gesagt. Eine Flic als *copine*.

Ach, Faruk. Ich war kein guter Kumpel.

Zadira hatte Faruks Leben mehr und mehr eingekreist, auf dem Markt Informationen gesammelt. Aber immer kam der Punkt, an dem Faruks Existenz diffus wurde, Wasserdampf gleich, der aus einem Kochtopf die Küche füllt.

Was hatte Faruk zu bieten gehabt?

Seine Poesie.

Seine Schönheit.

Zadira stand jetzt mitten im Wald, von hier aus konnte sie durch die Bäume den Hof, den Kücheneingang und einen Großteil des Gebäudes von Tardieus *ferme* einsehen. Ein Pfad führte, verschlungen und mit Kaninchenlöchern und Wühlmauskratern gespickt, weiter. Mazan wartete auf sie.

Atos hatte sich japsend ins Gebüsch geschlagen.

Als Zadira den nächsten Schritt tat, versank der Gehstock auf einmal tiefer in der Erde, und Zadira krümmte sich vor dem überraschenden Schmerz.

Sie hielt sich die Seite, wollte die vibrierenden Nerven mit Druck zwingen, innezuhalten.

Und dann sah sie sie.

Zwei Zigarettenkippen, nachlässig ausgetreten.

Sie hätte sie ohne den Stolperschritt nicht entdeckt. Und nicht ohne Mazan.

Jemand war hier gewesen. Jemand, der das Haus beobachtet und dabei geraucht hatte.

Sie haben mich. Sie sind da.

Adrenalin. Angst im Bauch. Summen im Kopf.

Zadira sank langsam auf die Knie. Duckte sich. Alle Sinne blendeten auf. Versuchten eine menschliche Präsenz im Wald zu erspüren.

»Atos! *Arrête!*«, zischte sie.

Der große Hund sah sie verdattert an.

Stille. Nur Wind in den Blättern. Zikaden.

Sie zählte bis fünfhundert, um sicher zu sein.

Vorsichtig klaubte Zadira die Kippen am verbrannten Ende auf und steckte sie ein. Billige Royals.

Noch während sie dahockte, den Pulsschlag der Wachsamkeit in den Schläfen, wusste sie, was sie tun musste.

Jetzt kannte sie auch die Antwort auf Tardieus Frage, ob sie bei Angst ein Flucht- oder ein Angriffstier war.

Sie war ein Angriffstier.

29

Es brauchte ein Weilchen, bis er die kleine Kirche im achten Arrondissement fand. Ohne sein Smartphone mit dem Navigationssystem war Jules auf den Stadtplan angewiesen. Und auf freundliche Menschen, die ihm den Weg wiesen. Von denen gab es in Marseille mehr, als er vermutet hatte. Dennoch hätte er die kleine Seitenstraße beinah übersehen.

Sie führte erst, leicht ansteigend, auf den Eingang eines Gymnasiums zu, knickte vor der Schule im rechten Winkel ab und mündete auf einen kleinen Platz, die Place Louis Lumière, an dem die Kirche lag: Saint-Giniez. Hierhin hatte Jade ihn bestellt.

»Jules«, hatte sie erfreut reagiert, als er sie anrief. »Was kann ich für Sie tun?«

»Ich brauche Informationen über jemanden, der hier in Marseille eine wahrscheinlich ziemlich teure Yacht hat.«

Sie lachte ihr dunkles Lachen, das, wie er jetzt am Telefon feststellte, jenen Teil seiner Gefühle berühren wollte, die Zadira gehörten.

»Da sind Sie bei mir wahrscheinlich genau an der richtigen Stelle«, sagte Jade amüsiert. »Wie heißt er?«

»Ariel Cesari.«

Das Schweigen war so schwer gewesen wie Blei. Als sie antwortete, klang ihre Stimme nicht mehr im Mindesten amüsiert.

»Wir sollten uns treffen.«

Sie hatte ihn an diesen Platz bestellt, weil sie noch etwas zu erledigen hatte. Sie liebe diesen Ort, sagte sie.

Das konnte er verstehen. Inmitten der Villengegend voller hoher Mauern und verschlossener Tore war dies ein Ort, an dem die Zeit eingewoben schien. Jules schlenderte über den Platz, setzte sich auf eine Bank vor der Kirche und blinzelte in die Sonne, deren Strahlen ihren Weg durch das Blattwerk zweier prächtiger Platanen suchten.

Es war niemand zu sehen. Auf der rechten Seite des Platzes führte eine geschwungene Treppe zu einer höher gelegenen Straße. Der Boulevard Emile Sicard, über den er gekommen war, führte an der Kirche vorbei weiter, wahrscheinlich zurück in die brodelnde Tiefe des Prado.

Erst jetzt wurde Jules klar, in welcher Anspannung er die vergangenen Tage verbracht hatte. Vor allem, seit er wusste, dass Marseille die Stadt der tausend Augen war. Dass unsichtbare Kameras jeden seiner Schritte verfolgen konnten. Ja, er hatte sich verkleidet, war untergetaucht. Aber ob diese Deckung etwas taugte, konnte er nicht wissen.

Wann immer er Kameras bemerkte, versuchte er, sein Gesicht unauffällig zu verbergen. Er mied große Kaufhäuser und Veranstaltungen. Menschen, die ihn anschauten, weckten sein Misstrauen. Er aß in kleinen Imbissstuben, trank seinen Kaffee in Bar-Tabacs an der Seite von anderen einsilbigen Kunden. Jetzt, hier, auf diesem kleinen friedlichen Kirchplatz fragte er sich, ob das nicht alles paranoid war. Ob er, der bisher in einer unbehelligten Welt gelebt hatte, sich nicht verrückt machen ließ von der aufgeputschten Stimmung dieser hartknochigen Stadt.

Immerhin hatten ihn die Männer dieses rätselhaften Ariel Cesari in seinem Hotel gefunden.

Jules schob diese Gedanken beiseite und beschloss, sich die Kirche von innen anzuschauen. Er trat ein, das schwere Holzportal schlug hinter ihm zu. Jules blieb gebannt stehen, denn das kühle Innere war erfüllt von Klängen, die sein Herz, sein schmerzhaft fühlbares Herz direkt berührten. Ein Präludium von Bach, gespielt auf einer Orgel, die er von seinem Standort aus nicht sehen konnte.

In dem Bewusstsein, hier in einem geschützten Raum zu sein, ließ er sich vollkommen von der Musik einfangen. Jules setzte sich in eine der hinteren Holzbankreihen mit den von vielen Knien blank gescheuerten Gebetsbänken und lauschte den schwebenden Klängen mit geschlossenen Augen.

Jules hatte Bach immer geliebt. Es war eine Welt von mathematischer Klarheit und klanglicher Reinheit.

Er öffnete die Augen wieder und ließ seinen Blick durch den Raum schweifen, die Schnitzereien, die Votivtafeln, die Glasmalereien. Alles andere wich zurück. Auch das Gefühl der Bedrohung. Er fühlte sich geborgen und erhaben zugleich. Kostete die Demut im Angesicht von Schönheit und das Glück, sie erleben zu dürfen.

Hinter ihm öffnete sich die Tür. Er wandte sich nicht um, um den kostbaren Moment nicht zu zerstören oder jemanden mit seiner Neugier in Verlegenheit zu bringen. Wenn es Jade war, würde sie sich bemerkbar machen.

Dass der andere Besucher sich direkt hinter ihn setzte, machte ihn allerdings stutzig. Doch bevor er reagieren konnte, bewegte sich eine Hand über seine rechte Schulter. Eine Klinge blitzte auf und wurde mit entschlossenem Griff an seinen Hals gelegt. Direkt unter dem Kehlkopf.

Er spürte das Brennen, als seine Haut eingeritzt wurde. Er zuckte zurück, unwillkürlich wollte er nach der Hand, dem Arm greifen. Aber da machte eine leise Stimme an seinem Ohr: »Schhh!«

Jules rührte sich nicht, wagte kaum zu atmen oder zu schlucken. Die Orgelmusik steigerte sich zu einem Höhepunkt, der vermutlich selbst einen Schrei, wenn er denn dazu fähig gewesen wäre, ungehört hätte verhallen lassen.

Die Gedanken jagten durch seinen Kopf. War das ein Überfall? Wollte der Mann Geld? Jules dachte an das Bündel Scheine in seiner Tasche. Oder war es wegen seiner Fragen hier in Marseille? Sollte er so sterben, mit aufgeschlitzter Kehle?

Immerhin in einer Kirche, schoss es ihm absurderweise durch den Kopf.

Jules konnte nichts von dem Mann hinter ihm sehen, spürte nur den muskulösen Arm an seiner Schulter und den Atem an seinem Ohr. Der Geruch einer scharf gewürzten Speise schwang darin mit und mischte sich mit einem herben Rasierwasser.

Er kannte das Parfüm. Calvin Klein, die Drugstore-Variante, wie ihm sein Geruchsgedächtnis überflüssigerweise meldete.

Da tauchte auf seiner linken Seite eine behandschuhte Hand auf, die eine kleine Karte hielt. Jules las die Worte:

Verschwinde aus Marseille.
SOFORT!

Als Jules nicht reagierte, erhöhte sich der Druck der Klinge. Er fühlte kaum Schmerz, nur das seltsame Gefühl, als ein warmer Tropfen seinen Hals herabrann.

»Ja«, flüsterte er gepresst.

Zwei, drei Sekunden blieb die Karte vor seinen Augen, dann drehten die Finger sie, sodass er die Rückseite lesen konnte.

Wenn du dich umdrehst, stirbst du.

Auch diese Worte blieben ein paar Sekunden vor seinen Augen. Dann verschwand die Hand mit der Karte. Ganz langsam entfernte sich auch das Messer von seinem Hals. Die Hand wich zurück, der Geruch verschwand.

Jules vernahm keine Schritte, dazu war die Musik zu laut. Der Puls pochte in seiner Schläfe, das T-Shirt klebte ihm auf der Haut. Er wagte nicht, sich zu rühren, wagte nicht einmal den Blutstropfen abzuwischen. Selbst als er die Tür ins Schloss fallen hörte, wandte er sich nicht um.

Es dauerte, ehe er auf seine Hände hinabschauen konnte. Sie zitterten.

Das Präludium endete. Nach einer kurzen Pause setzte der Organist zu einem weiteren Stück an, das Jules kannte, aber der Name wollte ihm nicht einfallen.

War das der Mann gewesen, den er suchte?

Der Zadira töten wollte?

Ihn hatte er nicht getötet.

Jules verstand nicht, wieso er leben durfte, wenn Zadira sterben musste.

Als die Tür erneut aufging, schrak er heftig zusammen und sprang auf. Jade trat ein, ein Lächeln auf den Lippen. Das erstarb sofort, als sie erkannte, in welcher Verfassung Jules war. Offenbar sah sie ihm seinen Schrecken an, denn sie schaute sich hastig in der Kirche um. Doch es war niemand außer ihnen beiden zu sehen. Rasch kam sie auf ihn zu.

»Jules«, sagte sie, »was ist los? Warum bluten Sie?« Sie zeigte auf seinen Hals.

»Lassen Sie uns gehen«, sagte er heiser. »Irgendwohin, wo wir reden können.«

Ihr Blick war fragend, aber sie bohrte nicht nach.

»Natürlich. Kommen Sie, es ist nicht weit.«

Nur wenige Minuten später saß er in einem geschmackvoll eingerichteten Salon. Jade hatte ihnen zwei Pastis gemixt. Sie hatte sich seitlich von ihm auf einem rostroten Sofa niedergelassen, während er vom ledernen Clubsessel den Blick durch die offene Glastür über die Terrasse und den Pool wandern ließ.

Jade hatte nur wenige Meter von Kirchplatz entfernt ein Metalltor aufgeschlossen. Dahinter stand auf einer Rampe, die in einer scharfen S-Kurve zum Haus hochführte, der Jaguar. Das Haus war modern, Stahl, edles Holz und Glas, von allen Seiten durch hohe Mauern und Bäume vor fremden Blicken geschützt.

»Es war einfacher, die Kirche als Treffpunkt zu nehmen, als Sie vor dem Tor warten zu lassen«, hatte sie erklärt.

Sie hatte ihm das Blut vom Hals getupft, die Wunde desinfiziert und ein Pflaster auf den Schnitt geklebt. Jetzt sah sie ihn abwartend an.

Jules war immer noch verstört von dem überraschenden Angriff. Auch wenn er nicht umgebracht, sondern nur gewarnt werden sollte, die tödliche Entschlossenheit des Mannes war deutlich gewesen. Dennoch fragte er sich, ob es wirklich der Mann gewesen war, den er suchte. Der Korse?

Mittlerweile hatte er Zweifel bekommen. Bertrand hatte gesagt, der Korse sei ein hoch bezahlter Killer. So jemanden würde man doch kaum engagieren, um einen Pariser Tierarzt mit dem Messer zu erschrecken.

Nur, wer war es dann gewesen?

»Ich gehe wahrscheinlich einer Menge Leute auf die Nerven«, sagte er und erzählte Jade, was passiert war. Sie hörte ihm konzentriert zu.

Und sie wirkte nachdenklich. Ihm fiel ein, dass er sie ungefragt mit seinen Problemen belästigte.

»Verzeihen Sie«, sagte er, »ich möchte Sie da nicht mit hineinziehen. Vielleicht ist es besser, wenn ich gehe.«

»Aber nein«, wies sie sein Ansinnen entschieden zurück. »Schließlich habe ich Ihnen dieses Treffen angeboten, außerdem mag ich es gar nicht, wenn in meiner Stadt nette Menschen wie Sie auf diese Weise bedroht werden. Das führt allerdings gleich zu der ersten Frage: Woher wusste er, dass Sie in der Kirche sind?«

Sie fragte ihn, wie er hierhergekommen war. Er war mit dem Bus gefahren, am Prado ausgestiegen und hatte den Rest zu Fuß zurückgelegt.

Ob er Leute nach dem Weg gefragt hätte? Mehrfach.

Ob ihm im Bus etwas aufgefallen sei, jemand, den er vielleicht später auf der Straße wiedergesehen hatte? Nein, hatte er nicht.

Ob er jemandem von diesem Treffen erzählt hatte? Auch nicht.

»Nun gut, offensichtlich ist er Ihnen gefolgt und hat nach einer Gelegenheit gesucht, Sie zu überraschen. Werden Sie es tun?«

»Was?«

»Das, was auf dem Kärtchen stand. Werden Sie aus Marseille verschwinden?«

Er überlegte nur kurz.

»Nein.«

»Gut.«

Er war ihr dankbar, dass sie seine Entscheidung so unaufgeregt akzeptierte.

Sie saß aufrecht auf dem Sofa, die Ellbogen auf die Knie gestützt, in ihren Händen das Glas. Sie trug ein sandfarbenes Etuikleid. Die kurzen Haare, der schlanke Hals, die grazile, sportliche Figur. Jade war eine sehr attraktive Frau. Sicherlich spielte das in ihrem Beruf eine Rolle, und er schätzte sie so ein, dass sie ihre Reize sehr bewusst und sehr gezielt einsetzte. Aber sie war keine Frau, die die Bewunderung der Männer brauchte und suchte. Mit ihm hatte sie nicht einmal versucht zu flirten. Er fragte sich, ob er das vor einem Jahr noch gewollt hätte.

Die Antwort lautete eindeutig Ja.

Wenn es Zadira nicht gäbe, wäre Jade genau die Frau, um die er sich bemühen würde. Aber dass Zadira ihn nicht mehr wollte, hieß noch lange nicht, dass er *sie* nicht mehr wollte.

Dieser Gedanke ließ für einen Moment den Schmerz wieder aufflackern. Die Wunde war noch frisch.

»Sie sind ein seltsamer Mann, Jules Parceval«, sagte Jade schließlich. »Sie sind ein kultivierter Pariser, der in Marseille Probleme mit der Polizei bekommt. Der etwas über Ariel Cesari wissen will, eine Gestalt, die – mit Verlaub gesagt – vielschichtig ist. Und dem jemand in meiner wunderbaren, friedlichen Kirche von Saint-Giniez ein Messer an die Kehle hält. Verstehen Sie mich bitte nicht falsch, ich will Ihnen gern behilflich sein. Aber finden Sie nicht, dass Sie mich etwas besser ins Bild setzen sollten?«

Jules nahm einen Schluck von seinem Pastis und überlegte. Hatte er das Recht, sie in diese Geschichte mit hineinzuziehen? Aber verdammt, er brauchte Hilfe! Also erzählte er.

Von dem Anschlag und Zadiras Kampf um ihr Leben. Er sprach nicht davon, dass sie ihn aus ihrem Leben gestoßen hatte. Aber er erzählte, dass sie sich versteckte, an einem Ort, den nicht einmal er kannte. Dass er nach Marseille gekommen war, um den Killer aufzuhalten. Und dabei wohl einigen Leuten in die Quere kam. Er erzählte von Bertrand, aber nicht von Rabea.

»Wahrscheinlich ist das alles Wahnsinn«, sagte er. »Ich sollte mich um meine Praxis kümmern und darauf vertrauen, dass die Polizei Zadira schützt. Aber wissen Sie was? Ich kann es nicht.«

Sie schaute ihn nur schweigend an. Ihre Augen hatten die Offenheit und gleichzeitig die unergründliche Tiefe von Katzenaugen. Jules musste sich eingestehen, dass er nicht in Jades Blick lesen konnte.

»Ich verstehe jetzt, warum Aristide Vergnügen daran hatte, Sie aus dem Gefängnis zu holen.«

»Haben Sie eine Ahnung, wer ihn beauftragt hat?«

Sie zog die Augenbraue hoch, wirkte amüsiert. Dann sagte sie: »Nun, Aristide hat viele Klienten, aber ich denke, in diesem Fall liegt die Antwort nahe.«

Sie machte eine kleine Pause, trank einen Schluck Pastis, genoss es sichtlich, die Spannung zu steigern. Dann leckte sie sich über die Lippen und sagte lächelnd: »Ariel Cesari.«

Cesari! Der Mann, auf dessen Yacht er eingeladen war.

»Was wissen Sie über die *brise de mer?*«, fragte Jade.

Brise de mer – Meeresbrise. Dies war der Name eines kleinen Cafés am alten Hafen von Bastia auf Korsika, wo sich vor über vierzig Jahren eine Handvoll junger Männer trafen und eine der schlagkräftigsten Verbrecherorganisationen des Landes gründeten.

Sie waren jung, brutal und hungrig.

Der Raubüberfall auf die UBS-Bank in Genf – einunddreißig Millionen Franken, die nie gefunden wurden. Der Überfall am Flughafen von Bastia, mit einem Hubschrauber. Der Gefängnisausbruch dreier ihrer Bosse – die *brise de mer* schrieb Geschichte.

»Sie beherrschten nicht nur Korsika«, erzählte Jade, »sondern die gesamte Côte d'Azur, Marseille, Paris. Zeitweise reichte ihr Einfluss bis nach Moskau. Die *brise de mer* wurde zu einem multinationalen Konzern.«

Doch dann geschah das Unvermeidliche. Andere begannen nach der Macht zu schnappen. Freunde wurden zu Rivalen, Getreue zu Verrätern.

»Die Bosse starben so, wie sie gelebt haben, durch Gewalt. Eine neue Generation betrat die Bühne. Von den Alten überlebte nur einer.«

»Ariel Cesari?«, fragte Jules.

Jade nickte.

»Er hatte als Einziger die Zeichen erkannt und sich rechtzeitig zurückgezogen. Aber es reicht nicht, sich zurückzuziehen. Der alte König muss sterben, um dem neuen Platz zu machen. Doch Cesari hat den neuen Akteuren ein Angebot gemacht, das sie nicht ablehnen konnten.«

Jules erkannte in dieser Formulierung ein Zitat aus dem Film *Der Pate*. Er tauschte mit Jade ein Lächeln des Verständnisses.

»Es heißt, dass er die Gelder aus Drogengeschäften, Frauenhandel und Glücksspiel in legale Unternehmungen schleust. Cesari ist die Brücke zwischen der Mafia und der legalen Wirtschaft. Willkommen in Marseille.«

Jules begann zu verstehen. Und auch wieder nicht. Was, um alles in der Welt, hatten er oder Zadira mit diesen Leuten zu tun?

Und was hatte Faruk damit zu tun?

Er begegnete Jades forschendem Blick.

»Warum haben Sie nach Cesari gefragt?«

»Weil ich eine Einladung auf seine Yacht erhalten habe.«

Jade nickte anerkennend.

»Dafür würde manch einer seine Seele verkaufen.«

»Ich frage mich eher, ob ich nicht meine Haut zu Markte getragen habe.«

»Nun«, sagte sie amüsiert, »ich glaube nicht, dass Ihnen dort etwas zustoßen wird. Im Gegenteil, die Yacht von Cesari dürfte für Sie zurzeit der sicherste Ort von Marseille sein. Aber in einem Punkt haben Sie recht. Ariel Cesari tut nichts ohne eine Absicht.«

»Sie meinen, er wird mir einen Vorschlag machen, den ich nicht ablehnen kann.«

Sie wiegte den Kopf. »Also, *ich* kann Ihnen einen Vorschlag machen, den Sie selbstverständlich ablehnen können. Wenn Sie wollen, kann ich Sie begleiten. Zumindest kenne ich mich in dem Spiel aus und kann Sie warnen.«

Jules war angenehm überrascht über diese Unterstützung. Gleichzeitig fragte er sich, ob Jade nicht vielleicht auch eigene Interessen verfolgte. Immerhin war sie Schiffsmaklerin, und Cesari schien ein mehr als potenter Kunde zu sein.

»Verzeihen Sie meine Offenheit, aber warum wollen Sie mir helfen? Immerhin ist meine Gesellschaft nicht ohne Risiko.«

Ihr Lächeln war immer noch herzlich, doch in ihrem Blick meinte er jetzt etwas Stählernes zu erkennen.

»Dann werde ich auch offen sein. Ich helfe Ihnen, weil ich vielleicht bald Sie um einen Gefallen bitten muss. Den Sie selbstverständlich ablehnen können.«

Er leerte den Rest seines Drinks in einem Zug.

»Dann haben wir einen Deal«, sagte er.

Jules war nach dem Besuch bei Jade die Avenue du Prado zur Corniche hinuntergegangen. Dort hielt er sich links und erreichte nach kurzer Zeit einen weitläufigen Park, in dem nur wenige Spaziergänger unterwegs waren. Genau der richtige Platz zum Nachdenken.

Vor einem großen klassizistischen Gebäudekomplex, dem Musée des Arts décoratifs, setzte er sich auf eine Balustrade, von der er einen schönen Blick auf das Meer hatte. Er begann, Resümee zu ziehen.

De Viliers, Bertrand, Rabea, Cesari.

Verschwinde aus Marseille. SOFORT!

»Ich helfe Ihnen, weil ich vielleicht bald Sie um einen Gefallen bitten muss.«

»Wenn Sie den Teufel suchen, müssen Sie dorthin gehen, wo die Hölle am heißesten ist.«

Wo war die Hölle am heißesten?

Jules nahm eines der noch unbenutzten Handys, das er mit einer noch unbenutzten Karte eingesteckt hatte. Er gab Blandines Nummer ein und schrieb eine Nachricht:

Wie heißt Djamal mit Nachnamen? Hast du eine Nummer?

Und schickte sie ab.

Während er auf die Antwort wartete, dachte er nach. Eigentlich war es erstaunlich, wie viele Türen sich ihm bei seiner Suche öffneten. Doch hinter jeder Tür warteten neue Fragen. Er wusste nicht mehr, ob er weiterkam oder sich im Kreis drehte.

Er brauchte Hilfe.

Für die alltäglichen Schwierigkeiten hatte er Khaled. Für die Gesellschaft der Stadt Jade.

Aber das reichte nicht. Er brauchte Hilfe aus dem Polizeiapparat. Vor allem, wenn er zu Cesari Kontakt aufnahm. In dieser Situation einen vertrauenswürdigen Verbündeten bei der Polizei zu haben konnte lebensrettend sein. Dass Djamal vertrauenswürdig war, daran bestand kein Zweifel. Nur, würde er mit Jules zusammenarbeiten wollen?

Sein Handy meldete den Eingang einer Nachricht.

Himmel, Jules! Geht es dir gut? Sorgen uns um dich. Z. weiß, wo du bist.

Dann folgten ein Name und eine Nummer.

Jules verzog das Gesicht. Zadira wusste also, dass er in Marseille war. Sein Gefühl sagte ihm, dass ihr das ganz und gar nicht recht war. Das aber würde ja bedeuten, dass er ihr doch nicht gleichgültig war. In diese trügerische Hoffnung wollte Jules sich nicht begeben. Er schob den Gedanken beiseite und wählte.

»MILAD Marseille, Lieutenant Sido«, meldete sich die dunkle Stimme, an der Jules Djamal erkannte.

»Hier ist der Tierarzt.«

Eine Sekunde lang war es still, dann wurde die Verbindung unterbrochen. Jules schaute auf sein Handy. Nach etwa einer halben Minute kam ein Anruf von einer unbekannten Mobilnummer. Diesmal meldete er sich mit Namen: »Jules.«

Das dunkle Lachen zu hören tat gut.

»Mann, Jules, Sie bringen hier einige Leute ins Schwitzen. Wo stecken Sie?«

Jules sagte es ihm.

»In einer halben Stunde.«

Jules schaltete das Handy aus und nahm die Karte heraus. Dann wartete er.

Eine merkwürdige Empfindung ergriff ihn. Er fühlte sich der Stadt nah. Mehr noch, Marseille sprach einen Teil seines Wesens an, von dem er nicht gewusst hatte, dass er ihn besaß.

Noch während er diesen ungewohnten Empfindungen nachspürte, vernahm er Schritte, die sich näherten.

Djamal trug eine gesteppte Jacke über dem weißen T-Shirt, Jeans mit Sportschuhen. Er begrüßte Jules mit einem Handschlag und einem breiten Grinsen.

»Gaspard wird mich auffressen, wenn er erfährt, dass ich mich mit Ihnen getroffen habe, ohne ihm Bescheid zu sagen. Geben Sie mir einen Grund, warum ich das nicht nachholen soll.«

»Zadira?«

»Bullshit, sie hätte es am liebsten, wenn wir Sie in eine Zelle stecken und bis zum Prozess nicht mehr rauslassen.«

»Lebt sie bis dahin noch?«

»Jules, glauben Sie wirklich, Sie könnten diese Leute aufhalten?«

»Was hätten Sie denn an meiner Stelle gemacht?«

Sie starrten sich an. Jules musste etwas aufschauen, weil Djamal einen halben Kopf größer war als er.

»Okay«, meinte der Polizist schließlich, »dann lassen Sie mal hören, was Sie haben. Aber ich kann für nichts garantieren. Wenn Sie über relevante Informationen verfügen, müssen Sie die an die ermittelnden Kollegen weitergeben. Ich decke keine Behinderung der Ermittlungen.«

Jules willigte ein. Er erzählte von Bertrand. Als er den Korsen erwähnte, verfinsterte sich Djamals Gesicht. Jules sagte nichts von Faruk oder Rabea, weil er die Aufmerksamkeit der Polizei nicht auf die alleinstehende Frau lenken wollte. Und weil er deren Verdacht, die BAC sei der

Urheber des Anschlags, für nicht überzeugend hielt. Er sagte nur, dass er mit Leuten aus den *quartiers nord* gesprochen und dass er mit einem Mal ein Messer an der Kehle gehabt hatte.

Djamal schnaubte aus.

»Was haben Sie erwartet? Eine Einladung zum Couscous?«

Jules zuckte die Achseln.

»Ich weiß nicht, ob es auf Ariel Cesaris Party, zu der ich eingeladen bin, Couscous gibt.«

Djamal fiel der Unterkiefer runter. Dann lachte er auf, schüttelte den Kopf.

»Scheiße, Jules, Sie wagen sich verdammt weit vor. Wissen Sie überhaupt, mit wem Sie es zu tun haben?«

Jules nickte.

Djamal betrachtete ihn mit zusammengekniffenen Augen.

»Und wenn ich Sie jetzt einfach festnehme?«

»Das hatten wir schon.«

Er berichtete, was der Untersuchungsrichter de Viliers ihm unterstellt hatte. Das ließ Djamal die Stirn runzeln.

»De Viliers ist nicht so blöd, das wirklich zu glauben. Wahrscheinlich wollte er Sie nur erschrecken, damit Sie abhauen. Dennoch …« Er schüttelte den Kopf.

»Was?«

»Jules, irgendetwas stinkt hier gewaltig. Tun Sie, was der Mann in der Kirche gesagt hat. Hauen Sie aus Marseille ab.«

»Vergessen Sie es!«

Djamal schnaubte erneut.

»Weiß Zadira eigentlich, was Sie für ein Dickschädel sind?«

»Ich glaube nicht, dass das für sie noch eine Rolle spielt.«

Djamal bedachte ihn mit einem nachdenklichen Blick.

»Also gut«, sagte er dann, »was haben Sie vor?«

»Glauben Sie, dass Cesari Kontakt zum Korsen aufnehmen kann?«

»Wenn jemand das kann, dann Cesari.«

Als Jules ihm sagte, was er vorhatte, pfiff Djamal durch die Zähne.

»Glauben Sie, das könnte funktionieren?«, hakte Jules nach.

Djamal zuckte die Achseln.

»Unwahrscheinlich, aber es ist einen Versuch wert. Was brauchen Sie von mir?«

»Jemanden, der die Kavallerie losschickt, wenn es ernst wird.«

»Das geht klar. Aber deswegen haben Sie mich doch nicht angerufen.«

»Nein. Ich will alles über den Korsen wissen.«

»Da kann ich helfen, aber viel ist das nicht.«

Jules schrieb ihm die Internetadresse eines Ordners auf, in dem Djamal seine Informationen ablegen konnte.

»Und noch etwas«, sagte er dann.

»Warum habe ich so eine Ahnung, dass jetzt der kritische Teil kommt?«

»Ich werde alles, was ich herausbekomme, über Cesari, den Korsen, die BACs, den ermittelnden Beamten mitteilen. Ich verspreche vollständige Kooperation, sagen Sie das de Viliers.«

»Und?«, fragte Djamal misstrauisch.

»Ich will, dass die Ermittlungen an einem Mord wiederaufgenommen werden. Ein Jugendlicher, sein Name war Faruk, starb vor fünf Jahren in einem brennenden Auto.

Die Ermittlungen wurden ziemlich schnell eingestellt, es war ja nur ein Araberjunge. Ich will, dass seiner Mutter Gerechtigkeit widerfährt.«

Djamal verzog das Gesicht zu einem traurigen Lächeln.

»Gerechtigkeit? Sie sind ein Träumer, Jules. Aber ich werde sehen, was ich für Sie tun kann. Würden Sie auch etwas für mich tun?«

»Natürlich.«

»Gehen Sie kein Risiko ein. Bleiben Sie am Leben.«

Bevor Jules Rührung zeigen konnte, fügte Djamal trocken hinzu: »Sonst nagelt Zadira mich an die Wand.«

30

Commissaire Mazan schaute dem Wagen hinterher, in dem Zadira mit Jeffrey am Steuer vom Hof fuhr.

»Nur für ein paar Stunden«, hatte sie gesagt. »Aber halte dich bereit. Ich weiß ja nicht, was du da draußen im Wald immer so treibst, aber wir müssen bald fort von hier.«

Die Genugtuung, dass es ihm mit Atos' Hilfe gelungen war, sie zu der Stelle zu führen, von der aus der Fremde das Haus beobachtet hatte, wich der bestürzenden Erkenntnis, dass sie nicht mehr lange hier in den Bergen bleiben würden.

Als Zadira nach der Entdeckung der Zigarettenreste ins Haus zurückgekommen war, hatte sie sofort ihre Waffe hervorgeholt. Tardieu saß am Tisch, über ein Buch gebeugt, in das er mit einem kurzen Stift Zeichen eintrug. Er hörte sich an, was Zadira ihm mit gepresster Stimme erzählte. Dann fragte er nach der genauen Stelle ihres Fundes. Mit dem Gewehr in der Armbeuge und Pellerine an der Seite verließ er das Haus.

Nach zwei Stunden kam er wieder und schüttelte den Kopf. Nichts!

»Wir wissen nicht, wer es war«, sagte er.

»Wohl kaum Spaziergänger«, meinte Zadira. »Und für Trüffeldiebe ist es ja noch zu früh.«

»Aber nicht für die Diebe von Trüffelhunden«, gab Tardieu zurück.

Zadira schaute Tardieu verblüfft an.

»Sie glauben, der Zigarettenraucher hat es nicht auf mich abgesehen, sondern auf Pellerine? Das ist nicht Ihr Ernst.«

»Überlegen Sie doch mal, lässt ein Profikiller seine Kippen im Wald liegen? Wieso raucht der überhaupt bei seiner Beobachtung? Es ist genau ihre Zeit«, fuhr Tardieu fort. »Bevor die Trüffelsaison losgeht, werden Spitzenhunde wie Pellerine hoch gehandelt.«

»Was wäre sie denn wert?«

Tardieu zuckte mit den Achseln. »Sechstausend sicher.«

Zadira pfiff durch die Zähne. Sie ging neben Pellerine in die Hocke. Die Hündin schnüffelte ihr erfreut entgegen.

»Hey, Süße«, sagte Zadira mit dieser sanften Stimme, mit der sie gleich vom ersten Tag an auch Mazans Zuneigung gewonnen hatte. Der Kater gönnte es Pellerine.

»Du bist etwas ganz Besonderes, nicht wahr. Aber keine Sorge, wir werden nicht zulassen, dass dir etwas passiert.«

»Wie auch immer«, hatte sie entschlossen zu Tardieu gesagt. »Wir können nicht ausschließen, dass der Beobachter hinter mir her ist. Und dann bringe ich Sie in Gefahr. Ich muss mir ein neues Versteck suchen, und bis dahin müssen wir sehr wachsam sein.«

»Darauf können Sie sich verlassen«, sagte Tardieu ruhig.

Später, am Abend, als Commissaire Mazan an ihrer Seite lag und sich in den Schlaf purrte, hatte Zadira ihn mit einem kleinen Lächeln betrachtet.

»Glaub bloß nicht, dass ich das nicht durchschaut habe, dieses kleine Manöver mit Atos«, sagte sie leise und kraulte ihn mit einem Finger an der Stirn. Er rückte ein Stück näher zu ihr.

Das wurde auch Zeit.

»Ich weiß, dass das eigentlich nicht möglich ist, aber du hast mir nicht zum ersten Mal gezeigt, was du draufhast. Du, mein lieber Commissaire Mazan, bist etwas ganz Besonderes.«

Ich weiß.

In der Nacht träumte er, dass GriGris Körper von Kugeln zerfetzt wurde.

Kaum dass der Wagen mit Zadira und Jeffrey verschwunden war, rannte Mazan los. Bereits im Morgengrauen hatte er nach GriGri gesucht, ihn aber nicht gefunden. Er war voller Sorge. War es wirklich nur ein Traum gewesen?

Sie hatten keine Schüsse gehört, das sollte ihn beruhigen. Tat es aber nicht. Träume waren seltsam, sie zeigten die Dinge selten so, wie sie wirklich waren.

Auch dass Tardieu jetzt häufiger als sonst mit dem Gewehr und Pellerine in weiten Kreisen die Gegend um den Hof abging und damit vielleicht GriGri vertrieb, vermochte ihm die Sorge nicht zu nehmen.

Tatsächlich hatte er auch ein schlechtes Gewissen wegen dem Wildling.

Mazan hoffte inständig, dass sein Traum nur ein Traum war. Doch auch wenn es GriGri gut ging, würde er ihn enttäuschen müssen. Es würde keine Zeit mehr bleiben, ihn all das zu lehren, was ihm ein Leben bei den Menschen ermöglichen könnte. Der Wildling wusste nicht, was die bösen von den guten Menschen unterschied. Wusste nicht, wie er mit ihnen umgehen sollte. GriGri wusste nichts von dem *Pakt,* der die Katzen und die Menschen verband. Es wäre besser gewesen, ihn in seiner Einsamkeit und unbestimmten Sehnsucht zu belassen, statt ihm die Hoffnung auf ein anderes Leben zu geben, um ihn dann wieder in der Kälte seiner Welt zurückzulassen.

Mazan erreichte die Felsen, sprang mit geübten Sätzen auf den höchsten Punkt und spähte und witterte in die Weite. Er reckte sich in den Wind, der sein Fell zerzauste und ihm all die wunderbaren würzigen Gerüche herbeitrug, deren Herkunft er in den vergangenen Tagen erfahren hatte. Das Wissen um seinen bevorstehenden Abschied machte diese Fülle noch kostbarer.

Doch wo war GriGri?

Mazan hätte ziellos durch den Wald laufen oder hier warten können. Aber seine Sorge ließ weder das eine noch das andere zu.

Es gab noch eine dritte Möglichkeit.

Er kletterte etwas tiefer, suchte sich einen Platz, wo er Deckung hatte vor den Räubern der Luft und denen der Erde. Dann kauerte er sich auf den Felsen und begann zu flehmen.

Der *Sprung* gelang schneller als je zuvor. Ehe er sichs versah, hockte er nicht mehr auf dem Stein, sondern fand sich in einer Welt neuer Wahrnehmungen wieder, deren wilde Wucht ihn staunen ließ. Er war schon oft *gesprungen,* doch das hier war stärker als alles andere. Das Land in seiner ganzen Kraft schien ihn zu tragen. Die Hitze und die Kälte, die lebendigen Felsen, die atmende Erde, die wispernden Bäume – er war ein Teil all dessen.

Er sah die Spuren aller Lebewesen, sah sie als farbige pulsierende Körper, die leuchtende Linien im Chaos hinterließen. Er fühlte die Gegenwart der Menschen, die, anfangs fremd, sich dem Gefüge dieser Welt unterworfen hatten. Er sah sogar das dunkle Wachsen unter der Erde, von dem er ahnte, dass es sich um die geheimnisumwobenen Trüffel handelte.

Nur GriGri sah er nicht.

Und während er suchte, immer verzweifelter, hatte er mit einem Mal das Gefühl, nicht mehr allein zu sein.

War es sein Körper? Näherte sich jemand den Steinen, zwischen denen er hockte?

Schon zog es ihn zurück, er war bereit, um sein Leben zu kämpfen.

Als er mit einem Mal eine Stimme vernahm.

Sie näherte sich nicht seinem hilflosen Körper. Sie war in der Welt, in die er *gesprungen* war.

Sie sagte: »Frrreund!«

Es war eine unglaubliche Erfahrung.

Mazan war immer allein gewesen im *Springen,* dieser rätselhaften Fähigkeit, die er sich in höchster Not erworben hatte. Keine Katze, der er bisher begegnet war, hatte verstanden, was in dieser Zeit mit ihm geschah. Doch für GriGri schien es das Selbstverständlichste der Welt zu sein.

Mazan sah ihn nicht, denn es gab kein Sehen im üblichen Sinne. Aber er fühlte ihn, war ihm so nah wie nie zuvor. Es war wie der gemeinsame Lauf durch den Wald.

Mazan begann zu begreifen, dass das *Springen* keine absonderliche Fähigkeit war, in die ihn ein unbarmherziges Schicksal gezwungen hatte. Sondern dass es den Katzen zu eigen war. Es war ihre natürliche Gabe, die nur viele von ihnen verloren hatten.

War das der Preis für den Pakt mit den Menschen gewesen?

Er folgte GriGri voller Vertrauen. Der Wildling lehrte ihn, was alles möglich war in diesem Zustand. Denn der eigentliche Sinn des *Springens,* auch das lernte Mazan, bestand im Aufspüren von Beute.

Aber was ist mit unseren Körpern?

Es war wie der freundschaftliche Schlag einer Tatze, und schon sah Mazan sich selbst.

Keine Gefahr näherte sich.

Und du?, fragte er lautlos.

In einem gewaltigen Satz nahm GriGri ihn mit. Mazan entdeckte ihn zwischen den Bäumen, eine irrlichternde Wildheit.

Die sich bewegte!

Mazan konnte es nicht glauben. Wie war es möglich, dass GriGris Körper nicht ebenso hilflos unter einem Busch saß, wie das bei ihm der Fall war? Doch es gab keinen Zweifel, der leuchtende Körper, der dort durch den Wald streifte, war GriGri. Und gleichzeitig spürte er ihn in der Welt des *Springens* an seiner Seite.

GriGri konnte beides gleichzeitig.

Mazans Staunen musste für den Wildling deutlich spürbar sein, so wie er wiederum dessen Freude daran wahrnahm. Das brachte ihn auf eine Idee.

Er dachte an den Ort, an dem sie den Fremden entdeckt hatten. Es zog ihn dorthin, und wie er gehofft hatte, verstand GriGri dieses Gefühl. Sein Körper zwischen den Bäumen schlug eine andere Richtung ein. Mazan folgte ihm, war bei ihm, fühlte die Kraft in den Sprüngen, fast so, wie er seine eigenen Glieder wahrnahm. Es war, als nähme GriGri ihn mit.

Als sie den Platz erreicht hatten, blieb er stehen. Nicht weit entfernt lag das Haus in bulleriger Wärme. Darin das Duft-Licht-Gefühl von Tardieu und Pellerine, die nichts von den unsichtbaren Besuchern ahnten. Der Platz selbst barg keine Spur des Fremden mehr, aber GriGri verstand, was Mazan suchte.

Freund?, fragte er.

Es fiel Mazan leicht, seine Abneigung, seine Wut zu zeigen. Er nannte es: »Feind!«

GriGri fauchte.

Jetzt wusste Mazan, dass er eine neue Art von Verständigung mit dem Wildling gefunden hatte.

Als er mühsam hechelnd die Augen öffnete, saß GriGri friedlich neben ihm und putzte sich. Anders als Mazan hatte der Wildling keinerlei Mühe, sich wieder in der gewohnten Welt zurechtzufinden.

Jetzt verstand Mazan auch die Leichtigkeit, mit der GriGri zu jagen wusste. Mit der er sich jederzeit verbergen konnte, sei es vor den Menschen oder vor anderen Jägern. Er konnte sie wahrnehmen, lange bevor sie ihn entdeckten.

GriGris Fähigkeit war genau das, was er brauchte, um Zadira zu schützen.

»Zeig es mir«, sagte er.

GriGri schaute ihn mit schräg gelegtem Kopf an.

Mazan hoffte, dass der Wildling ihn so verstand, wie es während des *Springens* der Fall gewesen. Doch GriGri legte nur den Kopf auf die andere Seite.

Vielleicht begriff er einfach nicht, dass man diese Dinge *nicht* konnte.

Mazan sprang vom Felsen hinab. Er lief ein paar Schritte, versuchte, dabei zu flehmen. Doch es gelang ihm nicht. Für das Flehmen musste er sich konzentrieren, die anderen Sinne ausblenden können. Das ging aber nur, wenn er still lag. Sonst würde er stolpern oder gegen einen Baum laufen.

Frustriert hielt er inne. Da kam GriGri an seine Seite, stupste ihn an, lief ein paar Schritte und schaute sich um.

Komm!, sollte das wohl heißen.

Mazan folgte der Aufforderung.

Sie liefen durch den Wald, kletterten über umgestürzte Baumstämme, sprangen steile Hänge hinab. In dem Vertrauen, dass GriGri sich nie verirren würde, verlor Mazan das Gefühl für Zeit und Entfernung. Er dachte nicht mehr an die Gefahr, in der Zadira schwebte, nicht an die Stadt und seine Freunde, nicht einmal mehr an das Haus mit den beiden Menschen, den Hunden und dem Feuer im Kamin. Der letzte Gedanke, der durch seinen Kopf zuckte, war, dass nur GriGris Gegenwart dies ermöglichte.

Dann ergab er sich vollkommen dem Moment. Alles war reine Bewegung, reine Wahrnehmung, er fühlte sich, den weichen Boden, von dem seine Tatzen sich abstießen, fühlte seine Muskeln, die ihn über jedes Hindernis federn ließen. Und er fühlte den anderen Körper an seiner Seite, dessen Bewegungen noch sicherer, noch kraftvoller waren. Doch er war noch mehr als das.

Im gleichen Moment, da ihm das auffiel, nahm er auch den anderen GriGri wahr, nur größer, stärker und noch wilder. Sein eigener Körper begann zu summen, fast so, wie er es kannte, wenn das Purren in seinem Bauch unter den sanften Berührungen von Zadiras Hand einsetzte. Dennoch war dies anders.

Er spürte, wie eine Kraft ihn erfasste, sah seine Läufe vom Boden abstoßen, *sah* den Satz, den er machen würde und wie er wieder aufsetzte, *sah* sich weiterlaufen.

Und dann *sah* er sich! Wie er leuchtete.

Ohne die Sicherheit seiner Sinne zu verlieren, die seinen Körper befähigten, selbst die schwierigsten Bewegungen auszuführen, sah er die Welt gleichzeitig so, wie er sie vom *Springen* her kannte.

Das geschah im Gleichklang mit GriGri, den er neben sich laufen sah.

Dankbarkeit durchzuckte ihn.
Freude antwortete.
Weiter, jubelte es in ihm.
Und GriGri zeigte ihm, wozu er fähig war.

Es dauerte lange, ehe Mazan sich an diesem Tag von seinem Freund trennen konnte. Am liebsten wäre er die ganze Nacht, ach was, sein ganzes Leben so weitergelaufen. Selbst der Hunger hätte ihn nicht abgehalten.

Was ihn schließlich zurücktrieb, war die Sorge um Zadira. Und auch dieses Gefühl hatte er seinem wilden Freund nun verständlich machen können. Ebenso die Gefahr, in der sie schwebte. Etwas zog sich um sie zusammen. Etwas Bedrohliches. Und es näherte sich rasch.

Darum musste er zu Zadira zurück. Er war davon überzeugt, dass er mit seinen neu erworbenen Fähigkeiten diese Gefahr würde spüren können, lange bevor Zadira davon wusste. Selbst noch bevor die feinen Nasen der Hunde sie wittern konnten.

Doch es gab noch etwas, das ihm Sorge bereitete: Als Tardieus Hof vor ihm auftauchte, durchzuckte ihn erneut das schreckliche Bild, mit dem er an diesem Morgen aus dem Schlaf hochgeschreckt war. Und das sich nun auf verhängnisvolle Weise mit der herannahenden Gefahr verknüpfte.

GriGris von Schüssen zerfetzter Körper.

31

Auf der A7 Richtung Süden zu fahren war, wie aus einem dunklen Wassertank zurück an die Luft gehoben zu werden. Als Jeffreys roter Oldtimer die kalkschroffen Vitrolles-Berge passierte und das erste weiß-blaue Glitzern des Mittelmeeres zu sehen war, schob Zadira ihre Sonnenbrille dichter an die Augen.

Sie vermisste es.

Sie vermisste Marseille.

Sie vermisste ihr altes Leben, auf eine perfide, schmerzhafte Art.

»Alles okay?«, fragte Jeff ruhig neben ihr.

»Bestens«, erwiderte sie.

Sie hätte ihn gern auf der *ferme* gelassen. Als Schutz für Tardieu. Aber vielleicht war das Unsinn, Resultat der Angst, die in ihr schwappte. Zwei Kippen. Na, und? Die Ärztin Rose Bernard hatte ihr gesagt, sie trage so gut wie kein eigenes Blut mehr in sich. Konnte man die Angst eines anderen mit seinem Blut aufnehmen?

Dann war die Welt voller Furcht.

Tardieu hatte sie beruhigt. Zwei Hunde, ein Gewehr.

Trotzdem. Die Schonzeit war vorbei.

Während Jeff wenig später auf die A55 lenkte und sie sich der Ausfahrt nach L'Estaque und dem Fährhafen näherten, fragte sich Zadira, ob Rabea kommen würde. Denn in die Quartiers konnte Zadira sicher nicht! L'Estaque war zwar auch kein absolut sicheres Gebiet. Aber es war nicht Marseille. Keine Touristen, also weniger Beamte. Kaum Immigranten, und wenn, dann führten diese Restaurants, keine Straßenkriege. Kein Geld, keine Bauprojekte, keine Mafia. Sondern verschachtelte bunte Häuser, unwirkliche Ruhe, sonnenglühende Fassaden. Davor der Wasserteppich von Marseilles weiter Bucht.

»›Nur für Beerdigungsfahrzeuge‹«, las Jeffrey fragend von einem Schild an der Gasse vor, zu der Zadira ihn gelotst hatte.

»Saint-Pierre«, antwortete sie. »Die Rückseite der Kirche.«

Auf der Place Malleterre vor der Kirche hatte sie als Vierzehn-, Fünfzehnjährige oft gesessen. Mit Djamal zusammen den Bus zu den Kais genommen, am Joliette-Becken vorbei und bis zum Hafen des Fischerdorfs. Dann hoch zur Kirche, auf der Bank an der Treppe heiße, scharfe *merguez* zwischen zwei frische Baguettehälften geklemmt gegessen und über die roten Kacheldächer der Häuser zum Eisenbahnviadukt der Ligne de la Côte Bleue hinübergeschaut und sich vorgestellt, was das Leben ihnen bringen würde.

Hier war sie nicht Tareks Tochter gewesen. Sondern niemand. Einfach nur niemand.

Frei.

Als Jeff den Wagen in der Sackgasse geparkt hatte und ausstieg, musste Zadira wider Erwarten lächeln. Er hatte sich wie ein britischer Tourist angezogen, seine von der Sonne verbrannten roten Beine steckten in karierten Shorts.

»Ich liebe katholische Backsteinkirchen« verkündete er näselnd und verschwand im Inneren des stillen Gotteshauses.

Zadira setzte sich auf die Bank. Sie saß ganz still. Die Katzen kamen. Eine graue, eine weiß-rote, eine schwarze.

Ob sich Commissaire Mazan hier wohlfühlen würde? Sie wusste, wie er das Land genoss. Und auch ihre Nähe.

Sie waren beide Suchende.

Sie erkannte Rabea daran, dass diese auf ihre Füße sah, während sie die geweißelte Treppe zum Kirchplatz erklomm. Sie zog sich am krummen, glatten Handlauf hoch, als sei sie eine alte Frau. Sie schaute auch dann nicht zu der Bucht, als sie auf Zadira zuging und sich still neben sie setzte.

Die Katzen hatten sich nur kurz in den Schatten unter der Bank zurückgezogen. Dann kamen sie wieder hervor, angelockt von dem Rascheln aus der Tasche, die Rabea bei sich hatte. Sie zog ein halbes, angebissenes Baguette hervor, sorgfältig eingewickelt in ein trocknes Tuch. Langsam zerbröselte sie es, und die Katzen leckten gierig Bröckchen vom Thunfisch auf, bäuchlings auf dem warmen Stein. Die Tomaten verschmähten sie.

Obgleich Zadira neben ihr saß, war es, als sei Rabea allein. Die Einsamkeit ihres Tuns zerriss Zadira fast das Herz.

»›Ich suche die verlorene Stunde, in der alles gut war, bevor ich dich traf‹«, sagte Rabea auf einmal.

Immer noch zerrissen ihre Finger Brot und Fisch.

»Das hat er einmal geschrieben. Einen Tag bevor er … bevor er ging.«

Rabea sah Zadira an, in ihren Augen Brennen und Getriebenheit. »Du wirst geliebt«, sagte sie bitter. »Wusstest du das? Du bist eine Vielgeliebte.«

»Rabea …«

»Nein. Faruk hat dich geliebt, auf seine Art, Kinderart. Und der Mann, Jules, der liebt dich auch. Beiden hast du nicht gutgetan.«

Jules? Jules war bei Rabea gewesen? Aber wie hatte er das angestellt? Sorge, Fassungslosigkeit und eine diffuse Empfindung von Stolz und aufwallender Zärtlichkeit wogten in Zadira.

Das Baguette war fast verschwunden, und Zadira versuchte zu verstehen, warum Rabea so mit ihr sprach.

»Jules war bei dir? Aber … wieso?«

»Wieso? Wegen dir! Alles nur wegen dir.«

Rabea war so voller Zorn.

Zadira versuchte es anders.

»Und du denkst, Faruk meinte mich, mit seinen Worten ›Ich suche die verlorene Stunde, in der alles gut war, bevor ich dich traf‹?«

Rabea machte einen verächtlichen Laut.

»Sicher nicht.«

Sie lehnte sich zurück, zerknüllte das Tuch.

»Schön ist es hier«, sagte sie. »Zum Verzweifeln schön. War es das, was du wolltest: mich zum Verzweifeln bringen, wieder und wieder?«

Zadira ließ sie. Aus Rabeas Perspektive war es vielleicht so: eine Polizistin, die ihren Jungen weder geschützt noch seine Mörder gefunden hatte. Und sie, seine Mutter, nicht zur Ruhe kommen ließ.

»Dein Sohn hat mit jemandem eine Verabredung getroffen, Rabea«, begann Zadira. »Mit jemandem, der ihm weit mehr versprochen hat als nur, ihn in Ruhe zu lassen. Sondern Geld. Sauberes Geld …«

Wieder lachte Rabea so verächtlich auf, ein Ausspucken folgte.

»Kein Rauschgiftgeld. Er hat ihm einen Ausweg aus der Szene geboten, einen Ausweg aus der Cité, einen Ausweg aus dem Leben in La Rose.«

»Du verachtest mich, oder, Zadira?«

»Nein. Du hast einen Sohn verloren. Ich fühle mit dir. Es tut mir weh, unendlich weh.«

»Worte. Nichts als Worte, du hast nur Worte ...«

»Rabea, wer hat Geld und Macht, so etwas zu bieten? Und was hat Faruk ihm dafür gegeben? Was?«

»Du wolltest die BACs finden! Frag die doch!«

Rabea machte Anstalten, aufzustehen, mit einer so ruckartigen Bewegung, dass sich die drei Katzen duckten, die Ohren anlegten und zurückwichen.

Zadira griff nach Rabea. Mit dem linken Arm. Zu schnell, zu hastig, und der Schmerz ließ ihre Finger zu Krallen werden.

Rabea hielt erschrocken inne.

Wie ein Tier, dachte Zadira, ein panisches Tier, das in Duldungsstarre verfällt, sobald es Gewalt spürt.

Mitleid mischte sich in den heißen Strom ihres Zorns. Aber ihr Mitgefühl war nicht stark genug, um sie zu bremsen. Und der Schmerz zu stark, um die verkrampfte Umklammerung zu lösen.

»Ich habe die BACs sogar bis auf ihre Scheißhäuser verfolgt«, sagte Zadira gepresst. »Ich habe sie dabei gefilmt, wie sie Euroscheine in leere Kekspackungen umsortierten und ihren Müttern brachten. Ich habe ihnen Wanzen in ihre Autos, Telefone und unter ihre verdreckten Schreibtische geklemmt. Ich habe ihre Spinde durchwühlt und ihre E-Mails und Pornochats gelesen, ihre V-Männer ausgehorcht und die Nutten, die die BACs vergewaltigten.«

In Rabeas Augenwinkel glitzerte eine Träne.

»Ich habe sie dabei beobachtet, wie sie in Restaurants nie bezahlten, ganz wie die Mafia, wie sie Zigarettendealer in den Knast brachten, Kindern Koks unterschoben und ihren Töchtern Pools bauten und zwei, drei Autos kauften.«

Eine zweite Träne.

»Aber weißt du, was ich dabei niemals, und ich wiederhole es: *niemals* beobachtet habe? Dass sie mit einem verdammten Araberjungen einen Deal gemacht hätten!«

Die Kralle lockerte sich, und Rabea sank gegen die Rückenlehne der Bank.

Zadira redete weiter.

»Ja, er hat als Spitzel gearbeitet, und ja, vermutlich hat er sich regelmäßig mit den BACs getroffen. Und wohl auch kurz vor seinem Tod. Aber weißt du was? Er hat auch für Bertrand gearbeitet, dein Faruk! Er war mutiger und leichtfertiger, als ich je annahm! Aber dass er so dumm gewesen sein könnte, ausgerechnet mit den BACs einen schmutzigen Handel zu machen, die ihm rein gar nichts bieten konnten außer Verrat – nein, so dumm war er nicht.«

Jetzt schlug Rabea ihre Hände vor ihr Gesicht und schluchzte.

Die rot-weiße Katze sprang auf die Bank und suchte in Rabeas Schoß nach Krümeln, fand nichts und kletterte dann einfach auf ihre Schenkel.

Die Wärme des unerschrockenen Tiers schien Faruks Mutter zu beruhigen.

»Es tut mir leid«, sagte Zadira. »Es wäre einfacher gewesen, alles auf die BACs zu schieben. Aber so ist es nicht.«

»Ist es nie«, erwiderte Rabea, ihre Stimme dunkel vor Schmerz. Sie suchte in ihrer Tasche, stellte fest, dass sie das zerknüllte Tuch noch in der Faust hielt, und wischte sich damit das nass geweinte Gesicht ab.

»Ich bin eine Nutte, Zadira. Immer gewesen. Weißt du, was das Schlimme ist? Dass du, auch wenn du aufgehört hast, dich für Männer auf den Bauch zu legen, immer noch eine bist. Hier«, sie zeigte auf ihr Herz, »und im Kopf. Da hörst du niemals auf, Dreck zu sein.«

Sie suchte etwas in ihrer Tasche, wieder Rascheln, diesmal zog sie ein Papier hervor. Es war eine Seite, zusammengefaltet und gelocht, vielleicht aus einem Schnellhefter gezogen.

»Ich wollte nie, dass Faruk sich so fühlen muss«, sagte sie und strich über die in sauberer Jungenhandschrift verfassten Worte.

Es ist das dunkle Salz
In meinem Blut
An dem die Herren der Welt lecken

Es ist die dunkle Nacht
In meinen Augen
Die ihre Tage erhellt

Es ist das schwarze Schlüsselloch
Meiner Armut
Durch das sie ihren Reichtum pressen

Zadira las es noch mal. Und noch einmal.

Und begriff.

Alles. Auf einmal begriff sie alles.

Tränen sprangen aus ihren Augen.

»Ja. Mein Engel war eine Nutte der weißen Teufel«, sagte Rabea matt. »Ich ahnte es schon, als ich das erste Mal blutiges Toilettenpapier fand, das er versehentlich neben das Klo geworfen hatte. Ich wusste es, weil keine Droge der Welt einem kleinen Dealer wie ihm so viel Geld bringt.

Weil ich sah, wie er innerlich immer kleiner wurde. Wie er nichts mehr fühlte. Ich sah mich. Mich.«

Sie schaute Zadira an und strich sanft eine Träne fort, die sich an Zadiras Kinn verfangen hatte.

»Du weinst jetzt auch um ihn, nicht wahr?«

Ja. Das tat sie. Und sie verstand. Und verzieh.

Rabeas Schweigen. Das Schweigen der Scham.

Nichts war eiserner als das.

»Er hatte also … einen reichen Gönner?«, fragte Zadira, das Salz brannte auf ihrer Haut, das Salz ihrer Tränen.

»Einen?«, sagte Rabea leise. »Du weißt, was auf dem Markt erzählt wird.«

Ja, das wusste Zadira, es hatte einmal Gerüchte gegeben, dass Jungen aus Immigrantenkreisen, sofern sie hübsch und fügsam waren, dem einen oder anderen in Marseille als *boy* dienten. *Boy,* die amerikanische Umschreibung eines Sklaven ohne Namen. Zadira hatte mit der Sitte gesprochen, mit dem Jugendschutz, es war nie bestätigt worden. Niemals ein Zeuge. Nirgends.

Scham. Angst. Geld.

Scham. Immer wieder: Scham.

»Und er hat diese Leute erpresst?«, fragte Zadira.

»Erpresst? Glaubst du das wirklich? Seit wann erpressen Huren ihre Freier?«

»Wenn sie Freier mit Namen sind.«

Rabea vergrub erneut ihr Gesicht in dem Küchentuch.

Zadira glaubte selbst nicht wirklich daran. Die Erpressung eines Politikers, Schauspielers, ja selbst eines Richters führte noch lange nicht dazu, dass ein Junge umgebracht wurde. Jugendknast, der Mutter den Job wegnehmen, dem Vater die Zähne … schon hatte sich so eine Petitesse erledigt.

Nein. Faruk hatte niemanden wegen seiner verkappten Homosexualität so unter Druck setzen können, dass er getötet wurde.

Ihre Gedanken rasten.

Spiele mit Jungen konnten schiefgehen.

Ein Sexunfall?

Sie übersprang die Bilder, die in ihr aufkeimten.

Ein Sexunfall, der mit dem Tod endete. Und dann?

Ein geklautes Auto, ein Benzinkanister, eine glühende Kippe. Ende des Malheurs.

Vielleicht würde sie den Mann niemals finden. Oder die Männer. Vor allem nicht, wenn sie einander zuarbeiteten, es gab in den Kreisen der Kriminalität genügend Personen, die sich gern für einen Politiker die Hände schmutzig machten, um ihm damit wiederum einen Gefallen für ihre Geschäfte abzupressen. Darauf beruhte Marseilles System. Dieses kranke, giftige System.

Rabea machte Anstalten, aufzustehen. Die rot-weiße Katze sprang von ihrem Schoß.

»Warte noch«, bat die Polizistin. Faruks Mutter blieb stehen. Im Gegenlicht war ihr Gesichtsausdruck nicht mehr zu erkennen.

»Danke«, sagte Zadira. Sie griff mit der rechten Hand nach Rabeas linker, hielt sie fest und streichelte mit dem Daumen sanft über die gequälte Haut. »Ich danke dir, Rabea.«

»Jules«, flüsterte Rabea nach einer Weile leise. »Bertrand hat ihn zu mir geschickt. Du musst Jules' Stolz achten. Nicht nur deinen.«

Rabea drückte Zadiras Hand und ging.

Zadira hielt sie diesmal nicht auf. Es gab keine Worte, um eine Frau zu trösten, deren Sohn ermordet worden war und die sich immer noch schämte, wehrlos gewesen zu sein.

Seinen Stolz achten. Nicht nur deinen.

Leichter gesagt als getan. Es ging nicht um Stolz. Es ging darum, dass man ihr, Zadira, wehtun wollte, wenn man Jules wehtat. Er war ihre ungedeckte Stelle.

Würde es immer sein.

Immer.

Das schwarze Schlüsselloch meiner Armut.

Ich decke mich zu, mit Gedanken an Dich.

Auf Nägeln schlafen.

Wer hatte damals als kleiner Untersuchungsrichter eigentlich über die Ermittlungen entschieden? De Viliers, ja, so hieß er. Inzwischen nicht mehr kleiner, sondern leitender Richter.

Aber Gaspard und alle anderen hatten mehrfach versichert, dass sie keinerlei Ermittlungshinweise hatten. Es hatte Zadira wahnsinnig gemacht. Gleichzeitig war das Alltag. Es gab so viele Morde an Arabern, Marokkanern, Algeriern, Afrikanern, die keiner sonderlich engagiert verfolgte. Wieso ausgerechnet bei einem Zigarettendealer eine Ausnahme machen?

Zadira zog langsam ihr Handy hervor. Sie sah sich kurz um; Jeff war nicht zu sehen, aber sie hörte sein melodiöses Pfeifen aus der Kirche. Gut.

Als der Angerufene abnahm, sagte sie nur: »Wo wir als Kinder *merguez* gegessen haben« und legte auf.

Augenblicklich erschien eine SMS.

Bleib da. Ich komme! PS: Ihr macht mich wahnsinnig.

Ihr? Wieso ihr?

»Ich kann das nicht glauben«, sagte Djamal dreißig Minuten später, »dass du ernsthaft hier rumsitzt!«

»Wer ist ihr?«, antwortete Zadira trocken.

»Zadira Camille Matéo, die Reihenfolge des Fragenstellens verkennst du eindeutig.«

Sein Blick tastete sie ab. »Zu dünn«, sagte er dann, und: »Hier!«

Er holte aus einer grünen, dünnen Plastiktragetüte zwei in Alufolie gewickelte, noch warme Baguettes. Aus ihnen lugten jeweils zwei frische Lammbratwürste, unverkennbar in der rostroten Haut, die aufgesprungen war. Genauso musste es sein.

Djamal setzte sich mit einem »Aahh« neben sie auf die Bank. Erneut strichen die Katzen um sie herum und hockten sich vorwurfsvoll vor den großen Mann.

»Gestern waren wir doch erst sechzehn und frei«, sagte er kauend.

»Und jetzt bist du seriös geworden und ich einarmig«, erwiderte sie.

»Iss schneller oder sprich gleichzeitig«, forderte er. »Du rufst mich nicht an, nur um *merguez* zu essen oder mir einen schönen Gruß an Gaspard auszurichten.«

»Haben sie was herausgefunden?«

»Absolut nicht. Es gab da eine junge männliche Leiche in der Nähe von Cassis, die sich in einer Reuse verfangen hatte. Seltsamerweise trug sie Motorradkleidung.« Djamal machte eine kleine Pause, ehe er fortfuhr: »Und hatte zwei Kugeln im Herzen.«

»Der Scooter-Fahrer?«

Er zuckte mit den Achseln. »Der Korse mag keine Zeugen.«

»Djamal«, sagte Zadira leise. »Weißt du, wo Jules ist?«

Er sah auf die Uhr. »Allerdings«, sagte er. »Er zieht sich vermutlich gerade um, weil er in einer halben Stunde ein außergewöhnliches Treffen auf einer Yacht hat. Mit Ariel Cesari. Dir sagt der Name vermutlich was.«

Sie reagierte zu langsam. Sie hätte erstaunter tun müssen, sofort, irgendetwas in der Art äußern müssen wie: »Mit wem? Bitte was?«

Aber Djamal deutete ihr Zögern richtig. »Das ist nicht ungefährlich, Zadira. Okay, er war unser guter Onkel Ariel, aber er gehört zur alten Garde. Hast du irgendeine Absprache mit Cesari getroffen? Dann muss ich es wissen, weil ich Jules nämlich als guter unsichtbarer Geist begleiten werde.«

Sie nickte. Die *merguez* schmeckte auf einmal gar nicht mehr nach der verlorenen Zeit der Jugend.

»Ja. Ich habe mit Ariel etwas abgesprochen. Aber wieso hat Jules mit dir …?«

»Mann, Saddie! Wieso machst du Deals mit Cesari?«

»Weil ich nicht mehr daran glaube, dass die BACs irgendetwas mit dem Anschlag auf mich zu tun haben«, antwortete sie. »Sondern ganz andere Leute. Gern die, die Arrangements miteinander haben.« Und weil sie Angst gehabt hatte um diesen wahnsinnigen Pariser, der sich offenbar tief in die Scheiße gekniet hatte.

Für dich, Mädchen.

Mein Gott, vielleicht war es wahr. Vielleicht liebte er sie, mehr, als sie je begreifen würde.

»Da bist du allerdings nicht die Einzige«, unterbrach Djamal ihre Gedanken. Er hatte sein Baguette verschlungen und wischte sich den Mund sorgfältig mit einem gebügelten Taschentuch ab. Als er ihren Blick auffing, hob er das Tüchlein hoch. »Damit macht ein Mann immer Eindruck bei den Frauen!«

»Und wer denkt noch, dass die BACs nichts mit dem Anschlag zu tun haben?«

»Dein Freund. Oder Ex-Freund. Keine Ahnung, regel das, damit ich weiß, wie ich Jules nennen soll, okay?«

»Leck mich«, antwortete sie.

Djamal lachte, ein lautes, herzliches Lachen.

»Wie geht es ihm?«, fragte Zadira nach einer Weile leise.

»Jules? Er macht sich. Trägt Bart, endlich mal anständige Klamotten und hat Mumm in den Eiern. Ich glaube, das Einzige, was ihn umbringen kann, bist du.«

Zadira meinte, ein kleines Zögern gespürt zu haben. Sie kannten einander vielleicht einfach zu gut. Es gab etwas, dass Jules Djamal gesagt hatte und worüber dieser schwieg. Solidarität unter Männern oder so etwas.

»Was?«, fragte Zadira. »Was noch?«

»Jetzt fragst du schon wieder.«

Zadira warf ein winziges Bröckchen Wurst zu der grauen Katze. Nicht zu viel, es war für das Tier zu scharf.

»Gut. Gehen wir methodisch vor.«

Sie fasste ihre Gedankengänge zusammen. Dass sie inzwischen überzeugt war, dass nicht ihre jüngsten Ermittlungen gegen die BACs diese aufgescheucht oder gar veranlasst hatten, zusammenzulegen, um einen Auftragskiller zu beauftragen.

»Schon gar nicht jemand, der sich ›Der Korse‹ nennt.«

Sondern etwas anderes, womöglich ihre privaten Ermittlungen in Sachen Faruk.

»Momentchen«, unterbrach Djamal sie. »Faruk?«

»Ja, wieso?«

»Weil Jules mir mehr oder weniger aufgetragen hat, ich soll dem leitenden Richter de Viliers ausrichten, er kooperiere – und zwar mit genau dieser absolut an den Haaren herbeigezogenen Begründung. Und er forderte gleichzeitig die Wiederaufnahme eines Mordfalls. Dem an Faruk.«

»De Viliers …«, sagte Zadira. Und wurde stumm.

»Weiter«, forderte Djamal. »Was noch.«

»De Viliers«, wiederholte Zadira leise. »War er jemals verdächtigt, etwas mit Ariel Cesari zu tun zu haben? Oder anderen aus der alten oder jungen Garde?«

»Der? Eigentlich nicht. Nein. Er gilt als sauber.«

»Und uneigentlich?«

»Worauf willst du hinaus?«

Das wusste sie selbst nicht genau. Aber es war, als hätten die Informationen, die Zadira, Jules und Djamal unabhängig voneinander besaßen und die, isoliert betrachtet, keinerlei Sinn ergaben, soeben begonnen, sich zu einem Bild zusammenzusetzen.

»Kannst du denken, während ich rede?«

»Rede«, antwortete sie.

»Jules wurde in Saint-Giniez bedroht, mit einem Messer.«

Sie schloss die Augen.

»Ich bin mir sicher, es war nicht derselbe, der dich so sehnsüchtig verfolgt, sondern eher jemand, der Jules Angst einjagen soll, damit du dich ein wenig unwohler fühlst. Könnte ein BAC gewesen sein.«

»Jules hat auch mit Rabea gesprochen, oder?«

»Mit wem?«

»Faruks Mutter.«

»Nein! Dein feiner Herr Tierarzt hat es doch glatt geschafft, mir das zu verschweigen. So langsam habe ich Respekt vor dem Weißbrot.«

»Für den Mord an Faruk kommen Männer infrage, die drei ›Qualitäten‹ aufweisen.« Zadira zählte auf: »Homosexuell, vermögend, machtvoll.«

»Definiere machtvoll.«

Sie sah auf die Weite der Bucht. »Machtvoll im Sinne von Justiz. Mafia. Höhere Gesellschaft.«

Sie sahen sich an.

»Und ich war nah dran. Aus Versehen sehr, sehr nah dran. Fazit: Der Mordauftrag gegen mich kam ebenfalls aus dieser Szene.«

»Das ist nicht gut«, sagte Djamal leise. »Das macht es noch schwerer.«

Ja. Das machte alles schwerer. War sie einem Kartell oder einem Politiker, einem hohen Beamten oder einem Geschäftsmann in die Quere gekommen mit ihren hartnäckigen Recherchen über Faruks Mord?

Zadira reichte Djamal die beiden Royalkippen in einem Tütchen. »Es kann Unsinn sein. Aber die *ferme* ist kein sicherer Ort mehr. Gibt es ein anderes Versteck?«

»Ich muss mit Gaspard sprechen. Wir können nicht mehr solche Alleingänge durchziehen. Ich würde gern auch jemanden zur *ferme* schicken. Mich zum Beispiel.«

»Vertraust du Gaspard?«

»Ich vertraue nicht mal meiner Mutter!«, antwortete Djamal. »Sie durchsucht immer noch meine Sportklamotten, wenn ich mal bei ihr bin, auf Gras!«

»Dann richte Gaspard zwei Sachen aus.«

»Oh, natürlich! Es gibt Telefone! Man kann Leute damit anrufen! Man muss keinen Schwarzen als reitenden Boten missbrauchen! Hat sich das schon zu euch beiden rumgesprochen?«

»Ich werd's mir merken«, antwortete sie. »Bis dahin richte Gaspard aus: Er kann mich mal kreuzweise, und ich geh in das Safehouse, das er vorschlägt. Ich erzähle ihm alles von meinen privaten Recherchen. Aber er muss, hörst du, er *muss* diese Sache mit den *boys* verfolgen lassen. Er muss. Da ist der Schlüssel.«

»Ich werde sehen, wie ich ihm das verkaufe. Und ich geh jetzt los, falls ich deinem Ex-Typen den weißen Arsch retten muss.«

»Er ist nicht mein Ex-Typ«, sagte Zadira auf einmal hart.

»Ach?«

»Nein. Er ist der Mann, den ich liebe.«

»Ah«, sagte Djamal. »Na. Dann.« Er grinste.

Sie ließ sich in der Bank zurückfallen, als er verschwand.

Zadira beschattete ihre Augen. Dort, am kleinen Strand hinter dem Trockenhafen, unter dem Viadukt der Eisenbahntrasse, da hatte sie gekifft, zu Bob Marley barfuß im Sand getanzt. Und dort …

Verdammt, warum fiel ihr das ausgerechnet jetzt wieder ein?

Dort unten hatte sie das erste Mal geküsst.

32

Die *Auréliane* besaß drei Decks, die sich nach oben hin verjüngten. Es war das imposanteste Schiff im Hafen und lag mit dem Heck direkt an der Stirnseite, unweit des Riesenrades.

Als Jules mit Jade aus dem Taxi stieg, dachte er daran, dass er vor nicht einmal zwei Wochen an dieser Stelle gestanden hatte, voller Verzweiflung. Es war sein erster Abend in Marseille gewesen.

Er wies auf die Yacht, die von etlichen Passanten bestaunt wurde.

»Ist das die Art von Booten, mit denen Sie handeln?«

»Das ist schon die Oberklasse. Wenn ich davon eines alle drei Jahre verkaufe, kann ich mich entspannen.«

Sie bewegten sich gemächlich in Richtung Gangway, die von zwei kräftigen Männern in dunklen Anzügen und mit Sonnenbrille bewacht wurde.

»Aber die hier stand nie in Ihrem Katalog?«

»Leider nein.«

Er hatte sich mit Jade am Bahnhof Saint-Charles getroffen. Im dortigen Parkhaus hatte er sich vorher aus dem Kofferraum seines Porsches passende Kleidung für den Empfang geholt. Es gehörte zu den Erfahrungen seines neuen Lebens, dass er sich, ohne zu zögern, in einem Parkhaus einen Sommeranzug überstreifte.

Jade wiederum hatte dort ihren Jaguar abstellen können.

Die schöne Schiffsmaklerin trug ein locker fallendes weißes Kleid, das ihre zart gebräunte Haut und die blauen Augen zur Geltung brachte. Gleichzeitig blieb sie ihrem Stil treu.

Jules fiel auf, dass sie einen etwas angespannten Eindruck machte.

»Ist alles in Ordnung?«, fragte er sie.

»Ich weiß nicht«, antwortete sie nach kurzem Zögern. »Ich habe mich in Ihrer Angelegenheit ein wenig umgehört. Es gibt da etwas, was mich beunruhigt.«

»Was denn?«, fragte Jules.

Sie hatten die Gangway fast erreicht. Darum sagte Jade leise: »Später. Ich warte noch auf einen Anruf.«

Jules zeigte den Männern seine Einladung, woraufhin einer der beiden etwas in das Mikrofon seines Headsets murmelte. Die Antwort schien zufriedenstellend auszufallen. Mit einer Geste machte er Jules und Jade die Gangway frei.

An Bord warteten zwei weitere Männer, die denen an der Gangway glichen. Einer bat Jules beiseite. Außerhalb der Sicht vom Kai her blieb er stehen, sagte leise »Pardon« und begann, Jules abzutasten. Das geschah ebenso rasch wie professionell. Ehe er sich unwohl fühlen konnte, ging er bereits mit Jade zum Bug des Schiffes, wo die Gäste anscheinend empfangen wurden. Tatsächlich hatten sich dort schon gut zwei Dutzend Menschen eingefunden.

Der Gastgeber war nicht schwer zu identifizieren. Der grauhaarige Mann im weißen Smoking bildete ganz offensichtlich das Zentrum der Gesellschaft.

»Ariel Cesari«, bestätigte Jade Jules' Vermutung.

Jules blieb im Hintergrund stehen, um die Szene in sich aufzunehmen.

Die anderen Gäste hatten sich bei ihrer Kleiderauswahl deutlich mehr Mühe gegeben als er, aber das störte ihn nicht. Er war nicht hier, um mit seiner Kleidung Eindruck zu machen.

Gerade begrüßte Cesari mit ausgebreiteten Armen einen bullig wirkenden Mann, den eine ähnliche Aura von Macht umgab wie den Gastgeber selbst. Die beiden Männer umarmten sich. Dabei wanderte Cesaris Blick in Jules' Richtung, und er lächelte. Dann fiel sein Blick auf Jade.

Für einen winzigen Augenblick huschte ein Schatten über Cesaris Gesicht. Jules bemerkte es, zweifelte aber schon im nächsten Moment an seiner Wahrnehmung, denn Cesari begrüßte sie beide mit unverfälscht wirkender Herzlichkeit.

Allerdings mit Worten, die Jules grenzenlos verblüfften.

»Sie müssen Jules Parceval sein, Zadiras Verlobter.«

Zadiras Verlobter?

Jules war so aus der Fassung gebracht, dass er vergaß, Jade vorzustellen. Doch das schien gar nicht nötig zu sein.

»Madame«, schnurrte Cesari und nahm ihre Hand, um einen Handkuss darüberzuhauchen. »Ich bin froh, dass Sie es endlich geschafft haben, mich auf meinem bescheidenen Boot zu besuchen.«

»Bescheidene Boote wie das Ihre würde ich gern häufiger zum Kauf vermitteln, Monsieur Cesari.«

»Ich hoffe nicht, dass Sie mich verführen wollen, um es mir abzuhandeln.«

»Das widerspräche meiner Geschäftsphilosophie«, sagte sie freundlich.

»Ah, Sie machen mich neugierig. Was ist das dann für eine Philosophie?«

»Jedem Kunden das Boot zu beschaffen, das nur zu ihm passt. Dieses Boot hat seinen Besitzer bereits gefunden.«

Cesari reagierte auf dieses Kompliment mit einem anerkennenden Neigen des Kopfes. Dann wandte er sich an Jules.

»Ich freue mich darauf, mich später mit Ihnen zu unterhalten. Nehmen Sie sich bitte etwas zu trinken und genießen Sie den Aufenthalt. Wir werden in Kürze ablegen.«

Bei ruhiger See und nur leichtem Wind passierten sie die von zwei Forts bewachte Einfahrt zum Hafen. Auf offener See begann die *Auréliane* sich sanft in den Wellen zu wiegen. Doch weniger, als Jules erwartet hatte, vermutlich verfügte das Schiff über Stabilisatoren, um das Rollen und Stampfen auf den Wogen zu minimieren.

Nach der Begrüßung durch Cesari hatte Jade sich entspannt, während Jules immer noch mit seiner Verwunderung kämpfte, dass der Gastgeber Zadira offenbar so gut kannte und sie sogar mit Vornamen nannte.

Wieder eine Seite aus Zadiras Leben, von der er keine Ahnung gehabt hatte.

Jade verstand es, ihn abzulenken. Sie machte ihn mit einigen der anderen Gäste bekannt, unter anderem dem bulligen Alphatier, das Cesari umarmt hatte. Monsieur Dupré, Abgeordneter der Rechten, zeigte ein Politikergrinsen und versuchte, Jules die Hand zu zerquetschen. Jules merkte es rechtzeitig und hielt dagegen. Jade amüsierte sich sichtlich über den kleinen Wettkampf. Dann wieder standen sie einfach nur an der Reling und schauten zur Stadt hinüber, an deren höchstem Punkt Notre-Dame de la Garde wachte. Auf der anderen Seite konnten sie den Archipel du Frioul mit dem berühmten Château d'If vorbeiziehen sehen. Die *Auréliane* fuhr Richtung Süden, wo sich in der Ferne die schroffen Höhen der Calanques erhoben. Wie ihnen mitgeteilt worden war, würden sie am Naturpark entlang bis in die Bucht von Cassis fahren. Dort würde das Schiff ankern und das Buffet eröffnet werden.

Sie hatten das Stadtgebiet noch nicht ganz hinter sich gelassen, als ein livrierter Kellner auf sie zutrat und Jules mitteilte, dass Monsieur Cesari ihn zum Gespräch in der Bibliothek lud.

Jules zögerte, die Einladung war offenbar nur an ihn gerichtet. Was ihm zupasskam, dennoch machte er eine entschuldigende Geste in Richtung Jade.

»Gehen Sie nur«, sagte sie lächelnd. »Ich werde mir einen Millionär angeln.«

Das würde mich nicht wundern, dachte Jules amüsiert und folgte dem Kellner die Treppen hinauf auf das oberste Deck.

»Es gibt auch einen Fahrstuhl«, informierte ihn der Mann, »aber ich dachte, dass Sie vielleicht etwas vom Schiff sehen wollen.«

»Völlig richtig«, gab Jules höflich zurück. Allerdings interessierte ihn weniger das Schiff, obgleich er am Rande merkwürdige Details registrierte, wie etwa Scheinwerfer unter Wasser, Teppiche, deren Muster so wirkten wie konzentrische Wasserwellen, und lackierte Furnierhölzer, die vermutlich so exotisch wie teuer waren. Was hatte Jade einmal gesagt? »Jeder Meter Yacht kostet rund eine Million Euro.«

Jules bereitete sich innerlich auf das Gespräch mit Cesari vor.

Der Plan, den er sich zurechtgelegt hatte, war zugegebenermaßen nicht besonders aussichtsreich. Jetzt war er gespannt, ob Cesaris Bekanntschaft mit Zadira seine Erfolgschancen erhöhen würde oder nicht.

In der Bibliothek befanden sich nicht wirklich viele Bücher, einige Hundert vielleicht, doch hatte der Raum mit den altenglischen Regalen, Messinglampen und Clubsesseln den Charme zurückgezogener Stille, wie auch Bibliotheken ihn vermitteln. Er lag im hinteren Teil des oberen Decks, war großräumig und umgeben von einer weitläufigen Terrasse, von der man wiederum auf die anderen Decks hinabschauen konnte. Der persönliche Bereich des Schiffseigners, in dem er offensichtlich nur ausgewählte Besucher empfing.

Cesari hatte die Smokingjacke abgelegt. Er bat Jules in eine Sitzecke, die mit weichem hellem Leder bespannt war.

»Whisky oder Wasser?«, fragte er.

»Wasser, bitte.«

Ariel goss ihnen beiden ein Glas Perrier ein.

»Zuerst einmal danke ich Ihnen für Ihre Einladung, Monsieur Cesari«, begann Jules die Unterhaltung. »Dennoch muss ich Sie korrigieren. Ich bin nicht mit Zadira Matéo verlobt. Das war«, er machte eine entschuldigende Geste, »für die Krankenhausverwaltung.«

Cesari zeigte gutmütiges Verständnis und beobachtete ihn. Jules entschied, dass die Präliminarien beendet waren.

»Darf ich Sie fragen, woher Sie Zadira kennen?«

»Sicher«, antwortete der, »aus dem Panier. Ich kannte ihren Vater.« Er schüttelte bedauernd den Kopf. »Was für ein Unglück. Eine verirrte Polizeikugel löscht ein Leben aus und macht ein kleines Mädchen zur Waise. Ich war ein Freund von Tarek und habe immer ein Auge auf seine Tochter gehabt. Ihr Vater wäre stolz auf sie. Eine freie Frau, ein freier Geist.«

Cesari hatte es geschafft, sehr herzlich über ihre Bekanntschaft zu reden, ohne irgendetwas zu verraten.

Jules überlegte, wie er seine nächsten Fragen formulieren sollte.

Woher wussten Sie, dass ich in Marseille bin?

Wieso haben Sie mich eingeladen?

Was wollen Sie von mir?

Er setzte gerade an zu reden, als sein Gastgeber sagte: »Zadira hat mich gebeten, Ihnen zu helfen.«

Wieder gerieten Jules' Gedanken in Aufruhr.

»Sie haben mit ihr gesprochen?«, fragte er mühsam beherrscht.

»Ich habe sie getroffen«, gab Cesari zurück, seine dunklen, melancholischen Augen unverwandt auf Jules gerichtet.

Jules nahm einen Schluck Perrier. Das Gespräch lief nicht so, wie er erwartet hatte. Was hatte Cesari gerade jetzt mit Zadira zu schaffen? Oder, vielmehr: umgekehrt?

Er beschloss, direkt vorzugehen.

»Kann ich offen sprechen?«

Cesari atmete einmal tief durch.

»Ich habe gelernt, Menschen zu misstrauen, die sagen, dass sie offen sprechen wollen. Aber nur zu, Monsieur Parceval.«

Jules konnte sich die plötzliche Feindseligkeit Cesaris nicht erklären, aber er hatte keine Lust auf taktische Spielchen. Mit einer gewissen Verve fragte er: »Kennen Sie den Korsen?«

Cesari hob eine Augenbraue.

»Ich kenne viele Korsen. Ich bin selber Korse.«

Jules lehnte sich auf seinem Sofa zurück. Er hatte die Nase voll von diesem Theater.

»Monsieur Cesari, ich habe keine Lust auf Spielchen. Sie wissen genau, welchen Korsen ich meine.« Er verschränkte die Arme vor der Brust und versuchte, seinen Ärger zu zügeln. »Sie haben mich auf ziemlich aufwendige Weise zu diesem Ausflug eingeladen. Ich weiß nicht, wieso. Wenn der Grund dafür mit Ihrem Treffen mit Zadira zusammenhängt, dann sagen Sie es mir. Ich habe auch einen Grund, weswegen ich hier bin. Ich will, dass Sie mir Kontakt zum Korsen verschaffen. Wenn beides nicht möglich ist, Sie mir also nicht sagen können, warum Sie mich sprechen wollten, und mir auch nicht in Bezug auf den Korsen weiterhelfen können oder wollen, dann können wir uns dieses Gespräch sparen. Dann schwimme ich meinetwegen an Land und nehme mir ein Taxi. Aber hören Sie auf, mich wie einen Idioten zu behandeln.«

Cesaris Miene war undurchdringlich. Jules machte sich gerade klar, dass er einen ehemaligen Obermafioso angeschnauzt hatte. War er zu weit gegangen?

Cesari betrachtete ihn nachdenklich, eine Hand am Kinn.

»Jules«, sagte er schließlich, um gleich darauf hinzuzufügen: »Ich darf Sie doch Jules nennen?«

Jules breitete in knapper Geste die Hände aus. »Natürlich.«

»Also gut, Jules, nehmen wir mal an, ich könnte Ihnen einen Kontakt zu dem Mann vermitteln, den Sie den Korsen nennen. Was wollen Sie denn von ihm?«

Okay, der Moment der Wahrheit war gekommen.

»Ich will ihn kaufen«, sagte er.

Cesaris Augenbrauen zuckten nach oben.

»Kaufen?«

Jules nickte.

»Ich biete das Doppelte dessen, was ihm für den Mord an Zadira geboten wurde.«

Er hatte sich alles genau überlegt. Natürlich verfügte er selbst nicht über das Geld, um den Killer auszuzahlen. Aber er hatte etwas, das er einsetzen konnte, um dieses Geld zu bekommen: seine Freiheit.

Seine Familie, sein Vater verfügte über die Mittel, die er benötigte. Er brauchte ihnen nur das zu bieten, was sie verlangten: Er würde das verlogene Leben leben, das von ihm erwartet wurde. Ein anderes gab es ohnehin nicht mehr für ihn, seit Zadira ihn aus ihrem gemeinsamen Leben gestoßen hatte.

Sein Ausbruch aus der ebenso geschützten wie beengten Pariser Bourgeoisie in ein freies, selbstbestimmtes Leben hatte ihn genau hierher geführt. Und nur so ergab alles einen Sinn.

Cesari betrachtete ihn immer noch. Schließlich schüttelte er den Kopf und erhob sich. Er ging zu der Bar im Bücherregal, schenkte eine goldgelbe Flüssigkeit in zwei Gläser und reichte Jules eines davon. Es war ein superber Whisky.

»Ich weiß nicht, was ich von Ihnen halten soll, Jules«, sagte er, nachdem er sich wieder in seinem Sessel niedergelassen hatte. »Sind Sie der, der Sie vorgeben zu sein? Ich will, dass Zadira am Leben bleibt. Sie erklären mir nun, dass Sie Ihr gesamtes Vermögen dafür einsetzen wollen. Soll ich Ihnen das glauben?«

Jules hatte langsam genug davon, dass irgendwelche Leute an seiner Loyalität zu Zadira zweifelten.

»Ich kann das Geld auf ein Sperrkonto einzahlen«, sagte er.

»Herrje«, machte Cesari.

»Was war es doch gleich«, fragte Jules, »weswegen Sie mich sprechen wollten?«

»Tja«, sagte Cesari, »das hat sich, glaube ich, bereits erledigt. Ich wollte Sie auf Bitten Zadiras aus der Schusslinie holen. Ich fürchte allerdings, dafür ist es zu spät.«

»Wenn Sie Zadira helfen wollen, verschaffen Sie mir den Kontakt zum Korsen.«

Cesari brauchte auffällig lange zum Überlegen. Dabei ließ er Jules nicht aus den Augen. Der fragte sich zum wiederholten Mal, wieso sein Gegenüber so an ihm zweifelte.

»Also gut«, meinte Cesari schließlich. »Ich werde sehen, was ich tun kann. Aber Jules ...« Er beugte sich vor. »Sie müssen vorsichtig sein, hören Sie? Sie wandeln auf einem sehr gefährlichen Terrain. Trauen Sie niemandem, nicht einmal mir!«

»Das werde ich beherzigen, Monsieur Cesari.«

»Sagen Sie Ariel.«

»Ich traue Ihnen nicht, Ariel.«

Es war das erste Mal, dass Ariels Augen mitlächelten.

Jules fand Jade auf dem zweiten Deck. Sie unterhielt sich angeregt mit einem älteren Paar. Jules wollte sich nicht dazustellen, er hatte das Bedürfnis, allein zu sein, um nachzudenken. Das allerdings stellte sich als schwierig heraus.

Binnen Kurzem war auch er in Gespräche mit allen möglichen Menschen vertieft, die es außerordentlich interessant zu finden schienen, sich mit einem Pariser Tierarzt zu unterhalten. Zumindest erkannten ihn alle als Pariser, und er machte sich nicht die Mühe, von der kleinen Stadt im Vaucluse zu erzählen, der er sich mittlerweile schon zu entfremden begann.

Hin und wieder entdeckte er Jade, wahrscheinlich trieb sie Kontaktpflege, dachte er und ließ sie in Ruhe. Erst als das Schiff sich am späten Nachmittag wieder Marseille näherte und in der Ferne bereits die Forts der Hafeneinfahrt auftauchten, hielt er nach ihr Ausschau.

Die meisten Gäste drängten an die Steuerbordseite des Schiffes. Angenehm gesättigt und mit einer gehörigen Portion Champagner und Bandol-Rosé im Blut, zeigten sie fröhlich auf jene Häuser, die sie kannten oder in denen sie gar wohnten. Jade war nicht unter diesen Menschen. Jules entdeckte sie auf der anderen Seite des Schiffes, als er vom zweiten Deck auf das erste hinabschaute.

Gerade wollte er sich bemerkbar machen, als er den Mann erkannte, mit dem sie sprach: Ariel Cesari!

Die beiden standen fast direkt unter ihm und machten einen sehr ernsten und sehr angespannten Eindruck.

»… Ihrem Kunden, dass ich ihn unbedingt sprechen muss. Ich möchte ihm ein Angebot machen.«

»Natürlich, Monsieur Cesari. Darf ich erfahren, um welches Objekt es dabei geht?«

»Das werde ich ihm persönlich sagen.«

»Ich denke, als Maklerin sollte ich wissen …«

»Richten Sie es ihm einfach aus.«

Jade machte eine Pause.

»Natürlich, Monsieur Cesari«, sagte sie schließlich kühl. »Ganz wie Sie wünschen. Sie werden in Kürze von mir hören.«

33

Laufen, jagen, *springen;* es war alles eins. Sie waren pulsierende Schatten in einer Welt, die nicht mehr viel mit dem zu tun hatte, was Mazan kannte. Düfte und Farben verschmolzen. Er witterte die Angst möglicher Beutetiere. Aber so, wie er sie aufzuspüren vermochte, verrieten ihre Instinkte ihnen die tödliche Bedrohung zweier Jäger.

In seinem Geist formten sich nur wenige Gedanken in diesen Stunden, zu sehr war alles Wahrnehmung, Bewegung und eine Konzentration, die keinen Raum mehr ließ für Zweifel. Er dachte die Welt nicht mehr, er fühlte sie. Hatten seine Schnurrhaare und Spürhärchen im Fell schon vorher aus feinsten Luftströmungen Hindernisse und Bewegungen anderer Wesen ausmachen können, so war ihnen das nun in gesteigertem Maße möglich. Er hätte mit geschlossenen Augen durch den Wald rennen können.

Später, als er hechelnd mit GriGri auf den Felsen lag, sein Atem sich beruhigte und sein Herz zurück in einen ruhigen Rhythmus fand, erst da fragte er sich, ob es nicht das war, wonach er sich immer gesehnt hatte.

Er dachte an seine erste Zeit in der Wildnis zurück, in der ihn Hunger, Durst und Einsamkeit gequält hatten. Dennoch hatte es ihn immer dorthin zurückgezogen. Warum, das hatte er nie ganz begreifen können. Etwas in ihm hatte offensichtlich gewusst, welche Fähigkeiten in den Katzen schlummerten. Fähigkeiten, die sie nach und nach verloren hatten, als sie den Bund mit den Menschen eingegangen waren. Und die sie nur wiederentdecken konnten, wenn sie nicht in der Welt der Menschen unterwegs waren. Dieses Wissen hatte damals an ihm gezogen, denn es wollte erkannt werden. Es hatte ihn nie richtig losgelassen.

Die Welt färbte sich golden, dann blutig rot, bald darauf wuchsen die Schatten aus dem Boden. Was eben noch geschwätzig die Luft erfüllte, verstummte ehrfurchtsvoll. Die Stunde der Jäger brach an.

Frrressen. Beute, dachte, fühlte, sagte GriGri.

Nein. Haus. Zadira.

Guut Zadira.

Ja, gut. Wachen. Gefahr.

Ein leises Knurren entrang sich GriGris Kehle, das sich schlagartig in ein Fauchen und einen Schrei steigerte.

Bööse Menschen.

Ja. Wachen.

Er hatte dem Wildling die Boshaftigkeit verständlich machen können. Sie saß im Leuchten der Menschen wie ein Kern von absoluter Schwärze, der von einem Moment zum nächsten ihr ganzes Wesen erfüllen konnte. Es war ihm gelungen, weil er an die bösen Menschen gedacht hatte, denen er bisher begegnet war. Sofort hatten ihn bei dieser Erinnerung Gefühle bestürmt, die für GriGri so deutlich zu lesen waren wie die Spur eines fliehenden Wiesels. Der Wildling, den es zu den Menschen zog, wusste jetzt, worauf er zu achten hatte.

Mazan reckte sich und sprang den Felsen hinab. Er wandte sich um.

Wir wachen!

Wirr wachen!

Mazan wusste, dass er sich auf seinen Freund verlassen konnte.

Als er Tardieus Hof zwischen den Bäumen auftauchen sah, hielt Mazan inne. Mit hochgerecktem Kopf witterte er in die Runde. Erst dann setzte er seinen Weg fort.

Er näherte sich dem Haus, seiner vertrauten Wärme, den beiden Menschen und den beiden Hunden darin. Es war alles wie immer, und doch wurde ihm jetzt klar, dass das keinen Schutz vor der Bedrohung bot, die sich ihnen unaufhaltsam näherte.

Die Tür war geschlossen, ebenso die Läden vor den Fenstern. Schmale Lichtritzen verrieten, dass jemand dort war. Er konnte sich an der Tür bemerkbar machen. Selbst wenn Tardieu ihn nicht hörte, würden die Hunde es mitbekommen. Wahrscheinlich hatten sie ihn jetzt schon wahrgenommen und hoben die Köpfe von ihrem Lager. Er sah es so deutlich, als stünde die Tür offen. Ebenso wie er wusste, dass Tardieu versunken am Tisch saß. Zadira fühlte er nicht hinter dieser Wand.

Lautlos umkreiste er das Haus, kein Fensterladen versperrte ihm den Weg. Er sprang auf die Fensterbank, fühlte ihren tiefen Schlaf und schlüpfte ins Innere.

Deutlicher als sonst nahm er in der Luft, in die sie atmete, den Geruch jener Chemikalien wahr, die sie schluckte, um ihre Schmerzen zu lindern. Er roch das wunde Fleisch unter ihrem Verband, fühlte die tiefe Erschöpfung ihres Körpers.

Mit einem Satz war er auf dem Bett, suchte ihre heile Seite und schmiegte sich an sie. Während er sich mit geschlossenen Augen in die Decke knetete, strömten Bilder auf ihn ein. Er sah eine im Sonnenlicht glitzernde, blaue Fläche, die sich bis zum Horizont erstreckte, nahm ihren salzigen Duft wahr, der sich mit den üblen Gerüchen von Motoren mischte.

Er sank ein in den Bilderstrom, fühlte Zadiras Angst und ihren Zorn, nahm den schwachen Duft von Jeffrey wahr sowie den einer fremden Frau, bitter und dunkel vor Trauer.

Das Knistern von Papier, Zeichen, die Stimme eines Mannes, Jules!

Eine wilde Kaskade von Eindrücken stürzte auf ihn ein. Zuckende Körper bei der Paarung, Wut, Verlassenheit und eine grenzenlose Sehnsucht. Sie trieb ihn hinaus in eine graue Welt, in der nichts mehr von Bedeutung war. Die dem Tod näher schien als dem Leben. War dies wirklich? Oder nur die Angst vor dieser Wirklichkeit?

Mazan trieb weiter. Schlief er? Träumte er? Oder war er in Zadiras Traum? Er wusste es nicht.

Was geschah, war wirklich? In dieser Wirklichkeit bewegte er sich so, wie er mit GriGri durch den Wald gelaufen war. Und in dieser Wirklichkeit traf er auf den Tod!

Er saß hinten auf einer dieser Maschinen, mit der die Menschen sich über die Straßen bewegten. Vor ihm saß noch jemand, dessen dumpfe Stimme etwas sagte.

»Ja«, antwortete eine noch glückliche Zadira.

Im nächsten Moment schossen zwei Feuerzungen auf Mazan zu. Sie brannten sich in seine Brust, die doch ihre Brust war. Wollten das Leben löschen, das dort atmete. Schafften es nicht. Doch sie ließen den Schmerz entstehen, der nun immer noch unter dem Verband pochte.

Etwas in dem Bild stimmte nicht. Doch ehe er es fassen konnte, glitt der Strom der Bilder weiter …

Er vernahm ein Fauchen. Ein Fauchen?

Chemikalien, harte Männerstimmen. Dumpfes hoffnungsloses Dahinsinken.

Waachen!

Er kämpfte gegen den Sog der Bilder an. Etwas rief ihn, etwas war drängender als das Leiden, in dem er schwamm.

Frrreund!

Mit einem Schlag war er wach und sprang auf.

Denn GriGri rief ihn.

Er warf keinen Blick zurück, als er die Bäume erreichte. Doch er wusste, dass das Licht noch brannte. Dass Tardieu wachte. Dass die Ohren der Hunde zucken würden.

Sein erster Impuls war, zu den Felsen zu laufen. Doch dann nahm er die Bedrohung wahr. Den schwarzen Kern eines Menschen. Er war auf der anderen Seite des Hofes. Und er kam näher.

Rasch, aber so vorsichtig wie nötig eilte er in diese Richtung. GriGris Präsenz fühlte er schon, bevor sie sich fanden.

Sie gaben keinen Laut von sich, aber Mazan wusste, dass GriGri von dem Geräusch eines Autos alarmiert worden war, sehr weit entfernt von hier. Er sah den Weg, den der menschliche Schatten im Wald zurückgelegt hatte.

Ein Mensch, der den Weg kannte, den er nahm.

Dann näherten sie sich dem Platz, an dem dieser Mensch wartete. Seine Wut war lodernd rot und getränkt von einer Schwärze, die unablässig nachquoll, aus einer ewigen Quelle, die ihn nie verlassen würde.

Jetzt konnte er ihn wittern. Der Mann hockte an einem Baum, ein Platz, von dem aus er die Front des Hauses einsehen konnte. Er roch nach Zigaretten, doch keine Glut leuchtete im Dunkel auf. Dann erkannte Mazan, was der Mann in der Hand hielt. Es war ein Gewehr.

GriGris zerfetzter Körper!

Die Feuerzungen, die sich in Zadiras Brust brannten.

Die Bilder brachten sein Herz zum Rasen. Doch er sah, dass der Mann das Gewehr senkrecht vor sich stehen hatte, so als würde er sich darauf abstützen. Mazan begriff. Der Jäger wartete. Darauf, dass seine Beute zuckte.

Er beobachtete das Haus und wartete darauf, dass Zadira vor die Tür trat. Dann erst würde er anlegen.

Und sie erschießen.

GriGri!

Kannte er die Wirkung eines Gewehres?

Mazan holte die Bilder aus seinen seltsamen Träumen hervor, ließ sie in sich aufleben. Feuerzungen, brennendes Fleisch, Tod.

GriGris Fühlen zuckte verwirrt und ungläubig durch diese Bilder. Würde er sie vielleicht erst begreifen, wenn der Mann auf Zadira anlegte? Schoss? Sie traf? Mazan machte sich klar, dass es an ihm liegen würde, das zu verhindern.

Er versuchte, sich zu beruhigen, denn jetzt brauchte er die Klarheit seiner Gedanken. Verwundert erkannte er, wie durch das Nachdenken die Intensität des Wahrnehmens abnahm. Geist über Gefühl. Sogar seine Fähigkeit, sich GriGri mitzuteilen, ließ nach.

Das ist es also, was uns von unserer Natur abhält, dachte er.

Er musste darauf vertrauen, dass seine Fähigkeiten wieder zurückkehren würden, wenn er sie brauchte.

Letztlich blieben ihm nicht viele Möglichkeiten. Er war zu klein, um dem Mann ernsthaft gefährlich zu werden. Alles, was er tun konnte, war, ihn zu behindern, wenn er schießen wollte. Dass der Mann hockte, machte es einfacher. Er konnte ihm direkt an den Kopf springen und seine Krallen in dessen Gesicht schlagen. Vielleicht traf er sogar die Augen. Und wenn es ihm dann noch gelang, GriGri dazu zu bewegen …

Nein! Er würde das Leben seines Freundes nicht gefährden. Er musste es allein schaffen.

Nicht zweifeln. Reine Bewegung. Kraft.

Er versuchte, sich in sich selbst zu versenken. Versuchte, wieder in den Sinnesmodus zurückzukehren. Es … funktionierte nicht!

Hatte er es verloren?

Er drängte seine aufkommende Panik zurück.

Nicht zweifeln!

Stille senkte sich über sie. Zeit verrann. Schatten bleichten aus, das Grau der Zwischenphase von Nacht und Tag zog auf. Zeit der Unbestimmtheit. Kühl erwachte unter ihm die Erde. Sie murmelte von den Geheimnissen der Nacht und bereitete sich auf das harte Licht des Tages vor.

Ja. Ja!

Seine Sinne gewannen wieder die Herrschaft über sein Denken. Er fühlte die Kraft zurückkehren. Zuversicht durchströmte ihn. So würde es gelingen. So war er der Wildling.

Er wollte es GriGri mitteilen, der ihn nun wieder verstehen würde.

Er suchte seinen Freund, suchte … und fand ihn nicht.

Mazans Sinne tasteten durch das beginnende Licht. Und als sie GriGris Körper erfassten, schoss der Schreck wie Säure durch seine Glieder.

In der Zeit, da seine Kommunikation mit GriGri unterbrochen war, hatte der anscheinend sehr wohl wahrgenommen, was Mazan durch den Kopf ging. Der Wildling hatte offenbar nicht die Absicht, den Kampf gegen das Böse allein Mazan zu überlassen. Er hatte es geschafft, lautlos auf den Baum zu klettern, an dessen Stamm der Mann immer noch hockte. Mazan spürte den Weg nach, den sein Freund genommen hatte. Der andere Baum, die Äste, die sich ineinander verschränkten – unwillkürlich musste er GriGri Respekt zollen für dieses Kunststück. Jetzt saß er auf dem Ast keine zwei Meter über dem Mann.

Schaute auf den Jäger hinab, pulste Wahrnehmungen zu Mazan. Dem war klar, dass GriGri genau wusste, was er vorhatte, und nun auf den Zeitpunkt wartete, wenn sie beide zugleich angreifen würden.

Mazan drängte seine Sorge um den Wildling beiseite. GriGri war ebenso entschlossen wie er. Es gab kein Zurück. Jetzt würden die Dinge geschehen.

Als hätten ebendiese Dinge nur auf ihr Kommando gewartet, öffnete sich unten am Haus die Tür. Der Mann hob in einer ruhigen, flüssigen Bewegung das Gewehr an die Schulter.

GriGri ließ Mazan nicht aus seiner Konzentration.

Der versuchte zu begreifen, was an der *ferme* geschah. Er sah eine Gestalt, groß, kräftig. Nicht Zadira. Sondern Tardieu!

Er sah die beiden Hunde. Pellerine witterte in ihre Richtung. Witterte sie den Fremden? Möglich, auch wenn die Entfernung recht groß war.

Atos pinkelte genussvoll an einen Busch.

Mazans Aufmerksamkeit zuckte zu dem Mann. Der drehte an kleinen Schräubchen und schaute dabei durch ein längliches Rohr, das auf dem Gewehr befestigt war. Ohne das Gewehr abzusetzen, nahm er eine Handvoll Blätter auf, ließ sie fallen und drehte erneut am Gewehr.

Mazan war verwirrt. Wollte der Mann Tardieu töten?

Er fixierte den Fremden. Spannte seine Muskeln an. GriGri las diese Körpersprache, machte sich ebenfalls bereit. Mazan konzentrierte sich ganz auf den Mann. Fühlte die kalte Entschlossenheit in ihm, das absolute Fehlen von Bedauern oder Mitleid.

Und den Willen, zu töten.

Wann?

Jetzt?

Schon wollte er losspringen.

Da setzte der Mann das Gewehr wieder ab.

Nicht!, schrie es in Mazan.

GriGri verstand gerade noch, verharrte, schaute zu Mazan.

Vom Hof her erklang ein warnendes Bellen von Pellerine.

Der Mann wich zurück.

Für einen Menschen war er ziemlich leise. Für die Katzen war es ein einziges Poltern. Und auch Pellerine konnte von Tardieu nur mit Mühe zurückgehalten werden, um nicht in die Richtung der Geräusche und des Geruchs zu stürmen.

Mazan und GriGri folgten dem Mann durch den Wald. Auf der anderen Seite des Berges, weit von Tardieus Hof entfernt, stand das Auto. Der Mann verstaute das Gewehr im Kofferraum, stieg ein und löste die Handbremse. Der Wagen rollte leise an, erst später startete er den Motor.

Die beiden Katzen schauten dem Wagen hinterher, wie er hinter einer Kurve verschwand.

GriGri knurrte befriedigt. Doch er wusste ebenso wie Mazan, dass die Bedrohung nicht kleiner geworden war. Sie umgab sie weiterhin, drängend, dunkel, tödlich.

Mazan war klar, dass der Mann wiederkommen würde. Jetzt aber wussten sie zumindest, aus welcher Richtung. Und was sie tun konnten.

Erst auf dem Rückweg zum Haus – GriGri hatte er bei den Felsen zurückgelassen – fiel Mazan ein, was ihn beschäftigt hatte, bevor er GriGris Warnruf vernommen hatte. Es gab etwas in Zadiras Träumen, das ihn verstört hatte. Er suchte in seiner Erinnerung, doch die zeigte ihm nur ein Gewebe aus Leid und Schmerz, in dem sich die Bilder bewegten wie verschreckte Tiere. Irgendetwas passte nicht. Irgendwo war ein Fehler.

34

Jules hatte sich den ganzen Vormittag vor dem Anruf gedrückt. Wohl wissend, dass es ihm nicht helfen würde.

Er war zur Kathedrale hochgejoggt, hatte sich in die Kirche gesetzt. Später hatte er ausgiebig gefrühstückt, Kids beim Skaten zugeschaut. War durch die Gassen von Marseille marschiert, hatte Kaffee getrunken, nachgedacht, bis er schließlich nicht mehr weiterwusste. Jetzt saß er auf einer Bank an der Place Jean Jaurès, lauschte dem Rascheln des Windes im Blattwerk der Bäume und holte schließlich sein Smartphone hervor.

Wie seltsam es sich anfühlte. Er hatte es vor Tagen ausgeschaltet, um der Überwachung in Marseille zu entgehen. Nun stellte er fest, dass er sich davor scheute, es wieder in Betrieb zu nehmen.

Weil es sein altes Leben zurückbringen würde.

Und weil er merkte, dass ihm die Freiheit gutgetan hatte.

Mit einem schweren Seufzer setzte er das Handy in Betrieb. Dass irgendwelche wachsamen Beobachter vielleicht sein Funksignal registrieren könnten, störte ihn nicht mehr. Dann wussten sie eben, dass er irgendwo in Marseille rumlief. Ja und?

Viel mehr zu schaffen machte ihm der Anruf, den er tätigen musste.

Er hatte Cesari beauftragt, dem Korsen ein Angebot zu machen. Möglichst eines, das der nicht ablehnen konnte, dachte er mit säuerlichem Humor. Da war es schon sinnvoll, sich zu vergewissern, dass er auch liefern konnte, wenn Cesari ihn anrief. Und das führte unweigerlich zu dem unangenehmen Punkt, an dem er seinen Vater anrufen musste.

Natürlich hätte er das auch mit einem seiner Prepaidhandys machen können. Aber er kam nicht darum herum, sich die Nachrichten anzuhören, die sein vermutlich ziemlich erboster Erzeuger ihm auf die Mailbox gesprochen hatte.

Nachdem die kleine Kommunikationsmaschine angesprungen war, lud sie in hektischer Eile alles herunter, was im unsichtbaren Cyberspace auf Empfang gelauert hatte, E-Mails, Anrufe, Textnachrichten. Er überflog alles, ohne es zu öffnen. Hauptsächlich, weil er unvernünftigerweise hoffte, dass auch Zadira angerufen hatte. Doch ihre Nummer war nicht dabei.

Bestimmt hat sie ihr Handy ebenfalls abgestellt.

Auch sein Vater hatte irgendwann aufgehört, sich zu melden, was ein ziemlich schwieriges Gespräch erwarten ließ. Schon wollte Jules auf die Mailbox schalten, als ihm eine Nummer in der Liste auffiel.

Sie hatte die Vorwahl von Marseille. Und sie kam Jules irgendwie bekannt vor. Er drückte auf Anruf.

»Hotel Beauvau Marseille, *bonjour*«, meldete sich eine freundliche Stimme.

Das Hotel, in dem er nach seiner Ankunft abgestiegen war.

Er nannte seinen Namen und dass er einen Anruf bekommen habe.

»Einen Moment, Monsieur.«

Es vergingen ein paar Sekunden, dann meldete sich die freundliche Stimme wieder.

»Kurz nach Ihrer Abreise kam ein Päckchen für Sie. Sollen wir es an Ihre Adresse in Mazan schicken?«

Nein, antwortete er, er sei gerade in der Gegend und würde es abholen.

»*Très bien,* Monsieur.«

Einerseits war Jules erleichtert, das unangenehme Telefonat noch ein bisschen hinausschieben zu können. Andererseits war er neugierig. Wer schickte ihm ein Päckchen?

Zum Hotel waren es nur zehn Minuten zu Fuß. Er hatte keine Bedenken, dort aufzutauchen. Wahrscheinlich wusste Gallont längst, dass er da nicht mehr wohnte, er rechnete nicht mit Schwierigkeiten.

Der Rezeptionist erkannte ihn wieder und händigte ihm das Päckchen aus, ein dickes Kuvert in Buchgröße. Es trug keinen Absender. Jules bedankte sich, klemmte es unter den Arm und machte sich wieder auf den Weg.

Draußen auf der Straße hielt er inne. Er war durch die Rue Vacon zum Eingang des Hotels gekommen, sodass er nicht hatte sehen können, ob Cesaris Yacht noch im Hafen lag. Er ging die paar Schritte zur Canebière, schaute um die Ecke in Richtung Hafen – und zuckte zurück.

Jäh jagte sein Puls in die Höhe. Er hatte vier Polizeiwagen am Hafen stehen sehen. Und vielleicht waren es noch mehr. Offenbar fand dort gerade eine ziemlich umfangreiche Personenkontrolle statt. Das war nicht der Ort, wo sich ein gewisser Pariser Tierarzt im Moment herumtreiben sollte.

Jules änderte die Richtung und ging in möglichst normalem Tempo die Canebière hoch. Dabei hatte er ein eigenartig verwundbares Gefühl. Jeden Moment befürchtete er, einen Ruf oder einen schrillen Pfiff hinter sich zu hören.

An der Place Général de Gaulle bog er ab und tauchte wieder ein in die kleinen Gassen von Noailles. Er suchte sich ein Café, setzte sich an einen der hinteren Tische und atmete erst einmal tief durch.

Es saßen nicht viele Gäste im Café. In der Ecke über dem Tresen lief ein Fernseher und zeigte ohne Ton Sportnachrichten. Er würde in Ruhe gelassen werden.

Jules bestellte ein Bier und riss den Umschlag auf. Heraus glitten acht DIN-A5-Hefte. Jedes war mit einer Jahreszahl gekennzeichnet, von 2006 bis 2013. Die Schrift war Jules unbekannt.

Er griff nach dem ersten Heft und blätterte wahllos darin, Notizen mit Datum versehen, ein Drittel der Seiten war offenbar freigelassen worden, um spätere Notizen einzutragen, oft mit einem anderen Stift.

Am Ende des Heftes war ein zusammengefaltetes Papier eingeklebt. Die Falze wiesen leichte Risse auf, als ob sie oft auf- und zugeklappt worden waren.

Es waren Listen. Darauf: Namen und ihre abgekürzten Initialen, Daten und Seitenzahlen. Ein Register?

Jules blätterte zurück. Manche Namen waren sauber unterstrichen, in Rot oder Blau, und dann an der Seite jeweils Querverweise notiert, wie »s. 2009, p. 56, Gallont«.

Gallont?

Jules griff nach den anderen Heften, blätterte, fand überall dasselbe System. Ihm lief ein Schauer vom Nacken über den Rücken hinab, als er begriff, was er da in den Händen hielt: die Aufzeichnungen von Bertrand!

Er ließ sich in seinem Stuhl zurückfallen und schaute auf den Stapel. Faruk, Rabea, die korrupten BACs, Zadira, alles konnte darin stehen. Wo sollte er anfangen?

Der Kellner brachte das Bier und verschwand wieder. Jules griff nach dem Umschlag. Der Poststempel verwies auf den letzten Montag. Der Tag, an dem Bertrand ermordet worden war. Also musste er den Umschlag auf dem Weg nach La Rose in den Briefkasten geworfen haben. Aber warum hatte er Jules die Hefte geschickt?

Er versuchte sich zu erinnern, was Bertrand gesagt hatte: an einem sicheren Ort, Lebensversicherung. Bertrand musste bei ihrem Treffen entschieden haben, dass sie bei Jules am besten aufgehoben waren. Das war nicht ohne Logik. Nach Bertrands damaligem Wissensstand hatte Jules nichts mit dem Fall zu tun, außerdem war er mit Zadira verlobt.

Zumindest glaubte Bertrand das.

Waren die Hefte vielleicht für sie bestimmt?

Das war gut möglich. Direkt konnte Bertrand sie ihr ja nicht schicken, er wusste nicht, wo sie sich versteckt hielt. Hatte er sie deshalb an Jules geschickt? Aber warum hatte er sie nicht zu dem geplanten Treffen mitgebracht, um sie ihm direkt zu geben?

Es gab nur eine Antwort auf diese Frage. Bertrand musste um sein Leben gefürchtet haben. Irgendetwas war an dem Abend nach ihrem Treffen passiert, als er, wie er sagte, ein paar Telefonate hatte erledigen wollen. Etwas, das ihn veranlasst hatte, diesen für ihn sicheren Weg zu wählen.

Jules nahm einen Schluck von dem Bier, griff wieder nach dem ersten Heft. Er wollte nun systematisch vorgehen und schlug es am Anfang auf. Dort entdeckte er die Botschaft. Dicht an dicht waren die Zeilen mit gestochen scharfer Schrift geschrieben. Es schien sich um eine Art Vorwort zu handeln, als habe Bertrand sich gesammelt, sich seiner selbst und seiner Absichten vergewissert. Das Atemholen eines Mannes vor dem Sprung.

»Marseille hat keine politische Farbe«, las Jules.

Marseiller Politik ist wie der Himmel über der Bucht. Mal edelstahlgrau, mal zart und sanft, mal brennt er, dann wieder erscheint er unschuldig in Himmelblau. Am Horizont verfließen die Grenzen zwischen Himmel und Meer. Und je mehr man versucht, den Horizont zu erreichen, herauszufinden, wo sich Himmel und Hölle vermählen, desto weiter weicht er zurück.
So ist auch Marseille, und so sind seine inzestuösen, mafiösen, ineinander verstrickten Strukturen aus Gefallen, Geschäft und Gewalt.
Schlimmer noch: Jeder der Akteure denkt, er sei ein guter Mensch. Pragmatisch. Die, die die Mannschaft von Olympique Marseille im Hintergrund finanzieren, denken es, die, die gewaschenes Geld wieder einführen, denken es, sogar jene, die in der Cité Marokkaner zusammenschlagen oder die nervösen jungen Dealer mit Militärwaffen versorgen, denken, es sei für eine gute Sache. Religion, Geschäft. Balance!
So gesehen ist Marseille die gutmütigste Stadt der Welt, in der jeder nur das Beste will.
Die meisten von denen, die nicht verflochten sind in dieses System, erkennen das Wirken der Mafia nur, wenn das Blut in den Straßen fließt. Aber sie ist auch da, wenn nichts geschieht. Die Mafia hat viele Gesichter. Auch hinter den Schreibtischen der Banken, an Computern der Sozialämter, an Zeichentischen der Stadtentwickler, an tausend kleinen Rädchen des Alltags.
Ich dokumentiere Beobachtungen, Gespräche und Gerüchte wie auch Vermutungen und private Ermittlungen. Ich werde vor keiner politischen Himmelsfarbe mehr haltmachen. Ich weiß, dass ich damit meinen gewaltsamen Tod herbeischreibe.

Jules legte das Heft beiseite, trank von dem Bier. Im Fernsehen begrüßte ein stummer Nachrichtensprecher das unsichtbare Publikum. Aus einem Impuls heraus griff Jules nach dem letzten Heft und schlug es hinten auf. Er fand einen Eintrag vom Sonntag, den Bertrand nach ihrem Treffen geschrieben hatte.

Jules Parceval. Liebhaber/Freund ZM. Vermutlich der Einzige, der in keinerlei Beziehung zu irgendjemandem aus dem Marseiller Sumpf steht. Vermutlich der Einzige, der niemandem einen Gefallen schuldet.
Werde ihn mit Fs Mutter zusammenbringen. Von dort aus kommt er auch so weiter. Das und diese Aufzeichnungen.

Darunter war ein weiterer Eintrag. Es war keine Notiz, es war ein Brief.

Ma chère Zadira,
wenn Du das liest, bin ich vielleicht schon tot.
Dann musst Du es zu Ende bringen.
Wenn Du alle verzögerten und eingestellten Mordermittlungen verfolgst, werden sie Dich unweigerlich immer wieder zu ein und demselben Namen führen. Was er wem jedoch schuldet, das vermochte ich nie zu erfahren.
Du kennst das kranke System Marseilles genauso gut wie ich. Du kannst nur darin überleben, wenn Du ein gut geöltes Rad im Getriebe bist.
Sei Sand, Zadira. Sei der Sand im Getriebe!

Jules hatte einen Kloß in der Kehle, er griff nach dem Bier, hob es an den Mund. Dabei fiel sein Blick auf den Fernseher. Seine Hand verharrte, dann senkte sie sich langsam wieder. Dort auf dem Bildschirm war Cesaris Yacht zu sehen, die *Auréliane*. Ein kleineres Bild zeigte eine Pressekonferenz der Polizei. Jules brauchte nicht zu verstehen, was dort verkündet wurde. Er las es in der Laufzeile.

Mord an Ariel Cesari + Marseiller Immobilienunternehmer tot auf seiner Yacht im Hafen aufgefunden + Polizei vernimmt Gäste der gestrigen Party + Mord an …

In Jules' Bauch krampfte sich etwas zusammen, als er die Tragweite dieser Neuigkeit erfasste: Cesari war ermordet worden, nachdem er, Jules, ihn um Kontakt mit dem Korsen gebeten hatte.

Der Mann, der Zadira schützen wollte, es zumindest behauptet hatte – tot.

Dann gingen Jules die Konsequenzen auf, die ihn direkt betrafen.

Die Gästeliste. Er stand mit Sicherheit darauf. Und selbst wenn nicht, er hatte mit genügend Leuten gesprochen, die sich ganz bestimmt an diesen netten Pariser Tierarzt erinnern würden.

Bei der Polizei und im Büro von de Viliers würden sehr bald sehr viele Alarmlämpchen aufleuchten.

Erneut war der Nachrichtensprecher zu sehen. Jules war versucht, den Barmann, der dem Fernseher keine Beachtung schenkte, darum zu bitten, den Ton laut zu stellen. Doch das Bild, das jetzt gezeigt wurde, ließ ihn von seinem Vorhaben Abstand nehmen.

Er legte ein paar Euro auf den Tisch, sammelte die Hefte zusammen und stand auf. Mit einem gemurmelten *»au revoir«* verließ er das Lokal.

Draußen setzte er die Baseballkappe auf und auch die Sonnenbrille. Er konnte sich jetzt keine Unvorsichtigkeit erlauben.

Im Fernseher war sein Foto gezeigt worden. Mit seinem Namen darunter. Nach ihm wurde gefahndet, er war verbrannt. Seine Zeit in Marseille war vorbei.

Aber wenigstens wusste er jetzt, was er zu tun hatte.

Seine Tasche zu packen dauerte eine Minute. Den gleichgültigen Concierge bezahlte er in bar und war kurz darauf auf dem Weg zum Bahnhof. Da summte sein Prepaidhandy. Er schaute auf die Nachricht, sie kam von Jade.

Jules, die Nachrichten. Cesari tot. Sie werden gesucht!

Jules schrieb im Gehen zurück.

Ich weiß. Verlasse die Stadt. Melde mich.

Für große Erklärungen hatte er keine Zeit.

Die Auffahrt zur Autobahn war wenige Minuten vom Bahnhof entfernt. Er konnte nur hoffen, dass er keinem Polizeiwagen begegnete, sein Auto war auffällig genug. Auf der A7 achtete er peinlich genau auf das Tempolimit, um in keine Radarfalle zu geraten, obwohl er es eilig hatte.

Eilig, zu Zadira zu kommen.

35

Nein!«

Sie wachte mit einem panischen Luftschnappen auf, ihr Herzschlag raste wie ein Zug. Tageslicht jenseits der Fenster, strahlend blauer Himmel.

Verdammter Tardieu!

Sie wickelte sich aus dem dünnen Laken und wusste, dass sie die Nacht in ein und derselben erschöpften Position verschlafen hatte. Der Ausflug nach Marseille hatte die letzte Kraft aus ihr gekratzt.

Für Zorn reichte es noch. Darauf, dass der Trüffelbauer sie nicht geweckt hatte, wie sie es ihm aufgetragen hatte. Um abwechselnd mit ihm zu wachen, die Hunde neben sich.

Sie griff nach dem Gehstock, lauschte in das Haus.

Totenstille.

Zadira trank einen Schluck Wasser aus dem alten Hahn, der aus der Wand ragte, nahm ihre Pistole und ging in die Küche. Pellerines Korb war leer, Tardieu nicht zu sehen. Die Eingangstür stand offen.

Sie schaute um die Türzarge nach draußen.

Tardieu saß am Tisch, leicht vorgebeugt, und blätterte gerade eine Seite in seinem Buch um. Atos, der zu seinen Füßen unter dem Tisch lag, erhob sich und kam schwanzwedelnd auf Zadira zu.

»Guten Morgen«, sagte Tardieu, ohne aufzuschauen.

»Warum haben Sie mich nicht geweckt?«, fragte sie unwirsch.

Er zuckte mit den Schultern. »Keine Lust. Ich war nicht müde. Sie schon.«

Das stimmte.

Tardieu deutete auf die Thermoskanne vor sich.

»Kaffee?«

Pellerine schnüffelte am Waldrand herum und kam herübergelaufen, als sich Zadira an den Tisch setzte.

»Es war eine ruhige Nacht«, sagte Tardieu. »Heute Morgen schlug Pellerine kurz an, aber dann sah ich eine Katze oben am Hang. Ihr kleiner Freund kommt gut klar da draußen.«

»Und Sie sitzen hier auf dem Präsentierteller.«

Er schüttelte den Kopf.

»Das ist mein Land.« Er machte eine knappe Geste mit der Hand. »Hier verstecke ich mich nicht. Außerdem bin ich davon ausgegangen, dass ein Schuss auf mich Sie geweckt hätte.«

Zadira suchte den Wald mit Blicken ab, sie konnte nichts entdecken. Doch das musste nichts heißen. Schon morgen war sie hier weg.

Ihr wurde klar, dass sie den Wald, die Stille, die wilde Natur vermissen würde. Sie wollte nicht in irgendeiner anonymen Wohnung sitzen und auf den Fernseher starren.

Sie goss sich Kaffee in den Becher, der als Verschluss der Kanne diente, sah auf Tardieus Lektüre. *Der Skandal des Glücks.* Jacques Prévert.

»›Nur ein Feigling will, dass die anderen auch seiner Ansicht sind‹«, zitierte Tardieu.

»Wie passend.«

Da bemerkte sie eine Bewegung am Waldrand, ein kleiner dunkler Fleck. Als Mazan über den Hof gelaufen kam, musste er erst mal die ausgiebige Begrüßung der Hunde über sich ergehen lassen, bevor er sich, mit den Vorderpfoten auf ihrem Knie, von Zadira den Kopf streicheln ließ.

Sie fragte sich, was sie mit ihm machen sollte, wenn sie morgen in ihr neues Versteck aufbrach. Sie würde ihn kaum mitnehmen können. Eingesperrt in einer Wohnung, würde er verrückt werden. Sie würde Blandine bitten, ihn abzuholen.

»Na komm«, sagte sie, »ich mache dir Frühstück.«

Bevor sie mit dem Kater ins Haus ging, wandte sie sich noch einmal um.

»Das wird mir fehlen«, sagte sie leise und zeigte auf das Land, den Hof, den Wald. »Danke für alles.«

»Ihr werdet mir auch fehlen«, sagte Tardieu schlicht.

Der späte Morgen wurde zum Nachmittag. Tardieu hatte gekocht, Ratatouille, und Zadira immer sehnsüchtiger nach draußen geschaut.

Sie hörte Tardieu duschen. Dann wieder Stille. Diese Stille, verbarg sie etwas?

Die Hunde waren ruhig, Mazan war längst wieder im Wald verschwunden, sie beneidete ihn darum. Sie wollte sich bewegen. Abschied nehmen, von dem Land.

Nachdenken, wie es weitergehen sollte.

Ob sie in Marseille bleiben würde. Als Narc oder beim Jugendschutz.

Ob es vorbei sein würde, alles, für immer. Mazan, Jules.

Würde Commissaire Mazan mit nach Marseille gehen? Und dann – in einem Zwei-Zimmer-Appartement mit Stehbalkon komplett seiner Natur beraubt sein?

Und wie sollte es weitergehen, wenn sie den Auftragsmörder nicht fanden?

Wie jemals wieder schlafen? Wie jemals wieder unbefangen an einem Tisch im Freien sitzen, nah an der Straße? Würde ihr Leben davon geprägt sein, dass sie fortan nur noch Plätze mit einer Wand im Rücken und mit Blick auf die Tür wählte?

»Ich weiß nicht mal, ob ich noch ich sein will«, sagte Zadira in die zikadenbesungene Nachmittagssonne.

Polizistin sein? In diesem System? In diesem verrotteten, kranken System?

Entschlossen stand sie auf.

Wenn sie jetzt im Haus blieb, würde sie das immer häufiger machen, sich verstecken, die Luft, die Sonne und letztlich das Leben meiden.

Das ging nicht. Sie hatte im Panier zu viele verängstigte Leute gekannt, die seit ihrer Einwanderung nach Frankreich die Wohnung nicht mehr verließen. Die Angst war ihr größtes Gefängnis.

Als sie versuchte, sich ihr Pistolenhalfter umzulegen, scheiterte sie an den Schmerzen in der Achsel. Noch während sie überlegte, ob sie die Waffe nicht im Haus lassen sollte, bellte Atos draußen kurz auf. Auch Pellerine ließ ein leises Warnknurren vernehmen. Zadira steckte die Pistole hinten in ihren Gürtel und ging durch die Küche nach vorne.

Beide Hunde schauten in Richtung der Hofeinfahrt. Eigenartigerweise musste sie ausgerechnet jetzt daran denken, dass sie Tardieu unbedingt noch fragen wollte, was es bei der Trüffelsuche mit den Mücken auf sich hatte. Und was es damit auf sich hatte, dass er verheiratet gewesen war, und dann nicht mehr.

Zadira trat an die offene Tür, die Hand hinter ihrem Rücken an der Pistole.

Tardieu kam, nass und nur mit einem Handtuch um die Hüften, aus dem Bad und griff nach dem Gewehr. Das Rostbraun seiner Haut endete kurz unter seinem Hals und an Hand- und Fußgelenken. Ansonsten verletzliches Weiß.

Jetzt vernahm auch sie das Geräusch eines Motors. Ein Motor, den sie kannte. Sie hatte ihn oft gehört, manchmal ganz nah.

»Nein«, flüsterte sie.

Nein.

Auch Atos hatte den Motor wiedererkannt und raste ihm entgegen.

Sie hatte nicht erwartet, dass sie so erleichtert sein konnte. So erleichtert und so wütend zugleich.

Denn es war Jules' alter Porsche, der auf dem Hofkies knirschte, begleitet vom Gebell eines durchdrehenden Atos, der neben dem Auto herrannte. Jules kam kaum aus dem Auto heraus, so begeistert war der Hund über die Ankunft seines Herrchens.

»Ist ja gut, mein Alter«, sagte Jules, während er sich der Liebesbeweise seines Hundes erwehrte. Pellerine verstand zwar nicht, worum es ging, musste Jules aber auch ausgiebig beschnuppern.

Tardieu legte das Gewehr beiseite. »Ich zieh mich mal an«, sagte er.

Zadira hatte Zeit, Jules zu betrachten. Er war es, und er war es doch nicht. Er hatte einen dunkelblonden Bart, der ihm ein maskulineres, entschlosseneres Äußeres verlieh, er war gebräunt, und etwas an seinen Bewegungen war anders. Aber vielleicht sah sie ihn ja auch nur anders.

Gott, wie gern wäre sie ihm entgegengelaufen.

»Hey!«, rief Jules, als sich Atos endlich einigermaßen beruhigt hatte.

»Hey.«

»Bin ich willkommen?«

Sie schaffte es nur zu nicken, weil sie fürchtete, dass ihr sonst das Herz auf der Zunge zerspringen würde.

Er kam langsam auf sie zu, als wolle er jeden Schritt auskosten.

Sie schaffte gerade einmal zwei Schritte.

In seinen Augen las sie etwas Dunkles, Abwartendes. Dahinter seine Entschlossenheit.

Als er vor ihr stand, gab sie ihm eine schallende Ohrfeige.

»Ich weiß«, sagte er, »die war für …«

Sie gab ihm eine zweite.

»… was auch immer«, sagte er und verzog das Gesicht.

Zadira hob ihre rechte Hand ein drittes Mal, er wich nicht zurück.

Jules, der nie zurückweicht, dachte sie, *das ist es, was ich an ihm liebe,* und dann konnte sie nicht anders.

Sie umfasste ihn mit ihrem rechten Arm und küsste ihn.

In diesem Kuss lag alles. Es war Nachhausekommen.

Sie lösten sich voneinander, als Tardieu aus dem Haus trat.

»*Bonjour,* Doc«, sagte er, und die beiden Männer gaben sich die Hand. Jules beugte sich zu Pellerine hinab, nahm den Kopf des Hundes und begutachtete die Augen.

»Wieder alles in Ordnung, oder?«

»Hm«, brummte Tardieu zustimmend. »Die Tropfen haben geholfen.«

»Moment mal«, sagte sie, »ihr kennt euch?«

Tardieu brummte wieder nur, und Jules nickte. In ihrem Kopf klickte etwas zusammen.

»War das am Ende deine Idee? Hast du Brell dazu gebracht, mich hier zu verstecken?«

Er zuckte mit den Achseln.

»Wir hielten es beide für eine gute Idee.«

Tardieu klopfte an seinen Schenkel. »Pellerine!« Zusammen mit dem Hund stapfte er zum Stall hinüber. Mit einem Mal war Zadira verlegen. Die gerade noch empfundene Vertrautheit fühlte sich wackelig an. Jules schien das zu spüren. Er bedachte sie mit einem prüfenden Blick.

»Wie geht es deiner Schulter?«

»Tut weh.«

Das stimmte zwar, der Schmerz war noch da, aber es war, als löse sich die unendlich schwarze Wolke von Traurigkeit und Mutlosigkeit auf. Dazu brauchte sie nur diesen Mann anzusehen. Diesen unmöglichen, großartigen, sturen, herrlichen Mann.

»Zadira«, sagte er dann, »ich musste etwas tun. Ich habe Gaspard nicht getraut. Aber ich war auch eifersüchtig. Und ich habe mich geschämt.«

»Geschämt? Warum?«

»Weil ich überlebt habe. Und du fast nicht.«

Sie streichelte ihm langsam über das Gesicht.

»Ich mag den Bart. Er fühlt sich an wie ein kleines Fell.«

Er lächelte. Schmiegte seine Wange in ihre Hand.

»Nach Marseille«, flüsterte sie. »Was hast du dir nur dabei gedacht?«

»Ich weiß, das war ziemlich naiv, aber …«

Er zeigte ihr einen großen, festen Umschlag, den er in der Hand hielt.

»Ich habe in Marseille viel falsch gemacht, aber auch einiges richtig. Das hier ist von Bertrand. Es sind seine Aufzeichnungen. Er hat sie mir geschickt, bevor er umgebracht wurde. Anscheinend hat er mir vertraut. Ich denke aber, dass sie für dich bestimmt sind. Sein letzter Eintrag ist an dich gerichtet.«

Jules gab ihr den Umschlag.

Sie holte die acht DIN-A5-Hefte mit den Jahreszahlen hervor.

Zadira war elektrisiert. Bertrands Vermächtnis.

»Das Päckchen lag die ganze Zeit im Hotel, und die warteten darauf, dass ich mich melde.«

Jules zuckte wieder mit den Achseln.

»Das habe ich erst heute getan, weil ich verschwunden war. Das zum Thema ›naiv‹.«

Zadira konnte sich ein Lächeln nicht verkneifen. »Es ist dir gelungen, zum allgemeinen Unmut der Kollegen.«

Wie er so neben ihr stand, gebräunt, nach Meer und Stadt duftend, mit seiner Ruhe, seiner Kraft, da fühlte sie es zum ersten Mal wieder: diese wilde Sehnsucht nach einem Leben jenseits ihres Lebens.

»Hast du das von Cesari gehört?«, fragte er ernst.

»Nein. Wieso? Was meinst du?«

»Er ist tot.«

Es traf sie wie ein Schlag. Schmerz, Taubheit, wieder Schmerz. Das Glück, das eben noch so nah erschienen war, zersplitterte unter der Wucht dieser Nachricht.

»Er wurde auf seiner Yacht erschossen. Vielleicht, weil ich mit ihm gesprochen habe.«

Ariel. Onkel Ariel. Mit ihm war endgültig das Marseille gestorben, in das sie hineingeboren wurde. Mit ihm verschwand auch ein Teil von ihr selbst.

Vielleicht genau der Teil, den sie hasste.

»Was hast du mit ihm besprochen?«

Er atmete einmal tief durch.

»Vielleicht eine weitere Dummheit.«

Sie nahm das oberste Heft, das von 2013, und schlug es am Ende auf. Sie las:

Ma chère Zadira,
wenn Du das liest, bin ich vielleicht schon tot.

Zadira merkte nicht, wie ihr eine Träne die Wange hinablief.

»Sei Sand im Getriebe«, wiederholte sie schließlich die letzten Worte von Antoine Bertrand.

Zadira streichelte über die Tinte der Worte.

Dann nahm sie die Hefte auf.

»Gut«, sagte sie entschlossen. »Fangen wir an.«

36

Was fühlst du, Zadira?

Woran denkst du jetzt, da die Dinge sich vollenden?

Dein Liebhaber ist bei dir, nicht wahr? Er hatte eine Aufgabe zu erfüllen, und er hat es gut gemacht. Vielleicht musste ein Tierarzt daherkommen, um diesem kranken System den Todesstoß zu versetzen.

Was für eine Ironie!

Der alte Mann auf seinem Schiff – er war ein Narr. Aber als er begriff, dass sein Weg enden würde, wurde er geschwätzig. Mein Gott, hat er wirklich geglaubt, mich aufhalten zu können?

Es hat Jahre gebraucht, um an ihn heranzukommen. Soll ich etwa um den Tod meines Vaters feilschen?

Ja, er war es, der den Tod in die Werkstatt meines Vaters schickte.

Für Geld. Für einen Gefallen. Oder vielleicht auch, weil er das Korsika verachtete, für das mein Vater stand.

Nun, ich verachte das Marseille, für das er stand.

Wenn es nach dem Tod meines Vaters überhaupt noch etwas gab, für das ich Liebe empfinden konnte, dann war es diese Stadt mit ihrer uralten Geschichte.

Geschichte, die in den Steinen raunte. Die einen Menschenschlag formte. Die eine Kultur schuf. Cesari war das Krebsgeschwür dieses Lebens.

Meine Mission ist fast beendet, Zadira. Jetzt wird es Zeit, dass unsere beiden Schicksale aufeinandertreffen.

Ja, ich verstehe nun auch, warum ich gezögert habe an jenem Morgen. Ein Teil von mir muss gewusst haben, das wir uns noch brauchen.

Der Ort, den du als Versteck gewählt hast, ist sehr einsam. Aber ich genieße die Fahrt. Der kleine leuchtende Punkt auf meinem Monitor verrät mir deinen Standort.

Einmal habe ich ihn tatsächlich verloren. Dein Geliebter ist zu schnell gefahren. Er hatte es wohl sehr eilig, zu dir zu kommen.

Ich musste ein wenig suchen, und ja, auch mein Gespür hat mir geholfen. Du hast die Einsamkeit gesucht.

Als der kleine Punkt wieder zu leuchten begann, sah ich, dass er sich nicht mehr bewegte. Er hatte sein Ziel erreicht.

Und seinen Zweck erfüllt.

Ich lasse mir Zeit. Bald sehen wir uns wieder. Was für ein berauschendes Gefühl.

Dies wird unsere Nacht, Zadira.

Bald …

37

Es hatte Jules einen Stich gegeben, als er Zadira in der Tür des Hauses hatte stehen sehen, ihr Körper in einer leichten Schieflage, so als wolle die rechte Körperseite von dem Schmerz der linken fliehen.

Ihr Gesicht zeigte ihre Gefühle: Unglaube. Verwunderung. Verwirrung?

Ihre Ohrfeigen nahm er wie Liebkosungen. Ihren Kuss wie Luft, die ihn rettete.

Es ging ihr nicht gut, doch darunter, unter dieser angeschlagenen Hülle aus Beherrschung und Schmerz, darunter war auch eine andere Zadira. Fassbarer als zuvor, nackter, auf eine Art.

Zadira schlug jetzt entschlossen das erste Heft »2006« auf.

Nach ein wenig Vor- und Zurückblättern begriff sie offenbar Bertrands System.

Jules zeigte ihr das Register am Ende.

Die nächsten Stunden studierten sie die Hefte gemeinsam. Versuchten, die Fakten zusammenzutragen und die Kommentare zu verstehen.

Die Aufzeichnungen begannen mit Faruk. Offenbar hatte Bertrand das Vertrauen des Jungen erwerben können. Faruk beschwerte sich bei ihm, weil Kollegen von der BAC ihm an der Porte d'Aix brutal zugesetzt und ihm seine Ware abgenommen hatten: zweihundert Zigaretten!

Als Bertrand später in der Asservatenkammer seine an dem Tag beschlagnahmten Marihuanapäckchen ablieferte, die er einem marokkanischen Nachwuchskurier aus der Schultasche gepflückt hatte, erkundigte er sich beiläufig, was an dem Tag noch so alles abgeliefert worden war.

Die Zigaretten waren nicht dabei. Nicht an dem Tag, nicht an einem anderen.

Dieser Vorfall war der Beginn seiner Beobachtungen.

»Zehn Schachteln Zigaretten«, sagte Jules. »Deswegen hat er angefangen zu recherchieren.«

Zadira nickte.

»Und den größten Polizeiskandal von Marseille mit ausgelöst«, bestätigte sie.

Sie berichtete Jules, was ihr Rabea in L'Estaque gestanden hatte. Dass Faruk eine männliche Hure gewesen war und in den Monaten vor seinem Tod einen reichen Gönner gehabt hatte. Und dass er von einem Deal gesprochen hatte.

»Meinst du, es ging um Erpressung?«

»Das habe ich mich auch gefragt. Aber es passt nicht zusammen. Es müsste jemand sein, dessen Position durch einen solchen Verdacht massiv gefährdet wird. Also jemand mit einem Platz auf der Sonnenseite des Lebens. Kann so jemand solch einen Mord durchziehen? Eine Leiche in einem verbrannten Auto. Das sind Mafiamethoden. Wenn ein reicher Gönner aber so etwas in Gang setzt, dann hat er noch mehr zu verbergen als Homosexualität. Ich glaube eher, dass Faruk irgendetwas mitbekommen hat, das so lukrativ oder gefährlich war, dass er sterben musste.«

Sie suchten einen Eintrag zu Faruks Tod im Heft von 2008. Bertrand hatte ihn markiert und einen Kommentar danebengesetzt.

Keinerlei Ermittlungsaufwand. Richter de Viliers sieht keinen Handlungsbedarf und nennt es »Tragisches Opfer des Drogenkriegs«.

Darunter stand doppelt unterstrichen:

FN hatte keinerlei Kontakte zur harten Szene.

»De Viliers«, sagte Jules, »den kenne ich.«

Er berichtete von seiner Vernehmung bei dem Untersuchungsrichter.

»Er hat mir unterstellt, dass ich dich versteckt hätte, was ja zum Teil stimmte. Aber jetzt halte dich fest. Als ich ihm sagte, dass ich dein Versteck nicht kenne …«

»… was eine Falschaussage und Behinderung der Ermittlungen bedeutet.«

»Wenn man es mir beweisen kann, Madame Lieutenant.«

»Ich sollte dich festnehmen.«

»Ja bitte. Tu das. Dir gestehe ich alles.«

Mit einem Mal hatte Zadira etwas in den Augen, das er kannte. Etwas, von dem er nicht zu hoffen gewagt hatte, es jemals wiederzusehen. In ihm begann es ziehen. Sie merkte es. Rasch sprach er weiter.

»Er hat mir tatsächlich unterstellt, dass ich dich versteckt habe und nach Marseille gekommen bin, um dich an deinen Attentäter zu verkaufen.«

»Wie bitte?«

»Ja, ein komischer Kerl. Er kam mir sehr vernünftig vor, rational, klar. Djamal meinte, das sei, um mich einzuschüchtern, damit ich aus Marseille verschwinde.«

»Trotzdem komisch. So kenne ich ihn nicht. Auf uns

machte er immer den Eindruck eines Mannes, der weiß, was er tut. So etwas sieht ihm gar nicht ähnlich.«

»Er hat einen Idka bei sich im Büro hängen.«

»Wirklich?«

»Ja, und auf seinem Schreibtisch steht eine Büste von Brahms.«

»Stimmt, Gaspard hat mir erzählt, dass er ein großer Fan von Brahms ist.«

»Hm«, machte Jules mit gerunzelter Stirn.

»Was denn?«

»Rabea erwähnte Brahms. Dass Faruk seine Musik gern hörte.«

Sie schauten sich an, dachten beide das Undenkbare.

»Nein!«, sagte Zadira.

»Und wenn doch?«

Sie gingen Bertrands Aufzeichnungen durch, merkten nicht, wie es draußen dämmerte und dunkel wurde. Schauten nicht auf, als Tardieu hereinkam, Licht anmachte, in der Küche herumwerkelte und wieder verschwand. Sie folgten den Namen, den Markierungen, den Kommentaren.

2010. Die Ermordung einer jüdischen Familie im Süden.

2011. Der Mord an einem Rabbiner und drei seiner Schüler.

2012. Der Anwalt einer Dealerfamilie beschuldigte die BACs, den Polizeispitzel Lyes G. ermordet zu haben. Er wurde von einem Polizisten der BAC Nord zum Kommissariat in Le Point bestellt. Kurz darauf wurde sein BMW ausgebrannt in der Nähe von Vitrolles gefunden. Mit seiner Leiche darin.

Der Mord an Adrien Anigo, dem Sohn von José Anigo, Sportdirektor von Olympique Marseille.

Ein Mord an einem jungen Architekten, dessen Atelier sich um eine Ausschreibung bei Euromed 2 bewarb.

Eine Messerattacke am Bahnhof Saint-Charles auf einen luxemburgischen Schweißer, der Bodenplatten rund um das MuCEM verlegt hatte.

Der Sohn einer Freundin der Senatorin Samia Ghali, erschossen.

Ermittlungen eingestellt, immer wieder.

Sie lehnten sich beide in ihren Stühlen zurück, schauten einander an.

»De Viliers«, sagte Zadira leise.

Jetzt begriff sie Antoines Botschaft an sie.

Wenn Du alle verzögerten und eingestellten Mordermittlungen verfolgst, werden sie Dich unweigerlich immer wieder zu ein und demselben Namen führen.

Was er wem jedoch schuldet, das vermochte ich nie zu erfahren.

Ein paar Motten flatterten an der Lampe über dem Tisch.

»Cesari hat geglaubt, dass ich etwas wüsste«, erzählte sie, »und dass es um viel Geld geht. Wo in Marseille geht es gerade um sehr viel Geld?«

Jules sah auf die Aufzeichnungen.

»Beim Euromed-2-Projekt.«

»Richtig. Welche Spur also führt von zweihundert Zigaretten zu einem Hundert-Millionen-Euro-Projekt?«

»Über de Viliers? Wie das?«

Sie atmete einmal tief durch.

»Ich glaube, ich verstehe jetzt. Ich habe dir doch erzählt, dass ich viel mit Jugendlichen gearbeitet habe?«

Jules nickte, obwohl Zadira ihm so gut wie gar nichts darüber erzählt hatte. Aber er hatte es von anderen erfahren, Rabea, Gaspard, Djamal.

»Es ging mir hauptsächlich um die Kleinen und um die Mädchen. Ich wollte ihnen eine andere Perspektive aufzeigen als die, auf den Strich zu gehen. Natürlich bekam ich mit, dass auch Jungs sich prostituierten. Es hat mich berührt, doch ich muss gestehen, dass mir die Mädchen wichtiger waren.«

Im letzten Jahr in Marseille aber war sie einer Sache auf die Spur gekommen, die so pervers schien, dass sie ihr Interesse weckte: eine Gruppe reicher Männer, die sich Araberjungs hielten.

»Ein paar dieser Jungs erzählten mir davon, mit einem so geheimnisvollen Getue, als würden sie selber gern zu diesem Club gehören. Ich habe versucht, mehr darüber herauszufinden. Aber dann flogen die Ermittlungen gegen die BACs auf, und ich …«

»… du wurdest nach Mazan versetzt. Von wem?«

»Gaspard«, sagte sie langsam.

»War das seine Idee oder die von de Viliers?«

Zadiras Augen lagen im Schatten, waren dunkel, fast schwarz.

»Ich weiß es nicht, Jules.«

»Noch eine Frage: Du sagst, Cesari steckte in dem Euromed-2-Projekt?«

»So sieht es aus.«

»Das heißt, die Mafia hat ihr Geld darin.«

Sie sahen sich schweigend an.

In diesem Moment trat Tardieu ein, er hatte das Gewehr in der Hand.

»Ich glaube, es geht los«, sagte er ruhig.

38

Die Nacht glühte.

Das Haus mit den Menschen darin und den beiden Hunden. In Mazans Geist zeichneten sie sich als pulsierendes Leben ab. Ahnten sie etwas? Spürten sie den dunklen Ring, der sich um sie schloss?

Er stand am Rand des Waldes, ein Schatten unter Schatten, und rührte sich nicht. Doch die Nacht durchwogte ihn. Zuvor, als der Wagen mit dem Fremden sich genähert hatte, war die Angst heiß in ihm emporgequollen. Die Angst um GriGri und um Zadira.

Doch die Angst hatte ihm seine Kraft geraubt. Und wieder war es GriGri gewesen, der ihm die entscheidende Lehre übermittelt hatte. Indem er Mazan angriff!

Es blieb keine Zeit zum Nachdenken. Mazans Körper reagierte. Der Angriff weckte augenblicklich alle Kräfte in ihm. Ohne dass er begriff, wie es geschah, spannten sich Muskeln, federten ihn durch die Luft. Noch ehe GriGris Krallen ihn erreichen konnten, war er ausgewichen. GriGri zwang Mazan zu der Entscheidung, genau auf diese Weise zu kämpfen. Oder zu verlieren. Eine andere Möglichkeit gab es nicht. Mazan verstand die Lektion.

Darum lauerte er nun am Waldrand. Denn die Bedrohung näherte sich wie eine schwarze Woge.

Doch dann veränderte sie sich, sie, ja … teilte sich. Als

ob Wasser auf einen Felsen getroffen sei und sich in zwei verschiedene Ströme aufteilte.

Es brauchte keine Absprache zwischen ihnen. GriGri lauerte oben am Hang. Er wusste, wie er den Fremden zu bekämpfen hatte. Mazan hingegen hatte es hierher, zum Haus gezogen.

Er nahm die herannahende Schwärze wahr, die sich so leicht wie Wasser bewegte, dabei aber ihre Konsistenz wechselte. Das war merkwürdig. Mal war die Schwärze absolut, wurde die Gestalt von diesem Hass, tiefem Hunger, tiefer Blutlust gelenkt, und dann wieder wurde die Woge von Weichheit durchbrochen, vermengte sich mit einem tiefem Blau, einem sehnsüchtigen Ziehen.

Es war seltsam und doch vertraut.

Ja! Genau das hatte er in der Nacht zuvor gespürt, als sie den Mann mit dem Gewehr beinah angegriffen hätten. Die Gestalt in den Träumen, das war der zweite Strom der Woge, nicht der Mann, sondern jemand anders. Und dieser Jemand näherte sich nun dem Hof von Tardieu.

Die Kräfte des Mannes mit dem Gewehr und die des anderen jagenden Wesens, die hier unwissentlich aufeinander zustrebten, würden in einem Winkel zusammenprallen, der es unmöglich machte, die Wirkung vorherzusehen. Doch Mazan wusste, dass schon kleinste Kräfteeinwirkungen das Geschehen entscheidend verändern konnten. So war es immer, darauf beruhte die gesamte Physik des Schicksals.

Und Mazan wusste noch etwas, das ihn die Stunden mit GriGri gelehrt hatten: Wenn die Stellrädchen der Welt, all die unsichtbaren Bedingungen, die das Leben ausmachten, so standen wie jetzt, dann würde etwas Grausames geschehen.

Er roch es, fühlte es unter dem Fell. Dass der Tod, der grausamste und unbesiegbarste aller Jäger, heute Nacht große Beute machen würde.

*

Die Hunde bestätigten es zuerst.

Pellerine lief mit gespitzten Ohren zur offenen Tür. Atos kam mit leisem »Wuff« unter dem Tisch hervor. Zadira begriff sofort, was das bedeutete.

Tardieu hielt seine Hündin mit einem leisen Befehl zurück und löschte das Licht. Jules griff nach Atos' Halsband.

Zadira erhob sich, nahm ihre Pistole und entsicherte sie. Das Adrenalin pumpte durch ihre Blutbahnen. Angst zog über ihren Rücken.

Aber sie empfand vor allem Erleichterung.

Die Zeit des Wartens war vorbei.

Tardieu, mit dem Gewehr in der Hand, schaute sie fragend an. Sie verstand, dass er auf ihr Kommando wartete.

»Wir lassen die Tür auf«, sagte sie leise und stellte sich seitlich davon an die Wand, sodass sie um den Türrahmen spähen konnte. »Sind die Fensterläden alle zu?« Tardieu nickte und stellte sich auf der anderen Seite in Position, mit dem geöffneten Türblatt im Rücken.

»Ich will sehen, was da draußen vorgeht. Jules, du nimmst die Hunde. Ich möchte nicht, dass sie hier durchdrehen, wenn es losgeht. Versuch, eine Nachricht an Brell abzusenden, manchmal funktioniert das Netz. Tardieu, falls nötig, werfen Sie auf meinen Befehl hin die Tür zu, also gehen Sie bitte ein Stück zur Seite.«

Zadira wartete darauf, dass sich ihre Augen an die Dunkelheit gewöhnten. Im nächsten Moment vernahm sie das

Geräusch eines sich nähernden Motors. Sie musste widerwillig lächeln.

Interessantes Auto. Für so einen Beruf.

»Schauen Sie nicht in die Scheinwerfer«, warnte sie Tardieu.

Mit leicht abgewandtem Blick sahen sie die Lichter des Fahrzeugs zwischen den Bäumen auftauchen, über Kies und Bäume huschen, dann bog es in den Hof ein.

Der Wagen rollte gemächlich vor, bis er neben Jules' Porsche zum Stehen kam. Der Motor wurde ausgeschaltet, die Scheinwerfer erloschen. Das erwärmte Blech klickte und knackte leise. Zadira registrierte nach einem Blick auf die Front und das Emblem, dass ihr Gehör sie nicht getäuscht hatte: Wenn das der Killer war, dann hatte er Stil.

Sie erkannte eine Gestalt hinter dem Lenkrad.

Die duckte sich nicht, blieb überhaupt auffällig bedächtig.

Hinter ihr winselte Atos und zerrte.

»Die Hunde weg«, zischte sie. Jules sperrte Atos und Pellerine ins Schlafzimmer von Zadira. Atos jaulte und kratzte von innen an der Tür, Pellerine knurrte unwillig.

Die Fahrertür öffnete sich, die Gestalt stieg aus. Mit einem satten Geräusch fiel die Tür wieder zu.

»Das ist ja …«, flüsterte Tardieu von seinem Posten aus.

Zadira sah es im selben Moment.

Damit hatte sie nicht gerechnet.

Es war eine schlanke, beinah zierliche Gestalt. Die Gestalt einer Frau.

Die Fremde kam jetzt mit behutsamen Schritten auf das Haus zu. Sie trug Jeans und eine leichte Lederjacke, die wie ein Sakko geschnitten war, wie Zadira im Licht des Mondes erkennen konnte.

»Vorsicht«, warnte sie Tardieu leise.

Zadira hob die Hand mit der Waffe an den Lichtschalter für die Außenlampe. Sie beobachtete die Frau, die jetzt bis auf zehn Meter herangekommen war.

»Das reicht«, sagte sie schließlich mit klarer, lauter Stimme. »Stehen bleiben.«

Die Frau gehorchte. Zadira konnte keine Waffe in ihrer Hand erkennen. Sie schaltete das Licht an. Der Kopf der Frau wich geblendet zur Seite, sie kniff die Augen zusammen.

Trotzdem erkannte Zadira sie sofort.

Die Haltung, die Augen. Der Mund.

»*Merde,* was soll das?«, fluchte sie leise.

»Was?«, fragte Jules alarmiert aus dem hinteren Teil des Raumes. Er machte einen Schritt vor, so dass er durch die offene Tür schauen konnte.

»Jade?«, rief er ungläubig.

Die Frau lächelte. »*Bonsoir,* Jules«, sagte sie.

Zadira wandte sich jäh zu Jules um.

In Jules' Kopf zuckten die Gedanken umher. Wieso war sie hier? Hatte er das Versteck aus Versehen verraten? Unmöglich. Vor allem aber: Was wollte sie hier? Dann fiel ihm Zadiras Gesichtsausdruck auf.

Empörung, Wut und zu seiner größten Verblüffung: Misstrauen!

»Du kennst sie?«, zischte sie.

»Ja«, sagte er mit einer ratlosen Geste. »Ich hätte dir noch von ihr erzählt, aber ich verstehe nicht, wie sie hierhergefunden hat.«

»*Bonsoir,* Saddie«, erklang Jades Stimme. »Du bist es doch noch, nicht wahr?«

Saddie! Jetzt verstand Jules überhaupt nichts mehr.

Zadira hielt ihre Waffe vor die Brust. In ihrem Gesicht arbeitete es.

»Wie kommst du hierher, Jade?«

»Das ist aber keine nette Begrüßung nach all den Jahren.«

Nach all den Jahren? Jade kannte Zadira? Warum hatte sie nichts gesagt? In Jules' Schläfen hämmerte der Puls.

»Zadira«, flüsterte er hastig, »sie hat mir nicht erzählt, dass ihr euch kennt. Ich habe sie bei dem Anwalt kennengelernt, Monet, den Cesari mir geschickt hat. Ich habe ihr nichts verraten. Wie hat sie uns gefunden?«

Zadira wirkte hoch konzentriert.

»Raucht sie?«, fragte sie ihn.

»Was? Ob sie raucht? Nein, nicht dass ich wüsste.«

»Willst du mich nicht hereinbitten, Saddie?«

Das Licht der Außenlampe zeichnete ein schräges Rechteck in den Raum. Jules fiel auf, dass Zadira darauf achtete, es nicht zu betreten und im Schatten zu bleiben.

»Komm etwas näher, Jade.«

Lächelnd trat sie näher. Jules beachtete sie nicht. Drei Meter vor dem Eingang hieß Zadira sie wieder anhalten.

»Zieh bitte die Jacke aus und dreh dich einmal um dich selbst.«

Jade verdrehte die Augen, folgte aber den Anweisungen.

»Und? Gefall ich dir immer noch?«, fragte sie spöttisch.

Zadira wandte sich an Tardieu.

»Wenn sie drin ist, mache ich das Hoflicht wieder aus. Behalten Sie den Hang im Auge.«

Es geschah unabsichtlich. Während Zadira sprach, machte sie eine unbedachte Bewegung, die ihre linke Schulter ins Licht drehte. Jules sprang vor, um sie zurückzuziehen, doch er ahnte, er würde nicht schnell genug sein. Da sah er einen schwarzen Schatten heranzucken, tief am Boden. Commissaire Mazan! Er sprang an Zadira hoch und schlug seine Krallen in ihr Bein. Mit einem leisen Schmerzlaut wich sie jäh zurück. Im gleichen Moment fuhr etwas mit lautem Knacken in den Türrahmen. Holzsplitter flogen durch die Luft, noch bevor vom Hang her der Schuss herüberhallte. Im gleichen Moment vernahmen sie einen schrillen Schrei aus dem Dickicht.

Jules packte Zadira am gesunden Arm, zog sie näher an den Schutz der Wand, löschte mit einem Schlag auf den Schalter das Hoflicht. Tardieu packte die Tür, gab ihr einen kräftigen Stoß. Doch bevor sie zufallen konnte, hechtete Jade ins Innere. Jules sah sie fallen, abrollen, ihr Knie stieß ans Tischbein. Sie atmete scharf ein. Dann erst krachte die Tür ins Schloss.

Schlagartig war es völlig dunkel. Kein Mondlicht, kein Sternenlicht mehr. Die Hunde bellten und jaulten im Schlafzimmer wie verrückt. Tardieu verriegelte die Tür.

»Also gut, Jade!«, rief Zadira. Ihre Stimme klang fest, aber Jules hörte das Beben darin. »Auf dich sind zwei Waffen gerichtet, eine trifft bestimmt.«

»Jules, das Licht über der Spüle.«

Jules ging seitwärts, um nicht aus Versehen in die Schusslinie zu geraten.

»Nicht bewegen, Jade«, verlangte Zadira leise.

Jules fand den Lichtschalter über der Spüle und schaltete die schmale Leuchtstoffröhre ein.

Jade saß neben dem Tisch auf dem Boden und rieb sich mit schmerzverzerrtem Gesicht das Knie.

»Verdammt, Saddie«, schimpfte sie, »unser Wiedersehen hatte ich mir irgendwie romantischer vorgestellt.«

39

Dem Schuss auf Zadira war eine Welle von Gewaltlust vorausgegangen. Diese Welle, dieser unbedingte Wille zu zerstören, hatte Mazan vor sich hergetrieben, ohne dass er nachgedacht hatte. Gleichzeitig wusste er, dass auch GriGri angriff.

Er hatte Zadira wehtun müssen.

Aber jetzt: Diese fremde Frau am Boden, Verletzlichkeit und tödliche Schwärze in einem, sie war auch eine Jägerin. Er schrie und fauchte sie wütend an. Warum merkte Zadira es nicht? Sie musste es doch wissen – aber sie tat es nicht. Sie kannte diese Frau, Jade, aber sie kannte sie nicht gut genug!

Unruhig lief er auf und ab. Die Hunde bellten. Sie machten ihn verrückt!

»Hört auf!«, rief er, aber sie gaben einfach keine Ruhe.

Diese Jade wollte sich aufrichten.

»Nein, nein«, sagte Zadira, »du bleibst, wo du bist.«

»Saddie, bitte.«

Zadira hielt weiter die Waffe auf sie gerichtet. Auch Tardieu hatte das Gewehr im Anschlag.

GriGri! Was war mit GriGri? Mazan richtete seine wirbelnden Sinne auf den Freund, tastete hektisch durch den Raum aus Nacht und Wald, aber …

Da war nichts.

War GriGri tot?

War sein Traum über den von Schüssen zerfetzten Körper des Freundes Wahrheit geworden?

Warum fühlte er nichts?

Als es ihm klar wurde, erfasste ihn mit einem Schlag unglaubliche Traurigkeit. Die erwachten Sinne des *Springens*, Laufens, der Wildnis, er hatte sie erneut verloren! Schon dass er in einem Haus war, unter Menschen, ließ sie zurückweichen.

Er versteckte sich unter der Bank am Tisch. Von dort hatte er alles im Blick und war doch für sich. Vielleicht konnte er zurückfinden in jenen Zustand, der ihm Kraft verlieh. Wenn nur die Hunde endlich Ruhe geben würden!

Als hätte Zadira seinen Wunsch vernommen, raunte sie: »Jules, kannst du dich um die Hunde kümmern?«

Jules lehnte sich an die Tür zum Schlafzimmer, flüsterte leise, die Hunde hörten auf zu bellen, winselten nur noch. Doch er ließ sie nicht raus.

Zadira wandte sich erneut an Jules.

»Erzähl mir, was in Marseille noch passiert ist.«

Während Jules berichtete, versuchte Mazan, die Gefühle der Frau auf dem Boden zu lesen.

Etwas zupfte an ihm.

Eine Warnung? Eine Erinnerung?

»Sie war mit dir auf der Yacht von Cesari?«

»Ja.«

»Hat sie mit ihm gesprochen?«

»Ja, aber ich glaube, die beiden mochten sich nicht besonders.«

Die Frau wurde ruhiger. Sie hockte weiter auf dem Boden, die Arme um die Knie geschlungen, und schaute Zadira unverwandt an.

»Das kann ich mir denken«, sagte Zadira. »Ariel hat mir

erzählt, dass der Killer einen Verbindungsmann hat. Oder, besser: eine Verbindungsfrau. Eine Agentin, über die Aufträge erteilt werden. An den Korsen.«

»O verdammt«, stöhnte Jules.

Das Dunkle in der Frau wuchs an, ein kalter, schwarzer, tödlicher Kern, der immer mehr Dichte gewann. Mazan spürte das Lauernde hinter ihrer ruhigen Haltung. Sie machte sich bereit. Sie wartete auf den richtigen Moment. Wie ein Tier.

Doch das war es nicht allein.

Seine Sinne weiteten sich, angefacht durch Jades Gegenwart. Die Jägerin weckte seine Kraft. Seine Wahrnehmungen dehnten sich aus, füllten den Raum, drangen durch die Mauern, drangen auf den Hof und …

Nein!

Der Mann mit dem Gewehr!

Er war ganz nah, schlich um das Haus. Mazan fühlte ihn so deutlich, wie er seine Kraft zurückkehren fühlte. Und er fühlte auch, dass der Mann verletzt war, blutete. Das kostete ihn Kraft, verstärkte aber noch seinen Willen.

»Das da draußen ist er«, sagte Zadira hart. »Der Korse. Der Mann, der auf mich geschossen hat.«

Mazan versenkte sich jetzt tiefer in die Kälte, die die Frau mehr und mehr erfüllte. Er nahm Bilder voller Tod und Leid wahr, Bilder der Gewalt, gebrochene Körper, verzerrte Gesichter, Schreie, Schweigen.

Und da begriff er.

Jades Erinnerung. Die Warnung im Traum von Zadira. Die Gestalt mit den Feuerzungen.

Es war nicht der Mann draußen, der versucht hatte, Zadira zu töten.

*

Du bist immer noch schön, Saddie.

Aber du begreifst nichts.

»Ob du es mir glaubst oder nicht«, sage ich ihr mitten in dieses wilde, stolze Gesicht, »aber mit dem Schützen da draußen habe ich nichts zu tun.«

»Du hast recht, ich glaube dir nicht.«

So ganz stimmt es auch nicht. Sie haben einen zweiten Mann geschickt, weil sie mir nicht mehr trauen. Das nicht vorauszusehen war mein zweiter Fehler.

»Ich wünschte, ich könnte dir alles erklären«, sage ich. »Aber ich glaube, dazu bleibt uns keine Zeit mehr.«

»Ist es dem Korsen egal, was mit dir geschieht?«

»Völlig.«

»Cesari glaubte, du seist die Geliebte des Korsen.«

»Das war ich auch, aber das ist lange her.«

Tigran, der sich der Korse nannte, hat mich zu dem gemacht, was ich bin. Er hat mich gefickt, und ich habe ihn getötet. Wir sind quitt.

»Ich habe dich nie vergessen, Saddie. Weißt du noch, damals am Strand von L'Estaque? Es war das erste Mal, dass du geküsst hast, nicht wahr? Und du fandest es schön. Damals hätten wir glücklich werden können.«

Wenn wir es gewagt hätten. Aber wir waren beide schon längst gefangen im System.

Ich wende mich an Jules, der mich mit finsterem Blick betrachtet. Zu Recht. Ich habe ihm das Wichtigste stets verschwiegen und ihn dazu benutzt, dich zu finden. Dennoch muss ich es ihm sagen.

Ich will ihm wehtun.

»Ich habe sie vor dir geliebt.«

Wahrscheinlich wird Jules diese Nacht auch nicht überleben.

Die Hunde fangen wieder an zu bellen.
Und ich mache mich bereit.

*

Zadira wusste, dass sie in der Klemme saßen. Der Killer würde nicht verschwinden. Noch einen Fehlschlag konnte er sich nicht erlauben. Und er hatte die Vorteile auf seiner Seite.

Er wusste, wo sie waren, während sie ihn nicht einmal sehen konnten. Selbst wenn es ihnen gelang, noch irgendjemanden zu benachrichtigen, würde es viel zu lange dauern, bis die Polizei hier war.

Doch dann wurde ihr klar, dass er nicht wissen konnte, dass sie kein verlässliches Telefon hatten. Das hieß …

… dass er bald etwas unternehmen würde.

Als die Hunde wieder anfingen, Krach zu machen, ging Jules zur Tür des Schlafzimmers.

»Himmel«, sagte er, »die sollen mal Ruhe geben.«

Es fiel ihr in dem Moment ein, als er entschlossen die Tür öffnete.

»Jules«, rief sie, »nicht! Das hintere Fenster! Es steht offen!«

Jules drehte sich instinktiv weg, ein Hundekörper sprang gegen die Tür, fegte sie Jules aus der Hand. Er taumelte zurück. Das Peitschen eines Schusses, die Kugel schlug neben Tardieu in die Wand. Das wahnsinnig laute, viel zu nahe Knallen ließ die Hunde vollkommen durchdrehen.

Zadira eilte zu Jules, wollte ihn aus der Schusslinie ziehen, kniete sich hin, suchte Deckung, bereit, den Scharfschützen bei seinem nächsten Schuss aufgrund des Mündungsfeuers zu lokalisieren und zu schießen.

Aber Tardieu sprang vor.

»Pellerine!«, rief er, und: »Mistkerl!«, wütend auf den Schützen, der seinen Hund in Gefahr brachte.

Noch während er vorhechtete, brachte Jade ihn mit einem Tritt gegen das Schienbein aus dem Gleichgewicht. Tardieu fiel hart gegen den Tisch.

Jade sprang im selben Moment auf, riss ihm das Gewehr aus der Hand. Schwang herum, ging ebenfalls in die Knie, das Gewehr im Anschlag.

Zadira dachte nicht.

Ihre Hand bewegte sich von allein.

Ein Schuss vom Fenster.

Zadira schoss zweimal.

Jade einmal.

*

Tardieu hatte Mühe, die Hunde zu beruhigen. Vorher hatte er sich überzeugt, dass der Schütze auf dem Hof ausgeschaltet war.

»Tot!«, hatte er knapp gerufen und auf eine Stelle unterhalb des Halses gezeigt, wo Jade ihn getroffen hatte.

Jules kniete bei Jade und versuchte, die Blutung in ihrem Oberkörper zu stillen, wo Zadiras Kugeln sie getroffen hatten. Zadira stand benommen daneben.

Jade atmete flach, ließ sie aber nicht aus den Augen.

»Saddie«, hauchte sie.

Zadira ließ sich neben ihr auf die Knie sinken.

»Es tut mir so leid«, wisperte Zadira. »Ich dachte, du wolltest …«

Jade griff schwach nach ihrer Hand.

Jules wandte den Kopf nach hinten.

»Tardieu, rufen Sie Hilfe. Sie sollen einen verdammten Rettungshubschrauber schicken!«

Tardieu lief nach draußen, Richtung Hang.

»Saddie, bitte. Hör mir zu!«

Jades Stimme war so gebrochen, dass Zadira sich vorbeugte.

»Ich bin der Korse«, flüsterte sie. »Ich habe auf dich geschossen.«

Sie keuchte auf, schnappte nach Luft. Blutbläschen sickerten aus ihrem Mundwinkel.

Zadira wollte es nicht glauben, aber dann fügten sich die Dinge mit einem Mal zusammen.

Die Gestalt auf dem Scooter, schlank, beinah zierlich. Nicht unbedingt die eines Mannes. Eher eines Jungen.

Oder vielmehr: Jade.

»Aber warum?«

»Du hast mir so wehgetan«, flüsterte sie. »Und als sie mich fragten …«

»Wer«, drängte Zadira, »hat dich gefragt?«

Doch Jade kämpfte um jeden Atemzug.

»Ich wollte es so, hörst du. Ich wollte den Todeskuss von dir.«

Jules schüttelte den Kopf.

»So leicht kommst du mir nicht davon«, murmelte er. Zadira spürte seine Entschlossenheit. Sie wusste, seine Hände waren unerbittlich darin, Leben zu retten.

Jades tiefblaue Augen, zerbrechlich jetzt und so offen, dass Zadira sich in ihnen verlor.

Das Meer vor Marseille, ihr geliebtes weites Meer, all die Freiheit. Es war immer in Jades Augen gewesen.

»Wir waren so glücklich, nicht wahr?«, fragte Jade schwach.

Zadira streichelte ihre Wange.

»Ja, Jade, das waren wir.«

*

Mazan hielt es nicht mehr im Haus.

Zuerst rannte er um das Gebäude herum, zu dem Platz, wo der Fremde lag. Er war tatsächlich tot. Mazan schaute ihn sich genauer an. Das Gesicht war blutig gekratzt, ein Ohr regelrecht zerfetzt. Auch ein Auge hatte es erwischt. Kein Wunder, dass der Mann nicht mehr richtig zielen konnte. GriGri hatte ganze Arbeit geleistet.

GriGri!

Seine Sorge trieb ihn weiter, hinderte ihn aber auch daran, in jenen Modus zu gelangen, in dem er sofort wissen würde, ob der Freund noch lebte.

Bitte!

Er rannte zu dem Platz am Hang, von dem aus der Fremde das erste Mal auf das Haus und die Küchentür zum Hof geschossen hatte. GriGri war nicht zu sehen.

Mazan untersuchte sorgfältig den Boden. Kein Blut, kein Geruch von Schmerz und Wundheit, wie es der Fall wäre, wenn der Wildling sich verletzt in Deckung geschleppt hätte.

Er suchte und suchte weiter, hielt immer wieder an, witterte, bewegte sich grob in Richtung der Felsen. Immer wieder versuchte er, sich in jenen Zustand schwebender Konzentration zu versetzen, der ihm eine umfassende Wahrnehmung ermöglicht hätte. Doch seine Sorge beherrschte ihn zu sehr.

Er nahm Anlauf, hechtete auf die Felsen, dorthin, wo er und GriGri so oft die im Stein gespeicherte Wärme genossen hatten. Er reckte sich, spähte in alle Richtungen und rief den Freund.

Verzweifelt, immer lauter.

Mit einem Mal spürte er ihn, schräg über sich, und ohne Vorankündigung. So wie beim ersten Mal.

Er wandte sich um.

»Frrreund!«

40

Einen Tag nach dem Prozessende stand Zadira am Alten Hafen von Marseille und schaute über das Mastenheer der Boote. Sie wusste, dass sie noch etwas zu tun hatte.

In der Innentasche ihrer Jacke steckte der kurze, förmliche Brief, den sie bereits wenige Tage nach der Schießerei auf Tardieus *ferme* geschrieben hatte, nachdem Jade aus dem künstlichen Koma, das ihren Verletzungen geschuldet war, aufgewacht war.

Jade hatte auf der *ferme* den Tod gesucht. Was für ein vergeudetes Leben, dachte Zadira, von Rache und Tod getrieben, hatte sie durch die Hand der Frau sterben wollen, die sie geliebt hatte.

Jetzt stellte sie sich dem Leben, anstatt sich ihm feige durch Tod zu entziehen. Jades Wunsch, als Kronzeugin gegen die Mafia und gegen die Justiz Marseilles auszusagen, war ihr Ausstieg aus dem kranken System.

Zadiras Ausstieg war ein anderer. Aber er war genauso definitiv und ohne Wiederkehr.

Der letzte Prozesstag war ein milder Dezembertag.

Zadira hatte in den Wochen zuvor den jungen Bonnet wiedergesehen, der zu sechs Monaten Haft verurteilt worden war, weil er als Provokateur in die Aktivitäten der BACs eingebunden war. Damit war auch seine Laufbahn als Polizist zu Ende. Wer einmal in Haft gesessen hatte, verlor für immer seinen Status als Beamter. Bonnet erzählte, dass er im Gefängnis an einem Buch arbeite, um seinen Ruf wiederherzustellen, und dafür bereits die Drohung der Polizeigewerkschaft empfangen hatte, dass sie ihn wegen Denunziation erneut anzeigen würden. Bonnets Naivität, seine Verzweiflung und seine Fassungslosigkeit hatten Zadira mehr berührt als alles andere. Sogar mehr als die Hassanrufe, die sie inzwischen jede Nacht erreichten und in denen sie als »schwarze Araberfotze« bezeichnet wurde und man ihr »Du sollst verrecken« wünschte.

Sie hatte eine Telefonüberwachung einrichten lassen, die Anrufe würden registriert und verfolgt werden.

Das half aber wenig gegen das Echo, das sie im Kopf erzeugten.

Le Guern hatte mehrere seiner Aussagen widerrufen, was zur Folge hatte, dass fünf BACs aus Mangel an Beweisen freigelassen wurden. Sie würden auf Dienststellen in Marseille und den Departements Var und Bouches-du-Rhône verteilt werden. Le Guern hatte Zadira nicht einmal in die Augen sehen können.

Zidane bekam einen Wutanfall, als die Untersuchungsrichter einunddreißig von siebenundvierzig Abhörprotokollen als »nicht ausreichend« deklarierten, da die Aufnahmen zu schlecht zu verstehen gewesen seien. »Wir haben Wanzen in sechs Autos, dreißig Spinden und in vierzehn Schreibtischen installiert, und das nicht ohne Grund!« Seine Stimme kippte, und immer wieder ließ er sich zu Zwischenrufen hinreißen, wenn die mittlerweise von achtzehn auf nur noch sieben reduzierten verdächtigen BACs sich herausredeten, warum sie ein paar Gramm Haschisch nicht in der Asservatenkammer abgegeben hatten.

Sämtliche Aufnahmen in den Autos wurden von der Indizienliste gestrichen. Damit blieb nicht mehr viel übrig.

Am Ende lief es für diese verbliebenen sieben auf Degradierung zum einfachen Streifenpolizisten hinaus und auf Suspendierung für mehrere Jahre. Natürlich gingen alle in Revision. Die restlichen elf der achtzehn Hochverdächtigen taten weiterhin Dienst, einer hatte während der Untersuchung einen privaten Sicherheitsservice gegründet. Zadira hatte läuten hören, der Vorsitzende des Disziplinarausschusses gehörte zu seinen ersten Kunden.

Sie selbst hatte wütende Blicke und gezischte Schmähbeleidigungen der BACs und der Vertreter der Polizeigewerkschaft aushalten müssen. Blandine, die als Prozessbeobachterin für *La Provence* im Tribunal de Grande Instance in der Nähe der Oper dabei war, sagte ihr in einer der Pausen, dass der Hass auf Zadira besonders hoch loderte. Ihre Aussagen bezüglich Faruk und seiner reichen Gönner in Verbindung mit Bertrands Aufzeichnungen hatten zu erneuten Ermittlungen geführt, die de Viliers immer mehr einkreisten, bis der Untersuchungsrichter nicht mehr leugnen konnte, Faruk nicht nur gekannt, sondern auch für Liebesdienste bezahlt zu haben.

Der junge Algerier war Zeuge einer Begegnung de Viliers' mit einer lokalen Mafiagröße geworden und hatte seine große Chance gewittert.

Die in einem brennenden Auto endete.

»Und du bist eine Frau. Frauen wird es noch übler genommen, wenn sie die von Männern dominierte Welt aushebeln. Das verzeihen sie dir nie.«

Blandine hatte sich Bertrands Tagebuch angenommen. Sie schrieb bereits an einem Buch darüber, ein Pariser Verlag hatte den Zuschlag erworben. Es würde Blandines Karriere bei *La Provence* nicht unbedingt förderlich sein. Die Freunde derer, die in dem Buch von Bertrand diverser Verbrechen beschuldigt wurden, hatten gute Freunde in der Leitung des Zeitungsverlags.

Doch Blandine sah ihrem Wechsel in ein Leben als freie Autorin gelassen entgegen.

Für die Presse war Zadira abwechselnd »die schöne Jeanne d'Arc« oder »die Amazone«, Bertrand bezeichnete man gern auch als »Zorro«.

Zadiras linke Brust schmerzte immer noch, wenn sie den Arm hob. Überhaupt war der Schmerz ihr ein Begleiter geworden. Sie betrachtete ihn inzwischen als Freund. Er warnte sie, wenn sie zu schnell aufgab.

Jetzt ging sie an der Hafenkante des Vieux Port entlang. Die Cafés und Restaurants, die im Sommer Touristenströme aufsaugten wie kleine bunte Schwämme, waren leer. Unter der Spiegelfläche, die sich wie ein futuristisches Dach über den Quai gegenüber dem Grandhotel Beauvau spannte, tanzten zwei kleine Mädchen mit in den Nacken gelegten Köpfen, fasziniert von ihren eigenen, hoch oben schwebenden Spiegelbildern.

Sie nahm den Weg durch das Panierviertel. Konnte nicht anders, als verstohlen mit den Fingerspitzen die Fassaden zu streifen, diese bunten Fassaden. Das Commissariat gegenüber der Kathedrale erreichte sie zwanzig Minuten später.

Gaspard sah ihr mit einer Mischung aus Sorge und freudiger Überraschung entgegen. Als er die Tür seines Büros geschlossen hatte – dieses Büros, in dem sie abendelang mit ihm und den Kollegen gesessen und Einsätze geplant hatte, in der sie einander manchmal brennende, heimliche Blicke zugeworfen hatten, vor gefühlt tausend Jahren, in einer anderen Planetenumlaufbahn –, sagte er: »Ich habe den Tag gefürchtet. Aber ich habe gewusst, dass er kommen wird.«

Zadira zog den Umschlag aus der Innenseite ihrer Jacke.

Er hatte die eigentümliche Wärme entwickelt, die Papier, nah am menschlichen Körper aufbewahrt, annimmt. Es hatte sie gewärmt in der Kälte des Prozesses, als sie den Hass, das Unverständnis, die Verachtung der BACs und ihrer Familien auf sich gerichtet gefühlt hatte.

»Ich bitte um meine sofortige Entlassung aus dem Staatsdienst«, sagte Zadira rau.

Gaspard nickte, ließ den Umschlag aber zwischen ihnen liegen.

»Ich habe das nie gewollt«, begann er. »Du wärest die einzig sinnvolle Wahl gewesen, um den Jugendschutz in den Nordquartieren zu übernehmen. Als Capitaine.«

»Dafür ist es zu spät«, gab Zadira ruhig zurück.

Sie hatte diesen Mann einmal geliebt. Für das, was er in ihr sehen konnte. Für das, was sie in ihm gesehen hatte. Gaspard war jemand, der die Krankheit Marseilles hasste, sich ihr widersetzte – und doch blieb. Das wusste sie zu schätzen. Gaspard hatte sie aus der direkten Sichtweite von de Viliers fortgeschafft, gerade als ihre Ermittlungen wegen Faruk begannen, dem Richter empfindlich zu nah zu kommen. Um sie vor Dienstaufsichtsbeschwerden zu schützen, die der Richter über drei Ecken gegen sie einreichen konnte, und vor den Erpressungsversuchen von Alain Gardère.

Aber auch Gaspard hatte seine Arrangements, Deals und Verbündete innerhalb des Systems und vermutlich unter der Hand erfahren, dass sich gegen Zadira etwas zusammenbraute.

»Ich habe neue Informationen, wie es mit de Viliers weitergeht«, sagte Gaspard. »Er hat den Mord an Faruk als ›Unfall mit Todesfolge‹ deklariert und sich mit einem psychischen Aussetzer herausgeredet. Über die Entsorgung des Jungen durch die Mafia will er sich weiterhin nicht äußern, da habe ihm jemand eine Entscheidung abgenommen, die er kraft seines Schocks gar nicht hätte fällen noch gutheißen können.«

»Es lebe die Erfindung der Unzurechnungsfähigkeit durch Schock, Alkohol und miserable Kindheit ohne Schultüte«, erwiderte Zadira.

»Wofür er sich verantworten muss, ist sein Hang, Ermittlungen vorschnell einzustellen. Noch argumentieren er und seine Verteidiger immer wieder anders. Mal ist es Sparzwang, mal mangelnde Indizienlage. Es wird ein langer Weg, um nachzuweisen, dass von den meisten verschleppten Mordermittlungen Dritte profitiert haben.«

»Du meinst, die Mafia.«

»Die Mafia, die wahrscheinlich über Cesari in Bauprojekte investierte. Die BACs. Und wenn ich mir den bisherigen Prozess anschaue, kann ich dir schon jetzt sagen, dass es weniger nutzen wird, als wir hoffen.«

Er tippte auf den Umschlag.

»Gib mir bitte deine Waffe«, sagte er leise.

Sie griff in ihre Tasche und legte das Etui, in dem sich ihre halbautomatische Sig Sauer SP 2022 befand, ungeladen und um das Stangenmagazin erleichtert, vor sich auf den Tisch.

Seltsamerweise war das erst der Moment, in dem sie begriff, nun nie mehr Polizistin zu sein.

Ab jetzt war sie unbewaffnet.

So wie als Kind.

Als kleines Mädchen.

Jetzt war sie wieder …

Ich selbst.

Ihr Freund, der Schmerz, ließ nach.

»Und jetzt?«, fragte er.

Sie zuckte mit der rechten Achsel. »Es gibt Möglichkeiten«, sagte sie vage.

»In Marseille?«

Sie lächelte. »Definitiv nicht in Marseille.«

Zadira stand auf und reichte Gaspard die Hand.

»Adieu.«

Er ignorierte die Hand, stand rasch auf, kam um den Tisch und zog Zadira an sich, erst sanft, dann immer fester.

Geh nicht!, sagte diese Umarmung.

Sie würde es trotzdem tun. Sie konnte es kaum erwarten, alles hinter sich zu lassen.

»Wieso eigentlich Mazan?«, fragte sie Gaspard, als sie schon die Hand an der Türklinke hatte.

Jetzt zuckte er mit den Achseln.

»Es hörte sich weit weg an«, antwortete er.

Ja, dachte Zadira, als sie kurz darauf in das milde Wintersonnenlicht trat, der Wind vom Hafen her an ihr zerrte und das blaue Meer, das weite, freie Meer, ihr sein Abschiedsfunkeln schenkte. Ein blonder Mann kam aus der Kathedrale, zeigte auf den Porsche am Straßenrand.

Sie nickte. Sie würde gleich kommen. Nur einen Moment noch. Noch einen Moment, um das Meer zu riechen, um den Schatten der Panier-Häuser hinter sich zu spüren, wie Augen, die ihr aus der Vergangenheit nachsahen. Einen Moment noch, um es sich ganz genau einzuprägen, dieses Gefühl, keine Polizistin mehr zu sein. Sondern einfach nur sie selbst. Wer auch immer das war.

Jules kam näher, umarmte sie.

Sie würden jetzt einfach losfahren.

Vielleicht nach Norden. Oder Süden. Vielleicht nach Paris. Casablanca. Berlin.

Oder einfach nach Hause.

Ja, dachte sie wieder: Mazan ist weit weg von Marseille.

Genau die richtige Entfernung, um neu anzufangen.

41

Erzähl uns noch mal die Geschichte von GriGri«, bettelte Minou, der kleine schwarze Kater von Manon.

Und auch von ihm, erinnerte sich Commissaire Mazan, immer noch verwundert über diese Tatsache.

Sie lagen unter dem alten Baum in seinem Garten, Manon mit den Kleinen, die immer unternehmungslustiger wurden, dazu Oscar, Rocky, Louise, die ganze Katzenbande der Stadt.

So erzählte er erneut von den einsamen Höhen, den Wäldern, den schroffen Felsen und von dem Wildling, der dort lebte. Allein und stolz, ein großer Jäger, der niemals aus dem Napf eines Menschen gefressen hatte.

»Ich weiß wirklich nicht«, mischte sich, wie gewohnt, Oscar an dieser Stelle ein, »was an einem Napf verkehrt sein soll. Soll ich etwa mein Fressen vom Boden auflecken?«

»Oscar!«, ermahnte Louise den rundlichen Britisch Kurzhaar.

Mazan hatte das, was in ihrem Leib heranwuchs, längst wahrgenommen. Bald würden neue kleine Katzen in der Stadt umherspringen. Sie würden einen interessanten Mix zwischen italienischem Flickenteppich und schöner, blauäugiger Siam ergeben.

Oscar grummelte unwillig vor sich hin, meckerte aber nicht weiter an GriGris Ernährungsgewohnheiten herum.

Mazan erzählte von der Gefahr, in der Zadira geschwebt hatte, und dass GriGri den Mörder angegriffen und damit Zadira gerettet hatte.

Mazan hatte die Geschichte von Anfang an ein wenig ausgeschmückt. Und mit jeder neuen Erzählung waren ein paar Details hinzugekommen. Was er nicht erzählt hatte, war das, was er dort draußen gelernt hatte. Nur Manon, die Katze mit den feinen Sinnen, hatte es gespürt.

»Du trägst etwas mit dir«, hatte sie zu ihm gesagt.

Und das stimmte. Er trug den Duft und die Weite, nach der er sich immer gesehnt hatte, in sich. Und das intensive Gefühl, eins mit der Welt zu sein.

Es hatte keinen Abschied gegeben zwischen ihm und GriGri. Und schon ein paar Tage nach seiner Rückkehr hatte er begriffen, warum das auch gar nicht nötig war.

Als er seine Geschichte beendet hatte, als Rocky und Oscar wie gewohnt über die Eigenarten eines solchen Lebens in der Wildnis stritten, als die vier Kleinen das Kunststück von GriGri übten – sich von einem Ast auf jemanden herabfallen zu lassen –, stahl Commissaire Mazan sich davon.

Nur Manon bemerkte es, sie verstand ihn.

Er lief zu der Pforte in der Stadtmauer auf der Seite des Flusses, überquerte vorsichtig die Brücke und sprang auf die Wiese hinab. Er suchte sich seinen Weg zwischen den letzten Häusern der Stadt hindurch, bis er nur noch Wiesen, Felder und vereinzelte Bäume vor sich hatte.

Dann rannte er los.

Schon nach wenigen Sätzen glitt er in jenen Modus, der ihm Freiheit und Kraft gab. Der Boden federte ihn, die Luft sang, der Welt umtanzte ihn. Es gab keinen Zweifel mehr. Seine Wahrnehmung wuchs und fächerte sich aus.

Seine Freude war wie ein Schrei.

GriGri!

Er fühlte die Antwort. In ihm selbst. In der Welt, durch die er sprang und in der alles eins war.

Frrreund!

Nachwort

Seit 2012 erschienen mit diesem Band drei Jean-Bagnol-Krimis. Obgleich mit Fantastik-Elementen angereichert – die Perspektive der Katzencharaktere und ihre individuellen Fähigkeiten wie etwa das hypersensuelle *Springen* von Commissaire Mazan und seine ausgeprägte animalische Vorahnungskraft –, handelt es sich dennoch um nah an der Realität erzählte Kriminalromane.

Wir verstehen uns als Chronisten der Gegenwart und lassen uns stets sowohl von aktuellen Fällen und Verbrechen als auch von frankreichtypischen Phänomenen zu Geschichten anregen:

In Band 1, *Commissaire Mazan und die Erben des Marquis,* waren es die Verstrickungen der französischen Politikerkaste mit dem eingeschworenen Zirkel der höheren Gesellschaft und Wirtschaft, die nahezu komplett aus *énarques*, ehemaligen Schülern von Frankreichs intellektueller Eliteuniversität Ecole Nationale d'Administration[1], bestehen.

1 http://www.spiegel.de/unispiegel/studium/frankreichs-eliteuni-ena-kaderschmiede-mit-machtgarantie-a-480328.html

Dieser Zirkel ist es seit 1951[2] gewohnt, die Geschicke Frankreichs zu lenken und keinen Quereinsteiger in diesen Mikrokosmos zu dulden.

In dem »Erben«-Fall teilt sich eine Gruppe *énarques* junge Mädchen vom Land für erotische Spiele im Sinne des Marquis de Sade, stilecht in dessen provenzalischen Gefilden im Vaucluse zwischen Lacoste und Mazan.

Für den zweiten Band, *Commissaire Mazan und der blinde Engel,* entsprang der Impuls aus der französischen Mentalität, Kunst und Kultur als essenzielles Lebensmittel zu betrachten und freien Künstlerinnen und Künstlern oft mit einer für deutsche Gemüter ungewohnten Verehrung zu begegnen. Malerei, bildende Kunst, Literatur, Musik spielen in der Selbstwahrnehmung, Erziehung und Freizeit eine große Rolle, und oft definieren sich Frankreichs »Klassen« auch über das, was sie lieben und konsumieren. Und natürlich dient die Kunst auch dazu, sich in gewissen Kreisen zu zeigen: Die Pariser *rentrée,* die Rückkehr aus den Sommerferien Anfang September, markiert das Wiedererwachen der Stadt Paris und damit der intellektuellen Elite des Landes. Hier setzt die Geschichte ein und eröffnet den Fall mit einem Mord, bei dem das Opfer nach einem Gemäldemotiv arrangiert wird.

Die Verehrung für den durch einen rätselhaften Atelierunfall erblindeten Maler Etienne Idka und seine zerstörerische Beziehung zu Frauen lehnten wir an die großen destruktiven Narzissten der Kunst wie Rodin, Picasso oder van Gogh an.

2 http://www.welt.de/politik/ausland/article122243767/Frankreichs-Abstieg-Sind-die-ENA-Streber-schuld.html

Parallel zu diesem Drama erzählen wir von dem Schwarzhandel mit exotischen Tieren.[3] Das Geschäft mit vom Aussterben bedrohten oder geschützten Tieren, wie etwa Ortolanen oder Zibetkatzen, für die perversen kulinarischen Gelüste betuchter Eliten gehört zu den fünf größten Schwarzmärkten der Welt, neben Drogen-, Waffen-, Menschenhandel und digitaler Piraterie.

Im dritten Band konzentrieren wir uns auf ein weiteres typisch Verbrechensphänomen: die organisierte Kriminalität und die unheiligen Allianzen von Verbrechenskartellen, Staat und Wirtschaft.

Marseille gilt als die Wiege des französischen Heroinhandels, einst geprägt von der korsischen Mafia wie der *brise de mer*. Doch auch andere Syndikate haben in Marseille Hochkonjunktur – und diese »Arrangements«, Kooperation und Korruption, prägen den dritten Fall, *Commissaire Mazan und die Spur des Korsen*.

Auslöser war der Polizeiskandal von Marseille,[4] der 2011 und 2012 bekannt wurde und den wir im vorliegenden Roman im Jahr 2013 nachzeichnen. Einer Eliteeinheit der Brigade Anti-Criminalité, die im Norden der Hafenstadt Dienst tat, wurde nachgewiesen, ein eigenes Syndikat mit Drogenhandel, Zwangsprostitution, Schutzgelderpressung und Mordaufträgen organisiert zu haben.

3 http://www.wwf.de/fileadmin/fm-wwf/Publikationen-PDF/HG_Artenschmuggel_062011.pdf

4 http://www.tagblatt.ch/nachrichten/international/international-sda/Die-Polizisten-sind-die-Gangster;art253652,3163699

Unsere Ermittlerin Lieutenant Zadira Camille Matéo ist eine Frau mit Migrationshintergrund, eine in deutschsprachigen Kriminalromanen eher seltene Figur, in Frankreich jedoch gelebte Realität. Eine Provenzalin mit algerischen Wurzeln, geboren und aufgewachsen im Einwandererviertel Panier, konfessionslos und seit ihrer Kindheit Waise. Sie ist im Alltag und auch unter den Kollegen einem in Frankreich häufigen offenen Rassismus gegenüber Einwanderern ausgesetzt. Sie widerspricht in vielen Eigenheiten sowohl den Genderklischees als auch Ermittlerarchetypen.

Ihr Katzenpartner, Commissaire Mazan, stammt aus einem Wurf Bauernkatzen, der nach seiner Kindheit in einem Versuchslabor[5] landet, in dem an Tieren Psychopharmaka, Kosmetik und Arzneimittel getestet werden. Es gelingt ihm, sich zu befreien, er lebt einige Zeit in der Wildnis des Vaucluse, bis er in Mazan und bei Zadira strandet.

Zadira war bis zu ihrer Zwangsversetzung im Frühjahr 2013 (Band 1) Drogenfahnderin im Zentrum von Marseille, eine sogenannte Narc (von *narcotique:* Rauschgift), die sich auf Jugendschutz und Jugendkriminalität spezialisiert hat.

Erst im dritten Band enthüllen wir die Hintergründe ihrer Versetzung, die nicht nur mit ihrer anstehenden Prozessaussage gegen die »Mafia« der BACs zusammenhängt, gegen die sie verdeckt ermittelte.

Auch hier orientierten wir uns an folgenden tatsächlichen Ereignissen.

5 https://www.aerzte-gegen-tierversuche.de/images/infomaterial/versuche_an_katzen.pdf

Der Polizeiskandal von Marseille

Oktober 2012, *La Provence* titelt: »Polizisten am Tag, Ganoven in der Nacht«.

Dreißig Mitglieder der siebzig Mann starken Nordbrigade der BACs, der Antiverbrechenseinheit in den Einwanderervierteln der *quartiers nord* (La Castellane, La Busserine, Le Clos-La Rose, Saint-Michel), wurden nach einer geheimen Überwachungsphase jener Verbrechen überführt, die sie eigentlich verhindern sollten: Drogendeals, Raub, Schutzgelderpressung. In der doppelten Decke ihrer Büros fanden die Ermittler der internen Polizei IGPN/IGS Haschpakete, Schmuckstücke und Bargeldbündel. Bei einem der Beamten wurden einhunderttausend Euro in seinem Haus gefunden, unter anderem versteckt in Kekspackungen.

Seit 2003/04 sollen die kriminellen BACs regelmäßig Drogendealer ausgeraubt haben oder sich von ihnen bestechen lassen, um sie vor Durchsuchungen zu warnen.

Vier Beamte entschlossen sich, ihre Kollegen anzuzeigen respektive nicht länger zu decken, darunter der BAC Sébastien Bennardo, der uns als Vorbild für die Figur des Antoine Bertrand diente.

Achtzehn BACs wurden im Herbst 2011 für fünf Tage heimlich überwacht und in 2012 überführt. Sieben hatten mit Drogenbanden zusammengearbeitet, elf auf eigene Rechnung. Gegen sie wird wegen Raubes, Schutzgelderpressung, illegaler Razzien und Drogenhandels ermittelt. Unter anderem sollen sie Spitzel und Informanten auch mit Drogen »belohnt« und wesentlich zur militärischen Ausrüstung der Banden beigetragen haben.

Ebenso werden den Nord-BACs Morde und Anstiftung zum Mord vorgeworfen. Ein Dealeranwalt vertrat eine Familie, deren Sohn als Spitzel für die BACs arbeitete und durch eine Polizeikugel erschossen und verbrannt (Barbecue) worden sei. Auch ein Busunfall von 2006, bei dem zwanzig Jugendliche starben, soll auf das Konto der BACs gehen.

Frankreichs Innenminister Manuel Valls löste die Nordbrigade auf. Polizeichef Pascal Lallé gab zu, dass er bereits seit 2008/09 von der Korruption in der Nordbrigade wusste. Zeitungen berichten, dass die BACs letztlich mit ihren Methoden dafür sorgten, dass die Dealer in der Nordzone blieben und sich nicht auf die neue Kulturhauptstadt und ihre Touristen stürzten.

Einer der Nord-BACs, die gegen ihre Kollegen intern ermittelten, sie überwachten und als Provokateure dienten, Sébastien Bennardo[6], schrieb gemeinsam mit der *Libération*-Reporterin Patricia Tourancheau das Buch *BAC – Brigade anticriminalité* (erschienen bei Editions Flammarion).

Sébastien (*1976), von Medien oft als »Der Zorro gegen die Polizeigangster«[7] bezeichnet, wurde suspendiert und darf bis heute nicht mehr als Polizist arbeiten. Im Gegensatz zu jenen BACs, die aus »Mangel an Beweisen« freigesprochen wurden und von denen einer inzwischen sogar polizeilicher Leiter in den Provence-Alpilles ist.

6 http://www.metronews.fr/info/bac-nord-de-marseille-sebastien-bennardo-l-homme-par-qui-le-scandale-est-arrive-raconte-son-enfer/mmix!cdF7Zvl0jCPMs/

7 http://delinquance.blog.lemonde.fr/2013/10/03/bac-nord-sebastien-bennardo-le-zorro-des-medias/

Von den dreißig überprüften Beamten wurden sieben aus Mangel an Beweisen freigesprochen, einer (R. Dutto) nur deshalb, weil sich die Polizeigewerkschaften bei den Ausschusssitzungen weigern, dabei zu sein – und damit den Disziplinarausschuss beschlussunfähig machen.

Die Nordquartiere Marseilles

Der Norden von Marseille, die *quartiers nord* oder auch *La Zone,* hat den Ruf, Frankreichs schwierigste Banlieue zu sein.

Auf dem vom Tourismusbüro verteilten Stadtplan von Marseille fehlen diese Quartiere. Aber sie sind da – und weit weg: Eine »unsichtbare Mauer« trenne den Norden vom Rest der Stadt, erklärt Samia Ghali, sozialistische Senatorin und Bezirksbürgermeisterin des 15. und des 16. Arrondissement. Die Canebière, der (einstige) Prachtboulevard, sei die Grenze. Und die Canebière selbst bereits heruntergekommen – *»banlieuesardisé«*.

Dominiert werden die Quartiere von Hochhäusern und sozialem Wohnungsbau, einst für Werft- und Raffineriearbeiter gebaut. Heute leben hier Einwanderer und ihre Nachkommen, Algerier, Senegalesen, Marokkaner – jung, muslimisch, arm. Hier gedeiht Antisemitismus genauso wie extremer Islamismus. Bougainville, im Herzen des dritten Arrondissement, ist eine der ärmsten Gemeinden ganz Europas.

Über fünfzig Prozent der Jungen zwischen achtzehn und vierundzwanzig Jahren sind arbeitslos. Vierzig Prozent der Teenager sind Schulabbrecher ohne Abschluss.

Fünfzig Prozent der Einwohner verfügen über weniger als neunhundert Euro im Monat und leben damit unter der Armutsgrenze.

Auch in der Cité La Castellane, Zinédine Zidanes Geburtsort, beträgt die Jugendarbeitslosigkeit neunundvierzig Prozent. In La Castellane arbeiten etwa dreißig bis vierzig Prozent der (männlichen) Jugendlichen für eine der neun Banden. Die wenigsten der im Drogengeschäft Tätigen werden älter als fünfundzwanzig Jahre.

In La Busserine wohnen rund sechzehntausend Einwohner, davon rund dreißig Prozent alleinerziehende Mütter. Diese arbeiten oft als sogenannte Hebammen, die *nourrices*. Sie horten Drogen, verstecken Gesuchte und dienen oft auch als unfreiwillige Prostituierte.

Unsere fiktive *nourrice* Rabea spricht stellvertretend für die Abertausenden jungen alleinerziehenden Frauen, die samt ihren Kindern nur überleben, weil sie für die Drogenbanden arbeiten.

In den Nordquartieren passieren neuntausend Raubüberfälle im Jahr. Täglich also dreißig. Jährlich werden rund zwanzig bis dreißig Personen auf offener Straße erschossen, zumeist Dealer von Konkurrenten.

Es zirkulieren geschätzt fünfzehntausend Kalaschnikows, damit mehr als in Kabul. Sie stammen meist aus Restbeständen aus Ex-Jugoslawien. Eine AK 47 ist für zweitausend bis dreitausend Euro zu haben, eine Pistole ab achtzig Euro.

Die Anführer und Attentäter der Bandenkriege werden immer jünger; Zeitungen nennen diese Nachwuchsmafia »Baby-Connection« oder »Junge Wölfe«.

Die Figur des Faruk schufen wir nach Begegnungen mit jugendlichen Raï- und Hip-Hop-Musikern in Marseille.

Die Mafia von Marseille

Unsere Figur Ariel Cesari ist teilweise an eine ehemalige Mafiagröße von Marseille angelehnt: Dominique Venturi.

Dominique Venturi (* 24. Juni 1923 in Marseille; † 6. April 2008 in Marseille), Nick genannt, war einer der letzten großen Mafiabosse in Marseille. Von der US-Drogenbehörde wurde er einst als »der französische Hauptlieferant von Heroin in die USA« bezeichnet.

Cesari wurde wie Venturi im Stadtviertel Le Panier geboren, Anfang der 1920er-Jahre ein Korsenviertel.

Venturi war mit Gaston Defferre, dem langjährigen Oberbürgermeister von Marseille (1953–1986), befreundet und versuchte in den 1980er-Jahren, diesen zu erpressen. Defferre entledigte sich des alten Weggefährten, indem er ihn ins Gefängnis schickte.

Der eloquente Anwalt Aristide Monet erinnert nicht zufällig an den von Marseiller Zeitungen gern als »Unterweltsanwalt in Nadelstreifen« bezeichneten Frédéric Monneret, der in seinem edlen Büro eine Ferrari-Replik zur Dekoration stehen hat.

Von Monneret ist das folgende Zitat während des Polizeiskandals überliefert, in dem er sich fassungslos über die neue Gewalt in Marseilles Nordquartieren zeigt: »Früher galt im Marseiller Hafen noch eine Art Ehrenkodex. Die Banditen heckten Pläne aus, bei denen sie Opfer so weit wie möglich zu vermeiden suchten. Heute dominieren in den Vorstädten Banden, die schon für ein paar Gramm Drogen mit Kriegswaffen schießen, ohne einen Gedanken an die Folgen zu verschwenden.«

Mafiöse Strukturen in allen, auch »weißen« Geschäftsbereichen wie Medizin, Umwelt, Bauprojekte, eine bestens funktionierende Vetternwirtschaft, eine Paris und dem Rest des Landes und seinen Gesetzen abgewandte Haltung: Marseille wird oft als »Staat im Staat« bezeichnet. Eines der herausragendsten Bücher, um die Allianzen von Staat und Verbrechen, von Politik und Mafia zu verstehen, lohnt die Lektüre: Günter Liehr: *Marseille – Porträt einer widerspenstigen Stadt.* Rotpunktverlag 2013.

Weitere Bücher, Romane und Berichte, in denen wir recherchiert haben

Marie-France Etchegoin: *Marseille, le roman vrai.* Stock-Verlag 2016, www.editions-stock.fr

Etchegoin (* 1961) ist Sachbuchautorin und als Journalistin spezialisiert auf Kriminalfälle und die Mafia. Sie arbeitet als Chefreporterin für den *Nouvel Observateur.*

José d'Arrigo: *Marseille Mafias.* L'artilleur 2012, www.editionsdutoucan.fr

D'Arrigo arbeitete als Polizeireporter und auf die Marseiller Mafia spezialisierter Skandalautor unter anderem für *Méridional, Le Figaro*, den *Dauphiné* und *France-Soir.*

Massimo Carlotto: *Die Marseille-Connection.* Aus dem Italienischen von Hinrich Schmidt-Henkel. Klett-Cotta 2013.

Carlotto (* 1956) ist einer der erfolgreichsten Schriftsteller Italiens. Als Sympathisant der extremen Linken wurde er in den 1970er-Jahren offenbar zu Unrecht wegen Mordes verurteilt. Nach fünfjähriger Flucht und einer Gefängnisstrafe von sechs Jahren wurde er 1993 freigelassen.

Samia Ghali: *La Marseillaise.* Cherche Midi 2013, www.cherche-midi.com

Ghali (* 1968) ist Senatorin der französischen Sozialisten im Departement Bouches-du-Rhône und Bezirksbürgermeisterin des fünfzehnten und sechzehnten Arrondissements von Marseille. Die Politikerin mit algerischen Wurzeln engagiert sich seit Jahren für einen »Marshall-Plan«, um die Nordquartiere Marseilles von Grund auf neu zu strukturieren – Schulbildung, Ausbildung, Hygiene, Verkehrsanbindungen, um der zunehmenden Ghettoisierung entgegenzuwirken.

Dank

Mit diesem Band ist das »erzählte Jahr 2013« mit Zadira Matéo, Jules Parceval, Commissaire Mazan, Brell, Blandine und Jeff zunächst abgeschlossen.

Wann es einen vierten oder gar fünften Mazan-Band gibt, ob wir den Katzen gar eine eigene Reihe und Zadira Matéo einen Neustart als Privatdetektivin im Jahr 2017 ermöglichen, steht bisher noch im Kaffeesatz von Verlag und Buchhandel – denn entscheidend sind dazu vor allem Verkaufszahlen, und die sind und waren trotz hervorragender Rezensionen und zunehmend entzückter Leserinnen und Leser noch zu niedrig, um das wirtschaftliche Risiko erneut einzugehen.

Die ersten drei Bände haben wir mit kreativen Partnerinnen – auffällig: lauter Frauen! – veredeln können. Lektorin und Programmleiterin Andrea Müller hat mit professionellem, herzlichem und analytischem Lektorat Dramaturgie und Figuren eindeutig geschärft und verbessert. Ihr Auge für Schwächen ist unbestechlich. Leider. Oder Gott sei Dank.

Das Feinlektorat, inklusive Quellencheck, Prüfung der Ortsangaben und aller weiteren Fakten, wird von Gisela Klemt mit einer verdächtig perfektionistischen Akribie durchgeführt. Für jeden hundertsten gefundenen Fehler ist eine Flasche Champagner fällig.

In der Herstellung hat Michaela Lichtblau das Sagen. Denn ein Buch, nur weil es geschrieben, lektoriert und korrigiert ist, ist noch lange kein Buch – damit es lesbar, verkaufbar und liebbar wird, verwandelt die Herstellung gemeinsam mit Satz, Grafik, Druck und Umschlaggestaltung eine Geschichte in etwas Anfassbares. Der Wert unserer Gedanken wird von den »Buch-Macherinnen« in Papier und Farbe, in Symbole und Gewicht, in Geschenk und Regalschönheit verwandelt.

Kann man auch besser signieren.

Apropos Umschlag: Wir haben uns diesmal gewünscht, Marseille auf dem Cover zu sehen, auch wenn Commissaire Mazan sich in den Trüffeln rumtreibt. Deswegen ein großer Dank an Myriam Schoefer und Jacob von Rebay von der ZERO Werbeagentur, München, für die Reihe an unterschiedlichen Motiven und Vorschlägen – wir liebten sie alle.

Ein dreifaches *merci* geht nach Bonnieux und zum Petit Saint Jean, das einigen Lesern und Leserinnen aus dem Roman *Das Lavendelzimmer* ein Begriff sein dürfte. Das Ehepaar Brigitte und Gérard Bonnet war uns auch diesmal »Gasteltern«, und von Gérard lernten wir alles über die Trüffelsuche ohne Schwein und Hund, nur mit einem Y-förmigen Zweig und einem guten Auge für eine bestimmte Sorte Mücken, die sich da niederlassen, wo Trüffel unter der Erde sind.

Letztlich: Wir bedanken uns beieinander. Jo und Nina, wir wissen, dass wir zusammen mehr sind als die Summe zweier Menschen:

Liebster, ich danke dir für die letzten vier Jahre mit Jean Bagnol. Ich küsse dich.

Liebste, es war ein wundervolles Abenteuer, mit dir zusammen Geschichten zu erzählen. *Je t'embrasse.*

Der tödliche D

JEAN BAGNOL

Commissaire Mazan und die Erben des Marquis

Kriminalroman

Nach einer Liaison mit ihrem Chef wird die Polizistin Zadira in einen kleinen Ort in der Provence abgeschoben. Verbittert begegnet sie jedem mit Misstrauen, nur einen herrenlosen schwarzen Kater schließt sie ins Herz. Als die Leiche einer jungen Frau auftaucht, wird der Streuner zu ihrem Partner, zu »Commissaire Mazan«. Denn er kann dorthin, wo Zadira keinen Zutritt hat, und sieht, was geheim bleiben soll.

»Eine Meisterleistung aus düsterer und gleichzeitig faszinierender Krimikost mit pointierten Dialogen, erotischen Szenen und atemberaubend spannender Handlung.«

Krimi-Forum.net

JEAN BAGNOL

Commissaire Mazan und der blinde Engel

Kriminalroman

Es ist ein goldener September kurz vor der Weinlese in Mazan, als die von Liebeswirren gestresste Mordermittlerin Zadira Matéo um Amtshilfe gebeten wird. Eine bizarre Pariser Mordserie scheint mit den verstörenden Bildern des gerade in die Provence übergesiedelten Malers Etienne Idka zusammenzuhängen. Commissaire Mazan, der Katzenermittler, könnte Zadira helfen. Denn er kennt den »blinden Engel« an Idkas Seite, der das Geheimnis um die rätselhaften Bildermorde entschlüsseln kann.

»Hinter dem Pseudonym Jean Bagnol stecken zwei Frankreichkenner und Katzenliebhaber: Es wird nicht nur ermittelt, sondern auch getrunken und geliebt. Man möchte sofort seine Koffer packen.« *Donna*